우리말로 읽는

농사
300수

우리 말로 읽는

농사 300수

이태형 역주

이담
Books

역자서문

중국문화 가운데서도 문학은 가장 활력 있고 화려한 부분이다. 오랜 역사 발전 속에서 중국의 문학은 중국문화의 기본적인 정신과 중국민족의 이상적인 신념, 그리고 미학의 추구를 체현해 냈다. 아름답고도 특이한 상고 시기의 신화에서 시경(詩經), 초사(楚辭), 당시(唐詩), 송사(宋詞), 원곡(元曲), 명청소설(明淸小說)에 이르기까지 중국문학은 자신의 독특한 개성과 문체를 표현해 냈다. 또한 흥망성쇠를 거듭하며 수천 년을 이어져 내려오면서 끊임없이 인간의 생활과 시대정신을 반영하는 문학관을 만들어 냈고, 수많은 문학가와 위대한 작품을 출현시켰다. 특히 隋·唐시대에는 많은 서역의 악기가 수입되어 중국의 음악을 발전시켰다. 수는 7부기, 9부기, 당은 9부기와 10부기의 악단을 두어 자신들의 전통 음악 외에도 7~8개의 서역 출신 악단을 궁정에 둠으로써 예술적 발전을 도모했다. 이러한 음악의 발전은 시가의 발전과 연결된다. 즉 음악을 따라 부르는 노래가 서역에서 도래하면서, 이국 악기에 맞추어 노래를 부르는 전통이 태동하며, 이로 인해 새로운 시가가 발전했다. 당나라에 이르면, 隋 이래 西北 각 민족으로부터 전래된 胡樂으로 인해 새로운 음악의 장단에 맞춘 문학적 양식인 詞가 탄생하여 송대에 꽃을 피우게 되었다. 송사는 그 명칭도 매우 다양한데, 그것이 음악과 배합하여 노래가 되었기에 '곡자사(曲子詞)'라고도 불렸고, 그것의 구절이 길고 짧은 게 일정하지 않기에 '장단구(長短句)'라고도 불렸다. 또한 사에는 매우 다양한 종류의 곡조가 있는데 이것을 사패(詞牌)라고 한다. 사는 소리에 따라 문자를 정하고 악곡에 따라 가사를 정하는 원칙에 따라 관현악기로 음악을 연주하고 노래를 불렀기 때문에, 음조에 따라 그 내용이 달라졌다. 즉 느리고 애잔한 곡조에는 슬픈 노래가, 빠른 곡조에는 행진풍의 노래가 불렸던 것이다. 이후 사는 다양한 형식으로 발전해 나간다. 당나라 초·중엽에 짧은 형식인 소령(小令)과 오대에 이르면 가사와 악절을 증가시킨 근(近), 북송 후기에 오면 만사(慢詞) 등으로 확대해 갔다. 해금과 같은 서역 악기의 수입을 통해 궁중 음악을 더욱 발전시킨 송나라시대의 사 역시 발전을 거듭했다. 전술한 바와 같이 사는 수·당 무렵 북방의 중국음악이 호악화된 서정 음악의 가사로 시대의 흐름에 따라 형식과 내용이 다양하게 변모해 갔다. 송대 장선과 유영에 오면 장편의 만사가 유행하게 된다. 내용도 기존의 사에 비해 주로 도시 남녀의 음정과 애환, 향락과 유랑 등을 담게 되었다. 소식(蘇軾), 이청조(李淸照), 신기질(辛棄疾) 등의 수많은 유명한 사작가는 송사의 발전 과정에서 출현하였다. 이 세 작가의 면면을 살펴보면 소식의 사는 열정적이고 호방하며, 청신하고도 유창한 특징이 있다. 그의 사의 내용은 매우 광범위하다. 어떤 것은 애국의 굳센 의지를 노래하였고, 어떤 것은 농촌의 모습을 묘사하였다. 또 어떤 작품에서는 이별의 한을 묘사해 냈으니 그의 창작은 송사의 새로운 경지를 열었다고 할 수 있다. 이청조는 송나라의 여성 사인이다. 그녀의 사는 청신하면서도 정교하고 진실한 감정으로 가득하다. 어떤 작품에서는 애정에 대한 이해와 추구를 표현하였고, 어떤 작품에서는 계절의 변화가 사람에게 미치는 영향을 묘사하였다. 또 어떤 작품에서는 나라와 집안이 망한 가운데 느끼는 인생의 고뇌를 표현하였다. 이 외에도 많은 작품에서 그녀는 아름답고도 감동적인 구절로 출중한 재능을 보여주었다. 신기질은 송나라의 사인 중 작품이 가장 많은 사람으로 그의 사는 대개 넓고 호방한 영웅적인 기개를 띠었다. 실제 그는 작품에서 군대에서의 생활을 호방하게 묘사했을 뿐 아니라 금나라에 항거하는 그의 굳은 결심과 격앙된 애국심을 나타냈다. 그의 사는 송나라 사의 사상과 내용, 예술 풍격을 매우 크게 발전시켰다.

지금까지도 중국에서 송사는 여전히 많은 사람들의 애호를 받고 있다. 때문에 ≪송사삼백수(宋詞三百首)≫는 중국인의 필독서이기도 하다. 현재에도 매우 많은 사작품들에 새로운 곡이 붙여져 널리 불리고 있다. 그러나 안타깝게도 국내에서는 아직 ≪송사삼백수≫에 관한 저서나 역서가 출간되지 않았다. 본 책은 송대 300여 년간에 걸쳐 나온 사작품 중에서 대표적인 사작가들의 명작품만을 엄선한 것으로 중국 송대 사의 진수를 조금이나마 맛보았으면 하는 바람에서 펴냈다. 차례는 먼저 사작품의 원문을 간체자로 적었는데,

이는 송사 300수 텍스트를 통해 고급 중국어를 공부할 수 있도록 하기 위해서이다. 아래에 우리말로 옮겼으며 끝으로 작품 원문의 이해를 위해 주석을 쉽고 간결하게 붙였다. 다음으로 작가와 작품을 선정함에 있어 上彊村民, 唐圭璋, 胡雲翼, 汪中 등 대학자들이 펴낸 ≪송사삼백수≫ 책을 두루 참고하여, 공통적으로 모두 포함되어 있는 대작가의 명작품, 후대인들의 평가와 사작가의 작품 양, 사상성과 예술성을 두루 겸비한 사, 소수작가군인 여성작가와 무명씨의 사, 완약사와 호방사의 균형 등을 기준으로 삼아 精而博하게 총 73명의 325수를 선별하여 엮었다. 끝으로 학문의 길로 인도해주시고 진정한 학자로서 모범을 보이시며 격려해주시는 박삼수 은사님께 깊은 감사를 드립니다. 또한 엄한 채찍과 격려를 아끼지 않으시고 항상 보살펴주시는 김현주 교수님께도 진심으로 감사를 드립니다. 이 보잘 것 없는 책이 국내 송사연구에 조금이라도 일조할 수 있기를 바라며 앞으로 더욱 더 정진할 것을 다짐한다.

2009년 3월
이태형 씀

▌목차 ▌

우리말로 읽는
송사 300수

1. 〈木兰花〉, 钱惟演

城上风光莺语乱, 城下烟波春拍岸.
绿杨芳草几时休, 泪眼愁肠先已断.

情怀渐觉成衰晚, 鸾镜朱颜惊暗换.
昔年多病厌芳尊, 今日芳尊惟恐浅.

성곽 어귀엔 봄빛 난만하여 꾀꼬리 소리 어지럽고
성 아래엔 안개 물결 자욱하여 봄 물결이 성벽에 출렁댄다
늘어진 버들가지, 쓸쓸한 향기나는 풀
그 무성함은 봄마다 여전하건만
나의 신세 생각하니 흐르는 눈물 간장을 끊는다

마음은 점차 갈수록 늙고
거울 속의 청춘도 간데없이 늙었네
젊어서 다병하여 술 마시길 겁냈더니
이제 나이 늙으니 또한 잔에 술이 한이다

鸾镜: 진 계빈왕이 난새를 한 마리 얻게 되었는데 울지를 않다가 뒤에 거울을 걸어 놓고
비추니 비로소 울었다는 이야기가 전한다. 그 뒤에 거울을 가리켜 '난경'이라고 불렀다.

2. 〈长相思〉, 林逋

吴山青, 越山青, 两岸青山相送迎,
谁知离别情.

君泪盈, 妾泪盈,
罗带同心结未成, 江头潮已平.

오산은 푸르고
월산도 푸르다
푸른 산의 양 언덕에서 서로 보내고 맞이하니
누군들 우리의 이별의 심정을 알아줄까

그대 눈물이 가득
저도 눈물이 담뿍
비단끈 묶어 한마음 되자던 약속 아직 못 이루었는데
강둑과 밀물은 어느새 수평이 되어버렸다

吴山: 지금의 절강성 항주 钱塘江의 북쪽 구릉성을 말함./越山: 전당강의 남쪽 구릉을 가리킴. 绍兴市 이북에 있다. 이 일대는 이전에 越나라에 속해 있었기 때문에 이렇게 이름을 지었음./泪盈: 눈물이 떨어지기 직전의 상태를 말함. 눈물이 눈가에 가득 맺혀있는 것./罗带同心结未成: 옛날 사람들은 고운 비단 허리띠로 동심결을 맺어 영원히 서로 사랑함을 표시했다. 이 구절은 결혼이 방해를 받게 되었음을 말한다. 同心结: 두 고를 맞죄어서 엮는 매듭으로 결혼식의 초례 때에는 반드시 청실과 홍실을 이용하였다. 동심결은 우물 [井]자 모양으로 매듭을 만들어 한끝을 당기면 곧 풀어지도록 한 것인데, 이것을 사통팔달이라고 한다. 이것은 영혼이 자유로이 통한다는 뜻임./潮已平: 전당강의 밀물이 불어나 강기슭까지 높아졌음을 말함.

3. 〈酒泉子〉, 潘阆

长忆钱塘, 不是人寰是天上.
万家掩映翠微间. 处处水潺潺.

异花四季当窗放. 出入分明在屏障.
别来隋柳几经秋. 何日得重游.

언제나 전당을 회상해 보면
속세가 아니라 천상이었네
수많은 집이 푸른 산 사이에서 은은히 빛나고
곳곳에 물이 졸졸 흘렀지

계절마다 다른 꽃이 창가에 놓였으니
그 출입은 병풍에 분명했다네
이별 후 수제의 버들 여러 번 가을을 지났으니
언제 다시 그곳에 가볼 수 있을까

人寰: 인간세상을 말함./翠微: 푸른빛의 산색을 말함./潺潺: 물이 졸졸 흐르는 소리를
말함./屛障: 병풍이 가로막다는 뜻임./隋柳: 수양제가 운하를 만들어서 그 옆에 버드나
무를 심었다. 당대 白居易 〈隋堤柳〉 시가 있다. 이곳은 보통 버드나무를 가리킴.

4. 〈点绛唇〉, 潘阆

金谷年年, 乱生春色谁为主?
余花落处, 满地和烟雨.

又是离歌, 一阕长亭暮.
王孙去, 萋萋无数, 南北东西路.

금곡에 해마다
봄빛 마구 일건만 누가 돌아볼까?
지는 꽃 떨어지고
온 땅을 적시는 안개비가 함께할 뿐이네

다시 이별의 노래
한 곡에 長亭은 저물어 가는데
왕손이 떠나니
끝없이 풀만 무성하네
동서남북의 길에

年年: 해마다. 매년./滿地: 온 땅에 가득하다./烟雨: 안개비를 말함./离歌: 이별의 노래/
长亭: 10리마다 있는 역참. 여행객들이 잠시 쉬는 휴게소를 말함./王孙: 회남소산의 ≪楚
辞·招隐士≫에 "봄풀은 무성히 자라났는데, 왕손은 아직 돌아오지 않네.(春草生兮萋
萋, 王孙游兮不归)"라는 구절이 있음./萋萋: 풀이 무성하게 우거진 모양을 말함.

5. 〈苏幕遮〉, 范仲淹(3수)

碧云天, 黄叶地, 秋色连波,
波上寒烟翠. 山映斜阳天接水,
芳草无情, 更在斜阳外.

黯乡魂,追旅思. 夜夜除非,
好梦留人睡.月楼高休独倚,
酒入愁肠, 化作相思泪.

하늘에는 푸른 구름 떠 있고
땅 위에는 붉은 잎이 떨어졌다
가을색은 강물 위에 이어져
싸늘한 물안개는 푸른 기운이 든다
산에는 석양빛 드리워져 있고
하늘은 저 멀리 강물과 이어졌다
석양빛 저쪽 저 멀리엔
내 마음도 몰라주는 무심한 향기 나는 난초

고향 그리운 마음 어둡고 쓸쓸해
나그네의 생각은 끝도 없이 이어져
그리운 사람 오로지 밤마다
꿈길에서나 만나는 수밖에
달 밝은 밤 높은 정자에 혼자 서 있지 말라
애간장 타는데 술이 들어가면

그리움의 눈물만 더할 것입니다

碧云天, 黄叶地: 하늘엔 푸른 구름, 땅에는 붉은 잎, 두 구가 대를 이루고 있음./碧云: 석양 무렵의 푸른색 구름을 말한다. 또 푸른 하늘의 구름./寒烟: 싸늘한 안개 혹은 쓸쓸한 안개/芳草无情, 更在斜阳外: 방초는 꽃다운 풀, 대부분은 봄을 가리키는 것이나 여기서는 봄에 국한됨이 없이, 작자의 고향 내지 고향의 그리운 사람들을 가리킨다. 석양이 비치는 산 저 멀리 고향땅이 있건만 마음대로 갈 수 없는 터라, 그런 애타는 마음을 모르는 방초가 무정하다는 말임./黯乡魂: 고향 그리는 마음에 암연 실색하는 것임./黯: '캄캄하다', '어둡다'는 뜻이나, 여기서는 '서글프다'라는 시적인 표현으로 해석해야 옳음./追旅思: 설레는 나그네의 마음을 가리킴./休: 하지 마라는 금지의 뜻임.

6. 〈渔家傲〉, 范仲淹

塞下秋来风景异, 衡阳雁去无留意. 四面边声连角起.
千嶂里, 长烟落日孤城闭.

浊酒一杯家万里, 燕然未勒归无计.
羌管悠悠霜满地. 人不寐, 将军白发征夫泪.

변방에 가을이 되어 풍경은 달라지고
형양으로 기러기는 미련 없이 가버렸다
사방에 변방 소리 끊임없는 뿔피리
수많은 산봉우리 늘어 서 있고
길게 뻗은 안개 속에 해는 기울고 외로운 성문은 굳게 닫혔다

탁주 한 잔에 만 리 밖 고향 생각
연연산 돌에다 공적을 못 새겨 돌아갈 계획도 세울 수 없다
어디선가 피리소리는 아득하게 들려오고 온 천지에 서리는 가득한데
잠 못 드는 이 밤
장군은 백발이 성성하고 전쟁터로 출정하는 장부의 눈에는 눈물이
글썽하다

塞下: 변경지구를 말함./衡阳雁去无留意: 호남성 형양에는 회안봉이 있는데, 기러기가 여기까지 왔다가는 앉지 않고 되돌아간다고 한다. 즉 변새 지방의 고한을 나타내는 말임./边声: 羌笛(강족의 피리)·马鸣(말 울음소리)·바람모래 등 변방의 풍경을 상징하는 소리임./连角: 군중의 호각./嶂: 산봉우리./燕然: 산 이름이다. 내몽고에 있다. 후한 보헌이 단우를 쫓아 이 산에 올랐고, 반고는 연연산명을 지어 각석 기공한 바가 있음./羌管悠悠: 羌나라 사람들이 부는 피리소리로, 그 소리가 부드럽고 여음이 길게 퍼진다.

7. 〈御街行〉, 范仲淹

纷纷坠叶飘香砌, 夜寂静,
寒声碎, 真珠帘卷玉楼空,
天淡银河垂地. 年年今夜,
月华如练, 长是人千里.

愁肠已断无由醉, 酒未到,
先成泪. 残灯明灭枕头欹.
谙尽孤眠滋味. 都来此事,
眉间心上, 无计相回避.

어지러이 지는 낙엽은 섬돌 위에 흩날리고
밤은 소리 없이 적막한데
어디선가 찬바람에 낙엽 부서지는 소리
진주 주렴을 걷어 올리니
옥누각엔 인기척도 없이 텅 비어 있기만 한데
하늘색은 맑고 광활하며
은하는 땅에 가득하다
해마다 이 밤이면
달빛은 누인 비단처럼 밝건만
그대는 언제나 천리 밖 사람

이별의 고통으로 간장 이미 끊어졌고
술에 취할 길도 없이
술잔 기울이기도 전에 눈물부터 나온다

새벽 등불 꺼지려 하는데 베개 머리맡에 의지하여
혼자 자는 외로움을 싫도록 맛보았다
도대체 이별의 고독과 애수란 마음에서 떨어버릴 도리가 없는 것인가

香砌: 香은 수식적인 미칭임. '砌'는 섬돌임./寒声碎: 가을밤, 찬바람이 불어 낙엽 등이 바스락거리는 소리임./月华: 달./练은 표백한 비단을 말함. 즉 달빛이 밝은 것을 비유한 것임./长是人千里: 오래도록 외지에 나와 그리운 사람과 멀리 떨어져 있는 것을 표현한 것임./愁肠已断无由醉: 이별의 고통으로 장이 이미 끊어져 술에 취할 길이 없다는 뜻임./欹: 기울이다./谙尽: 실컷 맛보다. 익숙해지다./都来: '생각하다' 혹은 '도대체'라는 뜻임./此事: 이별의 고독과 애수를 가리킴./眉间: 눈썹과 눈썹 사이를 말한다. 근심과 격정이 모이는 곳임.

8. 〈千秋岁〉, 张先

数声鶗鴂, 又报芳菲歇. 惜春更选残红折,
雨轻风色暴, 梅子青时节. 永丰柳, 无人尽日花飞雪.

莫把幺弦拨, 怨极弦能说. 天不老, 情难绝,
心似双丝网, 中有千千结. 夜过也, 东窗未白孤灯灭.

두견새는 수차례 울어대고
또 꽃향기 답하여 흩어지고
아쉬운 봄은 또 남은 꽃잎을 꺾는다
보슬비 가벼이 날리니 경물의 색깔이 드러나고
매실이 푸른 계절이다
영풍의 버들은 인적 없는 곳에서 하루 종일 꽃눈을 날린다

붉은 현을 뜯지 마라
원한이 극에 달하면 현이 능히 말하리니
하늘은 늙지 않고 정은 끊기 어렵다
더듬은 두 줄의 실이 얽힌 가운데
수천 개의 매듭이 있는 것 같다
밤은 지나도 동창은 아직 밝지 않고
남은 달빛 모여 있다

鶗鴂: 두견새를 말하고, 이 새가 울면 봄꽃이 다 피어 저버린다고 함./永丰: 낙양의 다른 이름임./幺弦: 높은 현의 소리. 미세한 소리를 내는 현을 말함./双丝网: 거미줄을 가리키는 것으로 보임.

9. 〈菩薩蠻〉, 张先

哀筝一弄湘江曲,
声声写尽湘波绿.
纤指十三弦,
细将幽恨传.

当筵秋水慢,
玉柱斜飞雁.
弹到断肠时,
春山眉黛低.

슬프고 애잔한 <湘江曲>을 쟁으로 타니
상강의 물이 유유히 파도치는 듯하다
가늘고 섬세한 옥 같은 손가락이 쟁의 현 위에 날렵하여
마음속의 무한한 사연 그윽이 전해 주네

술자리, 그녀의 두 눈은 정으로 듬뿍
쟁의 기러기발 위를 달리다가
간장이 끊기는 듯 절정에 이르니
눈썹은 봄산처럼 점점 낮아지구나

十三弦: 쟁은 현이 13개인 현악기로, 12월 12줄에 闰月을 하나 더하여 13줄이 되었음./秋水: 눈길을 가을물에 비유한 것임./玉柱斜飞雁: 쟁주의 배열이 비스듬하여 마치 기러기 대열과 같은 것을 비유함.

10. 〈醉垂鞭〉, 张先

双蝶绣罗裙,
东池宴初相见.
朱粉不深匀,
闲花淡淡春.

细看诸处好,
人人道柳腰身.
昨日乱山昏,
来时衣上云.

한 쌍의 나비가 수놓인 비단 치마
동지의 연회에서 처음 만났다
붉은 분 진하지 않고 고운 것이
한가한 꽃 담담한 봄 같았네

자세히 보니 모든 곳이 좋은데
사람들은 버들 같은 허리를 말하네
어제 온 산에 황혼이 내려
올 때에 옷 위에 구름이 어렸었다

柳腰身: 버들가지처럼 가느다란 여인의 허리를 말함./乱山: 많은 산. 중첩된 산

11. 〈一丛花〉, 张先

伤高怀远几时穷? 无物似情浓. 离愁正引千丝乱,
更东陌, 飞絮蒙蒙. 嘶骑渐遥, 征尘不断,
何处认郎踪?

双鸳池沼水溶溶, 南北小桡通.
梯横画阁黄昏后, 又还是斜月帘栊.
沉恨细思, 不如桃杏, 犹解嫁东风.

높고 먼 곳에 대한 그리움은 언제 그칠까
물체가 없으니 정이 깊은 것 같네
이별의 슬픔은 바로 천 갈래로 얽혔는데
더욱 동쪽 길에 날리는 버들솜 자욱하다
우는 말은 점점 멀어가고
가는 곳의 먼지 끊이지 않는데
어느 곳에서 그대의 자취를 알까

한 쌍의 원앙이 노니는 연못, 물은 조용히 흐르고
남북으로 작은 노를 저어 통하네
사다리 작은 노를 저어 통하네
사다리 가로놓인 채색 누각에 황혼이 지나고
여전히 기운 달과 난간을 비치네
깊은 원망, 자질구레한 생각은
복숭아꽃이 자유로이 동풍에 시집가는 것만 못 하네

骑: 타는 말. 여기서는 명사적 용법으로 쓰임./桡: 짧은 노.

12. 〈天仙子〉 时为嘉禾小倅, 以病眠不赴府会(내가 嘉禾의 판관으로 있을 때, 병으로 잠들어 관청의 모임에 나가지 못했다), 张先

水调数声持酒听, 午醉醒来愁未醒.
送春春去几时回? 临晚镜, 伤流景.
往事后期空记省.

沙上并禽池上暝,
云破月来花弄影. 重重帘幕密遮灯,
风不定, 人初静, 明月落红应满径.

술잔 들고 <水调歌头>의 선율을 들으니
오후의 취기는 가시는데 근심은 가시지 않네
봄을 보내지만 봄은 가면 언제 다시 오나
늘그막에 거울 대하니
흐르는 세월에 가슴 아파
지난 일 훗날의 기약 부질없이 살펴본다

모래 위는 새들 나란하고 연못 위에 어둠이 깔리는데
구름을 깨치고 달이 비치자 꽃은 그림자를 희롱하네
겹겹의 발과 장막은 등불을 가리고
바람은 자지 않고
인적 막 끊겼으니
내일은 떨어진 꽃잎이 온 길을 덮었다

嘉禾小倅: 장선이 嘉禾(지금의 절강성 嘉兴市)의 判官으로 있었기 때문이다. 당시 장선의 나이는 52세였다./水调: 곡조 이름이다. 수나라 양제가 江都에 행차할 때 지은 것이라고 한다. 商调曲의 애수조를 띤 노래이다. 또한 〈水调歌头〉사패가 있다./临晚镜, 伤流景: 두목의 시에 "스스로 저녁 거울을 대하니 슬퍼지고, 누구와 더불어 흐르는 세월을 안타까워할까.(自伤临晚镜, 谁与惜流年)"라고 되어 있음./晚镜: 저녁에 보는 거울을 말함./流镜: 흘러가는 세월을 말함./往事后期空记省: '后期'는 '悠悠'로 적기도 한다. 이 구는 아득히 흘러간 옛일을 헛되이 기억을 되살려 회상하는 것을 말함./云破月来花弄影: 장선은 이 구를 짓고 스스로 만족하여 말하길 '花月亭'을 세웠다고 함.

13. 〈青门引〉, 张先

乍暖还轻冷, 风雨晚来方定.
庭轩寂寞近清明, 残花中酒,
又是去年病.

楼头画角风吹醒,
入夜重门静. 那堪更被明月,
隔墙送过秋千影.

잠깐 따뜻하다 다시 가벼운 추위
바람과 비는 밤이 되자 바야흐로 그쳤다
마당 툇마루는 적막하고 청명절이 가까워지고
남은 꽃잎 중의 술은 또한 작년의 병이로다

누대머리 채색된 모서리로 바람이 불어와 깨어나네
밤이 되자 겹문은 조용한데
더욱 담을 격해 보내지는 달빛 받은 그네 그림자를
어찌 차마 견디리오

清明: 청명절로, 매년 4월 5일 또는 6일을 가리킴./中酒: 술에 취하다는 뜻임./画角: 군
악으로 사용되는 호각을 말한다. 겉에 그림이 그려져 있는 비단이기 때문에 '画角'이라
고도 한 것임.

14. 〈生查子〉, 张先

含羞整翠鬟, 得意频相顾.
雁柱十三弦, 一一春莺语.
娇云容易飞, 梦断知何处,
深院锁黄昏, 阵阵芭蕉雨.

부끄러워 짐짓 머리를 매만지고
득의해서는 눈을 들어 돌아보네
가야금 열 세줄
줄마다 퉁기면 꾀꼬리 소리
지금은 구름처럼 날아가 버리고
어딜 갔는지 꿈길에도 못 찾겠네
깊은 뜰엔 황혼만 깊고
파초 잎에 떨어지는 빗방울 소리

翠鬟: 푸른빛이 나는 땋은 머리. 미인의 머리카락을 형용한 것임. 혹은 비취옥을 장식으로 꽂은 머리./娇云: 巫山의 미인을 가리킴./梦断: 미인의 꿈이 끊어졌음을 말함.

15. 〈浣溪沙〉, 晏殊

一曲新词酒一杯,
去年天气旧池台,
夕阳西下几时回?

无可奈何花落去,
似曾相识燕归来,
小园香径独徘徊.

새로 지은 사 한 수에 술 한 잔
날씨는 지난해, 자리도 옛 정자이거늘
지는 해는 언제 돌아올는지

어쩔 수 없이 꽃은 지고
어디서 본 듯한 제비는 봄을 찾아 돌아왔건만
작은 정원에 향기는 번지거늘 일어나 배회했다

无可奈何: 어찌할 수가 없다는 뜻임./香径: 떨어지는 꽃으로 가득해서 그 향기가 가득
한 뜰을 말함./徘徊: 서성이다. 배회하다.

16. 〈浣溪沙〉, 晏殊

一向年光有限身,
等闲离别易消魂,
酒筵歌席莫辞频.

满目山河空念远,
落花风雨更伤春,
不如怜取眼前人.

잠시 짧게 사는 인생
쉬운 이별은 넋을 빠지게 하니
술자리에서 노래를 너무 자주 거절하지 말라

눈앞에 가득 펼쳐진 산하, 나는 부질없이 멀리 떠난 임을 그리워하니
비바람에 떨어지는 꽃잎에 마음 더욱 상한다.
눈앞의 노래 부르는 기녀를 소중히 하는 것만 못 하네

一向: 잠시/等闲: 늘. 항상. 언제나/消魂: 넋을 잃다. 혼을 빼앗기다./满目: 두 눈에 가득
하다./伤春: 봄을 슬퍼함을 말함./取: 어조사임./眼前人: 앞 시대 사람을 보다는 뜻임.

17. 〈清乐平〉, 晏殊

红笺小字,
说尽平生意.
鸿雁在云鱼在水,
惆怅此情难寄.

斜阳独倚西楼,
遥山恰对帘钩.
人面不知何处,
绿波依旧东流.

분홍 종이에 깨알 같은 글씨
무한한 감개를 다 털어 놓았네
기러기도 구름 끝에 날고
물고기도 물속에 자유로운데
이내 마음 전할 길이 없구나

석양에 홀로 서쪽 정자에 기대어
발을 걸고 먼 산을 마주대하니
그대는 멀리 보이지 않고
강물만이 동쪽으로 흐르고 또 흐른다

鸿雁在云鱼在水: 옛날에 기러기와 물고기는 모두 소식이나 편지를 전해 주는 매개물이었음./帘钩: 주렴을 거는 갈고리를 말함./依旧: 의구히. 예전같이 그대로.

18. 〈清乐平〉, 晏殊

金风细细,
叶叶梧桐坠.
绿酒初尝人易醉,
一枕窗浓睡.

紫薇朱槿花残,
斜阳却照阑干.
双燕欲归时节,
银屏昨夜微寒.

가을바람 약하게 불어
한 잎 한 잎 오동잎 떨어진다
막걸리를 처음 맛보니 쉽게 취하여
조그만 창가에서 베개 베고 깊이 잠든다

자색 백일홍과 붉은색 무궁화 꽃은 시들었는데
지는 햇빛 오히려 난간을 비춘다
쌍쌍이 날아다니는 제비 돌아가려는 시절
지난밤 은색병풍 조금 차가워진다

金风: 가을바람을 말함. 金은 五行으로 보면 가을에 해당함./绿酒: 푸른색의 술, 좋은
술을 이르는 말임./紫薇: 백일홍(百日红)의 다른 이름이다. 당대에 이 나무를 中书省에
심었으므로 현종이 중서성을 紫薇省이라 고쳤다. 여기서는 자색 장미꽃으로 해석함./朱
槿: 붉은색의 무궁화꽃을 말함.

19. 〈木兰花〉, 晏殊

池塘水绿风微暖,
记得玉真初见面.
重头歌韵响铮琮,
入破舞腰红乱旋.

玉钩栏下香阶畔,
醉后不知斜日晚.
当时共我赏花人,
点检如今无一半.

연못의 물 푸르고 따듯한 미풍이 부니
미인을 처음 만났을 때 생각난다
전후편이 똑같은 노래 부를 땐 그 운이 옥 부딪는 듯 울렸고
클라이맥스 때에 춤추는 허리 교태롭고 붉은 치마 마구 돌았지

주렴 밖의 난간과 꽃향기 그윽한 섬돌가에서
흠뻑 술 마시곤 해 저무는 것도 몰랐네
당시 나와 함께 꽃을 구경하던 사람들
자세히 살펴보니 지금은 반도 남아있지 않네

玉真: '玉人'과 같고, 미인을 말함./重头: 사에서 전편과 후편이 완전히 똑같은 것을 말함./铮琮: 옥이 서로 부딪혀 나는 소리를 말함./入破: 악곡의 악성의 이름으로, 大曲 중의 한 음악 단계임.

20. 〈木兰花〉, 晏殊

燕鸿过后莺归去,
细算浮生千万绪.
长于春梦几多时,
散似秋云无觅处.

闻琴解佩神仙侣,
挽断罗衣留不住.
劝君莫作独醒人,
烂醉花间应有数.

기러기 가고 나면 꾀꼬리 오고
한 해 한 해 지난생활 천만가지 얽힌 일
사람의 일생은 봄꿈과 같이 짧으니
가을구름처럼 흩어지면 찾을 길 없다

사마상여와 강비와 같은 신선의 배필
옷소매 찢겨져도 붙들 길 없다
그대여 권하노니 술이 깨지 않도록
꽃 사이에서 실컷 마셔 취하느니만 못 하리

长于春梦几多时: 인생은 봄날에 꾼 꿈[春梦]과 같으니, 길어서 얼마나 되겠느냐는 뜻임./闻琴解佩神仙侣: 탁문군은 사마상여의 거문고 타는 소리를 듣고 반하여, 사마상여와 함께 야밤 도주했다. 江妃는 佩玉을 풀어 郑文甫에게 주었음.

21. 〈木兰花〉, 晏殊

绿杨芳草长亭路,
年少抛人容易去.
楼头残梦五更钟,
花底离愁三月雨.

无情不似多情苦,
一寸还成千万缕.
天涯地角有穷时,
只有相思无尽处.

푸른 버들 향내 나는 풀 정자 벗한 긴 오솔길
젊은 시절은 쉬이 지나가고, 사람은 쉬이 가버리는 것
누각 위 신 새벽의 잔 꿈결 속에
삼월의 빗물 젖은 꽃잎 위에 떨어지는 이별의 슬픔

무정함, 차라리 사막의 사모의 정만큼 괴롭지 않은 것을
일촌 더디 흐르는 시간, 아직 천만을 헤아려야 하건만
하늘과 땅 그것이 다하는 그때에
서로 만나는 그곳 있으리

长亭: 10리에 하나의 长亭, 5리에 하나의 短亭이라고 함./五更钟 · 三月雨: 更은 日没부터 2시간씩 5등분하여 일컫는 시간의 단위이다. 五更은 새벽 4～5시쯤을 말함. 五更의 종이나 삼월달의 비는 모두 인정이 그립게 하는 것들이다. 모두 사람을 그리워하는 때를 말하는 것임./缕: 실의 가닥, 실처럼 가늘고 긴 것을 말함.

22. 〈踏莎行〉, 晏殊

小径红稀, 芳郊绿遍,
高台树色阴阴见. 春风不解禁杨花,
蒙蒙乱扑行人面.

翠叶藏莺, 朱帘隔燕, 炉香静逐游丝转.
一场愁梦酒醒时, 斜阳却照深深院.

작은 오솔길에 떨어진 꽃잎은 사라져가고
먼 들판 향내 나는 비취빛 풀 잎 대지를 덮어
높은 누대 옆 수풀은 그윽한 잎새를 드러낸다
봄바람은 쉴 새 없이 버드나무의 꽃잎을 날려서
지나가는 사람의 얼굴에 꽃눈이 내리듯 떨어진다

무성한 푸른 잎새 사이로 노래하는 꾀꼬리
붉은 주렴 사이로 춤추며 날아오르는 제비
향로의 연기는 물가의 배처럼 유유히 타오르고
한차례의 근심과 꿈에서 깨어날 때
한 줌의 비스듬한 석양빛이 그윽한 정원을 비춘다

红稀: 꽃이 적게 피어 있는 것을 말함./绿遍: 풀이 많은 모양./阴阴见: 몰래 드러나다. 살며
시 드러나다. 나무가 무성하게 우거져 있는 모양을 말한다. '见'은 '나타나다(现)'는 뜻임./
春风不解禁杨花: 봄바람(春风)은 지는 버들꽃을 말릴 줄 모른다. '不解'는 이해할 수 없
다는 뜻임./蒙蒙: 운무가 어둡게 되는 모양을 말한다. 여기서는 버들꽃이 뿌옇게 흩날리는
것을 가리킴./炉: 도르래, 물레/游丝: 거미의 유충이 토해 낸 아주 가는 실을 말한다. 즉 향로
에서 피어나는 연기는 고요히 공중에 떠 있는 누에가 만든 실이 맴돈다는 뜻임./一场: 한 번.

23. 〈蝶恋花〉, 晏殊

檻菊愁烟兰泣露, 罗幕轻寒.
燕子双飞去, 明月不暗离恨苦,
斜光到晓穿朱户.

昨夜西风凋碧树, 独上高楼, 望尽天涯路.
欲寄彩牋兼尺素, 山长水阔知何处.

난간의 국화는 안개에 근심 서리고 난초는 이슬에 눈물짓네
비단 장막으로 가벼운 한기가 들어오고
제비는 쌍쌍이 날아간다
밝은 달은 이별의 서러움과 고통을 기억하지 못하는지
기우는 달빛은 새벽이 되자 붉은 지게문을 뚫는구나

어제 저녁 서풍에 푸른 나무는 시들었고
혼자 높은 누각에 올라가서
하늘가 길을 끝없이 바라보았다
채색 편지와 엽서를 붙이고자 하나
산은 길고 물은 넓으니 어딘 줄 알겠는가

檻菊: 이 구절의 전체 의미는 멀리 떨어져 있는 사람의 안중에 내포되어 있으며, 화초
역시 근심과 고통으로 가득 차 있음을 나타내고 있음./昨夜西风: 왕국유의 ≪人间词话≫
에서 "고금을 통해 큰 사업과 큰 학문을 성취하려면 반드시 세 가지 종류의 경계를 지
녀야 한다." 이 사의 "어젯밤 서풍에 푸른 나무 시들었다. 홀로 높은 누각에 올라 하늘
가 길을 끝없이 바라본다.(昨夜西风凋碧树, 独上高楼, 望尽天涯路.)"는 구절을 예로 들
면서 이것이 바로 첫 번째 경계라고 말함./彩牋兼尺素: 모두 서신을 말한다. 여기서 중
복하여 말한 것은 의미를 강조하여 그리움이 간절함을 표현한 것임.

24. ⟨蝶恋花⟩, 晏殊

六曲阑干偎碧树, 杨柳风轻,
展尽黄金缕. 谁把钿筝移玉柱,
穿帘海燕双飞去.

满眼游丝兼落絮,
红杏开时, 一霎清明雨.
浓睡觉来莺乱语, 惊残好梦无寻处.

녹수 가까이엔 난간이 굽이굽이
청풍이 천천히 불어오니 버들가지 하늘하늘
황금줄 줄줄이 늘어진 듯하구나
가야금의 기러기발을 그 누가 고를까
창 밖에는 바다제비만이 쌍을 지어 날아간다

버들가지 흔들흔들 버들꽃은 날리고
살구꽃 활짝 피고 청명절에 비가 잠시 내렸다
단잠에서 문득 깬 꾀꼬리 노래 들으니
꿈속에 그녀는 찾을 길이 없다

蝶恋花: 당대 교방곡 이름./偎: 가까이하다. 기대다./黄金缕: 버들가지에 피는 황금색 꽃이 핀 것을 말함./钿筝: 나전으로 장식한 쟁을 말함./一霎: 잠시. 한바탕 오는 비의 뜻이 변하여 잠시의 뜻으로 쓰임.

25. 〈望汉月〉, 晏殊

千缕万条堪结. 占断好风良月.
谢娘春晚先多愁, 更撩乱, 絮飞如雪.

短亭相送处, 长忆得, 醉中攀折.
年年岁岁好时节. 怎奈尚, 有人离别.

천 가지 만 가지 서로 얽히어
좋은 바람과 아름다운 달 가려버렸네
봄이 저물자 謝娘이 먼저 무수한 슬픔에 잠긴다
더욱 어지러이 눈처럼 휘날리는 버들솜

임을 보낸 단정에서
긴긴 그리움으로 술에 취해 나뭇가지를 꺾었다
해마다 좋은 시절 있건만
어찌하랴? 누군가는 나처럼 이별할 것을

千缕: 가늘고 긴 것으로 실모양의 물건을 말함./谢娘: 첫째는 진나라 王凝之의 부인 谢道韫의 뛰어난 문학적 재능을 가지고 있었다. 때문에 나중에 재능 있는 여인을 일컬어 '谢娘'이라 불렀다. 둘째는 당나라 재상 李德裕의 집에 노래를 잘 부르는 가기 秋娘이 있었다. 때문에 이후에 '谢娘'을 일컬어 歌妓의 대명사로 불림./短亭: 옛날 성밖에 큰 길 옆에는 오리마다 短亭이 설치되어 있었고, 10리마다는 长亭이 설치되어 있었다. 행인들이 휴식을 하거나 송별의 장소로 이용됨.

26. 〈渔家傲〉, 晏殊

罨画溪边停彩舫. 仙娥绣被呈新样.
飒飒风声来一饷. 愁四望.
残红片片随波浪.

琼脸丽人青步障.
风牵一袖低相向. 应有锦鳞闲倚傍.
秋水上. 时时绿柄轻摇扬.

엄화계곡 가에서 화려한 배를 정박하고
선녀의 수놓은 이불이 새로운 모습을 드러내고
쏴쏴하는 바람소리 잠시 들려온다
근심스런 얼굴로 사방을 바라보니
시든 붉은 꽃잎은 한 조각 한 조각 물결 따라 흘러간다

옥 같은 얼굴의 여인은 푸른 솔을 두르고
바람이 소매 한쪽을 잡아당기자 나직이 서로 향한다
분명 비단비늘 물고기가 한가로이 기대고 있다
가을 물 위로
시시때때로 푸른 가지 가벼이 흔들린다

罨画溪: 일명은 '西溪'로 불림. 지금 浙江省 长兴县 서쪽에 위치함./仙娥: 선녀. 미녀/
饷: '晌'과 같다. 잠시, 오래 지나지 않아./步障: 또한 '步鄣'라고도 되어 있다. 바람과
먼지를 가리거나 막는 데 사용하고 혹은 투명한 실로 만들어진 일종의 솔을 말함./锦
鳞: 물고기의 미칭임. 전설 중의 鲤鱼(잉어)를 말함.

27. 〈凤箫吟〉, 韩缜

锁离愁连绵无际, 来时陌上初熏,
绣帏人念远, 暗垂珠露,
泣送征轮. 长行长在眼,
更重重, 远水孤云.
但望极楼高, 尽日目断王孙.

消魂, 池塘别后,
曾行处, 绿妒轻裙.
恁时携素手, 乱花飞絮里,
缓步香茵. 朱颜自改,
向年年, 芳意长新.
遍绿野, 嬉游醉眼, 莫负青春.

이별의 슬픔 암담하기 끝이 없다
그대 왔을 땐 밭과 들엔 풀 향기 감돌았었지
눈물 흘리며 비단창문 밖 멀리 떠나가는 그대를 바라보네
저 멀리 점점 사라지는 그림자
나중엔 오직 강물과 구름 아득할 뿐이었네.
홀로 높은 누각에 올라 그대 찾는 이 마음
종일을 바라봐도 보이지 않는 왕손이시여!

연못에서 이별한 후 애타는 마음, 우리 다니던 곳
푸른 초원이 시기할 듯 입고 있던 그 옷은 아름다웠지
손에 손 잡고 만발한 꽃 흩날리는 버들솜

푸른 풀밭을 산책했다
붉었던 얼굴은 어디 가고 헛되이 늙어도 꽃만은 해마다 새로 피어난다
푸른 교외에 노니는 사람들아
청춘 한 시절을 마음껏 즐기자

熏: 연기 나는 향기를 말함./绣帏人: 깊은 규방의 여인을 말함./念远: 멀리 길 떠난 사람(남편)을 그리는 마음을 나타낸 것임./珠露: 풀의 이슬이 구슬처럼 맺히는 것을 부인을 그리는 붉은 눈물을 흘리는 것을 비유한 표현임./征轮: 멀리 떠난 사람이 탄 수레를 말함./王孙: 왕손은 항상 멀리 길 떠나 돌아오지 않는 사람을 가리킴./恁时: 그때(那是)./香茵: 초원(草地)을 말함.

28. 〈木兰花〉, 宋祁

东城渐觉风光好,
縠皱波纹迎客棹.
绿杨烟外晓云轻,
红杏枝头春意闹.

浮生长恨欢娱少,
肯爱千金轻一笑?
为君持酒劝斜阳,
且向花间留晚照.

동쪽 성에 봄이 오니 경치가 더욱 아름다워
잔잔한 강물 파도 배가 뜨기를 기다리네
연기 갈린 버드나무 끝엔 새벽 구름 걸려 있고
붉은 살구나무 가지 끝에 봄기운이 아우성치네

인생의 즐거움이 너무도 짧은데
금전을 생각해서 미인의 웃음을 저버릴 것인가
그대 위해 술잔 들어 석양을 보며
또한 꽃 사이에서 저녁 석양빛에 마음껏 취해 보세

縠皱波纹: 비단 주름같이 잔 파문을 말함./红杏枝头春意闹: 왕국유는 ≪人间词话≫
제7칙에서 이 구절에서 '아우성치네(闹)'라는 한마디를 써서 경계가 완전히 드러났다고
극찬하였음./斜阳: 비스듬히 떨어지는 해. 석양을 말함.

29. 〈采桑子〉, 欧阳修

群芳过后西湖好, 狼籍残红,
飞絮蒙蒙, 垂柳阑干尽日风.

笙歌散尽游人去, 始觉春空,
垂下帘栊, 双燕归来细雨中.

성하던 꽃 진 후에 서호가 좋으니
떨어진 꽃잎이 어지러이 흩날리네
자욱이 버들솜을 날리며
난간에 드리운 버들가지는 하루 종일 봄바람에 한들거린다

생황의 노랫가락 흩어지고 놀던 이들 돌아가니
비로소 봄날의 허전함을 느낀다
창의 주렴을 드리우니
한 쌍의 제비가 가랑비 속에 돌아오네

西湖: 안휘성 추양현 서북에 있는 호수. 길이 10리, 넓이 2리, 영하의 모든 물이 모여 흐르는 곳이다. 구양수가 말년(1071 – 1072)에 颍川에 있을 때 〈采桑子〉 10수를 써서, 서호를 노래하였는데 이 작품은 네 번째 작품임./群芳: 봄날. 백화가 핀 모습./狼籍: 어지럽게 쌓인 모습. 정리되지 않은 모습./残红: 떨어진 꽃./飞絮: 버들솜. 거친 풀솜./蒙蒙: 가랑비 오다. 흐릿하다./尽日: 온종일. 하루 종일./春空: 봄이 지났음을 뜻함./帘: 주렴. 발./栊: 울. 창살이 있는 창을 말함.

30. 〈诉衷情〉, 欧阳修

清晨帘幕卷轻霜,
呵手试梅妆.
都缘自有离恨,
故画作远山长.

思往事, 惜流芳,
易成伤. 拟歌先敛,
欲笑还颦,
最断人肠.

이른 새벽에 엷게 서리 앉은 발을 거두고
손에 더운 김을 내불면서 매화장을 해 본다
모두 스스로 지닌 이별의 한 때문에
먼 산 같이 눈썹을 길게 그렸다

지난일 생각하면
흐르는 청춘이 애석하여
쉽게 마음 슬퍼진다
노래를 부르려다 두 손을 모으고
웃으려다 얼굴을 찡그리니
가장 사람의 마음을 아프게 한다

梅妆: 남조 송무제의 딸 수양공주가 잠잘 때 이마 사이에 매화꽃이 떨어졌다. 그래서 한때 매화화장법이 유행했다고 함./**流芳**: 흐르는 시간을 말함./**颦**: 눈살을 찌푸리다.

31. 〈踏莎行〉, 欧阳修

候馆梅残, 溪桥柳细, 草薰风暖摇征辔.
离愁渐远渐无穷, 迢迢不断如春水.

寸寸柔肠, 盈盈粉泪, 楼高莫近危阑倚.
平芜尽处是春山, 行人更在春山外.

망루에 시들어 떨어진 매화 꽃잎
다리 위 하늘거리는 버드나무 잎
풀 향기 따뜻한 바람
말에게 실어 멀리까지 한없이 더해 가고
아득히 끊이지 않음은 봄 시내 같다

단장의 슬픔 마디마디
가득 차오르는 눈물 뺨을 적시고
높은 난간에 홀로 기대어 바라보지도 못하네
들풀 무성한 들판 청산에 잇대어 있고
떠나간 임은 청산 밖에 있다

候馆: 멀리까지 바라볼 수 있는 누각, 망루를 말함./薰: 향기./辔: 고삐. 재갈을 말함.
'征辔'는 '말(马)'을 의미한다./迢迢: 멀다. 아득하다. 높은 모양을 말함./寸寸柔肠: 상심
하여 애간장이 다 녹다는 뜻임./盈盈粉泪: '盈盈'는 큰물이 넘치는 모양이다. '粉泪'는
여성의 눈물을 의미함./危阑倚: '阑'은 막다, 방지하다, 가로막다는 뜻이다. 어떤 판본에
는 '栏'으로 되어 있다./'危栏'은 높은 누각 위의 난간을 말함./阑: 막다. 방지하다. 가
로막다./平芜: 평탄한 초원을 가리킴./春山: 许昂霄 '春山'은 '青山'으로 써야 할 것이
라고 하였다. 위에 '春水'가 있어 '春'의 중복 사용은 번잡한 느낌을 주기 때문임.

32. 〈蝶恋花〉, 欧阳修

庭院深深深几许? 杨柳堆烟,
帘幕无重数. 玉勒雕鞍游冶处,
楼高不见章台路.

雨横风狂三月暮,
门掩黄昏, 无计留春住.
泪眼问花花不语,
乱红飞过秋千去.

정원이 깊고 깊은 것이 얼마나 될까?
버드나무는 안개에 묻히고
주렴과 막은 셀 수 없이 겹겹이 드리웠다
옥고삐에 수놓은 안장 얹고 놀던 곳
누각은 높지만 장대로가 보이지 않는다

비는 횡으로 미친 듯이 퍼붓고 바람이 세찬 삼월의 저녁
문을 닫아 황혼은 가두었지만
봄을 머물게 할 방법이 없구나
눈물을 흘리며 꽃에게 물어도 꽃은 말이 없고
어지러이 떨어진 붉은 꽃잎은 그네로 날려가네

游冶: '冶游'와 같은 뜻이다. 즉 봄놀이이다./章台路: 한 장안에 장대거리가 있었으니 장대의 아래에 있었다. 당나라 许尧佐는 ≪章台柳传≫이 있는데 후세 사람들이 章台 라고 하면 가기들이 모여 사는 곳을 지칭하게 되었음.

33. 〈蝶恋花〉, 欧阳修

谁道闲情抛弃久?
每到春来,
惆怅还依旧.
日日花前常病酒,
不辞镜里朱颜瘦.

河畔青芜堤上柳,
为问新愁,
何事年年有?
独立小桥风满袖,
平林新月人归后.

누가 한가한 감정 버린 지 이미 오래라고 말했는가?
매번 봄이 오면
슬픔이 여전한 것을
하루하루 꽃 앞에서 항상 술을 마시며
거울 속의 붉은 얼굴이 야위는 것을 마다하지 않는다

강가의 푸른 무성한 풀과 둑 위의 버들
새로운 근심들이
어인 일로 해마다 생기는지를 물어본다
홀로 작은 다리에 서 있자니 바람이 소매에 가득하고
우거진 숲에는 사람이 돌아간 후 새로 달이 떠오르네

青芜: 푸른 풀을 말함./平林: 평평한 숲을 말함.

34. 〈蝶恋花〉, 欧阳修

几日行云何处去?
忘了归来, 不道春将暮.
百草千花寒食路,
香车系在谁家树?

泪眼倚楼频独语.
双燕来时, 陌上相逢否?
撩乱春愁如柳絮,
依依梦里无寻处.

언젠가 떠나간 구름은 어느 곳으로 간 것인지
돌아오는 것을 잊었는데
봄날은 저물고 있음을 말하지 아니하는
많은 풀과 꽃이 한식날의 거리에 피어 있네
향기로운 수레는 누구의 집 나무에 매여 있는가

눈물을 흘리며 누각에 기대어 자주 혼자서 하는 말
'한 쌍의 제비가 돌아올 때 길에서 만나지 않았나요?'
어지러운 봄날의 근심은 버들솜과 같아서
여전히 꿈에서도 찾을 곳이 없다네

行云: 마음속에 그리는 사람을 가리킴./不道: 어느새, 자기도 모르는 사이에.

35. 〈阮郎归〉, 欧阳修

南园春早踏青时,
风和闻马嘶.
青梅如豆柳如眉,
日长蝴蝶飞.

花露重, 草烟低.
人家帘幕垂,
秋千慵困解罗衣,
画梁双燕栖.

남쪽 동산의 이른 봄날에 청명절이 되니
따뜻한 바람 속으로 말의 울음소리 들려오네
푸른 매실은 콩과 같고 버들은 눈썹 같은데
해는 길고 나비는 날아간다

꽃의 이슬은 무겁고
풀에는 안개가 낮게 드리웠다
인가의 발이 드리우니
그네 타다 피곤하여 비단 저고리를 풀어헤치는데
화려한 들보에는 한 쌍의 제비가 살고 있네

南园: 남쪽 동산./踏青: 답청절을 가리킴./马嘶: 말이 울다./草烟: 풀가의 안개./秋千: 그
네./困解: 피곤하여 풀어헤치다./罗衣: 비단옷. 비단저고리./画梁: 그림 같은 화려한 대
들보를 말함.

36. 〈木兰花〉, 欧阳修

別後不知君远近, 触目凄凉多少闷!
渐行渐远渐无书, 水阔鱼沉何处问?

夜深风竹敲秋韵, 万叶千声皆是恨.
故敧单枕梦中寻, 梦又不成灯又烬.

이별한 후 그대가 어디에 있는지를 알 수 없으니
눈에 닿은 것이 처량하고 얼마나 가엾은지
떠나가서 점점 멀어지니 소식은 없고
물이 넓어 고기가 깊이 있으니 어느 곳에 묻겠는가

밤이 깊어 바람 지나가니 가을 소리 두드리고
만 가지 잎 천 가지 소리 모두가 한이다
일부러 외로운 베개에 누워 꿈속에서 찾았지만
꿈도 또 꾸어지지 않고 촛불마저 타버렸네

水阔鱼沉何处问: '阔'은 넓다는 뜻임. '渔沈'은 멀리에서 보내온 잉어를 요리할 때 배 속에서 편지가 나왔다는 이야기에서, 물고기는 편지를 가리킴. 여기서는 떠나간 사람으로부터 전혀 소식이 없음을 말함./秋韵: 가을 소리/故敧: '故'는 '일부로', '고의로'라는 뜻임. '敧'는 '기대다'는 뜻임.

37. 〈临江仙〉, 欧阳修

柳外轻雷池上雨, 雨声滴碎荷声,
小楼西角断虹明. 阑干私倚处,
待得月华生.

燕子飞来窥画栋,
玉钩垂下帘旌. 凉波不动簟纹平.
水精双枕畔, 傍有堕钗横.

버들 너머로 가벼운 천둥소리 나자 연못에 비 내리고
빗방울 떨어지니 연꽃을 부수는 소리가 난다
작은 누각의 서쪽 모퉁이에는 무지개 조각이 밝아
난간에 기대어
달이 뜨는 것을 기다린다

제비가 날아와서 채색한 기둥을 엿보지만
옥고리 밑으로 주렴이 드리워져 있다
은은한 빛 아래의 대자리는 가을 물결처럼 잔잔하고
수정으로 장식한 한 쌍의 베개 옆에는
비녀가 떨어져 놓여 있다

柳外轻雷池上雨구: '柳外'는 버드나무 저쪽. 轻雷는 그다지 크지 않은 우레 소리를 말함./帘旌: 휘장, 커튼.

38. 〈浪淘沙令〉, 欧阳修

把酒祝东风，且共从容.
垂杨紫陌洛城东，
总是当时携手处，
游遍芳丛.

聚散苦匆匆，
此恨无穷.
今年花胜去年红，
可惜明年花更好，
知与谁同?

술잔을 들어 봄바람에게 빌었네
잠시 봄과 함께 머물러 달라고
버들 드리우고 꽃 만개한 낙양성 동쪽의 교외 길에서
그때 우리 손을 잡고
여기저기 꽃 사이를 돌아다녔다

만났다가는 바삐 헤어지자
이러한 원망은 끝이 없다
올해의 꽃은 작년보다 더욱 붉으니
내년의 꽃은 더욱 아름답겠지만
안타깝게도 누구와 함께할 것인가

从容: 한가롭게 서성이다는 뜻임./紫陌: 붉은 꽃이 핀 길가를 말함.

39. 〈青玉案〉, 欧阳修

一年春事都来几? 早过了, 三之二.
绿暗红嫣浑可事. 绿杨庭院,
暖风帘幕, 有个人憔悴.

买花载酒长安市, 又争似家山见桃李?
不枉东风吹客泪, 相思难表,
梦魂无据, 惟有归来是.

일 년 동안 봄날의 사물이래야 몇 되지 않는데
벌써 지나가 버렸다
그중 삼 분의 이가
녹음 짙고 꽃피는 일 늘 있는 일이지만
정원에 푸른 버들 우거지고
방 안의 주렴에 온화한 바람 불어오니
홀로 슬픔에 야위어 가는 사람 있도다

장안에서 꽃을 사며 술자리 베푼들
어찌 고향 산에서 복숭아꽃 오얏꽃 보는 것과 다시 비기리
봄바람에 나그네 눈물 흘리는 것 이상한 것 없다
고향 그리워하는 마음 나타내기 어렵고
꿈속에서 고향 다녀온 혼백은 믿을 바 못 되니
오직 고향으로 돌아가는 것만이 최상책이라네

绿暗: 붉고 고운 꽃/可事: 가이 즐거운 일/争似: 어찌 같으랴./家山: 고향/不枉: 탓하지 않다.

40. 〈少年游〉, 欧阳修

阑干十二独凭春,
晴碧远连云, 千里万里,
二月三月, 行色苦愁人.

谢家池上, 江淹浦畔,
那堪疏雨滴黄昏,
更特地, 忆王孙.

열두 난간에 기대어 홀로 봄 맞으니
맑고 푸른 풀이 멀리 구름에 닿아 있네
천릿길 만리길을
이월 삼월에
길 떠나는 행색은 사람을 시름에 젖어들게 한다

사씨 집 연못가
강엄의 갯가에
읊조리는 혼백과 떠도는 넋
어찌 감당하랴
보슬비가 황혼에 방울방울 떨어지니
더욱이 무엇보다 왕손이 그리워진다

阑干十二: 〈난간 12〉곡을 말한다. 고악부 〈西洲曲〉에 "누각이 높아 눈 닿는 데까지
바라다봤으나 보이지 않고, 해가 다 지도록 난간 어귀에 서 있었네. 〈난간12〉곡을 노
래했고, 드리운 손은 맑기가 옥과 같다네.(楼高望不见, 尽日阑干头, 阑干十二曲, 垂手

明如玉)"라는 구절이 있다. 여기서는 누대에 기대어 멀리 바라다보다는 뜻임./行色: 출발 전후의 상태나 분위기, 안색, 표정/谢家池上: 남조 때 송나라 사령운의 〈登池上楼〉 시에 나오는 구절이다./江淹浦畔: 남조 때 양나라 강엄의 ≪別赋≫에 나오는 구절이다./疏雨: 듬성듬성하게 내리는 비. 보슬비를 말함./忆王孙:. ≪楚辞·隐逸士≫에 "왕손은 놀러가서 돌아오지 않고, 봄풀만 무성히 피어 있구나!(王孙游兮不归, 春草生兮萋萋)"라는 구절이 있음.

41. 〈多丽〉, 李良定公席上赋(이양정공이 연회석에서 짓다), 聂冠卿

想人生, 美景良辰堪惜.
向其间, 赏心乐事,
古来难是并得. 况东城,
凤台沁苑, 泛清波,
浅照金碧. 露洗华桐,
烟霏丝柳,
绿阴摇曳荡春色.
画堂迥, 玉簪琼佩,
高会尽词客. 清歌久,
重然绛蜡, 别就瑶席.

有翩若惊鸿体态,
暮为行雨标格. 逞朱唇,
缓歌妖丽, 似听流莺乱花隔.
慢舞萦回, 娇鬟低亸,
腰肢纤细困无力.
忍分散, 彩云归后,
何处更寻觅? 休辞醉,
明月好花, 莫漫轻掷.

인생을 생각하니
아름다운 경치와 좋은 시절이 아쉽기만 하다
그동안 마음을 즐겁게 했던 일들을 돌아보니

그 안에 어려웠던 것과 옳았던 것이 함께 있다
하물며 동쪽 성엔 봉황대와 모래동산이 있고
맑은 물결 위에 배 띄우면
푸른 물 위로 석양의 황금빛 넘실거린다
이슬은 오동잎을 씻어내고
버들엔 안개가 자욱한데
녹음이 늘어져 흔들리니
온통 봄 일색이로다.
그림 같은 집은 멀고
옥비녀와 패옥 두른 여인들
고상한 모임이라 사작가의 손님이 다 모였다
맑은 즐거움이 계속되어
붉은 초를 거듭 태우니
따로 귀한 자리로 옮겨갔다

멋스럽기가 가벼운 기러기 모습 같고
저녁엔 비가 되어 길을 가리킨다
붉은 입술 드러내어
천천히 노래 부르니 아름다워
흐드러진 꽃 너머로 꾀꼬리 소리 듣는 것 같다
천천히 춤추며 돌아드니
어여쁜 머리는 밑으로 늘어지고
가냘픈 허리는 노곤한 듯 힘이 없다
차마 어찌 헤어질까?
채색구름이 돌아간 후
어디서 다시 찾을 수 있을까?
술 취하는 것을 사양하지 마라
밝은 달 좋은 꽃을

함부로 가볍게 던져버리지 마라

李良定公: 李端懿로 자는 元伯이고, 晶子를 따랐다. 어머니는 송 태종의 딸 万寿公主이다. 그는 학문을 좋아하여 어렸을 때 真宗을 모시고 동궁에 살았다. 관직은 京东西路安抚使에 올랐다. 예의있고 어진 아래 선비들이 사대부들과 더불어 즐기며 놀았음./凤台: 옛날의 누대 이름임./霏: 빽빽하고 촘촘하다. 여기서는 버드나무 가지에 안개가 자욱하다는 뜻임./玉簪琼佩: 화려하고 귀한 장식품을 말함./绛蜡: 붉은 촛불을 말함./翩若惊鸿: 미녀의 자태를 형용한 것임./暮为行雨: 송옥의 〈高唐赋〉에 초나라 회왕이 꿈속에서 무산의 신녀를 보고 말하기를 "첩은 무산의 음지에 살고 있는데, 높은 구릉이 막아서, 아침에는 구름을 만들고, 저녁에는 비를 내린다. 매일 아침저녁으로 햇빛이 비치는 양지바른 누대로 내려온다."라고 되어 있다. 이곳은 노래 부르는 여자의 분위기를 말한 것임./鬟: 둥글게 쪽진 머리 모양을 말함./低鬌: 밑으로 축 늘어져 있는 귀밑머리./彩云: 노래하고 춤추는 아름다운 미녀를 가리킴.

42. 〈苏幕遮〉, 梅尧臣

露堤平, 烟墅杳,
乱碧萋萋, 雨后江天晓.
独有庾郎年最少.
窣地春袍, 嫩色宜相照.

接长亭, 迷远道.
堪怨王孙, 不记归期早.
落尽梨花春又了.
满地残阳, 翠色和烟老.

이슬 내린 언덕은 평평하고
안개 내린 별장은 어둑어둑
어지러이 푸르름으로 무성하다
비 갠 뒤 강물에 하늘 밝아진다
오직 가장 젊은 유랑만이
봄 도포를 땅에 끌며
연한 빛이 서로 어울려 비치네

장정과 맞닿아 먼 길 헤매고
감히 왕손을 원망하면서
돌아올 날짜가 이르다는 것은 기억하지 못했다
배꽃 다 져버려 봄이 또 끝났다
땅 가득 드리운 석양에 초록빛이 연기와 함께 시든다

烟墅: 안개로 덮인 별장을 말하고, 원림 밖의 교외에 있는 숙소를 가리키는데 많이 일컬음./萋萋: 무성하다. 울창하다./庾郎: 유신(513 – 581)으로 자는 자산이고, 남북조 때 이름난 시인이다. 여기서는 구양수를 가리킨다./窣地: 땅에 끌다, 쓸다는 말임./春袍: 봄에 입은 도포를 말함./落尽梨花春又了3구: 왕국유는 ≪人间词话≫에서 "흥이 일어나 유씨가 말하길 진관은 일생 동안 오직 이러한 종류의 사만 배웠다.(兴化刘氏谓, 少游一生似专学此种)"라고 했음.

43. 〈木兰花慢〉, 柳永

拆桐花烂漫, 乍疏雨,
洗清明. 正艳杏烧林,
缃桃绣野, 芳景如屏.
倾城. 尽寻胜去,
骤雕鞍绀幰山郊坰.
风暖繁弦脆管,
万家竞奏新声.

盈盈. 斗草踏青.
人艳冶, 递逢迎.
向路傍往往, 遗簪堕珥,
珠翠纵横. 欢情. 对佳丽地,
信金罍罄竭玉山倾.
拚却明朝永日,
画堂一枕春醒.

오동나무 꽃 눈부시게 피었는데
갑자기 보슬비 내려
청명 시절의 시야를 신선하게 씻어내었네
마침 고운 살구꽃은 숲을 불태우는 듯 붉고
복사꽃은 들판을 수놓은 듯하여
아름다운 경치가 병풍처럼 사방을 둘렀구나
미인들이 모두

경치 좋은 곳을 찾아가니
아로새긴 안장의 준마가 푸른 휘장의 수레를 끌며 교외로 나가네
바람 따뜻한데 악기 소리 풍부하고 낭랑하니
만가가 다투어 새로운 노래를 연주한다

아름다운 자태의 연인들
투초를 하기도 하고 거닐기도 하며
어여쁘게
잇달아 서로를 맞이하며 인사한다
길가 여기저기에
비녀와 귀걸이 떨어지고
구슬과 비취 낭자하네
즐거운 마음에
아름다운 경물을 대하며
마음껏 술잔을 비워 크게 취하고
내일 아침 긴긴 날
취한 이 몸은 그림 같은 마당에 누워 있다

拆桐花: 오동나무 꽃이 바야흐로 한창 흐드러지게 핀 것을 말함./緗桃: 열매가 없는 붉은색을 띠는 복숭아나무임./倾城: 성에 있는 모든 사람을 가리킴./雕鞍: 말을 탄 남자를 가리킴./紺幰: 하늘색의 푸른 수레포장을 말한다./郊坰: 교외를 말함./斗草: 옛날에는 머리에 온갖 풀을 꽂으며 노는 놀이가 있었는데, 이때가 바로 음력 5월 5일의 단오절이다. 즉 踏青 놀이를 말함./金罍: 술잔을 말함. 술잔의 형상이 금장식을 사용하였고, 구름과 번개 그림을 조각했음./罄竭: 다 없어지도록 마시다./玉山倾: 사람이 술에 취해 넘어지는 것을 말함. 玉山은 인품과 외모가 아름다움을 뜻함./醒: 술에서 깨어나다.

44. 〈破阵乐〉, 柳永

露花倒影, 烟芜蘸碧, 灵沼波暖.
金柳摇风树树, 系彩舫龙舟遥岸.
千步虹桥, 参差雁齿, 直趋水殿.
绕金堤, 曼衍鱼龙戏, 簇娇春罗绮,
喧天丝管. 霁色荣光, 望中似睹,
蓬莱清浅.

时见. 凤辇宸游,
鸾觞禊饮, 临翠水, 开镐宴.
两两轻舠飞画楫, 竞夺锦标霞烂.
罄欢娱, 歌鱼藻, 徘徊宛转.
别有盈盈游女, 各委明珠, 争收翠羽,
相将归远. 渐觉云海沉沉, 洞天日晚.

이슬 맺힌 꽃 물 속에 그림자 비치고
안개 낀 들판 파란데
넓은 호수엔 물결 따듯하다
버들은 나무마다 바람에 하늘거리고
저편 물가엔 채색 배 용머리 배가 매여 있다
천 걸음의 무지개다리
그 기둥이 기러기 대열처럼 늘어져 있어서
곧장 물의 궁전에 닿아 있네
금빛 제방을 둘러싸고 曼衍과 물고기와 용의 유희를 하니

비단 적삼의 아름다운 여인들이 모여들고
악기 소리가 하늘에 울려 퍼진다
날은 개어 오색 빛 감돌고
멀리서 바라보니
맑은 수면에 뜬 봉래궁을 보는 듯하다

때마침 보니
황제께서 수레 타고 나오셔서
修禊의 술을 드시려고
푸른 물에 임하여
크게 주연을 베푸시네
배들은 짝지어 채색 노 저어 경쾌히 달리며
우승기를 차지하려 경쟁하는 모습이 놀처럼 찬란하다
즐거움을 다하고
<魚藻>를 노래하며
완만하게 배회한다
따로 예쁘게 단장하고 노니는 여자들이
각자 빛나는 구슬을 들고
다투어 푸른 깃을 거두며
멀리서 돌아온다
점차 운해가 자욱해지며
동천에 해가 기운다

露花倒影: 이슬 맺힌 꽃이 물에 비쳐 그 모습이 물속에 거꾸로 잠겨 있는 모양./烟芜:
안개가 뒤덮인 들판을 말함./灵沼: 원래는 주 문왕이 별궁에 만든 연못을 가리키는데,
여기서는 신령이 만들어 놓은 듯이 넓고 아름다운 연못이라는 뜻임./千步虹桥: 길이가
천 걸음이나 되는 무지개다리. 북송의 수도 변경의 西郑门 북서쪽에 있었던 金明池의

仙桥를 가리킴./参差雁齿: 기러기 대열처럼 길이가 서로 다르게 늘어서 있다. 여기서는 선교의 기둥이 기러기 대열처럼 나란히 서 있는 것을 가리킴./曼衍: 너구리처럼 생긴 거대한 짐승을 말함./簇娇: 아름다운 여인들이 모여든다는 뜻임./喧天丝管: 현악기와 관악기 소리가 하늘에 울려 퍼지다./荣光: 오색빛. 옛날 사람들은 이것을 상서로운 징조로 여김./蓬莱: 봉래산을 말한다. 전설 속의 신이 사는 산으로 신성스럽게 여기고 선경을 가리킴./宸游: 황제의 나들이./禊饮: '修禊' 때의 술을 말한다. '수계'는 음력 3월 상순 이 사일에 물가로 나가 놀이를 즐기면서 그해의 불길한 것들을 모두 쫓는 고대 민속임./镐宴: 镐京에서의 연회. 무왕이 주공 단과 함께 호경에서 잔치를 열고 술을 마신 것을 말함./锦标: 우승 깃발을 말함./霞烂: 노을처럼 찬란하다는 뜻임./鱼藻: ≪诗经·小雅〉 편에 나오는 편명이름으로, 주왕의 안락한 생활을 찬미하는 노래임./盈盈: 자태가 아름다운 모양을 말함./洞天: 원래는 신선을 뜻하는 도가의 용어였는데, 후에는 종종 경치가 빼어난 곳을 가리키는 말로 사용되었음. 여기서는 풍경이 아름다운 호수의 서쪽을 가리킴.

45. 〈曲玉管〉, 柳永

陇首云飞, 江边日晚, 烟波满目凭阑久.
一望关河萧索, 千里清秋, 忍凝眸.
杳杳神京, 盈盈仙子, 别来锦字终难偶.
断雁无凭, 冉冉飞下汀洲, 思悠悠.

暗想当初, 有多少, 幽欢佳会,
岂知聚散难期, 翻成雨恨云愁.
阻追游, 每登山临水, 惹起平生心事,
一场消黯, 永日无言, 却下层楼.

산머리 구름 날고 강가에 해 지는데
난간에 기대어서 물안개만 바라보며 오래도록
아득히 보이는 관하는 소슬하고
온 세상이 가을빛인데
어찌 차마 볼 수가 있으랴
아득한 서울의 아름다운 아가씨
헤어지고는 소식 한 자 받지 못해
외로운 기러기 짝도 없이
물가 모래톱에 살포시 내려와 앉으니
생각만 하염없이 일고

처음 만났던 해 가만히 생각해 보면
그윽한 설렘에 좋은 만남이 그 얼마였던가
만나고 헤어짐이 기약하기 어려워

이렇듯 비구름 같은 수심에 잠길 줄이야
헤어짐이 만남의 즐거움을 따라온 것이니
매번 산에 오르고 물가에 임할 적이면
평생의 근심을 불러일으켜
한바탕 기분이 가라앉고
종일토록 아무 말도 없이 있다가
도로 누대를 내려가 버린다네

陇首: 산머리를 뜻함. '陇'은 산 이름으로 지금의 협서성 陇县 서남쪽에 있음./凝眸: 응
시하다. 주시하다는 뜻임./锦字: 아내가 남편을 그리워하여 보내는 글이다. 그의 부인
苏蕙가 비단을 짜고 거기에 回文诗를 써서 보냈다./消黯: 슬픈 감정이 사라지다는 뜻
임./难偶: 서로 만나기 어렵다.

46. 〈雨霖铃〉, 柳永

寒蝉凄切, 对长亭晚, 骤雨初歇.
都门帐饮无绪, 留恋处, 兰舟催发.
执手相看泪眼, 竟无语凝噎.
念去去, 千里烟波, 暮霭沉沉楚天阔.

多情自古伤离别, 更那堪,
冷落清秋节! 今霄酒醒何处?
杨柳岸, 晓风残月. 此去经年,
应是良辰好景虚设. 便纵有千种风情,
更与何人说?

가을 매미 처량하게 울 때
해 저무는 정자를 바라보니 소나기 막 그쳤네
성문에서 휘장치고 두서없이 이별주 마시며
미련에 차마 발길 떨어지지 않는데
목련배는 떠나자고 재촉하는구나
두 손 마주잡고 눈물 글썽이며 바라보다가
끝내 말 못하고 목이 메네
천 리 안개 물결가고 가노라면
저녁노을 광활한 초나라 하늘에 낮게 드리우겠지

다정한 사람은 예부터 이별을 슬퍼하는 법
하물며 쓸쓸한 가을날 이별을 어찌 견디랴
오늘 밤 마신 술은 어디서 깰까?

버드나무 강기슭 새벽바람 지새는 달 아래서일까?
이제 가면 몇 해가 지나도록
마땅히 좋은 시절 아름다운 경치 부질없다
설령 천 갈래 애틋한 정 있다 한들 그 누구에게 말할까?

寒蝉: 가을 매미, 쓰르라미/長亭: 10리마다 세워져서 통행하는 사람들이 잠시 쉬어가는 곳을 말함./帐饮: 장막을 치고 술잔치를 벌이는 것을 말함. 옛날에는 대부분 교외의 넓은 들판에서 장막을 치고 주연을 마련하여 술을 마셨음./兰舟: 鲁班이 木兰(재질이 단단한 나무)으로 배를 만든 것에서 유래했다. 이후 '배'의 미칭으로 쓰임./噎: 목이 메다./暮霭: 저녁 안개/楚天: 장강 중상류 초나라 지역을 가리킴./清秋节: 맑은 가을철이나 중양절(음력 9월 9일)을 가리킨다. 여기서는 전자를 가리킴./良辰好景: 좋은 시절 아름다운 경치/虚设: 헛되이 차려놓다. 즉 호시절 좋은 경치가 내 앞에 차려 놓인다고 해도 아무 소용이 없다는 말임./便纵: 설령 ~ 할지라도./风情: 풍류를 즐기는 마음. 그윽한 정취, 여기서는 남녀 간의 애정을 가리킴.

47. 〈蝶恋花〉, 柳永

伫倚危楼风细细, 望极春愁,
黯黯生天际. 草色烟光残照里,
无言谁会凭阑意?

拟把疏狂图一醉,
对酒当歌, 强乐还无味.
衣带渐宽终不悔, 为伊消得人憔悴.

누대에 기대 서 있으니 바람 솔솔 불어오고
눈길 닿는 곳까지 바라보는데
봄 시름 하늘가에서 어둑어둑 피어오른다
초록 들판 아지랑이는 석양 속에서 빛나거늘
말없이 생각건대
그 누가 난간에 기댄 이 마음 알아줄까?

거나하게 술 마시며 취해 볼 생각에
술상 마주 대하고 노래 부르건만
애써 즐기려 해도 아무런 흥이 일어나지 않고
허리띠 점점 느슨해져도 절대 후회하지 않는다
그녀를 위해서라면 이 내 몸은 초췌해져도 좋다

蝶恋花: 다른 판본에는 〈凤栖梧〉로 되어 있기도 함./伫倚: 우두커니 기대어 서 있는
모습./危楼:높은 누각을 말함./黯:검고 어둡다. 여기서는 봄시름이 짙은 것을 형용함./残
照: 석양, 지는 해./拟把: ～하려 하다, ～할 예정이다./疏狂: 행동이 거칠고 난잡한 모

습./强乐: 억지로 즐거움을 만든다는 뜻임./消得: ~할 만한 가치가 있다./为伊消得人憔
悴: 왕국유는 ≪人间词话≫에서 대사업가와 대학자가 되려는 사람들은 반드시 거쳐야
하는 경계를 설명하면서 두 번째 경계에 이 사의 마지막 구절을 인용함.

48. 〈采莲令〉, 柳永

月华收, 云淡霜天曙. 西征客此时情苦.
翠娥手, 送临歧, 轧轧开朱户. 千娇面,
盈盈伫立, 无言有泪, 断肠争忍回顾?

一叶兰舟, 便凭急桨凌波去. 贪行色,
岂知离绪, 万般方寸, 但饮恨,
脉脉同谁语? 更回首, 重城不见,
寒江天外, 隐隐两三烟树.

달빛 기울고 엷은 구름 서리 맞은 하늘은 밝아온다.
떠나는 사람의 괴로운 심정
그녀 손을 쥐고 붉은 대문 열면서 떠나보낸다
아! 아름다운 그 얼굴, 말없이 눈에서는 눈물만 주르륵
단장의 이 슬픔 차마 고개 돌려 돌아보지 못하네

작은 난초배, 급하게 노 저어 파도 타고 떠나간다
도중의 경치를 탐하는 자, 만 갈래의 이 설움 어찌 알겠나?
홀로 참아야 할 이 슬픔 말할 사람 없어라
다시금 머리 돌려 되돌아보니
층층 높은 성도 보이지 않고
차가운 강, 하늘 끝, 은은한 안개 속에 수목만 두세 그루

翠娥: 미인. 미녀를 가리킴./临歧: 갈림길에 이르다. 작별./轧轧: 의성어로 문을 여는 소
리. 수레바퀴가 구르는 소리임./盈盈: 눈에 눈물이 맺혀있는 모양./争忍:어찌 참을 수 있
으랴?/凭:이처럼.

梦觉透窗风一线, 寒流灯吹息.
那堪酒醒, 又闻空阶夜雨频滴.
嗟因循, 久作天涯客. 负佳人,
几许盟言, 便忍把, 从前欢会,
陡顿翻成忧戚.愁极, 再三追思,
洞房深处, 几度饮散歌阑,
香暖鸳鸯被. 岂暂时疏散,
费伊心力. 殢云尤雨,
有万般千种, 相怜相惜.
恰到如今, 天长漏永,
无端自家疏隔. 知何时,
却拥秦云态? 愿低帏昵枕,
轻轻细说与, 江乡夜夜, 数寒更思忆.

꿈에서 깨어보니
한 줄기 바람이 창틈으로 들어와
등불을 꺼버렸기 때문이라
이렇게 술이 깨면 또 빈 계단 위에 밤비 듣는 소리를
어찌 참아낼 수 있을 것인가
아 내가 똑똑하지 못해
아직도 나그네 신세를 못 면하고
좋은 사람과의 굳은 맹세도
얼마나 저버렸는지

이전의 즐거웠던 만남이 갑자기 근심으로 변하였으니
어떻게 참아낼 수가 있겠는가

가득한 슬픔을 안고
재삼 추억을 더듬어 보면
동방 깊은 곳에서
여러 번 음주가무가 끝난 뒤
원앙금침을 함께했으니
어찌 잠시라도 이별하여
그녀의 마음고생 시킬 것을 생각이나 했겠는가
구름과 비처럼 어우러져
얼마나 끔찍이 아끼고 사랑했었는데
그런데 지금은 오래토록 낯선 곳에서
공연히 내 스스로 떨어져 나왔으니
어느 때에나 다시 한 번
아리따운 그녀를 안아볼 수 있을까?
휘장 아래로 들어가 베갯머리에서
부드러운 음성으로 그녀에게
떠도는 생활 중 매일 밤마다
빗방울 소리를 헤아리며 그녀 생각하였음을
말해 줄 수 있었으면

那堪: 어찌 참아내랴? 어찌 견디랴?/因循: 무기력하고 고식적이다. 예전처럼 행하여 고칠 줄 모르다. 변변치 못하다./陡頓: 갑자기. 돌연. 별안간./洞房: 외부와 단절된 방. 여인이 있는 규방을 뜻함./殢云尤雨: 구름과 비가 어우러지다. 남녀 간의 연정을 탐하고 즐긴다는 뜻임./昵: 친근하다./漏永: 밤에 시간을 알리는 물시계의 소리가 끊임없다는 것으로 밤이 길다는 뜻임./无端: 아무 이유 없이, 까닭 없이./疏隔: 이별. 헤어짐./秦云态: 무산 신녀가 초나라 회왕과 밀회를 즐길 때의 다정하고 아름다운 자태를 가리킴.

50.〈定风波〉, 柳永

自春来, 惨绿愁红,
芳心是事可可. 日上花梢,
莺穿柳带, 犹压香衾卧.
暖酥消, 腻云嚲,
终日厌厌倦梳裹. 无那.
恨薄情一去, 音书无个.

早知恁麽, 悔当初, 不把雕鞍锁.
向鸡窗, 只与蛮笺象管,
拘束教吟课. 镇相随,
莫抛躲, 针线闲拈伴伊坐.
和我, 免使年少光阴虚过.

봄이 왔어도
초목은 근심에 잠긴 듯하고
내 마음엔 그저 모든 것이 시들하다
해가 떠올라 꽃나무 끝에 걸리고
앵무새는 버들가지 사이를 날고 있건만
나는 여태까지 이불 덮고 누워 있다
화장도 지워지고 머리도 풀어진 채
하루 종일 늘어져 치장하기도 귀찮다
어이하나!
박정한 사람 한번 떠난 뒤로

소식 한 자 없으니

진작 이런 줄 알았더라면
애초에 왜 말 안장을 잠가두지 않았던가
글방에 난 창을 통해
채색지와 상아 붓을 가져다주고
글공부나 하라고 붙잡아두는 건데
날 버리지 못하도록 언제나 함께하며
한가히 바느질거리 잡고 그이 곁에 짝할 것을
나와 함께 지내면서
젊음을 허송하지 못하게 할 것을

惨绿愁红: 근심에 잠겨 있는 화초. 싹이 튼 백초를 보아도 슬프고, 꽃을 보아도 슬프다./芳心: 방심은 춘심, 시사는 모든 일./可可: 상관없는 평상의 일을 말한다. 마음에 두지 않다./暖酥消: 피부에 바른 화장 기름이 가시다./腻云亸: 여인의 아름다운 머리를 비유한 것임. 기름기 있는 머리가 흐트러져 늘어지다는 뜻임./梳裹: '梳'는 빗질하다. 裹는 화장하는 것을 말함./无那: 어찌할 방법이 없다./恁麼: 이와 같다./鸡窗: 서재. 공부방을 말한다. 진나라의 연주자사가 패국공 송처종은 울음소리가 우렁찬 닭을 한 마리 사서 지극 정성으로 보살피며 언제나 창가에 닭장을 놓아두었다. 그 닭이 마침내 사람의 말을 하게 되어 송처종과 이야기를 주고 받았는데, 말에 지혜가 지극히 담겨 있었으며 종일토록 그치지 않았다. 송 처종은 이로 인해 말솜씨가 크게 늘었다고 함./蛮笺: 촉나라에서 나는 채색종이를 말함./象管: 상아로 만든 붓대./镇: 하루 종일/针线闲拈: 한가하게 바느질을 한다는 뜻임.

51. 〈少年游〉, 柳永

长安古道马迟迟,
高柳乱蝉嘶. 夕阳岛外,
秋风原上, 目断四天垂.

归云一去无踪迹,
何处是前期? 狎兴生疏,
酒徒萧索, 不似去年时.

장안성 옛 길 위에서 느릿느릿 말 타고 가는데
높다란 버드나무 위에서 매미가 심란하게 울어댄다
석양 속으로 새는 사라지고
가을바람 들판 위에서 일어날 때
눈길 닿는 곳까지 바라보노라니
온 하늘에 어두움 드리워진다

구름은 한번 흘러가면 자취를 남기지 않는 법
그 어디에 지난날의 바람이 있을까?
기방의 흥취도 낯설고 술친구도 사라졌으니
젊은 날과는 다르다네

迟迟: 천천히 걷는 모양. 느릿느릿 걷다./目断: 아무리 바라보아도 보이지 않다./归云: 돌아간 구름. 여기서는 자신의 떠나간 여인을 비유함./前期: 지난날의 기약./狎兴: 기방에서의 흥취. 당시 문인 사대부들이 기녀들과 맘껏 유흥을 즐긴다는 뜻임./萧索: 적막하고 처량하다.

52. 〈戚氏〉, 柳永

晚秋天, 一霎微雨洒庭轩. 槛菊萧疏,
井梧零乱, 惹残烟. 凄然, 望江关,
飞云黯淡夕阳闲. 当时宋玉悲感,
向此临水与登山. 远道迢递, 行人凄楚,
倦听陇水潺湲. 正蝉吟败叶, 蛩响衰草,
相应喧喧.

孤馆度日如年, 风露渐变,
悄悄至更阑. 长天净, 绛河清浅, 皓月婵娟.
思绵绵, 夜永对景, 那堪屈指暗想从前.
未名禄, 绮陌红楼, 往往经岁迁延.

帝里风光好, 当年少日, 暮宴朝欢.
况有狂朋怪侣, 遇当歌对酒竞留连.
别来迅景如梭, 旧游似梦,
烟水程何限? 念利名, 憔悴长萦绊,
追往事, 空惨愁颜. 漏箭移, 稍觉轻寒,
渐呜咽, 画角数声残. 对闲窗畔,
停灯向晓, 抱影无眠.

늦가을 하늘 잠시 보슬비가 정원 난간에 내렸다
국화 꽃잎 앙상하고
우물가 오동나무 잎 어지러이 떨어진 가운데

희미한 안개가 일어난다
강관일대 희뿌연 석양 사이로
떠다니는 구름 바라보노라니
송옥의 슬픔이 일어나
강물 마주 대하고 산을 오른다
머나먼 길은 아득한데 나그네는 처량하고 슬픈 마음에
졸졸 흐르는 산골자기 물소리마저 듣기 귀찮다
매미 울음소리에 낙엽지고 귀뚜라미 노래에 풀 시들며
찌륵찌륵 소리 서로 어우러지는구나

외로운 여관에서의 하루는 일 년이 지난 듯
바람과 이슬은 점점 차가워지고
소리 없이 또다시 난간에 이른다네
기나긴 하늘은 고요하고 은하수는 맑고 은은한데
새하얀 달빛 아름답구나
생각은 끝없이 이어지니
이러한 경치 바라보며 어찌 견디리?
남몰래 손꼽아 헤아려 보니 지난날
이름도 봉록도 없던 시절
번화한 거리 기생집 돌아다니며
늘 한 해가 다 가도록 허송세월 했었지

변경의 풍광 아름다웠던
내 나이 젊었던 날
저녁에 잔치하고 아침에 즐거웠었지
미치광이 친구와 괴상한 번이 있더라도
노래 부르고 술 마신다면 끝까지 머물렀었지
떠나온 뒤 세월은 베틀 북처럼 흘러가고
지난날 즐거움은 꿈만 같아

안개 자욱한 수면 얼마인지 헤아려 본다
이익과 명예 생각하느라 초췌해지고
오래도록 얽매이면서
지난일 쫓느라 부질없이 얼굴에 수심만 가득해졌네
물시계 바늘 움직임에 가벼운 한기 느껴지고
흐느껴감에 목이 메 오는데
여러 번 울리던 나팔 소리도 잦아드는구나
한가로운 창가 마주 대하며
새벽녘 촛불 끄고는
그림자 품에 안고 잠 못 이룬다

一霎: 가랑비, 빗소리. 잠깐, 순식간/槛: 감람수(올리브나무)/萧疏: 적막하다. 쓸쓸하다.
나뭇잎이 드문드문하다./零乱: 어수선하다, 흐트러지다, 어지럽다./惹: 일으키다, 야기하
다./凄然: 쓸쓸하다, 슬프다, 처량하다./江关: 호북성 경내 형문과 호아 두 산 사이에 있
는 골짜기 맞은편에 절이 있는데, 산세가 높고 험준하여 '江关'이라고 부름./向此: 가을
날의 상념을 마주 대하다./迢递: 길이 매우 멀다. 길이 구불구불 뻗어 있는 모양을 말
함./凄楚: 슬프고 괴롭다./陇水: 산골짜기에서 흐르는 물/潺湲: 물이 천천히 흐르는 모
양, 여기서는 물 흐르는 소리를 말함./蛩: 귀뚜라미./喧喧: 커다란 소리로 떠들썩하다./
绛河: 은하수/屈指: 손가락으로 꼽아 수를 세다./绮陌: 번화한 거리를 말함./迁延: 시간
을 질질 끌다. 지연시키다. 아무런 구속 없이 자유롭게 지내는 모양./帝里: 황제가 계시
는 수도 汴京을 가리킴./留连: 미련이 남아 떠나지 못함./梭: 베틀 북./萦: 얽매이고 휘
감다./漏箭: 물시계. 흘러가는 세월이나 시간을 말함./画角: 군대에서 쓰던 악기, 대나무
나 구리로 만든 나팔이라고 한다. 위에 그림장식이 그려져 있으며 주로 새벽을 알리는
데 썼다./向晓: 새벽녘./宋玉의 〈九辩〉에는 "슬프도다! 가을의 기운이여! 쓸쓸한 초목은
시들어 떨어지는데, 처량한 나그네 길에 있듯, 산 오르고 강물 마주 대하며 한 해를 보
내네.(悲哉秋之为气也! 萧瑟兮草木摇落而变衰, 憭栗兮若在远行, 登山临水兮送将归.)"
라고 되어 있음./王灼의 ≪碧鸡漫志≫ 卷二에 "离骚가 천 년 동안 적막해진 후에, 〈戚
氏〉한 곡이 처량하게 끝났다.(离搔寂寞千载後, 戚氏凄凉一曲终)"라고 되어 있음.

53. 〈夜半乐〉, 柳永

冻云黯淡天气, 扁舟一叶, 乘兴离江渚.
度万壑千岩, 越溪深处. 怒涛渐息,
樵风乍起, 更闻商旅相呼. 片帆高举,
泛画鹢, 翩翩过南浦.

望中酒旆闪闪,
一簇烟村, 数行霜树. 残日下,
渔人鸣榔归去. 败荷零落, 衰杨掩映,
岸边两两三三, 浣纱游女, 避行客,

含羞笑相语. 到此因念, 绣阁轻抛, 浪萍难阻.
叹后约丁宁竟何据? 惨离怀, 空恨岁晚归期阻.
凝泪眼, 杳杳神京路, 断鸿声远长天暮.

찬 구름이 어둡게 깔린 날씨 속으로
일엽편주 타고
흥이 나서 강가를 떠난다
수많은 계곡과 봉우리를 지나
월나라 깊은 곳까지 이른다
성난 파도 차차 사그라지고
순풍이 언뜻 일어나니
상인들이 서로 부르는 소리 들려온다
한 조각 돛이 높이 솟으니 익조를 뱃머리에 그린 배를 띄워
가볍게 남포를 지난다

아득히 술집 깃발이 펄럭이고
안개에 쌓인 한 무리의 마을과
몇 그루의 서리 머금은 나무들
저녁 해 지는 속에
어부들 만선가를 돌아 부르며 돌아가고
연꽃잎 시들어지고
버드나무 시든 채 흔들거리는데
물가에 둘 셋씩 짝지어 빨래하는 아가씨들
나그네를 피하며
부끄러운 미소 머금고 재잘거린다

이제 와서 생각해 보니
좋은 사람 가벼이 버린 내 처지가
마치도 떠도는 부평초 같구나
나중에 만나자는 약속 지금 와서 무슨 소용인가
이별의 회상으로 서글픈데
올해가 저물어가도 돌아갈 날 모르겠고
흐르는 눈물 속에 아득한 서울 길
외로운 기러기의 울음소리 아득하게
먼 하늘에 저문다

冻云: 얼어붙은 구름./越溪: 원래는 춘추시대 말기 越나라의 미녀 서시가 빨래를 하였
다고 전해지는 若耶溪를 가리키는데 지금은 보통명사로 사용됨./樵风: 수풀의 나무에서
부는 바람./画鹢: 익조를 가리킴. 백로와 비슷한 무리의 큰 새인데 풍파에 잘 견디어냄
으로써 뱃머리에 이 새의 모양으로 그리는 것인데, 뒤에 선을 가리켜서 '画鹢'이라고
했음./翩翩: 배가 가는 것이 경쾌한 모양./酒旆: 주막의 깃발. 평상시에는 주막 밖에 걸
어둠./鸣榔: 어부들이 고기를 잡을 때 뱃전을 두드려서 고기들을 놀라게 하는 데 사용
하는 긴 나무 막대기인 빈절나무이다. 榔木을 쳐서 소리를 내어 고기가 한곳으로 몰리
게 하여 잡기가 쉽도록 함./绣阁: 아름다운 누각. 여인의 집을 말함./丁宁: 틀림없이./神
京: 북송의 수도인 변경을 가리킴./断鸿: 외로운 기러기를 말함.

54. 〈玉胡蝶〉, 柳永

望处雨收云断, 凭栏悄悄,
目送秋光. 晚景萧疏,
堪动宋玉悲凉. 水风轻,
苹花渐老, 月露冷,
梧叶飘黄, 遣情伤,
故人何在? 烟水茫茫.

难忘, 文期酒会, 几孤风月,
屡变星霜. 海阔山遥,
未知何处是潇湘? 念双燕,
难凭音信, 指暮天, 空识归航.
黯相望, 断鸿声里, 立尽斜阳.

멀리로 비 멎고 구름 흩어지는 중에
근심스레 난간에 기대어
가을 경치를 물끄러미 바라본다
쓸쓸한 저녁 광경이
저 송옥의 처량함을 느끼게 하는구나
물 위로 바람 가벼이 불고
네갈래 꽃은 점점 시들어 가며
달 이슬 차갑고
오동나무 잎도 누렇게 떨어지니
이 마음을 아프게 한다

내 님은 어디에 있을까?
자욱한 물길이 아득하기만 하구나

잊을 수 없다
글 짓고 술 마시던 일들을
좋은 경치를 몇 번이나 그냥 지나치고
몇 년의 세월이 또 지났는지
물길은 아득하고 산은 멀어
어느 곳이 소수와 상수인지도 모르겠다
두 마리 제비 떠올려 보지만
편지를 믿고 맡길 수는 없으니
그 사람도 저녁 하늘 가리키며
부질없이 내가 돌아오는 배로 착각하지나 않을는지
침울하게 바라보다가
외톨이 기러기의 울음소리 속에서
석양빛을 받으며 우두커니 서 있네

悄悄: 우수에 젖은 모양. 걱정하는 모양을 말함./宋玉悲凉: 송옥은 전국시대 초나라 사람으로 사부가이다. 굴원의 제자라고도 하며 楚 顷襄王의 대부가 되었다. 그는 ≪楚辞≫의 〈九辩〉에서 "슬프구나. 가을의 분위기가. 쓸쓸하구나! 초목이 바람에 떨어져 시들어 버리니."라고 하여 후세에 이 말이 전고가 되었음./苹花: 네갈래 꽃. 다년생 수초로 여름과 가을에 꽃이 핀다./文期酒会: 함께 모여 술을 마시며 시를 짓다./几孤: 몇 번이나 저버렸던가?/潇湘: 소수와 상수를 가리킨다. 여기서는 그리운 사람이 있는 곳을 가리킴.

55. 〈八声甘州〉, 柳永

对潇潇暮雨洒江天,
一番洗清秋. 渐霜风凄紧,
关河冷落, 残照当楼.
是处红衰翠减, 苒苒物华休.
惟有长江水, 无语东流.

不忍登高临远, 望故乡渺邈,
归思难收. 叹年来踪迹,
何事苦淹留? 想佳人,
妆楼凝望, 误几回,
天际识归舟? 争知我,
倚阑干处, 正恁凝愁?

주룩주룩 저녁비 강 위 하늘에 흩뿌리는 것 바라보노라니
한바탕 맑은 가을 하늘을 씻어버렸네
갈수록 서리바람은 매서워지고 산천은 쓸쓸해지는데
석양만이 누대 위에 비춘다
곳곳마다 붉은 꽃 푸른 잎 시들어 떨어지면서
번성했던 경물도 점점 쇠잔해 간다
오직 장강의 물결만이 말없이 동쪽으로 흐를 뿐

차마 높은 곳 올라 멀리 바라보지 못하니
고향길 바라보노라면 아득하고
돌아가고픈 마음 거두기 어렵다

몇 년간의 발자취를 탄식하건대
무슨 일로 괴롭게 오랫동안 머물렀던가?
생각건대 고운 님 단장하고 누대에 올라 간절히 바라보며
몇 번이나 하늘가에서 돌아오는 배 잘못 알았을까?
내 어찌 알았으랴! 이 내 몸 난간에 기대어
한창 그러한 시름에 젖고 있는 줄을

潇潇: 비가 부슬부슬 내리는 모양./江天: 강과 하늘. 강과 그 위에 드넓게 펼쳐진 하늘을 말함./一番洗清秋: 한바탕 비에 싹 씻겨낸 맑은 가을풍경/苒苒: 점점 시간이 가는 모양./物华休: 경치가 시들다. 아름다운 경치./渺邈: 아득히 멀다./淹留: 오래도록 머물러 있다./凝望: 응시하다. 머리를 들어 물끄러미 멀리 바라보다./争知: 어찌 알겠는가?/恁: 이와 같다.

56. 〈迷神引〉, 柳永

一叶扁舟轻帆卷,
暂泊楚江南岸.
孤城暮角, 引胡笳怨.
水茫茫, 平沙雁. 旋惊散.
烟敛寒林簇, 画屏展,
天际遥山小, 黛眉浅.

旧赏轻抛, 到此成游宦.
觉客程劳, 年光晚.
异乡风物, 忍萧索,
当愁眼. 帝城赊,
楼阻, 旅魂乱.
芳草连空阔, 残照满,
佳人无消息, 断云远.

일엽편주 가벼운 돛을 걷어
잠시 초강의 남쪽에 정박한다
외로운 성에서 불어오는 저녁 무렵의 호각소리
원망 실린 호각소리를 이끌어내고
아득한 수평선
모래밭의 기러기
놀란 듯이 흩어진다
안개 걷히자 가을의 나무숲이

멋진 병풍처럼 들어서고
하늘 끝 아득하게 작은 산이
눈썹 화장마냥 희미하다

지난날의 즐거운 일들을 가벼이 버리고서
지금은 고작 떠도는 관리 신세
나그네의 여정이 몹시도 피곤하고
나이도 이제는 젊지만은 않아
타향의 풍물들이
너무도 쓸쓸하게 수심 찬 눈에 들어오니
서울은 아득하고
그녀 있을 누대도 가로막혀
나그네 심사만 어지럽다
눈앞의 방초는 광활한 하늘까지 이어져
석양을 한 아름 받고 있다
그 사람에게서는 소식도 없고
아득한 하늘에 조각구름 한 점

楚江: 옛날의 초나라 땅을 경유하여 흐르는 장강을 가리킴./胡笳怨: 〈胡笳十八拍〉을 가리킨다. 전하는 말에 의하면 한나라 말엽에 蔡琰이 지었다고 한다. 그 노랫소리는 슬프고 원망스럽다./畵屛展: 그림 병풍이 펼쳐져 있다. 눈앞의 경치가 그림 병풍을 펼쳐놓은 듯이 아름답다는 말임./黛眉淺: 먼 산의 산색이 옅다. 여기서는 여인의 눈썹먹이 옅다는 말임./赊: 요원하다./秦樓: 기방, 기녀들이 거주하는 곳을 대표함.

57. 〈竹马子〉, 柳永

登孤垒荒凉, 危亭旷望,
静临烟渚. 对雌霓挂雨,
雄风拂槛, 微收残暮.
渐觉一叶惊秋, 残蝉噪晚,
素商时序. 览景想肖欢,
指神京, 非零非烟深处.

向此成追感, 新愁易积,
故人难聚. 凭高尽日凝伫,
赢得消魂无语. 极目霁霭霏微,
暝鸦零乱, 萧索江城暮.
南楼画角, 又送残阳去.

황량한 산언덕에 올라
높은 정자에서 연기 자욱한 물가를 멀리 바라본다
무지개는 빗기를 띠었고
바람은 세게 난간에 부는데
늦더위를 살며시 걷어 가는구나
나뭇잎이 떨어져 가을을 알리는데
늦매미 저녁에 울어 가을철을 확인하네
즐거웠던 옛날을 회상하는데
안개인가 연기인가 저 깊은 곳
어디가 서울인가 가리켜본다

추억이 새롭건만 근심도 새로워

그리운 이 만나 보기 더욱더 어렵구나

높은 곳에 하루 종일 우두커니 서서

마음만을 태울 뿐 말이 없다

맑은 날에 안개비 아득히 날리는데

까마귀 황혼 중에 쓸쓸히 날고

해 저무는 江城은 쓸쓸하기도 한데

南楼에서 들리는 画角声 소리

마지막 석양빛 서산에 지네

雌霓: 쌍무지개. 색이 선염한 것이 '雄', 암담한 것이 '雌'라고 함./雄风: 큰바람/素商: 가을. 가을은 색으로는 백색, 음으로는 상에 속함./伫: 우두커니 서 있다./霁霭: 안개가 개다./霏微: 가랑비. 싸락눈이 오는 모양.

58. 〈望海潮〉, 柳永

东南形胜, 三吴都会,
钱塘自古繁华. 烟柳画桥,
风帘翠幕, 参差十万人家.
云树绕堤沙. 怒涛卷霜雪,
天堑无涯. 市列珠玑,
户盈罗绮, 竞豪奢.

重湖叠巘清嘉. 有三秋桂子,
十里荷花. 羌管弄晴,
菱歌泛夜, 嬉嬉钓叟莲娃.
千骑拥高牙. 乘醉听萧鼓,
吟赏烟霞. 异日图将好景,
归去凤池夸.

남동지방 형세 빼어난 곳에
오나라의 도읍들이 들어섰어도
전당은 예로부터 가장 번화하였다
버들은 안개에 싸여 있고 다리는 그림 같은데
바람에 발 흔들리고 휘장은 비취빛으로
옹기종기 십만의 인가가 모여 산다
구름같이 높은 나무는 강 모랫둑을 둘렀네
성난 파도는 눈서리 같고 흰 물보라를 일으키니
천연의 참호 같은 전당강은 끝없이 펼쳐 있다

시장에는 진주와 보석이 즐비하고
집집마다 비단이 가득하여
호사스러움을 다투었다

겹쳐 있는 호수, 겹겹이 쌓인 봉우리 청려하여라
가을에는 계수나무에 씨앗 맺히고
여름에는 십 리에 연꽃일세
피리소리 청아하고
마름 따며 부르는 노래 밤하늘에 퍼져 가니
낚시 드린 노인과 연꽃 따는 아가씨는 흥이 겹다
수천의 기병이 깃발 높이 들고 귀환한다
술 취해 흥겹고 퉁소와 북소리 들으며
저녁노을을 감상한다
이 좋은 경치 그려 두었다가
다음날 조정에 돌아가서 자랑해야지

形胜: 지리적 형세가 뛰어난 곳./三吳: 옛 수도인 吳兴, 吳郡, 会稽를 통칭해서 부르는 말이다. 지금의 강소성 절강성 북부에 해당함./钱塘: 지금의 항주이다./风帘: 바람을 막는 데 사용하는 말임./参差: 누각의 높이가 들쭉날쭉 가지런하지 않는 모양./霜雪: 서리와 눈, 여기서는 하얀 물보라를 말함./天堑: 천연의 참호. 옛날에 양자강을 천연의 참호라고 했는데 여기서는 钱塘江을 가리킴./重湖: 유영이 이 사를 지을 당시 배경이 된 서호는 백제를 경계로 외호와 이호로 나뉘었기 때문에 '중호'라고 불렀음./三秋: 음력 7, 8, 9월을 함께 일컫거나 가을의 세 번째 달인 음력 9월을 가리킴./桂子: 계수나무 꽃./羌管: 강족의 피리로 강족이 제일 먼저 만들었다고 전해짐./莲娃: 연을 따는 아가씨를 말함./千骑: 태수가 외출할 때 수행원이 많음을 나타낸 말./烟霞: 원래는 상아로 깃대를 장식한 군대의 깃발을 뜻하는 말인데, 여기서는 고관이 외출할 때의 의장용 깃발을 가리킴./图将: 그리다./凤池: 凤凰池로, 中书省에 대한 미칭임. 여기서는 조정을 가리킴.

59. 〈六州歌头〉, 李冠

凄凉绣岭, 宫殿倚山阿.
明皇帝. 曾游地.
锁烟萝. 郁嵯峨.
忆惜真妃子. 艳倾国,
方姝丽. 朝复暮.
嫔嫱妒. 宠偏颇.
三尺玉泉新浴, 莲羞吐,
红浸秋波. 听花奴,
敲羯鼓, 酣奏鸣鼍.
体不胜罗. 舞婆娑.

正霓裳曳. 惊烽燧.
千万骑. 拥雕戈.
情宛转. 魂空乱.
蹙双蛾. 奈兵何.
痛惜三春暮, 委妖丽,
马嵬坡. 平寇乱.
回宸辇. 忍重过.
香瘗紫囊犹有, 鸿都客,
钿合应讹. 使行人到此,
千古只伤歌. 事往愁多.

처량하고 수려한 고개
궁전은 산에 기대어 있다
당 현종이 일찍이 놀던 곳은
안개 자욱한 덩굴에 잠겨 있고
울창하고 험하다
지난날 양귀비를 생각해 보면
나라를 기울게 할 미모가 참으로 아름다웠네
아침저녁으로 후궁들이 질투했지만 총애는 치우쳐 있다
세 자 옥천에 새로 목욕을 하면
연꽃은 부끄러이 꽃을 피우고 요염한 눈길에 스며든다
아름다운 기녀의 노래를 듣고 강족의 장구를 친다
연주가 절정에 이르고 악어북이 울리면
몸은 비단 옷을 이기지 못하는 듯 천천히 돌며 춤을 춘다

<霓裳羽衣曲> 춤이 한창일 때
전쟁을 알리는 봉화에 놀란다
천 기 만 기의 병사가 독수리 조각된 창을 들었다
정은 애틋한데 혼백이 어지러워
두 눈썹 찌푸리건만 병사들을 어찌하나?
봄이 온통 지는 것이 애석했지만
아름다운 그녀를 맡기고 말았네
마외파에 난리가 평정되어
임금의 수레 되돌렸건만
어찌 차마 다시 지나가리?
자색 향낭이 묻힌 곳에
까마귀만 날고 있으니
비녀가 합해지는 것도 응당 변하고 말았다
지나가는 사람으로 하여금 이곳에 이르러

천고에 가슴 아픈 노래만 부르게 되니
지난 일에 슬픔만 많구나

绣岭: 수려한 고개. 아름다운 고개./锁烟: 안개가 자욱한 덩굴./郁: 성하다. 활발하다. 융성하다./嵯峨: 높이 우뚝 솟아 있다./真妃子: 현종의 애첩인 양귀비를 말함./倾国: 나라를 기울게 하다./姝丽: 정말 아름답다./嫔嫱妒: 궁녀들이 질투하다, 시기하다./玉泉: 옥같은 샘물./新浴: 새로 목욕을 하다./秋波: 요염한 눈길을 던지다./敲: 친다. 두드린다./羯鼓: 갈족의 북을 말함./鸣鼍: 악어북이 울리다./胜: 비리다./霓裳: 〈霓裳羽衣曲〉을 말한다./曳: 끌다./烽燧: 봉화를 말한다./拥雕戈: 독수리가 조각된 창을 끌어안는다는 말임./魂空乱: 혼백이 어지럽다는 뜻임./蹙双蛾: 두 눈썹을 찌푸리다./奈兵何: 어찌할 수가 없다./平寇乱: 난리가 평정되다./宸辇: 임금이 탄 수레를 말함./香瘗: 향기를 묻다./紫囊: 자색 향주머니./钿合: 비녀가 합해지다./应讹: 마땅히 그릇되다, 잘못되다.

60. 〈桂枝香〉金陵怀古(금릉의 옛날을 회고하며), 王安石

登临送目, 正故国晚秋,
天气初肃. 千里澄江似练,
翠峰如簇. 归帆去棹斜阳里,
背西风, 酒旗斜矗.
彩舟云淡, 星河鹭起,
画图难足. 念往昔,

繁华竞逐, 叹门外楼头,
悲恨相续. 千古凭高,
对此漫嗟荣辱. 六朝旧事如流水,
但寒烟, 衰草凝绿. 至今商女,
时时犹唱, 後庭遗曲.

높은 곳에 올라 멀리 바라보니
옛 도읍은 어느덧 가을이 되어
하늘 높고 기분 또한 상쾌하구나
천 리의 맑은 강은 누여놓은 명주인 듯
비취빛 봉우리는 화살촉인 듯
오가는 돛단배들 석양빛에 물들고
서풍을 등지고 주막집 깃발은 비스듬히 솟아 있네
엷은 구름 속으로 채색배가 다니고
은하수 속으로 백로가 나는 모습
그림으론 충분하게 그려내지 못하리라

지나간 옛날 호사를 다투었던 그네들을 생각하고
적이 올 줄 모르고 즐겼던 일 탓하자니
슬픔과 한탄이 끊일 줄 모르누나.
높은 곳에 올라가 옛 성 굽어보며
흥망과 성쇠 탄식해 본들 무엇하겠는가
육조의 옛일은 물같이 흘러가고
차가운 물안개 시든 풀만 남았는데
오늘도 노래하는 여인이 있어
가끔 <玉树后庭花>의 옛 노래를 불러본다

故国: 金陵(지금의 남경)은 육조의 옛 수도이므로 여기서 '故国'이라고 칭한 것임./澄江
似练: 산에 올라서 강에 임하여 저 멀리 사방으로 조망한다는 뜻임./星河: 하늘의 은하
수. 여기서는 장강을 의미함./簇: 모이다. 집합하다. 무더기./门外楼头: 두목의 시에 이
구절이 있다./六朝: 육조시대 금릉의 도읍에 만든 6개의 조대를 말한다. 즉 吴·东
晋·宋·齐·梁·陈을 가리킴./後庭遗曲: 두목의 시에 있는 구절을 인용한 것이다.
진후주가 뒷마당에서 잔치를 벌이며 노닐었는데 〈王树後庭花曲〉이 연주되었다고 함./
商女: 술집이나 찻집의 노래 부르는 여자를 말함.

61. 〈千秋岁引〉, 王安石

別馆寒砧, 孤城画角,
一派秋声入寥廓.
东归燕从海上去,
南来雁向沙头落.
楚台风, 庚楼月, 宛如昨.
缧缧无奈被些名利缚,

无奈被他情担阁,
可惜风流总闲却.
当初漫留华表语,
而今误我秦楼约.
梦阑时, 酒醒后, 思量着.

객사에 들려오는 다듬이질 소리
고성에선 처량한 화각 소리
쓸쓸한 가을 소리 허공에 찼다
돌아가는 제비는 바다로 날아가고
남쪽으로 가는 기러기 모래섬에 내린다
초왕의 난간 누대에서 바람을 쐬던 일
유량의 남쪽 누각에서 하던 달구경도 이제는 모두가 지나간 일

어쩔 수 없이 세상 명리 얽히고
어쩔 수 없이 자기감정 죽이니
마음에 풍류생활 여유가 없구나

신선생활 당초에 바랐건만
진루 위의 약속조차 지킬 길이 없고
꿈길에서나 술 깬 뒤에나
아쉬운 생각은 끝이 없구나

別館: 여관. 손님이 머무는 숙소./寒砧: 가을이 지나고 옷을 다듬돌로 두드리는 소리를
말함./画角: 고대 군대에서 호각을 불었다. 병사들이 새벽잠에서 깨어나도록 하기 위해
사용되었으며 그 소리는 매우 높고 슬프다./寥廓: 무한히 넓은 공간, 허공을 말함./楚台
风: 송옥의 ≪风赋≫에 나오는 구절로, 여기서 작자는 과거에 대대로 임금과 신하가
서로 의기투합한 것을 암시함./庚楼月: 유의경의 ≪世说新语・容止≫ 편에 나오는 구
절이다. 여기서는 그해에 서로 대가 되어 아래 계층에 처해져 어쩔 수 없이 어울린 모
습을 나타낸 것임./漫留: 헛되이 머물다. 부질없이 머물다./华表语: ≪搜神后记≫ 권1
에 나오는 구절임./秦楼: 남녀가 즐기는 모임의 장소. 즉 기녀들이 사는 기관을 의미
함./梦阑: 꿈이 다하다. 꿈에서 깨어나다.

62. 〈渔家傲〉, 王安石

平岸小桥千嶂抱.
柔蓝一水萦花草.
茅屋数间窗窈窕.
尘不到.
时时自有春风扫.

午枕觉来闻语鸟.
欹眠似听朝鸡早.
忽忆故人今总老.
贪梦好.
茫然忘了邯郸道.

평평한 언덕의 작은 다리 천 겹 산봉우리에 싸였고
보드라운 쪽빛 강물은 화초를 감돌아 흐른다
초가집 수간 방의 창문은 그윽하니
먼지가 앉기도 전에
때때로 봄바람에 절로 쓸려가네

낮잠에서 깨어나니 새소리 들리는데
선잠에서 새벽 닭 울음소리 들리는 듯
지금 친구가 늙었음을 홀연히 생각하고
꿈을 탐한 것 좋았으나
인생살이 허망하여 아득히 잊었다

平岸: 마치 병풍처럼 나란히 펼쳐져 있는 수많은 산봉우리를 말함./小桥: 주유의 아내./
柔蓝: 부드러운 쪽빛. 고대 부드러운 쪽풀의 즙으로 염료를 만들었다./窈窕: 그윽하고 깊
은 모양./欹眠: 측면으로 자다. 옆으로 기대어 눕다./邯郸道: 당대 심기제의 ≪枕中记≫
에 나오는 이야기로, 노생이라는 한 서생이 邯郸의 한 객사에서 낮잠이 들었는데, 꿈속
에서 온갖 부귀영화를 다 누렸다. 꿈에서 깨어나 보니, 주인이 안쳐놓은 누런 기장밥이
아직 익지 않았다. 그리하여 후대사람들이 이를 '黄粱梦', '邯郸梦', '邯郸道'라고 불렀
다. 이것은 부귀영화가 허황된 환상임을 비유한 것이다. 작자는 变法에 실패하고, 금릉
에 은거하며 살 때 이 사를 지었는데, '邯郸道'는 바로 당시 자신의 정치상의 좌절을
비유한 것임.

63. 〈清平乐〉 春晚(늦봄), 王安国

留春不住, 费尽莺儿语.
满地残红宫锦污,
昨夜南园风雨.

小怜初上琵琶,
晓来思绕天涯.
不肯画堂朱户,
春风自在杨花.

가는 봄은 잡을 수 없고
꾀꼬리만 한껏 노래 불렀네
온 땅에 떨어진 꽃, 마치도 궁중 비단 자리를 물들인 듯한 것은
어젯밤 남쪽 동산에 비바람이 지나갔기 때문이다

노래 부르는 기녀가 처음으로 비파를 타는데
비파 줄에 생각은 하늘가에 맴도네
그림마당 붉은 문 아랑곳 있으랴
봄바람은 자유자재롭고 버들꽃 날리네

宫锦: 궁중에서 비단을 수놓은 것을 말함. 여기서는 떨어지는 꽃을 비유함./小怜: 원래
북조 풍숙비의 이름이다. 널리 노래 부르는 기녀를 지칭함./不肯画堂朱户: 양류 버들이
그림마당과 붉은색 대문의 명문가에 차마 들어올 수 없으니, 차라리 봄바람이 자유자재
로 춤추며 날아오는 것을 빌려 자신의 뜻을 나타낸 것이다. 청대 谭献은 이 사를 평하
여 말하길 "마지막 구절의 풍격이 스스로 높다.(结尾品格自高)"라고 했다./杨花: ≪全宋
词≫에서는 '梨花'로 되어 있음.

64. 〈红芍药〉, 王观

人生百岁, 七十稀少.
更除十年孩童小.
又十年昏老.
都来五十载, 一半被,
睡魔分了.
那二十五载之中,
宁无些个烦恼.

仔细思量,
好追欢及早.
遇酒追朋笑傲.
任玉山摧倒.
沈醉且沈醉,
人生似, 露垂芳草.
幸新来, 有酒如渑,
结千秋歌笑.

인생 백세라지만 고희도 드물다
더욱이 어릴 적 십 년과
늘그막 십 년은 빼야 할 테지
모두 해야 오십 년인데
그중 반은 잠귀신에게 나눠줘야 한다
나머지 이십오 년 중에 어찌 번뇌가 없겠는가?

곰곰이 생각해 보니
진작 즐거움을 추구하는 것이 좋겠다
술과 친구를 찾아 마음껏 웃고
몸이 쓰러지는 대로 내버려둔다
깊이 취하고 또 취한다
인생은 풀잎에 맺힌 이슬 같은 것
다행히도 새로이
강물처럼 술이 있으니
천년토록 웃고 노래한다

稀少: 드물다. 적다./睡魔: 지독한 졸음을 말함. 잠귀신/宁无: 어찌~없겠는가?/烦恼: 번 뇌. 고민./仔细: 자세히. 상세히./遇酒: 술을 만나다./笑傲: 맘껏 웃다./摧倒: 꺾여 넘어지 다./沈醉: 깊이 취하다. 술이 곤드래만드래 되다./芳草: 향기 나는 풀./渑: 못. 강물/千秋: 천 년.

65. 〈临江仙〉, 晏几道

梦後楼台高锁, 酒醒帘暮低垂.
去年春恨却来时,
落花人独立, 微雨燕双飞.

记得小苹初见, 两重心字罗衣.
琵琶弦上说相思, 当时明月在,
曾照彩云归.

꿈 깨어 보니 누대는 높게 잠기었는데
술에서 깨어 보니 주렴 낮게 드리웠다
작년 봄의 한스러움 이때 밀려온다
떨어지는 꽃잎 속을 홀로 서성이는데
가랑비 속을 제비 쌍쌍이 날고 있다

소빈을 처음 보았던 때의 모습 기억나니
'心'자 모양의 갓 겹친 비단옷을 입었었지
비파 현에 실어 사랑의 정을 말했었지
그때도 달은 오늘처럼 밝아
채색 구름같이 사뿐히 돌아가는 그녀를 비추었지

却来: 또다시 온다는 뜻임./落花: 오대 翁宏의 〈春残〉 시에 나오는 한 구절임./小苹: 노래 부르는 기녀의 이름이다./心字: 沈雄의 ≪古今词话≫에 "옷깃이 굽은 것이 마치 '心'자 같다.(衣领屈曲如心字)"라고 되어 있음./彩云: 小苹을 가리킴.

66. 〈蝶恋花〉, 晏几道

梦入江南烟水路, 行尽江南,
不与离人道. 睡里消魂无说处,
觉来惆怅消魂误.

欲尽此情书尺素.
浮雁沉鱼, 终了无凭据.
却倚缓弦歌别绪, 断肠移破秦筝柱.

꿈속에서 강남의 안개 서린 물길에 들어
강남을 다 찾아보았건만
헤어진 사람과 만날 수 없다
꿈속에서 애끊는 마음 호소할 데 없었는데
깨어나니 슬픔만 더욱 커져 애끊는 마음 사람을 상하게 했다

이 마음 모두 편지에 담아
기러기와 물고기 편에 부치고 싶지만
끝내 맡길 수가 없구나!
천천히 거문고 타며 이별의 정을 노래하자니
슬픔이 극에 달하자 거문고 받침대가 모두 부러져버렸네

尺素: 송별할 때의 편지를 말함./浮雁沉鱼: 고대에 기러기와 물고기는 모두 편지의 대칭으로 쓰임./终: 마침내./了: 어조사./缓弦: 고대 비파의 현을 조절할 수 있었다. 현을 죄면 소리가 높고, 현을 느슨하게 풀면 소리가 낮다.

67. 〈蝶恋花〉, 晏几道

醉别西楼醒不记, 春梦秋云,
聚散真容易. 斜月半窗还少睡,
画屏闲展吴山翠.

衣上酒痕诗里字,
点点行行, 总是凄凉意.
红烛自怜无好计, 夜寒空替人垂泪.

취중에 서쪽 누각에서 이별하니 깨어나도 기억이 나지 않고
봄 꿈 가을 구름처럼 만나고 헤어지는 것이 참으로 무상하다
달빛이 창틈으로 비쳐들어 잠 못 이루는데
병풍엔 푸른 오산이 한가롭게 펼쳐 있구나

옷에 묻은 술자국과 시를 적은 글자들
점과 행마다
온통 슬픈 뜻으로 가득 찼다
붉은 촛불도 방법이 없음이 안타까워
추운 밤 공연히 내 대신 눈물 흘린다

西楼: 연회를 즐기던 곳을 가리킴./春梦秋云: 아름답고 좋으나 허황된 짧은 꿈을 비유
한 것이고, 모였다가 흩어지는 일정함이 없는 사물을 가리킨다. 백거이의 〈花非花〉 시
의 한 구절임./替人垂泪: 당대 杜牧의 〈赠别〉 시의 한 구절임.

68. 〈鹧鸪天〉, 晏几道

彩袖殷勤捧玉钟, 当年拚却醉颜红.
舞低杨柳楼心月, 歌尽桃花扇底风.

从别后, 忆相逢, 几回魂梦与君同.
今宵剩剩把银釭照, 犹恐相逢是梦中.

그녀가 색동 소매 들어 은근히 술을 권하던 그때
아낌없이 얼굴이 붉어지도록 흠뻑 마셨다
누각 위의 달이 버들 아래로 질 때까지 춤추었고
도화선 밑의 바람이 다 없어지도록 노래 불렀다

이별한 후로
함께 만났던 일 추억하며
몇 차례나 꿈속에서 그대와 함께 있었던가
오늘 밤 재삼 은등잔 들어 비춰보아도
이렇게 만난 것 꿈속일까 두렵다

彩袖: 채색옷 입은 노래 부르는 기녀를 가리킴./玉钟: 술잔./拚却: 물리치다./剩把: 맘껏.
실컷/银釭: 은으로 만든 등잔을 말함.

69. 〈生查子〉, 晏几道

关山魂梦长,
塞雁音书少.
两鬓可怜青,
只为相思老.

归傍碧纱窗,
说与人人道,
真个别离难,
不似相逢好.

아득히 막힌 꿈길에도 넘기 어려운 산하
기러기도 소식 전하지 않네.
가엾다 까맣던 귀밑머리
그리워하다 늙어졌네

纱窗가로 돌아가서
그대에게 말하리라
진정 이별만은 싫어
언제까지나 떨어지지 말자고

关山: 关隘山川을 말함./可怜: 가련하다. 불쌍하다./雁音: 편지. 소식./归傍: 다른 판본
에는 '归梦'으로 되어 있음./人人: 사랑하는 사람을 일컬음./真个: 진정으로. 정말로.

70. 〈木兰花〉, 晏几道

东风又作无情计,
艳粉娇红吹满地.
碧楼帘影不遮愁,
还似去年今日意.

谁知错管春残事,
到处登临曾费泪.
此时金盏直须深,
看尽落花能几醉.

무정한 동풍 사정도 없이
아리따운 꽃잎들을 만지에 흩날린다
푸른 누각에 처진 주렴 그림자
이내 근심 막을 길 없어
지난해와 다름없는 슬픈 사연이여

가는 봄의 사정을 내 어이 상관했던고?
발길 닿는 곳마다 옛 생각에 눈물 흘린다
금술잔 들어 깊숙 취해나 보자
꽃은 지는데 인생이 취해 본들 그 몇 번이랴?

艳粉娇红: 낙화를 가리킴./直须: 나아가다.

71. 〈木兰花〉, 晏几道

秋千院落重帘暮, 彩笔闲来题绣户.
墙头丹杏雨馀花, 门外绿杨风后絮.

朝云信断知何处? 应作襄王春梦去.
紫骝认得旧游踪, 嘶过画桥东畔路.

겹겹 사창 밖 그네 드리워진 정원
어둠이 내린다. 외로이 붓을 들어 볼 일 없이 창가에 시제를 내어본다
봄비 후에 담장 가엔 홍색 살구꽃이 피고
문 밖의 버들개지는 바람에 춤을 춘다

조운은 소식이 끊어져 어디 있는지 모르겠다
양왕의 봄꿈 속에 나타나겠지
자색말은 옛 자취를 알아보고서
채색한 다리의 동쪽 갓길을 울며 지난다

重帘暮: 겹겹으로 된 휘장막을 가리킴./彩笔: 오색의 붓을 말한다. ≪南史·江淹传≫
에 의하면 남조 梁나라 문사 강엄이 어렸을 때 꿈속에서 곽박이 그에게 오색붓을 빌려
줘서 취하였다. 이때부터 문채가 뛰어나기 시작했다. 이후에 또 꿈속에서 그를 만났는
데 오색붓을 찾아 그에게 돌려주었는데, 이후부터 시의 뛰어난 명구가 없어졌다. 때때
로 남들은 그의 재능이 다했다고 말함./朝云: 佳人. 기녀. 巫山神女 자신을 의미함./襄
王春梦: 초나라 회왕이 高唐에 노니는데, 꿈에 신녀와 자리를 같이했다. 그녀가 떠나며
"아침에는 구름이 되고, 저녁이 되면 비를 내린다."라고 말함./紫骝: 한 필의 자색말을
말함.

72. 〈清平乐〉, 晏几道

留人不住醉解兰舟去.
一棹碧涛春水路,
过尽晓莺啼处.

渡头杨柳青青,
枝枝叶叶离情.
此后锦书休寄,
画楼云雨无凭.

술 취한 채 떠나가는 임
만류할 길 없고
뱃길은 푸른 물결 유유한 봄물
지나는 언덕 아침결에 꾀꼬리 소리 듣고

나루터에 버들 나무는 푸르디푸르고
가지마다 잎사귀마다 이별의 슬픔
이제 가면 소식 전할 길 없고
画楼에 云雨春梦 인연 맺기 어려워라

兰舟: 목란배를 말한다. 배의 미칭임./锦书: 苏蕙가 〈回文锦字诗〉를 짜서 그 남편에게
보냈다. 이후에 비단에 쓴 글자 혹은 비단에 쓴 서신은 남녀 간의 정을 담은 편지로 불
리게 되었음./画楼: 화려한 누각을 말한다. 이곳은 바람과 달이 머무는 곳임./云雨: 남녀
간의 즐거운 밀회를 말함./无凭: 의지할 곳이 없다. 기댈 곳이 없음.

73. 〈阮郎归〉, 晏几道

旧香残粉似当初,
人情恨不如.
一春犹有数行书,
秋来书更疏.

衾凤冷,
枕鸳孤,
愁肠待酒舒.
梦魂纵有也成虚,
那堪和梦无.

두고 간 분향은 옛날처럼 향기롭건만
떠난 임의 사랑은 옛날과 다르네
봄에는 몇 줄 사연 보내 주더니
가을되자 그것마저 뜸해졌네

봉황 이불은 차갑고
원앙베개는 외로워 술로써 이 근심을 달래본다
어쩌다 그대를 만나 보는 허망한 꿈
어인 일로 이제는 꿈조차 없는가?

衾凤: 봉황무늬를 수놓은 이불을 말함./枕鸳孤: 베개에 원앙무늬가 수놓아져 있는 것을
말한다. 여기서는 봉황침과 원앙베개를 가져와서 자신의 외롭고 고독함을 나타낸 것임./
和梦无: '和'는 '连'의 뜻이다. 즉 꿈조차도 없었다는 뜻임.

74. 〈阮郎归〉, 晏几道

天边金掌露成霜, 云随雁字长.
绿杯红袖趁重阳, 人情似故乡.

兰佩紫, 菊簪黄, 殷勤理旧狂.
欲将沉醉换悲凉, 清歌莫断肠.

하늘가에는 선인의 구리동상 손바닥에 있는 이슬도 서리가 되었고
구름도 기러기 대열 따라 길게 뻗어 있다.
중양절 틈타 술잔 기울이며 붉은 소매의 여인들 노랫소리 들으니
이곳의 인정은 마치 고향 같구나

보랏빛 난초 차고
노란 국화 꽂고서
은근히 지난날의 광태를 드러내본다
흠뻑 취하여 슬픔과 바꾸고자 하니
맑은 노랫소리여 나의 애를 끊지 마시오

金掌: 汉武帝가 장안에서 구리기둥을 세웠는데, 그 높이가 20미터였고, 그 위에는 仙人이
盘을 들어 이슬을 받도록 만들었음./雁字: 기러기 떼가 나란히 대오를 맞추어서 날아가는
데 그 모습이 마치 '一'자 혹은 '人'자 모양 같다고 해서 이렇게 붙여졌음./绿杯红袖: 좋
은 술과 미인의 대칭임./菊簪黄: 당대 杜牧의 〈九月齐山登高〉 시에 나오는 구절임./清歌
莫断肠: 况周颐는 ≪蕙风词话≫에서 이 구에 대해서 말하길 "함축된 뜻이 끝이 없다.
이 사는 沉着하고 厚重하다. 이 마지막 구를 얻어서, 의경이 空灵하게 되었다."라고 했다.

75. 〈六么令〉, 晏几道

绿阴春尽, 飞絮绕香阁.
晚来翠眉宫样, 巧把远山学.
一寸狂心未说, 已向横波觉.
画帘遮匝, 新翻曲妙,
暗许闲人带偷掐.

前度书多隐语,
意浅愁难答. 昨夜诗有回文,
韵险还慵押. 都待笙歌散了,
记取来时霎, 不消红蜡,
闲云归后, 月在庭花旧阑角.

봄은 지나가고 푸른 잎은 무성한데
가벼운 버들개지 누각을 감싸고 춤추듯 흩날린다
저물녘 눈화장을 하려니 먼 산의 모습과 비슷하구나!
한 촌의 광기어린 모습도 드러내지 못하고
곁눈질하는 먼 산 모양의 눈썹 서러움만 그렸다
채색 주렴 주위에는 새로운 악보의 노래가 매우 귀에 즐거운데
일 없는 사람들이나 곡조 타는 것으로 몰래 시름 달랠까?

지난번의 연애편지 한 장은 난해한 어구에서
의경이 깊지 않아 이 시름 답하기 어려웠고
지난밤 회문시는 용운이 어렵고 운자 맞추기에 피곤해서 화답하기
어려우니

연회의 노래 자리가 파하기를 기다려 다시 모아 정리함이 좋겠네
촛불은 아직도 타고 있는데
구름이 흩어진 옛 난간 모서리
꽃가지 끝에는 달이 휘영청 걸렸네

远山学: 멀리 있는 산과 같은 눈썹을 그리는 것으로 이별의 서러움을 나타낸 것임./橫
波: 옆으로 곁눈질하는 것이 물결이 횡으로 흐르는 것과 같음./遮匼: 주위./掐: 손톱으로
찌르다. 타다./霢: 가랑비/回文: 한시체의 한 가지로 앞 구와 뒤 구의 글자가 서로 역순
으로 배열되는 대련형식으로, 어느 쪽으로 읽어도 체를 이루고 의미가 통하는 시를 말
함./慵押: 운자 맞추기에 피곤하다는 뜻임.

76. 〈御街行〉, 晏几道

街南绿树春饶絮, 雪满游春路.
树头花艳杂娇云, 树底人家朱户.
北楼闲上, 疏帘高卷, 直见街南树.

阑干倚尽犹慵去, 几度黄昏雨.
晚春盘马踏青苔, 曾傍绿阴深驻.
落花犹在, 香屏空掩, 人面知何处?

거리 남쪽은 벌써 해 저물녘 봄 시절
흩날리는 꽃잎은 버들개지처럼 떨어진다
상춘객들로 붐비는 한길 위에 눈송이마냥
나무 위에는 꽃, 하늘 위에는 구름, 한결같이 교태로운데
나무 아래에는 붉은 대문의 인가, 다락 위에는 걷어 올린 주렴
거리 남쪽 일대의 꽃들이 한눈에 보인다

난간 위의 사람들 하염없이 기대어 선 황혼녘
또 가랑비 내린다
기억건대 화창한 봄날
그이는 말을 타고
푸른 이끼 위를 돌다가는 나무 밑에 멈추곤 했었지
지금은 꽃 진 시절 규방은 병풍으로 가려졌다
그 사람은 지금 어디 있을까?

饶: 많다./雪满游春路: 나부끼는 버들솜이 어지럽게 이리저리 떨어진다는 뜻임./盘马: 말이
뛰어넘어 방향을 선회한다는 뜻임./人面知何处: 최호의 〈题都城南庄〉 시에 있는 구절임.

77. 〈虞美人〉, 晏几道

曲阑干外天如水,
昨夜还曾倚.
初将明月比佳期,
长向月圆时候,
望人归.

罗衣著破前香在,
旧意谁教攻. 一春离恨懒调弦,
犹有两行闲泪, 宝筝前.

구불구불한 난간에서 바깥으로 나가 바라보니
물과 하늘이 한 빛인데
어젯밤 저녁나절 혼자 서 있노라니
달은 그때 그 가약의 좋은 날보다 더 밝으려는가 보다
그래서 늘 그 달이 둥글기를 기다려 그 사람 돌아오기를 기다린다

그때 입던 비단옷은 비록 낡고 헤졌으나 그 임의 향기 아직도 남아
옛날 그 옛적 그 마음이야 변할 리 있겠는가?
그 어느 봄날 헤어진 뒤에는 마음 내키지 않아
쟁을 접어두려니 두 줄기 눈물만 부질없이
고운 악기 위로 주르륵 흘러내린다

曲阑干: 〈西洲曲〉의 '阑干十二曲'을 말함./天如水: 하늘이 마치 수면같이 깨끗하고 맑고 투명한 것을 말함./罗衣著破: 최국보의 시에 나오는 구절임./前香: 옛날에 즐거웠던 시절을 회상하는 것을 말함.

78. 〈留春令〉, 晏几道

画屏天畔, 梦回依约,
十洲云水. 手捻红笺寄人书,
写无限, 伤春事.

别浦高楼曾漫倚,
对江南千里.
楼下分流水声中,
有当日, 凭高泪.

꿈속에서 황홀하게 한 폭의 병풍을 보니
하늘가로부터 펼쳐져 있다
위로는 십주의 신선이 사는 길을 잃은 경계이고
손에는 부칠 붉은색 편지 한 통을 말아들었다
화살같이 날아가는 세월의 빠름에 대한 감개가 끝도 없이 씌어 있다

우리는 일찍이 헤어지던 높은 누각에 기대어
광막한 강남 천리를 바라보았지
오늘 누각 아래로 갈라져 흘러가는 물소리 속에는
응당 그때 우리 함께 누각에 올라 뿌린 눈물방울이 아직 남아 있으리

天畔: 하늘가. 그림 병풍 위에 경물이 이처럼 저 멀리 떨어져 있는 것을 말함./十洲: 전설상에 신선이 사는 곳으로, 祖洲, 瀛洲, 玄洲, 炎洲, 长洲, 元洲, 流洲, 生洲, 凤麟洲, 聚窟洲를 가리킨다. 八方이 큰 바다의 한가운데 있음./别浦: 보통 장강의 지류를 가리킴.

79. 〈思远人〉, 晏几道

红叶黄花秋意晚, 千里念行客.
飞云过尽, 归鸿无信,
何处寄书得?

泪弹不尽临窗滴,
就砚旋研墨. 渐写到别来,
此情深处, 红笺为无色.

붉은 잎 누런 꽃이 늦가을을 뜻하고
나는 천리에 유랑하는 나그네
감개만 쌓이고 쌓이네
흰 구름 모두 걷히고
기러기 돌아와도 소식은 없어
새 편지는 언제나 오려는가?

눈물만 끝없이 흘러 창가로 떨어지네
어떤 때는 벼루로 떨어져
먹물에 섞여져 갈리고
한 자 한 자 써 나가다가
'別'자에 이르러 정은 더욱 깊어져
붉은색 새 편지지가 풀이 죽어 무색하네

千里念行客: 천 리 밖에 떠돌아다니는 나그네를 생각하는 것임./归鸿无信: 큰 기러기를 통해서 편지를 전달할 수 있다는 말임./泪弹不尽临窗滴: 당대 맹교의 〈归信吟〉 시에 '눈물, 먹, 술로 책이 되다.(泪墨洒为书.)'라고 되어 있다. 사의 경계가 서로 비슷하다./旋: 따르다. 쫓다.

80. 〈满庭芳〉, 晏几道

南苑吹花. 西楼题叶.
故园欢事重重. 凭栏秋思.
闲记旧相逢. 几处歌云梦雨.
可怜便, 流水西东. 别来久.
浅情未有. 锦字系征鸿.

年光还少味. 开残槛菊.
落尽溪桐. 漫留得.
樽前淡月西风. 此恨谁堪共说.
清愁付, 绿酒杯中.
佳期在. 归时待把. 香袖看啼红.

바람이 지나갈 때에 남원의 꽃잎 조각조각 휘날리고
서쪽 누각에 잎 떨어질 땐 그 위에 시를 쓴다.
옛 동산엔 기쁜 일이 겹겹이 쌓여 있고
가을 들어 스치는 끝없는 생각에
난간에 기대어 먼 데를 바라본다
옛날을 생각하면 그때 그 춤추고 노래하던 자취
눈 깜짝할 사이에 흐르는 물처럼 동서로 갈라져 흘러가 버렸다
헤어진 이래로 한 장의 편지마저 받아보지 못했으니
설마 이렇게 정을 끊을 작정일까?

세월은 얼마 남지 않았네
울타리 옆의 국화도 다 시들고

시냇가의 오동잎도 다 떨어졌네
남은 건 한 잔 술
쓸쓸한 달 맑은 바람이나 벗할까
이 마음 누구에게 하소연하리
술 속에 들어가 끝내버릴까
우리들이 언약한 날짜는 다가오는데
그대 돌아올 때를 기다려 향 묻은 소매 위의
눈물로 얼룩진 자국을 기필코 보이리

南苑吹花: 옛날 남녀 간 밀회를 즐기는 것을 일컬어 '云雨情'이라고 했다. 이것은 무산 신녀 고사에서 나온 것임./锦字: 비단을 짜서 그곳에 만든 글자를 말한다. 보통 부인이 남편에게 보내는 편지를 말함./征鸿: 멀리 날아가는 큰 기러기. 보통 편지를 큰 기러기의 발에 묶어 보내는 것을 말함./年光: 세월./绿酒: 옛날에 쌀로 만든 술로 누룩이 아직 발효되지 않았을 때, 수면에는 엷은 푸른색 거품이 뜬다. 그래서 '绿酒'라고 불리게 되었음./啼红: 붉은 눈물. 즉 미인의 눈물이다. 여기서는 그리움의 고통을 비유함.

81. 〈水调歌头〉丙辰中秋, 欢饮达旦, 作此篇兼怀子由(병진년 1076년 중추에 새벽녘까지 기분 좋게 술을 마셔 크게 취한 채 이것을 짓고 아울러 동생 자유를 생각한다), 苏轼

明月几时有, 把酒问清天.
不知天上宫阙, 今夕是何年.
我欲乘风归去, 惟恐琼楼玉宇,
高处不胜寒, 起舞弄清影,
何似在人间.

转朱阁, 低绮户,
照无眠. 何事长向别时圆?
人有悲欢离合, 月有阴晴圆缺,
此事古难全, 但愿人长久,
千里共婵娟.

밝은 달은 얼마 동안이나 떠 있는지
술잔을 잡고 하늘에 물어본다.
모를레라 천상의 궁궐은
오늘 밤이 어느 해인지
바람을 타고 돌아가고 싶거늘
두렵기만 하구나, 구슬로 만든 집이
높은 곳이라 추위를 못 이길까 봐
일어나 춤추면 그림자도 따라 추니
이것이 어찌 속세에 있는 거냐!

달은 붉은 누각을 돌아

비단문에 내려와
잘 못 드는 이를 비추어 준다
달은 원한이 있을 터도 없는데
무슨 일로 언제나 이별에 때맞추어 둥글어지나
사람에게 슬픔과 기쁨, 헤어짐과 만남이 있고
달에겐 흐림과 맑음, 둥글어짐과 이지러짐이 있는 법
이것은 예로부터 온전하기 어려웠네
다만 원하기를 오래오래 살아서
천 리 밖에서나마 고운 달 함께 보기를

丙辰: 송나라 신종 희녕 9년(1076)으로, 소식이 밀주의 태수로 부임해 있었다./子由: 소식의 아우 소철을 가리킴./琼楼玉宇: 옥으로 만든 누각과 집. 월궁을 가리킴./照无眠: 잠 못 이루는 이를 비추네. 달빛이 사람을 비추어 잠을 이루지 못하게 함./婵娟: 달을 가리킴.

82. 〈水龙吟〉次韵章质夫杨花词(장질부에게 〈杨花词〉를 차운하다), 苏轼

似花还似非花, 也无人惜从教坠.
抛家傍路, 思量却是, 无情有思.
萦损柔肠, 困酣娇眼, 欲开还闭.
梦随风万里, 寻郎去处, 又还被莺呼起.

不恨此花飞尽, 恨西园, 落红难缀.
晓还雨过, 遗踪何在? 一池萍碎.
春色三分, 二分尘土, 一分流水.
细看来不是杨花, 点点是离人泪.

꽃인 듯 꽃이 아닌 듯
떨어지려 해도 아쉬워하는 사람 없구나
집 버려두고 길가에 뒹군다 해도
생각해 보니 도리어
무정하나 그리움이 있는 듯
얽히고 상처 입은 연약한 마음이여
실컷 피로에 지친 예쁜 눈이여
뜨려고 하니 도리어 잠기네
꿈속에서 바람 따라 만 리를 날아
임이 간 곳을 찾으려 했건만
또 그만 꾀꼬리 울음소리에 깨고 말았다

한스럽지 않노라 이 꽃 모두 날려도
한스러워 하노니 서쪽 동산에

떨어진 붉은 잎 꿰기 어려움을
새벽이 되어 비는 지나갔건만
남은 자취는 어디에 있는가
온 연못엔 부서진 부평초일세
봄의 빛은 셋으로 나뉘어져
둘은 흙먼지로 나뉘고
하나는 흐르는 물로 나뉘었지
자세히 살펴보니
버들개지가 아니라
점점이 헤어진 사람들의 눈물인 것을

章质夫: 이름은 장절이고 浦城사람이다. 1027년생. 吏部郎中, 동주추밀원사를 역임하
였으며 시호는 庄简임./抛: 던지다./萦: 얽히다./损: 상하다./柔: 부드럽다./肠: 창자. 마
음./酣: 즐기다. 술을 마시며 즐기다./娇眼: 아름다운 눈. 옛날 사람들이 시나 부 가운데
서 버들잎을 버들눈이라고 많이 일컬었음./寻: 찾다. 탐색하다./缀: 꿰매다. 바늘로 얽어
매다./萍: 개구리밥. 부평초./碎: 부수다./一池萍碎: 옛날에 버들꽃이 물에 떨어지면 부
평초로 변한다는 말이 있음.

83. 〈念奴娇〉赤壁怀古(적벽에서 회고하다), 苏轼

大江东去, 浪淘尽,
千古风流人物. 古叠西边,
人道是, 三国周郎赤壁.
乱石崩云, 惊涛裂岸,
卷起千堆雪, 江山如画.

遥想公谨当年, 小乔初嫁了.
雄姿英发, 羽扇纶巾, 谈笑间,
樯橹灰飞烟灭. 故国神游,
多情应笑我, 早生华发,
人生如梦, 一樽还酹江月

장강은 도도하게 동으로 흘러가며
물결이 깡그리 천고의 풍류 인물들을 씻어 내렸구나
옛날 보루 서쪽은
사람들이 말하기를
삼국시대 주랑의 적벽이란다
삐죽한 바윗돌은 하늘을 찌르고
놀란 파도는 강 언덕을 두드리며
천 무더기 눈 더미를 말아 올린다
그림 같은 이 강산
한때 호걸들이 얼마나 많았던가!

멀리 주공근의 그때 일을 생각하니

소교가 갓 시집 왔었고
웅장한 자태에 재기가 번득였겠지
깃털 부채 들고 명주실로 짠 두건을 쓰고
담소하는 사이에
장적들의 배는 불에 타서 재가 되고 연기가 되어 사라지고 말았겠지
고향 땅으로 내 마음은 달리나니
다정한 그대는 틀림없이 웃을 테지
흰 머리카락이 일찍 났다고
인생은 꿈과 같은 것
그래도 술 한 잔을 강 속의 달에게 따라준다

赤壁: 여기서는 황주의 적비기를 가리킨다. 적벽대전은 삼국시대 오나라와 촉나라의 연합군이 화공으로 위나라의 조조군을 불태워, 약한 군대로 강한 군대를 이긴 유명한 전쟁이다. 이로부터 위·촉·오 삼국이 정립하는 추세를 형성하였음./大江: 장강을 가리킴./周郎: 주유를 가리킴./小乔: 주유의 아내를 가리킴./羽扇纶巾: 깃부채와 비단두건. 명주실로 짠 두건. 여기서는 주유의 멋들어진 풍채를 형용하고 있음./故国: 적벽의 전쟁터를 가리킴./酹: 술을 땅에 부어 신에게 제사지내는 것을 말함.

84. 〈少年游〉润州作, 代人寄远(윤주에서 지었는데, 남을 대신해서 멀리 보냈다), 苏轼

去年相送. 馀杭门外,
飞雪似杨花. 今年春尽,
杨花似雪, 犹不见还家.

对酒卷廉邀明月, 西风透窗纱.
恰似姮娥怜双燕, 分明照, 画梁斜.

지난해에 그대를 떠나보낼 때
여항문 밖에는
흩날리는 눈이 버들개지와 같았건만
금년 봄 다 지나가고
버들개지 눈과 같은데
아직도 볼 수 없네! 그대 집으로 돌아오는 것을

술 마주하고 발 걷어 밝은 달을 맞이하니
이슬 띤 바람결은 창문 망사를 뚫어
마치 항아가 짝 지은 제비를 불쌍히 여긴 듯
뚜렷이 비추었네. 채색한 기둥이 비껴 있는 곳에

相: 동사 앞에 쓰여 상대방에게 행해지는 일반적인 동작을 나타냄./馀杭门: 송나라 때 항주성 북쪽에 세 성문이 있었다. 그중의 하나가 여항문인데 절서와 강희의 각지로 통함./杨花: 버들개지./卷: 말다./邀: 맞이하다./透: 통과하다./恰似: 흡사, 마치/姮娥: 항아는 남편이 몰래 숨겨놓은 불사약을 훔쳐서 달로 달아났다는 예의 아내. 달에 대한 미칭임./双燕: 두 마리의 제비/画梁: 채색한 대들보./斜: 비스듬히.

85. 〈永遇乐〉彭城夜宿燕子楼, 梦盼盼, 因作此词(팽성에서 한밤중에 연자루에 묵었는데, 기녀 반반을 꿈속에서 보고, 이 사를 짓다), 苏轼

明月如霜, 好风如水,
清景无限. 曲港跳鱼,
圆荷泻露, 寂寞无人见.
紞如三鼓, 铿然一叶,
黯黯梦云惊断. 夜茫茫,
重寻无处, 觉来小园行遍.

天涯倦客, 山中归路,
望断故园心眼. 燕子楼空,
佳人何在? 空锁楼中燕.
古今如梦, 何曾梦觉,
但有旧欢新怨. 异时对,
黄楼夜景, 为余浩叹.

밝은 달은 서리처럼 희고
시원한 바람은 수면처럼 잔잔하고
해맑은 풍경은 끝없이 펼쳐졌다
구부러진 강에는 물고기 뛰놀고
둥그런 연잎에는 이슬 내려 쏟아지는데
사방은 적막하고 인기척도 없다.
둥둥둥 울려 퍼지는 삼경의 북소리
우수수 낙엽 구르는 소리
그 소리에 놀라 달콤한 꿈 깨어나니 내 마음은 슬퍼라

끝없이 어두운 이 밤
다시는 그대를 찾을 곳이 없어
작은 뜰 여기저기 돌아다닌다

하늘 한쪽 끝의 지친 나그네
산속에 나 있는 고향으로 가는 길
고향을 향하여 뚫어지게 바라보는 내 마음이여
텅 빈 연자루에
가인은 어디가고
제비만 갇혔는가?
옛날이나 지금이나 꿈만 같은데
일찍이 이 꿈 깨어 본 적 없어
묵은 기쁨 새 원한만 쌓이는구나
뒷날 후세 사람들이 황로의 밤경치를 보며
나를 위하여 크게 탄식하겠지

彭城: 서주./燕子楼: 당나라 서주절도사 张建封의 아들 장음이 그의 애첩 关盼盼을 위해 지은 누각이름이다. 장음이 죽은 후 관반반은 개가하지 않기로 맹세하여 이 누각에서 10여 년을 살았다고 함./跳鱼: 물고기가 뛰어오르다./紞: 북치는 소리/如: 와 같다./铿然: 소리가 우렁찬 것을 말함./黯黯: 어두침침하다. 슬프다./梦云: 꿈에 애첩인 반반을 본 것을 말함./茫茫: 끝없이 길다./异时: 훗날. 장래/黄楼: 서주의 동문. 소식이 서주지주로 재직할 때 이 누각을 개축하였음.

86. 〈洞仙歌〉仆七岁时, 见眉山老尼, 姓朱, 忘其名. 年九十馀. 自言尝随其师入蜀主孟昶宫中. 一日大热, 蜀主与花蕊夫人夜起, 避暑摩诃池上, 作一词, 朱具能记之. 今四十年, 朱已词, 人无知此词者, 独记其首两句. 暇日寻味, 岂〈洞仙歌令〉乎! 乃为足之耳.(내가 일곱 살 때 미주에서 늙은 비구니를 만났는데, 성은 주이고 이름은 잊었는데 나이는 90여 세였다. 스스로 말하길 "일찍이 스승을 따라 촉나라 임금 맹창의 궁중에 들어왔다. 하루는 무척 더웠는데 임금과 화예부인이 밤에 일어나, 마하지 가에서 더위를 피하면서 사 한 수를 지었다."고 했다. 주씨는 그것을 모두 기억하고 있었다. 이제 40년이 되어 주 씨는 이미 죽었고, 이 사를 아는 이가 없었다. 나는 다만 그 처음의 두 구절을 기억하고 있어, 한가한 날 음미를 하니, 어찌 〈洞仙歌令〉이 아니랴! 이에 그 구절을 보충하여 읊을 뿐이다), 苏轼

冰肌玉骨, 自清凉无汗.
水殿风来暗香满. 绣帘开,
一点明月窥人, 人未寝,
敧枕钗横鬓乱.

起来携素手,
庭户无声, 时见疏星度河汉.
试问夜如何? 夜已三更,
金波淡, 玉绳低转. 但屈指,
西风几时来, 又不道流年, 暗中偷换.

얼음 같은 살결 옥 같은 뼈대
스스로 시원하여 땀도 나지 않겠네
수상 궁전에 바람 불어 암향이 가득하고

수놓은 발 걷으니
밝은 달 하나가 사람을 엿보는데
사람은 아직 잠 못 이루어
비녀는 기우뚱하고 살쩍은 부스스한 채 베개에 기댔다

일어나 섬섬옥수와 같은 손을 잡고
정원에 나서니 사방이 고요한데
드문 별이 이따금씩 은하수를 건너간다
묻노니 밤이 얼마나 깊었는가?
밤은 이미 삼경이 되어
금색 물결의 달빛도 엷어지고
북두칠성도 기울어졌다
가을바람 언제 불까 손꼽아 볼 뿐
흐르는 세월 어느 사이 바뀌는 것 아랑곳 않네

孟昶: 오대 후촉의 국왕으로 사를 잘 짓고 음률에 정통하였음./花蕊夫人: 맹창의 귀비
의 별명임./摩诃池: 옛터가 지금의 성도시 근교에 있음./水殿: 摩诃池가의 궁전을 말
함./敧: 의지하다./素手: 깨끗하고 하얀 손./疏星: 별이 드물다./河汉: 은하수./玉绳低转:
밤이 깊었음을 비유함./西风: 가을바람.

87. 〈卜算子〉黄州定惠院寓居作(황주 정혜원에 머물면서 짓다), 苏轼

缺月挂疏桐,
漏断人初静.
谁见幽人独住来,
飘渺孤鸿影.

惊起却回头,
有恨无人省.
拣尽寒枝不肯栖,
寂寞沙洲冷.

성긴 오동나무에 조각달 걸리고
물시계에 물이 끊어지고 인적도 잠잠한데
누가 볼까! 왔다 갔다 하는 고독한 내 모습
아득히 먼 곳에 외기러기 그림자여

깜짝 놀라 일어나 고개 돌려도
한이 맺혔건만 알아주는 이 없네
차가운 가지 다 골라 보고는 깃들려 않고
적막한 모래섬에 내려 앉네

黄州: 지금의 호북성 황주시./定惠院: 황주 동남쪽에 있다. 소식은 처음 황주로 온 3개월 동안 이곳에 거주하였음./漏: 물시계/漏断: 밤이 깊었음을 말한다./幽人: 원래는 '감금되어 있는 사람'을 가리키는데, '억울한 죄를 뒤집어쓴 사람'이나 '우둔한 사람'으로 인신되어 유배인을 가리키는 적절한 용어임.

88. 〈临江仙〉 夜归临皋(밤에 임고로 돌아오다), 苏轼

夜饮东坡醒复醉, 归来仿佛三更.
家童鼻已雷鸣, 敲门都不应,
倚杖听江声.

长恨此身非我有,
何时忘却营营. 夜阑风静縠纹平,
小舟从此逝, 江海寄余生.

소식은 밤 술 마셔 깨는 듯 또 취하다가
돌아오니 아마도 삼경이 가까운 듯
집의 아이는 벌써 우레같이 코를 곤다
문을 두드려도 대답이 없어
지팡이에 기대어 강물 소리 듣는다

이 몸이 내 것 아님을 항상 한탄하거니와
아등바등 사는 생활 언제나 잊으려나?
밤 깊어 바람 자니 물결도 잠잠하다
작은 배를 타고 이곳을 떠나
강과 바다에 여생을 맡겨 볼까나

临皋: 호북성 黄冈县 南江边에 있고, 소식은 일찍이 여기에서 머물렀음./营营: 고통스러운 자갈돌을 왔다 갔다 하다. 아등바등 분주히 사는 것을 말함./縠纹: 수면의 파도가 미세한 것을 말함.

89. 〈定风波〉三月七日沙湖道中遇雨, 雨具先去, 同行皆狼狈, 余不
觉. 已而遂晴. 故作此(3월 7일 沙湖로 가는 도중에 비를 만났는데,
우구가 앞서 갔으므로 동행자들이 모두 허둥지둥했으나 나는 유독 낭
패감을 느끼지 못했다. 조금 있으니 마침내 날이 개어 이 사를 지었
다). 苏轼

莫听穿林打叶声, 何妨吟啸且徐行.
竹杖芒鞋轻胜马, 谁怕!
一蓑烟雨任平生.

料峭春风吹酒醒,
微冷, 山头斜照却相迎.
回首向来萧瑟处, 归去, 也无风雨也无晴.

수풀을 꿰뚫고 잎사귀 때리는 빗소리 들을 것 없다.
읊조리며 천천히 거닌들 어떠하겠는가?
대나무 지팡이에 짚신이 말보다 경쾌한데
무엇이 두려우랴
이슬비 속에 도롱이 쓰고 한평생 살고 싶다

서늘한 봄바람에 술기운 깨니
몸은 약간 선득하고
산꼭대기 석양은 나를 맞는데
여태껏 으스스했던 곳을 되돌아본다
돌아가리라! 비바람도 상관없고 갠 날도 상관없으리

이 사는 元豊5년(1082) 3월에 지은 것이다./沙湖: 소식의 ≪书清泉寺≫에서 "황주 동남쪽 30리는 모래호수이고, 내가 장차 그 사이의 밭을 사려고 한다."라고 했다./芒鞋: 풀로 만든 짚신./料峭: 봄날의 가벼운 차가운 기운을 말함./酒醒: 술에서 깨다./蕭瑟: 바람과 비를 가리킴.

90. 〈江城子〉乙卯正月二十日夜记梦(을묘년 정월 이십일 밤에 꿈꾼 것을 적다), 苏轼

十年生死两茫茫, 不思量,
自难忘. 千里孤坟,
无处话凄凉. 纵使相逢应不识,
尘满面, 鬓如霜.

夜来幽梦忽还乡. 小轩窗正梳妆,
相顾无言, 惟有泪千行.
料得年年肠断处, 明月夜, 短松冈.

십 년 동안 삶과 생사가 아득한데
어찌 생각 아니 나리, 잊을 수 있으리
천리고분! 머나먼 긴 길에
못다 한 가슴속의 비애를 전할 길 없어
설령 만난다 해도 알아볼 길이 없고
티끌만 얼굴에 가득히 차
귀밑머리 서리처럼 세어 버렸다

간밤 꿈속에 고향에 가니
그대는 단장하고 차가에 앉아 있다
돌아봐도 서로가 할 말을 잊고
하염없는 눈물만
천 가닥 만 가닥 흘릴 뿐인 것
생각하면 해마다 해마다
애끊는 곳은

달 밝은 밤 저물녘
가지가 다보록하게 퍼진 짧은 소나무가 빽빽한 산언덕이었지

乙卯: 송나라 신종 熙宁 8년(1075), 소식이 40세에 密州(지금의 산동성 诸城县)에서 태수를 맡았다./十年: 소식이 이 사를 쓸 때 그의 아내 王佛이 세상을 떠난 지 10년이 되었다./茫茫: 넓고 멀어 아득하다./千里孤坟: 작가 아내의 분묘는 사천성 彭山县에 있었으므로 소식이 있는 밀주와는 거리가 몇 천리가 된다./鬓如霜: 鬓은 귀밑머리의 뜻이다. 즉 '귀밑머리가 휘어지다'라는 뜻임./幽: 그윽하다./正梳妆: 정은 마침이라는 뜻. 소장은 머리 빗고 화장한다는 뜻임./料得: 창자가 끊어지다. 매우 애통하다./短松冈: 여기서는 아내의 분묘를 말함.

91. 〈江城子〉 密州出猎(밀주에서 사냥하러 나가다), 苏轼.

老夫聊发少年狂, 左牵黄,
右擎苍. 绵帽貂裘,
千骑卷平冈. 为报倾城随太守,
亲射虎, 看孙郎.

酒酣胸胆尚开张, 鬓微霜,
又何妨! 持节云中,
何日遣冯唐? 会挽雕弓如满月,
西北望, 射天狼.

늙은이가 젊음이 발동하여
왼손에는 누런 사냥개 끌고
오른쪽 어깨에는 참매를 앉혀놓고
비단 모자에 담비 갖옷을 걸치고
일천 기마대가 언덕을 에워쌓다
태수를 따르는 온 성내 사람들에게 보답기 위해
내 손수 호랑이를 쏘아
손랑의 기개를 보여주리라

술이 얼큰하니 가슴이 확 트인다
살쩍 머리 좀 희어진다 한들
무슨 상관있으랴
부절을 가지고 운중으로
어느 때나 풍당(문제가 있는 곳)으로 사신으로 보내려나

둥근달처럼 동그랗게 활시위를 힘껏 당겨
서북쪽을 바라보면서
천랑성을 쏘리라.

老夫: 소식 자신을 가리킴./聊: 잠시/左牽黃, 右擎苍: 옛날 사람들은 개를 끌고 어깨에 매를 올려놓고 사냥할 때의 호매한 기상을 표현했다. 黃은 누런 개, 苍은 참매를 가리킨다./貂: 담비./绵帽貂裘: 비단모자 쓰고 담비가죽 옷을 입다. 여기서는 소식의 수행원을 가리킴./千骑: 수행원이 많았음을 말함./卷: 말다. 포위하다./平冈: 완만한 산언덕./倾城: 온 성의 사람들./태수: 소식 자신을 가리킴./孙郎: 손권을 말함./尚: 더욱이/节: 부절. 옛날 사신이 지니던 신표임./云中: 옛 군명임./冯唐: 한 문제 때의 사람이다. 魏尚은 흉노를 방어하는 데 전공이 컸다. 그러나 작은 착오로 관직 박탈당하고 엄한 벌을 받았는데, 풍당이 이를 한 문제에게 호소하여 사면과 복직을 부탁했다. 아울러 그 자신도 거기도위에 임명되었음./持节云中: 풍당 같은 이가 자신을 천거하여 조정에 중용되어 전쟁터에서 큰 공을 세울 수 있기를 희망한다는 뜻임./会: 모름지기./天狼: 별자리 이름으로, 침략을 상징한다. 여기서는 송나라 羌族을 의미함.

92. 〈木兰花令〉 次欧公西湖韵(구양수 사에 차운하여 서호에서 짓다).
苏轼

霜余已失长淮阔. 空听潺潺清颍咽.
佳人犹唱醉翁词, 四十三年如电抹.

草头秋露流珠滑. 三五盈盈还二八.
与余同是识翁人, 惟有西湖波底月.

서리 내린 뒤로 긴 회수의 광활했던 물줄기 꺾였는데
맑은 영수의 졸졸대는 목매임만 부질없이 들려와라
가인은 여전히 취옹이 지은 사를 노래하는데
취옹이 죽은 뒤로 마흔 세 해가 번개같이 흘렀어라

풀잎 끝의 가을 이슬은 진주되어 구르다 떨어지는데
보름달은 둥글었지만 열엿새 밤의 달은 일그러졌어라
나와 같이 취옹을 아는 이는
오직 저 서호의 물결 따라 출렁이는 달뿐이구나!

元祐6년(1091) 8월 소식이 颍州 知州에서 지었다. 구양수는 皇祐 원년에서 5년(1049
－1053)에 영주지주를 맡고 있었는데, 항상 그 지방의 명승지인 서호를 유람하였는데,
많은 사를 지었다. 이 사는 구양수의 사에 화운하여 지었는데, 일명 〈玉楼春〉사라고
하기도 함./霜余: 서리가 내린 후의 가을을 말함./长淮: 회하를 말함./清颍: 영수를 가리
킴. 하남성 등봉현에서 발원하여 동남으로 흐르다가 부양에 이르러 회하로 들어감./咽:
오열하다./醉翁: 구양수의 호./三五: 음력 15일을 가리킨다./盈盈: 여자의 아름다운 모습
을 가리킨다. 여기서는 가득 찬 달빛을 말함./二八: 음력 16일을 말함.

93. 〈贺新郎〉, 苏轼

乳燕飞华屋, 悄无人,
槐阴转午, 晚凉新浴.
手弄生绡白团扇, 扇手一时似玉.
渐困倚, 孤眠清熟,
帘外谁来推绣户? 枉教人,
梦断瑶台曲, 又却是,
风敲竹.

石榴半吐红巾蹙.
待浮花, 浪蕊都尽,
伴君幽独. 秾艳一枝细看取,
芳意千重似束. 又恐被西风惊绿,
若待得君来向此, 花前对酒不忍触.
共粉泪, 两簌簌.

어린 제비 깃든 화려한 집
주위는 인적 없이 고요한데 오동나무 그늘은 한낮을 지나고
저녁나절의 시원함은 이제 막 목욕한 듯
생 비단사로 만든 흰 둥근모양의 부채를 부치니
손과 부채가 모두 다 구슬 같네
때마침 피곤하여 기대었더니 홀로 잠이 들어 깊이 빠졌네
발 밖에 누가 와서 문을 밀치나
요대에 놀던 꿈만 억울하게 깨어 있네

그런데 그것은
바람이 대나무를 흔드는 소리였다

반쯤 핀 석류꽃은 구겨진 붉은 두건
온갖 꽃들 다 지고 난 뒤
쓸쓸히 그대와 짝이 되리라
고운 꽃 한 가지를 자세히 살펴보니
천 겹의 꽃잎은 마치 묶어 놓은 듯한데
서늘한 추풍에 놀라 잎 시들까 두렵다
그대 찾아온다면 이 꽃 앞으로 와서
술은 마주해도 차마 이 꽃을 만지지는 못하고
둘이 함께 눈물을 주룩주룩 흘리리라

瑤台: 옥의 집. 훌륭한 궁전. 신선이 사는 곳./曲: 깊은 곳./蹙: 찡그리다. 얼굴에 주름을 지게 하다./蕊: 꽃술, 암꽃과 수꽃술의 총칭임./穠艳: 꽃이 한창 어우러져 피어서 아름답다는 뜻임./被西风惊绿: 석류는 여름에 꽃이 피는데 가을바람이 불고 나면, 석류꽃은 더욱 시들어 떨어지고 다만 한 잎의 푸른 잎만 남았다는 것임./簌簌: 눈물이 흐르는 모양을 말함.

94. 〈沁园春〉, 苏轼

孤馆灯青, 野店鸡号,
旅枕梦残. 渐月华收练,
晨霜耿耿, 云山摛锦,
朝露团团. 世路无穷,
劳生有限, 似此区区长鲜欢.
微吟罢, 凭征鞍无语,
往事千端.

当时共客长安,
似二陆初来俱少年. 有笔头千字,
胸中万卷, 致君尧舜,
此事何难? 用舍由时,
行藏在我, 袖手何妨闲处看.
身长健, 但优游卒岁, 且斗尊前.

외로운 객사에 등불은 푸르고
시골 주점에 닭이 우는데
나그네는 자다가 꿈에서 깨어났다
점점 달빛은 빛을 잃으며
새벽에 내린 서리는 희미한 빛을 내는데
구름 걸린 산은 비단을 펼친 듯 아름답고
아침 이슬은 방울방울 맺혀오네
세상은 끝이 없고

힘든 인생은 유한한데
이처럼 구구하게 나이 드니 기쁨은 드물다
나지막한 읊조림 그치고
가는 말안장에 기대어 말 잃으니
지난 일 끝없이 떠오른다

당시 그대와 함께 서울에 지낼 때는
처음 낙양에 온 육기형제 같았지
붓을 들어서는 천언의 글을 썼고
흉중에는 만 권의 책이 들어 있으니
임금을 요순에 이르게 하는 일
이 일이 어찌 어려울까?
학문으로 쓰이고 버려짐은 때에 연유하고
나가고 물러감은 나에게 달렸으니
할 일 없이 한가롭게 지내며 방관한들 어떠하리?
몸이나 오래토록 건강하려면
다만 한가로이 한 세상 지내면서
좋은 술 앞에 두고 즐겨야지

收练: 빛을 거두다. 연은 흰 비단을 가리키는데 밝은 달빛을 말함./耿耿: 밝은 모양./摛
锦: 비단을 펼친 것 같다./团团: 이슬이 많은 모양./二陆: 서진의 문학가 육기와 육은
형제를 가리킴./用舍由时, 行藏在我: 임용의 여부는 시국에 달려 있고, 포부를 펼치는
여부는 나 자신에게 달려 있다./袖手: 팔짱을 끼다. 옷을 옷소매에 꽂음./尊前: 술잔 앞.

95. 〈定风波〉次高左藏使君韵(고좌장이 고우의 운에 차운하다), 黄庭坚

万里黔中一漏天,
屋居终日似乘船.
及至重阳天也霁,
催醉,
鬼门关外蜀江前.

莫笑老翁犹气岸,
君看,
几人黄菊上华颠?
戏马台南追两谢,
驰射,
风流犹拍古人肩.

만 리 밖 검주에 하늘이 새어
하루 종일 집에 있자니 배를 탄 듯하였네
중양절이 다가오니 하늘도 개어
취하기를 재촉하네.
귀문관의 바깥 촉강의 앞에서

늙은이가 기개 높다 비웃지 말고
그대 보게나
몇 사람이나 국화꽃을 흰 머리에 꽂았는지
희마대 남쪽에서 사씨의 뒤를 좇고
말을 달려 활을 쏘니

풍류가 옛 사람의 어깨를 칠 만하네

송나라 철종: 紹聖 2년(1095)에 작자가 黔州로 폄적되었다. 黔州(지금의 사천성 彭水)에 안치되어 5월 6일에 폄적당했다. 이 사는 紹聖 4년에 지어졌음./高左藏:이 사는 紹聖 4년(1093) 중양절 黔州에서 지은 사이다./黔中: 黔州이고, 지금의 사천성 彭水 지역을 다스렸다./漏天: 지루한 가랑비가 이어지며 내리는 날씨를 말한다./鬼门关: 石门关을 가리킨다. 사천 奉节县 동쪽에 있다./蜀江: 彭水县을 흐르는 乌江段을 가리킨다./气岸: 기개가 꿋꿋함을 말함./华颠: 머리카락이 하얗게 쇠었다는 뜻이다. 옛날 중양절 때 머리에 국화를 꽂는 민속이 있다./戏马台: 또한 '掠马台'라고 부르기도 한다. 항우가 지었고, 지금의 강소성 서주시 남쪽에 있다./风流犹拍古人肩: 이 구는 浮丘나 洪崖와 같은 仙人, 즉 옛사람들의 호매한 기개를 직접 회상한 것임.

96. 〈鹧鸪天〉 坐中有眉山隐客史应之和前韵, 即度答之(하급관리 가
　　운데 미산에서 은거하는 객 사응지가 앞 운에 화운했는데, 그것을 헤
　　아려 답하여 짓다), 黄庭坚

黄菊枝头生晓寒. 人生莫放酒杯干.
风前横笛斜吹雨, 醉里簪花倒著冠.

身健在, 且加餐. 舞裙歌板尽清欢.
黄花白发相牵挽, 付与时人冷眼看.

국화송이 위에 찬 기운 서린다.
인생은 모름지기 술잔을 말리지 않는 것을
스치는 바람 가랑비에 피리도 불며
취할 때는 꽃가지 꺾어서 꽂기도 하며
모자를 거꾸로 쓴들 누가 뭐라나

몸이 건강할 땐 마땅히 맘껏 마시자
춤을 추고 노래도 부르며
흥이 다하도록 즐겨보자
이 늙은이 국화꽃 끌어안고 맘껏 놀리라
세상 사람들의 차가운 시선 상관할 것 뭐 있겠나

元符 2년(1099) 황정견이 戎州에 있었는데, ≪戏答史应之三首≫가 있는데, 이 작품은
같은 해 중양절에 지었다./眉山: 지금의 사천성에 있다. 峨嵋山과 그다지 멀지 않은 곳
에 있다./史应之: 이름은 铸이고, 객이 되어 泸州와 戎州 사이에서 노닐었다. 元符 2년
(1099) 황정견은 戎州에 있었다./生晓寒: 어떤 판본에는 '破晓寒'이라고 되어 있음.

97. 〈归田乐引〉, 黄庭坚

对景还销瘦, 被个人,
把人调戏, 我也心儿有.
忆我又唤我, 见我嗔我,
天甚教人怎生受.

看承幸厮勾.
又是樽前眉峰皱. 是人惊怪,
冤我忒撋就. 拚了又舍了,
定是这回休了, 及至相逢又依旧.

경치를 대해 다시 수심으로 여윔은
그 사람에게
희롱되었기 때문이라네
나도 그런 마음 마음에 있어라
나를 기억했고 또 나를 불렀으며
나를 보고 또 화를 내니
하늘인들 내가 어찌 감당할 수 있으리오?

사랑받는 것 생각하면 서로를 떠올리나
다시 술잔 앞에서 미간을 찌푸린다
바로 사람을 기이하게 놀래키고
내가 의심하도록 다가왔다고 원망한다
한사코 붙들다가는 다시 또 버리니
이번에는 꼭 그만두려 하였건만

서로 만나면 예전과 같아진다

销瘦: 메마르다. 파리하다. 수척하다./调戏: 희롱하다./嗔: 성내는 모양. 화내다./樽前: 술
잔 앞./眉峰皱: 미간을 찌푸리다./惊怪: 기이하여 놀래다./冤: 원통하다./忒: 의심나다./揾:
비비다. 문지르다./拚: 쓸다. 청소하다./相逢: 서로 만나다./依旧: 의구하다. 예전그대로다.

98. 〈水调歌头〉游览(유람하다), 黄庭坚

瑶草一何碧, 春入武陵溪.
溪上桃花无数, 枝上有黄鹂.
我欲穿花寻路, 直入白云深处,
浩气展虹霓. 祇恐花深里,
红露湿人衣.

坐玉石,
倚玉枕, 拂金徽. 谪仙何处,
无人伴我白螺杯. 我为灵芝仙草,
不为朱唇丹脸, 长啸亦何为?
醉舞下山去, 明月遂人归.

옥 같은 풀 어찌 그렇게 푸를까?
봄은 무릉의 시냇물로 들어오네
시냇물 위로 복숭아꽃을 셀 수 없고
꽃 핀 위로 꾀꼬리 우네
나는 꽃을 헤치고 길을 찾아
흰 구름이 깊은 곳으로 곧장 들어가니
화창한 기운은 무지개를 펼쳐내네
꽃이 어우러지게 핀 깊은 곳이라
꽃의 이슬이 옷을 적실까 두려워라

옥돌에 앉아
옥베개에 기대어

가야금을 타네
이백은 어디에 있는지?
나와 술잔 함께할 이 없어라
나는 신선이 되려 하고
미인이 되려는 것은 아니니
긴 휘파람을 어찌 부나?
술 취해 춤추며 산을 내려가니
밝은 달은 나를 따라 돌아온다

瑤草: 전설 중의 신비스러운 풀을 말함./武陵溪: 晋나라 陶淵明의 ≪桃花源记≫에 나
오는 곳으로 이상향, 낙원, 유토피아의 세계를 말함./浩气: 맹자가 말한 '浩然之气'를
말함. 일종의 강대하고 정직한 기운을 말함./倚: 의지하다. 기대다./金徽: 금으로 장식한
가야금을 말함. 가야금 위에는 음을 결정하는 표지가 있음./谪仙: 이백을 말한다. 하지
장이 이백을 보고 하늘에서 귀양 온 仙人이라고 부른 데서 유래되었다./长啸: 촬구호로
길고 맑게 나는 소리를 말함.

99. 〈念奴娇〉 八月十七日，同诸甥步自永安城楼，过张宽夫园待月. 偶有名酒，因以金荷酌众客. 客有孙彦立，善吹笛. 援笔作乐府长短句，文不加点(8월 17일 동제생이 백제성에서 걸어왔고, 장관부가 원원월을 지나갔다. 우연히 좋은 술이 있어, 금술잔으로 여러 객들과 마셨다. 손님 중에 손언립이라는 사람이 있었는데 피리를 잘 불었다. 붓을 잡고 악부장단구를 지었는데, 문장을 고칠 필요가 없었다), 黄庭坚

断虹霁雨, 净秋空,
山染修眉新绿. 桂影扶疏,
谁便道, 今夕清辉不足?
万里青天, 姮娥何处,
驾此一轮玉. 寒光零乱,
为谁偏照醽醁?

年少从我追游,
晚凉幽径, 绕张园森木.
共倒金荷, 家万里,
难得尊前相属. 老子平生,
江南江北, 最爱临风笛.
孙郎微笑, 坐来声喷霜竹.

비는 개고 무지개가 걸린
가을 하늘 맑기만 한데
산은 긴 눈썹 신록으로 물들였다
계수나무 그림자 짙다고 해서
그 누가 말하겠는가?
오늘 밤 맑은 달빛 부족하다고

만 리의 푸른 하늘
항아는 어디쯤 있을까?
이 옥바퀴 하나를 타고 있겠지
차가운 저 달빛은 흩어지며
누구를 위하여 맛있는 술을 비추고 있나?

젊은 사람들 나를 따라서
서늘한 저녁나절의 그윽한 오솔길을 거닐며
장씨네 정원의 숲을 맴돈다
함께 금술잔 기울이나니
만 리 밖으로 고향을 떠난 몸들
이렇게 서로 술 권하기도 어려운 일이네
이 늙은이 평생 동안
강남과 강북을 두루 돌아다녔지만
바람 맞으며 노래하기를 제일 좋아한다네
손랑은 미소를 띠며
즉석에서 피리를 불어대는구나

이 사는 豪放하다. 송대 胡仔의 ≪苕溪漁隐丛话≫ 後集 卷31에서 말하길 "혹자는 소식의 적벽의 노래를 계승했다고 여겼다.(或以为可继东坡赤壁之歌)"라고 했음./永安: 백제성을 가리킴. 지금의 사천성 奉节县 서쪽 장강 위에 있음./张宽夫: 작자의 친구로, 생애는 분명하지 않음./金荷: 금으로 만든 연꽃무늬 술잔을 말함./文不加点: 반드시 고칠 필요가 없다는 말임./断虹: 끊어진 무지개. 일부분이 구름에 의해서 막혀 차단된 무지개를 말함./山染修眉新绿: 산봉우리가 물들어져 푸른 먹색을 이루었는데, 마치 미인의 긴 눈썹과 같았다는 말임./桂影: 전설에 의하면 달 속에 계수나무가 있다고 한다. 왜냐하면 달 속의 어두운 그림자가 계수나무의 그림자이기 때문임./姮娥: 달 가운데 있는 여신을 말함./一轮玉: 둥근달을 말함./醽醁: 술 이름이다. 호남성 衡阳县 동쪽 20리에 酃湖가 있는데, 그 물이 맑아서 푸른색을 띤다. 그 강물로 술을 담아서 이런 이름이 붙여졌음./老子: 늙은이. 작가 자신을 가리킴./霜竹: 피리를 말함.

100.〈望海潮〉, 秦观

梅英疏淡, 冰澌溶泄,
东风暗换年华. 金谷俊游,
铜驼巷陌, 新晴细履平沙.
长记误随车, 正絮翻蝶舞,
芳思交加. 柳下桃蹊,
乱分春色到人家.

西园夜饮鸣笳,
有华灯碍月, 飞盖妨花.
兰苑未空, 行人渐老,
重来是事堪嗟. 烟暝酒旗斜.
但栖楼极目, 时见栖鸦.
无奈归心, 暗随流水到天涯.

매화 빛깔 옅어가고
얼음 녹아 떠내려가니
봄바람 살며시 세월을 바꾼다
금곡원의 호기롭던 유락
낙양의 동타 길거리
비 갠 길을 가볍게 걸었다
언제나 기억나네, 수레를 잘못 따른 일
버들솜 날리고 나비 춤추니
감미로운 생각 교차되어 일어난다

버드나무 아래 복사꽃 길 따라
봄빛은 현란하게 인가에 들었다

서원의 밤 연회에서 피리 불제
찬란한 등불에 달빛 흐리고
질주하는 수레에 꽃잎 떨어졌었지
난초정원은 아직 황폐해지지 않았건만
나그네는 점차 늙고 말아
다시 찾아왔건만 일마다 탄식만 나온다
연기 피어오르는 저녁 주점의 깃발 기울고
누대에 기대어 멀리 바라보니
이따금 보금자리 찾아가는 까마귀 보인다
어찌할 수 없구나! 돌아가고픈 마음
흐르는 물 따라 남몰래 하늘 끝가지 이르는 것을!

金谷: 낙양시 동북쪽에 있는 金谷園을 가리킴./铜驼: 낙양의 거리 이름을 말함./絮: 버
들솜./芳思: 여인을 생각하다는 뜻임./蹊: 작은 길, 오솔길./西园: 아름다운 정원./笳: 피
리./飞盖: 빨리 달리는 마차로 보통 여자들이 많이 탄다./兰苑: 아름다운 정원으로 여기
서는 西园을 가리킴./堪嗟: 탄식하다.

101. 〈八六子〉, 秦观

倚危亭, 恨如芳草,
萋萋刬尽还生. 念柳外青骢别后,
水边红袂公时, 怆然暗惊.

无端天与娉婷, 夜月一帘幽梦,
春风十里柔情. 怎奈向,
欢娱渐随流水, 素弦声断,
翠绡香减. 那堪片片飞花弄晚,
蒙蒙残雨笼晴. 正销凝, 黄鹂又啼数声.

높다란 정자에 기대서니
원한은 봄풀처럼
푸릇푸릇 돋아나 깎아도 다시 자란다
생각하면 버들가 푸른 말 타고 떠난 후
강가에서 붉은 소매의 그녀와 헤어질 때
남몰래 놀라며 비통해했지

아무 이유없이 하늘은 어여쁜 사람을 주시자
달 밝은 밤 한 주렴 안의 그윽한 꿈이었고
봄바람 십리 길의 은근한 정이었지
어찌하나?
즐거운 시절은 어느덧 흐르는 물 따라 가버려
거문고 소리 끊기고
푸른 머리띠의 향기 사라져 버렸으니

어찌 견딜까, 꽃잎은 조각조각 저녁 하늘에 흩날리고
비는 부슬부슬 하늘을 뒤덮었으니
가슴 아파 하는데
꾀꼬리는 또 운다

倚危: 높은 정자. 高邮와 扬州 사이에 있는 '邵伯斗野亭'을 가리킴./劐: '铲'과 통용되고, 제거하다. 깎다는 뜻임./靑騘: 털색이 푸른색과 흰색깔이 서로 사이에 있는 말. 덩치가 좋고 튼튼한 말. 여기서는 멀리 떠나가는 사람을 말함./红袂: 붉은 소매. 여기서는 여자를 가리킴./无端: 무단히, 아무 이유없이./娉婷: 아름다운 모습. 여기서는 미인을 뜻함./绡: 명주./残雨: 가랑비./笼晴: 맑은 하늘을 덮다./销凝: 정리되지 않은 혼, 정신.

102. 〈满庭芳〉, 秦观

山抹微云, 天连衰草,
画角声断谯门. 暂停征棹,
聊共引离尊. 多少蓬莱旧事,
空回首, 烟霭纷纷.
斜阳外, 寒鸦万点,
流水绕孤村.

销魂.
当此际, 香囊暗解,
罗带轻分. 谩赢得,
青楼薄幸名存. 此去何时见也,
襟袖上, 空惹啼痕.
伤情处, 高城望断, 灯火已黄昏.

산은 옅은 구름을 바르고
하늘은 시든 풀과 붙어 있는데
망루의 뿔피리 소리 멈추었다
잠시 떠나가는 배를 멈추고
함께 이별의 술잔을 든다
수많았던 봉래각의 옛일
부질없이 돌아보나
안개만 자욱하다
석양 밖에는

겨울 까마귀 수만 마리요
흐르는 물이 외로운 마음 감도네

애간장 끊어진다
이때쯤 향주머니 몰래 풀고
비단 띠를 살며시 끌어내었다
헛되이 얻은 건 청루에서의 무정하다는 명성뿐
이번에 떠나면 언제나 다시 볼까?
깃과 소매엔
부질없이 얼룩진 눈물 자국
마음 아파할제
높은 성을 아득히 바라보니
등불만 황혼 속에 희미하구나

画角: 군대에서 사용하는 뿔나팔을 말함. 겉에는 화려한 색깔이 칠해져 있어 '画角'이라고도 함./谯门: 성안 누각의 문. 망루를 말하다. 멀리까지 바라볼 수 있음./暂停: 잠시 멈추다./棹: 배의 노./聊: 잠시. 잠깐./蓬莱: 会稽 卧龙山에 있는 蓬莱阁을 말함./空: 헛되이. 부질없이/孤村: 외로운 마을을 말함./销魂: 슬프다./谩: 괜시리. 헛되이/香囊: 향주머니를 말함. 고대 남자와 여자들이 가지고 다니던 장식물이었음./罗带: 고대 여자들이 실로 만든 비단띠를 말함./青楼: 기녀가 사는 곳. 기원을 말함./薄幸: 박정하다. 무정하다./望断: 시야에서 사라질 때까지 끝까지 바라다보는 것을 말함.

103. 〈满庭芳〉, 秦观

晓色云开, 春随人意,
骤雨才过还晴. 古台芳榭,
飞燕蹴红英. 舞困榆钱自落,
秋千外, 绿水桥平.
东风旦, 朱门映柳,
低按小秦筝.

多情,
行乐处, 珠钿翠盖,
玉辔红缨. 渐酒空金榼,
花困蓬瀛. 豆蔻梢头旧恨,
十年梦, 屈指堪惊.
凭阑久, 疏烟淡日, 寂寞下芜城.

새벽하늘에 구름 걷히고
봄은 사람의 뜻을 따라
소나기 갓 지나 맑게 개었다
옛 누대 아름다운 정자
나는 제비는 붉은 꽃잎을 차고
춤에 지친 느릅나무 꼬투리는 스스로 떨어진다
그네 저쪽으로
푸른 물은 다리만큼 차올랐다
봄바람 불고

버들빛 비치는 붉은 대문 안에서는
나지막이 작은 진나라 거문고를 탄다

다정한 행락처에는
주옥의 꽃무늬 수식, 비취색 깃 수레덮개와
옥고삐 붉은 끈 맨 말들 있었지
어느덧 술은 금잔에 비고
꽃은 봉래와 영주에서 시들어가
가지 끝에 맺혔던 두구꽃의 옛 한만 남았구나!
십 년의 꿈을 손가락 꼽아보면 놀랍기만하다
오랫동안 난간에 기대서니
옅은 안개 속 희미한 햇빛
쓸쓸히 무성에서 내려온다

骤雨: 소나기. 갑자기 쏟아지는 비./蹴: 발로 차다./红英: 붉은 꽃잎을 말함./榆钱: 봄날
느릅나무가 처음 생기는 꼬투리에 모양이 마치 동전과 같이 작았다. 맛은 달아서 먹을
수 있어서 세속에서 '榆钱'라고 불렀음./秦筝: 고대 진나라 때 만든 일종의 현악기로
모양은 거문고와 비슷하고 13줄이다./珠铀翠盖: 여자가 타는 화려한 마차를 말함./玉辔
红缨: 남자가 타는 좋은 말을 가리킴./花困蓬瀛: 청루에서 기녀들과 노닐면서 주색에
빠졌다는 뜻임. 여기서는 미인을 가리킴. '蓬瀛'는 蓬莱山과 瀛洲山으로 전설상에 나오
는 신령스러운 산임. 여기서는 청루를 말함./豆蔻: 두구꽃으로 십대의 나이 어린 소녀를
말함./芙城: 广陵城으로, 지금의 양주성을 가리킴.

104. 〈踏莎行〉 郴州旅舍(침주의 객사에서), 秦观

雾失楼台, 月迷津渡,
桃源望断无寻处. 可堪孤馆闭春寒,
杜鹃声里斜阳暮.

驿寄梅花,
鱼传尺素, 砌成此恨无重数.
郴江幸自绕郴山, 为谁流下潇湘去?

안개로 누대는 사라지고
달빛 희미하여 나루터 보이지 않아
도화원을 바라보아도 찾을 길 없다
외로운 객사에 갇혀 봄추위를 어찌 견디리오
두견새 소리에 석양은 저문다

역말에 매화를 부쳐 왔고
물고기에 편지를 전해 왔건만
쌓여지는 이 한 수도 없이 겹쳐진다
침강은 본래 침강을 끼고 돌았거늘
누구 때문에 소상으로 흘러가는가?

郴州: 지금의 호남성 郴州市를 말함./津渡: 나루터. 항구를 말함./驿寄梅花: 남북조 시인 陆凯가 친구인 范晔에게 매화를 붙인 고사를 사용했음./尺素: 한 척의 길이가 되는 하얀 비단을 말하는데, 보통 서신을 대칭함./砌: 쌓다. 겹치다./郴江: 침주 부근의 郴山에서 발원하는 강을 말함./幸自: 본래 마땅히 ～해야 한다./郴山: 북쪽으로는 소강이 흘러 들어온다./潇湘: 소강을 가리키고, 호남성의 주요 하류임.

105. 〈鹧鸪天〉, 秦观

枝上流莺和泪闻, 新啼痕间旧啼痕.
一春鱼雁无消息, 千里关山劳梦魂.

无一语, 对芳尊, 安排肠断到黄昏.
甫能炙得灯儿了, 雨打梨花深闭门.

가지 위의 꾀꼬리
눈물 섞인 소리로 울어
묵은 눈물 흔적에 새 눈물이 섞여
봄 한철이 다 가도록
도무지 한마디 소식도 없다
관산은 막히고
천 리 먼 길
부질없이 꿈길만 어수선하네

한마디 말도 없이
술 항아리 마주하여
끊어질 듯 애간장 태우다 보면
벌써 황혼이다
등잔잡고 불을 켠다
빗방울은 배꽃송이를 후드득 후드득 때리고
나는 서둘러 대문을 잠근다

毛晋 汲古阁本≪淮海词≫ 기록에 의하면, 별도로 또한 이청조와 구양수가 지었다고
잘못 기록되어 있음./新啼痕间旧啼痕:≪草堂诗余隽≫ 권1에서 평하여 말하길 "묵은
눈물 흔적에 새 눈물이 섞여라는 구절은 한 글자 한 글자 피로 썼다.(新啼痕间旧啼痕,
一字一血)"라고 했음./鱼雁: 물고기와 기러기. 모두 편지, 서신을 말함./甫能: 막. 방금./
炙: 굽다. 태우다.

106. 〈减字木兰花〉, 秦观

天涯旧恨, 独自凄凉人不问.
欲见回肠, 断尽金炉小篆香.

黛蛾长敛, 任是春风吹不展.
困倚危楼, 过尽飞鸿字字愁.

하늘가 유랑하는 오랜 한스러움
나 홀로 처량할 뿐 묻는 이 없다
슬픔에 꿈틀거리는 창자를 보시려면
마디마디 끊어진 향로 속의 소전향 같구나

검은 눈썹 언제나 찌푸려져
봄바람 불어와도 펴지지 않는다
높은 누대에 지친 몸 기대서니
날아가는 기러기마다 슬픔만 일어난다

篆香: 篆字 글자를 둥근 모양의 향로에 새겨놓은 것을 말함./黛蛾长敛: 눈썹 끝을 시종
찡그리고 있는 모습을 말함. '黛蛾'은 푸른 먹으로 그린 나방모양의 눈썹을 말함./飞鸿
字字愁: 기러기가 날갯짓하며 날아가는 모습이 마치 '一'자 같기도 하고 혹은 '人'자
같기도 하다. 기러기는 돌아왔으나 기다리는 사람은 돌아오지 않았다. 그래서 '字字愁'
라고 했던 것임.

107. 〈浣溪沙〉, 秦观

漠漠轻寒上小楼, 晓阴无赖似穷秋,
淡烟流水画屏幽.

自在飞花轻似梦,
无边丝雨细如愁, 宝帘闲挂小银钩.

으스스한 추위 소리 없이 작은 누대로 찾아들고
새벽의 음침하고 무료함 늦가을 같다
옅은 안개 물 흐르는 병풍도 침침하다

유유히 흩날리는 꽃잎 꿈처럼 가볍고
끝없이 내리는 가랑비는 슬픔처럼 가는데
주렴은 고요히 작은 은고리에 걸려 있다

俞陛云은 ≪宋词选释≫에서 평하여 말하길 "清婉하고 馀韵이 있다. 이것은 가장 큰
장점이다. 이 사조는 모두 5수인데 이 첫 번째 사가 가장 뛰어나다."라고 했음./漠漠:
짙게 끼다. 농염하고 빽빽하다. 질펀하다. 넘쳐흐르다./无赖: 무료하다. 어쩔 수 없다./穷
秋: 늦가을./宝帘: 진귀한 구슬과 옥으로 만든 주렴막을 말함.

108. 〈阮郎归〉, 秦观

湘天风雨破寒初, 深沉庭院虚.
丽谯吹罢小单于, 迢迢清夜徂.
乡梦断, 旅魂孤, 峥嵘岁又除.
衡阳犹有雁传书, 郴阳和雁无.

호남의 비바람
끊임없이 차가운데
깊고 그윽한 정원은 적막하다
아름다운 누대에 막 불어오는
〈小单于〉의 가락도 끝나고
고요하게 이 한 밤도 또 지나간다

고향으로 돌아갈 꿈도
한갓 수포로 돌아가니
나그네 마음 고독하다
바람은 차가운데
또 한 해가 다 가는구나

이 사는 작자가 绍圣4년(1097)에 지은 것으로, 이 당시 진관은 郴州에 펌적되었음./丽
谯: 성문의 높은 누대를 말함./小单于: 당나라의 곡명으로, 〈梅花乐〉을 말함./迢迢: 아
득하고 멀다는 뜻임./徂: 지나가다.//郴阳和雁无: 기러기는 편지를 전달한다. 그러나 기
러기는 남쪽으로 날아가서 衡山을 넘을 수 없다. 왜냐하면 남쪽 땅이 더워서 기러기는
날아갈 수 없기 때문이다. 침주는 형산의 남쪽에 있기 때문에 기러기조차 없다는 말임.

109. 〈水龙吟〉杨花(버들개지), 章楶

燕忙莺懒芳残, 正堤上,
柳花飘坠. 轻飞乱舞,
点画青林, 全无才思.
闲趁游丝, 静临深院,
日长门闭. 傍珠帘散漫,
垂垂欲下, 依前被,
风扶起.

兰帐玉人睡觉,
怪春衣, 雪沾琼缀.
绣床旋满, 香球无数,
才圆却碎. 时见蜂儿,
仰粘轻粉, 鱼吞池水.
望章台路杳, 金鞍游荡,
有盈盈泪.

제비는 분주하고 앵무새는 게으름 피우고 꽃은 시드는데
마침 언덕 위에
버들 꽃이 흐늘흐늘 떨어진다
가벼이 날아 이리저리 춤추며
푸른 숲에 점점이 그리며
재치 있는 생각은 전혀 없구나
노니는 버들실을 한가로이 좇아

고요히 깊은 정원에 임하니
날은 길고 문은 닫혀 있구나
주렴 곁에서 어지러이
축축 떨어지려다가
예전처럼 바람 따라 날아오른다

난초 휘장 속에 옥 같은 사람이 잠들어 있는데
이상하여라 봄옷은
눈에 젖어 옥구슬처럼 엮여 있다
수놓은 침상은 점점 가득차고
향기로운 공이 수도 없이
겨우 둥글었다가 도리어 부서진다
때마침 벌을 발견하고
우러러 가벼운 가루를 붙이고
고기는 연못물을 삼키고
기원이 있는 장대로를 아득히 바라보니
금빛 안장 타고 방탕하게 노닐고 있어
눈물만 가득 흐르네

懶: 게으르다. 나태하다./堤: 제방. 언덕./飄: 회오리바람. 거센바람./坠: 떨어진다./乱舞:
어지럽게 춤춘다./游丝: 이리저리 날리는 버들실./兰帐: 난초 휘장./玉人: 사랑하는 사람
을 가리킴./雪沾: 눈에 젖다./琼缀: 옥구슬처럼 이어져 있다./绣床: 수놓인 침대./香球:
향기로운 공/才: 겨우/碎: 부서진다./蜂儿: 벌/仰: 우러러보다./粘: 붙이다./轻粉: 가벼운
분./章台路: 장안에 기녀들이 모여 사는 거리를 말함./金鞍: 금으로 된 말안장을 말함./
游荡: 방탕하게 놀다./盈盈:가득하다. 충만하다.

110. 〈水龙吟〉次韵林圣予惜春(임성여의 〈惜春〉에 차운하여), 晁补之

问春何苦匆匆, 带风伴雨如驰骤.
幽葩细萼, 小园低槛,
壅培未就. 吹尽繁红,
占春长久, 不如垂柳.
算春长不老, 人愁春老,
愁只是, 人间有.

春恨十常八九, 忍轻孤,
芳醪经口. 那知自是,
桃花结子, 不因春瘦.
世上功名, 老来风味,
春归时候. 最多情犹有,
尊前青眼, 相逢依旧.

봄빛은 어이하여 비바람 몰고
달리듯 바삐 가기만 하는가
작은 꽃동산 난간 아래
그윽하고 고운 향기로운 꽃
여린 꽃받침 키울 바 없구나!
무성하던 꽃잎 다 불려 떨어지고
그래도 가는 봄 오래 잡아주기는
수양버들인가 보구나
생각해 보면

봄은 항상 늙지를 않지만
사람이 봄 늙는 것을 시름하는 것이리라
사실 이런 근심은
인간에게만 있는 것일까?

상춘의 한스러움은 십중팔구인데
우리 어찌 마음으로
입속의 좋은 술을 저버릴 수 있으랴!
누가 알겠는가! 복숭아꽃은 본래 늙어야 열매를 맺고
봄이 간다고 해서 말라 없어지지 않는다는 것을
세상의 부귀와 공명
늙음의 풍미는
봄이 돌아가듯 모두 끝맺음의 때가 있다는 것을
그래도 아직 술독 앞에 얘기 나눌
좋은 친구가 있어
옛날처럼 서로 만날 수 있다는 것만이라도 다행이리라

林逋予: 이 사람에 대한 자세한 생애는 알 수 없음./葩: 음은 '芭'와 같다./馳驟: 빨리
달리다. 급히 쫓다./壅: 막다./繁紅: 수많은 꽃./芳醪: 좋은 술./靑眼: 기쁠 때 바로 쳐다
보는 것. 눈에 파란 눈동자가 많다.

111. 〈摸鱼儿〉 东皋寓居(동고에서 머물다), 晁补之

买陂塘, 旋裁杨柳, 依稀淮岸江浦.
东皋嘉雨新痕涨, 沙觜露来鸥聚.
堪爱处. 最好是, 一川夜月光流渚.
无人独舞. 任翠幄张天, 柔茵籍地,
酒尽未能去.

青绫被, 莫忆金闺故步.
儒冠曾把身误. 弓刀千骑成何事,
荒了邵平瓜圃. 君试觑. 满青镜,
星星鬓影今如许. 功名浪语.
便似得班超, 封侯万里, 归计恐迟暮.

지당을 사서
주위에 버들을 심으니
회수 가인 듯 장강의 포구인 듯
동산에 단비 내려 냇물이 불어나고
뾰족한 모래섬에 갈매기와 백로가 날아들어
풍경이 멋있는데
가장 좋기는 온 내에 달빛 흐르는 물가의 모래섬
아무도 없는 이곳에서 나 홀로 춤을 춘다
하늘엔 푸르른 장막을 드리웠고
땅에는 부드러운 깔개를 깔았는데
술이 없어져도 떠날 수가 없구나

푸른색 비단 이불과
금마문에서 지내던 옛날 일은 생각마라
선비의 갓이 이 몸을 망쳤다네
호위병에 에워싸인 지주 벼슬할 땐 무엇을 했나?
소평의 오이밭만 황폐하게 했다네
그대 한번 보게나
거울 속 가득한
성성한 백발이 얼마나 되는지를
공명이란 부질없는 소리
반초와 같이
만 리에 봉후를 얻는대도
귀향의 계획이 늦어질까 두려웠다

东皋:작자가 고향으로 돌아와 한가롭게 지내면서 일찍이 '归来园'이라는 동산을 만들었
다./陂塘: 연못./旋: 아주 빠르다./江浦: 어떤 판본에는 '湘浦'로 되어 있다./嘉雨: 기쁜
비. 좋은 비/沙觜: 물 가운데 돌출된 하나의 모래땅을 말함./堪爱: 귀엽다. 사랑스럽다./
渚:호수가운데 모래가 쌓여 된 섬. 모래톱./无人独舞 사방에 아무도 없고, 혼자 춤추는
것을 말함./幄: 휘장막을 말함./茵: 고대에 수레 안에 까는 자리를 말함./青绫被:한나라
때의 제도로 尚书郎值夜班은 국가로부터 새로운 청백의 명주실 비단 이불을 제공받았
다./儒冠曾把身误:왜냐하면 선비의 관모가 자신을 망쳤다는 뜻임./邵平瓜圃: 邵平은 秦
나라 조정의 东陵侯였는데, 진나라가 망한 후 장안성에서 东种瓜를 심었다. 전설에 의
하면 오이는 다섯 가지 색깔이 있고, 맛은 달고 맛있다. 당시 사람들은 동릉과라고 불
렀다는 전고를 인용함./觑: 보다./青镜:고대 사람들이 사용하던 구리로 만든 거울을 말
함./星星:머리카락이 허옇게 백발이 된 것을 형용함./浪语:허튼소리, 거짓말. 쓸데없는
말./班超:동한시대 이름난 장수로 어렸을 때는 큰 뜻을 지녔고 붓을 던지고 군대에 입
대했다. 나중에 서역으로 출병하여 공적을 세웠다. 定远侯에 봉해졌다. 다시 서울 낙양
으로 돌아왔을 때 이미 그는 71살이었는데, 오래지 않아 죽었다고 함.

112. 〈沁园春〉, 晁补之

三径初成, 鹤怨猿惊,
稼轩未来. 甚云山自许,
平生意气. 衣冠人笑,
抵死尘埃. 意倦须还,
身闲贵早, 岂为莼羹驴脍哉?
秋江上, 看惊弦雁避,
骇浪船回.

东冈更葺茅斋,
好都把轩窗临水开. 要小舟行钓,
先应种柳. 疏篱护竹,
莫碍观梅. 秋菊堪餐,
春兰可佩, 留待先生手自栽.
沈吟久, 怕君恩未许, 此意徘徊.

세 갈래 오솔길이 은거지가 마련되매
학이 원망하고 원숭이가 놀랐다
신기질이 아직도 돌아오지 않았다고
운산에 사는 것이
평생의 뜻이더니
의관을 갖추었다 비웃음을 사면서
무엇 때문에 한사코 세속에 살려는가
마음이 고달프니 응당 돌아가야지

몸이 한가함이야 이를수록 좋은 것
어찌 순채국과 농어회 때문이리
가을철의 강가에서
활시위에 놀라서 기러기 숨고
파도에 놀라서 배가 돌아감을 본다

동쪽 언덕에 초가지붕 새로 이고
창문은 물을 향해 내어야 하리
작은 배를 타고 낚시질 하려면
우선 버들부터 심어야 하리
엉성한 울타리로 대나무를 보호하면
매화나무 감상에 방해가 아니 되리
먹을 만한 가을 국화
지닐 만한 봄 난초는
두었다가 선생이 몸소 심게 해야 하리
그러나 곰곰이 생각해 보니
아마도 임금께서 허락하지 않을 듯해
내 마음 머뭇머뭇 망설이고 있다

三径: 세 갈래 오솔길을 말함./稼轩: 신기질을 말함./人笑: 남들이 비웃는다./抵: 거스르다. 막다. 거절하다./尘埃: 먼지. 티끌./莼羹驴胘: 张季应을 말한다. 그는 진나라의 吴郡(오늘날 강소성 소주시) 사람이다. 낙양에서 벼슬살이를 하였다. 가을바람이 불어오자 그는 고향의 농어회와 순채국 생각이 간절하여 벼슬을 그만두고 집으로 돌아가고 싶은 심정을 말함./惊弦雁避: 활시위를 당기자 기러기가 놀라서 숨는다는 뜻임./骇: 놀라다./葺茅: 초가지붕을 잇는다는 말임./斋:공경하다. 재계하다./疏篱: 듬성듬성한 울타리를 말함./讦竹: 대나무로 막다, 보호하다./莫碍: 방해하지 마라. 막지 마라./堪餐: 음식이 맛있다./沈吟久: 오래 곰곰이 생각하다./徘徊: 배회하다. 이리저리 왔다 갔다 헤매다.

113. 〈洞仙歌〉 泗州中秋作, 此绝笔之词也(사주에서 중추절 날 지었는데, 이것은 아주 뛰어난 사작품이다), 晁补之

青烟幂处, 碧海飞金镜.
水夜闲阶卧桂影. 露凉时,
零乱多少寒螀, 神京远,
惟有蓝桥路近.

水晶帘不下,
云母屏开, 冷浸佳人淡脂粉.
待都将许多明, 付与金尊,
投晓共流霞倾尽. 更携取床上南楼,
看玉做人间, 素秋千顷.

푸른 안개 덮인 곳
푸른 바다엔 금색 거울이 날고
긴 밤 고요한 계단엔 계수나무 그림자가 누웠다
이슬 차가와질 때
몇 마리인지 모를 귀뚜라미 소리는 요란스럽다
서울은 멀고
신선이 사는 남교는 되레 가깝다

수정 주렴은 내리지 않고
운모병풍은 펼쳤건만
차가운 기운이 미인의 엷은 화장분을 파고든다
이 많은 빛을 모두
금 술잔에 담아서

새벽까지 함께 유하주를 기울인다
다시 의자를 들고 남쪽 누대에 올라
옥으로 빚은 인간 세상과
드넓은 하얀 가을의 대지를 바라본다

이 사는 大观 4년(1110) 중추절 날 泗州(옛 성은 청대 康熙 年间에 가라앉아 洪泽湖에 들어감)에서 지은 것임./冪: 덮다. 가리다./金镜: 달을 가리킴./桂影: 달빛을 말함./寒蜇: 매미와 비슷하나 약간 작다./云母屛: 거푸집으로 만든 운모석 병풍을 말함./流霞:아름다운 술을 말함./更携取床上南楼구: ≪世说新语·容止≫에서 庾太尉가 武昌에 있을 때, 가을밤에 남쪽 누각에 올라가려고 했는데, 여러 사람들이 올라가기를 싫어했다. 이에 그가 말하길 "제군들은 어렸을 때 이미 왔지만, 늙은이는 이러한 흥을 다시 잃고 싶지 않네.", "왜냐하면 오랑캐 침대에 앉아 여러 사람과 더불어 우스갯소리 하면서 놀았다."라고 되어 있음.

114. 〈黄莺儿〉 东皋寓居(동고에서 머물다), 晁补之

南园佳致偏宜暑. 两两三三,
修篁新笋出初齐, 猗猗过檐侵户.
听乱芰荷风, 细洒梧桐雨.
午余帘影参差, 远林蝉声,
幽梦残处.

凝伫,
既往尽成空, 暂遇何曾住?
算人间事, 岂足追思,
依依梦中情绪. 观数点茗浮花,
一缕香萦伫. 怪道人道:
陶潜做得羲皇侣

남쪽 정원의 멋진 정취 유난히 여름과 어울려라
둘 둘 셋 셋
긴 대나무 숲에는 새로 솟는 죽순이 가지런한데
무성해져 처마 너머 집까지 처져 있네
마름과 연잎으로 어지럽게 바람 불고
오동으로 가랑비 똑똑 떨어지는 소리 듣네
오후 내내 주렴의 그림자는 이리저리 출렁이고
먼 숲에는 매미 우는데
아련한 꿈은 서운해라

넋 나간 채 서 있음은
지난 일이 모두 헛된 데다가
잠시의 터득으로 잡을 수 없어서네
인간사를
어찌 추억하랴!
아련한 꿈속의 기분인 것을
나무에 부화하게 핀 몇 술의 꽃잎과
휘감겨 실처럼 타오르는 향을 바라보네
이상한 것은 사람들이
'도연명이 은둔한 사람과 짝이 된다' 한 말일세

이 사는 작자가 말년에 한가하게 금나라 향촌 마을에서 지은 것임./出初齐: 원래 ≪四庫本≫에는 '新笋出初齐'라고 되어 있음./猗猗: 부드럽고 연약하게 태어났으나 매우 아름답고 훌륭하다는 말임./乱茇: 맹렬하게 바람이 불어 움직인다는 말임./荷风: 연에 부는 바람을 말한다. 여기서는 부용을 말함./参差: 들쑥날쑥하다. 가지런하지 않다. 어지러이 흩어져 있다./蝉声: 매미가 우는 소리를 말함./凝伫:우두커니 쳐다보다. 멍하니 바라보다는 뜻임./茗浮花: 차를 탈 때 물 위에 뜨는 거품을 말함./怪道:이상하다. 기이하다./陶潜: 동진시대의 전원시인 도연명을 말함./羲皇: 복희씨를 가리키는데, 전설에 의하면 상고시대 제왕을 말한다. 옛날 사람들은 복희씨 이전의 사람들로 생활이 검소하고 근심 걱정이 없었다고 생각했다. 때문에 은일한 선비로써 '羲皇上人'은 작가 자신을 가리킨 것임.

115. 〈诉衷情〉 寒食(한식날), 仲殊

涌金门外小瀛洲, 寒食更风流.
红船满湖歌吹, 花外有高楼.

晴日暖, 淡烟浮, 恣嬉游.
三千粉黛, 十二阑干, 一片云头.

용금문 밖의 작은 영주
한식이라 더욱 풍류스럽다
호수에 가득 찬 붉은 배에서는 노랫소리 흘러나오고
꽃밭 너머엔 높은 누각이 있다

날은 개어 따뜻하고
옅은 안개 떠 있어
마음껏 노닌다
삼천명의 단장한 여인들
열두 난간
한 조각 구름

涌金门: 항주 서남쪽에 있는 성문을 가리킴./小瀛洲: 지금 항주 외곽 서호 남쪽 호숫가에 치우쳐져 있는데, 역대 이래로 '호수 가운데의 섬'이라고 불렸음./歌吹: 노랫소리와 악기 소리를 말함./恣: 자유롭게, 맘대로./十二阑干: 고악부 ≪西洲曲≫에는 "난간십이곡은 가느다란 손의 맑기가 마치 옥과 같다.(栏干十二曲, 纤手明如玉)"라고 되어 있음./一片云头: ≪蓼园词选≫에서 평하길 "이 네 글자는 정말로 힘이 두루 가득한데, 뛰어난 구절이다."라고 했다.

116. 〈诉衷情〉宝月山作(보월산에서 짓다), 仲殊

清波门外拥轻衣.
杨花相送飞.
西湖又还春晚,
水树乱莺啼.

闲院宇, 小帘帏.
晚初归. 钟声已过,
篆香才点,
月到门时.

청파문 밖으로 가벼운 옷을 두르고 나가니
버들솜 서로를 전송하며 날아간다
서호는 다시 늦은 봄이 되어
물가 나무에선 꾀꼬리 어지럽게 지저귄다

한가한 뜰과 집
작은 커튼
저녁 되어 돌아오니
종소리는 이미 지나가고
전서체 글자가 새겨진 향을 막 피웠는데
달빛이 문에 와 있다

宝月山作: 보월산은 항주 오산 정상에 있는데, 당시 작가는 이 절에서 승려가 되었음./清波
门: 항주의 성 서쪽에 있는 문으로 서호에 다다른다./篆香: 전서체 글자가 새겨진 향을 말함.

117.〈菩萨蛮〉, 陈克

赤栏桥尽香街直,
笼街细柳娇无力.
金碧上青空, 花晴帘影红.

黄衫飞白马, 日日青楼下.
醉眼不逢人, 午香吹暗尘.

적란교 다하도록 향기로운 길은 곧고
거리를 뒤덮은 가냘픈 버들은 힘없이 교태롭네
현란한 경치 위로는 푸른 하늘인데
꽃은 산뜻하여 주렴을 붉게 비춘다

노란 홑옷 백마 위로 날리며
날마다 청루 아래로 이르렀지
취한 눈으로 사람을 만나지 않으니
정오의 향기로운 바람은 속된 생각 은근히 씻어간다

청대 张惠言은 ≪词选≫에서 이 사를 평하여 말하길 "이 사는 시대를 풍자한 것이
다."라고 했다. 또 谭献은 ≪谭评词辨≫에서 이 사에 대해서 말하길 "이상은의 시와
비슷하고, 두보를 가장 잘 배운 사인이다."라고 했음./赤栏桥: 붉은색으로 된 난간 다리
를 말함./笼街: 버드나무의 음지가 짙고 빽빽해서, 길거리를 덮었다는 말임./金碧:화려하
게 장식된 높은 누각을 가리킴./黄衫飞白马: 황금색 적삼. 즉 황금색 적삼을 입은 객
을 말함./日日: 매일. 날마다./青楼: 기녀들이 사는 곳. 기방./暗尘: 어두운 속세. 속된
세상을 말함.

118. 〈菩萨蛮〉, 陈克

绿芜墙绕青苔院,
中庭日淡芭蕉卷.
蝴蝶上阶飞,
烘帘自在垂.

玉钩双语燕,
宝甃杨花转.
几处簸钱声,
绿窗春睡轻.

무성한 풀은 담장을 두르고 정원에는 이끼 파랗고
뜰 한가운데 햇빛 엷어 파초는 잎을 말았다
나비는 섬돌 위로 날아오르고
햇빛으로 달구어진 주렴은 절로 드리웠다

옥고리 위로 짝지은 제비 지저귀고
아름다운 기왓고랑에는 버들꽃이 맴돈다
여기 저기 엽전 흔드는 놀이소리 들리는데
푸른 창 안으로 봄잠이 가볍다

绿芜: 푸른 풀./日淡태양빛이 부드럽고 온화한 것을 말함./烘帘주렴이 따뜻하다./簸钱엽
전을 던져 하는 놀이를 말한다.

119. 〈卜算子〉, 李之仪

我住长江头,
君住长江尾,
日日思君不见君,
共饮长江水.

此水几时休?
此恨何时已?
只愿君心似我心,
定不负相思意.

나는 장강의 윗목에 살고
그대는 장강의 아랫목에 있으니
날마다 그리는 그대 얼굴 안보여도
우리 함께 장강 물을 마시며 사네

이 강물 언제 마를까?
이 내 근심 언제 그치리
그대 마음 부디 내 마음과 같아
그리워하는 이 내 맘을 저버리지 마소서

명대 毛晉은 ≪姑溪词跋≫에서 이 사에 대해서 평하길 "정말로 古乐府의 뛰어난 사 작품이다."라고 했음./已: 그치다. 멈추다. 맺다./定: 이것은 가창의 필요에 의해 덧붙인 글자임./相思: 그리워하는 마음. 사모하는 정을 말함.

120. 〈忆秦娥〉 用太白韵(이백의 운을 써서), 李之仪

清溪咽. 霜风洗出山头月.
山头月. 迎得云归, 还送云别.

不知今是何时节. 凌歊望断音尘绝.
音尘绝. 帆来帆去, 天际双阙.

맑은 개울 목메고
서릿바람은 산 위의 달을 씻어낸다
산 위의 달
돌아오는 구름을 맞이하더니
다시 떠나는 구름을 전송한다

지금이 어느 시절인지 모르겠구나
능고대에서 아득히 바라보아도 소식은 끊겼네
소식은 끊겼는데
돛단배는 오가고
쌍 대궐은 하늘가에 있다

이 사는 송 徽宗 崇宁 중엽(1105년 전후) 太平(지금의 안휘성 当涂)에서 작자가 말년에 지었다./太白: 당나라 대시인 이백을 말함./清溪: 물이름으로, 지금의 안휘성 含山 서쪽에 있다./凌歊: ≪太平寰宇记≫의 기록에 보면 "黄山은 현에서 북쪽 5리에 있고, 위에는 송나라의 凌歊台가 있는데, 사방의 둘레와 면적은 5리 100보 정도이고, 높이는 10척이다." 라고 되어 있음./天际双阙: 천문산을 가리킴. 当涂 서남쪽에 있고, 동쪽으로는 博望山이 있고, 서쪽으로는 梁山이 있다. 강을 끼고 마주보며 우뚝 솟아 있다. 모양이 마치 두 개의 대궐 같다.

121. 〈菩萨蛮〉, 朱敦儒

风流才子倾城色.
红缨翠幰长安陌.
夜饮小平康. 暖生银字簧.

持杯留上客. 私语眉峰侧.
半冷水沈香. 罗帷宫漏长.

풍류재자들과 경국지색들
붉은 말고삐와 파란 수레 휘장이 눈부신 장안 거리
기생 골목에서 밤새도록 술 마시는데
은 파리에선 은은한 소리 흘러나오는데

술잔을 잡고 손님을 붙들며
소곤거리며 눈썹을 치켜 올린다
침수향은 반쯤 사그라지는데
비단 휘장 안은 궁루 소리에 밤이 길기만 하네

风流才子: 당시의 풍류와 학식을 두루 겸비한 문인 사대부들을 말함./倾城色: 경국지색
의 빼어난 미모와 재색을 자랑하는 기녀를 말함./红缨: 여기서는 붉은 말고삐를 말함./
翠幰: 비취색의 수레 포장을 말함./小平康: 기생들이 거주하던 기관이 즐비했던 거리명
을 말함./簧: 관악기에 부리를 장치하여 그 진동으로 소리를 내는 엷은 조각을 말함./持
杯: 술잔을 잡다./眉峰侧: 눈썹을 한 측면으로 치켜세워 봉우리처럼 올린다는 말임./沈
香: 향의 일종으로 은근하고 깊은 향내가 난다./罗帷: 비단 휘장을 말함./漏: 물시계.

122. 〈好事近〉 渔父词(어부의 노래), 朱敦儒

摇首出红尘,
醒醉更无时节.
活计绿蓑青笠,
惯披霜冲雪.

晚来风定钓丝闲,
上下是新月.
千里水天一色,
看孤鸿明灭.

머리 돌려 홍진 세상을 벗어나니
아무 때나 술 깨어났다 다시 취한다
생계는 푸른 도롱이와 삿갓을 걸치고
서리와 눈을 맞으며 지낸다

저녁이 되어 바람 자고 낚싯줄 한가한데
하늘과 물엔 초승달
천리에 물과 하늘이 한 빛인데
가물거리는 외기러기를 바라본다

红尘: 번화한 도시의 먼지. 보통 번화한 인간세상을 말함./活计: 생계를 유지하는 방법을 말함./上下是新月: 하늘 위, 물 가운데 모두 갓 뜬 달이 있고, 물 가운데 여전히 달 그림자가 비치는 것을 묘사함.

123. 〈念奴娇〉, 朱敦儒

插天翠柳, 被何人,
推上一轮明月.
照我藤床凉似水,
飞入瑶台琼阙. 雾冷笙箫,
风轻环佩, 玉锁无人掣.
闲云收尽, 海光天影相接.

谁信有药长生, 素娥新链就,
飞霜凝雪. 打碎珊瑚,
争似看, 仙桂扶疏横绝.
洗尽凡心, 满身清露,
冷浸萧萧发. 明朝尘世,
记取休向人说.

하늘을 찌를 듯한 푸르른 버드나무 위로
누구에 의해 둥그런 달이 솟아올랐나
달빛은 차가운 물처럼 나의 등나무 침대를 비추는데
요대경궐 달나라로 날아오른다
안개는 싸늘한데 퉁소소리 울리고
가벼운 바람에 선녀의 패옥 소리
옥 자물쇠를 열어주는 이 아무도 없다
한가로운 구름이 말끔히 걷히니
바다빛과 하늘이 이어져 한 빛이다

불로장생약이 있다고 누가 믿으랴만
항아 선녀가 막 영약을 만드니
날리는 서리는 눈으로 엉긴다
산호를 부서 버린 부귀한 사람들
어찌 달 가운데 계수나무 우거진 것 구경하는 것과 같으랴
속세의 마음을 모두 씻어버리니
온몸에 맑은 이슬 가득하고
차가움이 머리카락을 적신다
내일 아침 티끌세상
사람들에게 말할 것 없어라

插天翠柳: 하늘위 궁전을 말함./瑤台琼阙: 옥으로 만든 아름다운 궁전을 말함./玉锁: 궁궐 문의 자물쇠를 가리킴./谁信有药长生구: 고대 신화전설에 의하면 달에 옥토끼가 방아를 찧어서 장생불로약을 만들었다. 그 색은 옥빛의 백색이었음./素娥: 달의 여신 항아를 가리킴./仙桂: 고대 신화전설에 달에 계수나무가 있다고 전함./萧萧发: 머리카락이 텁수룩하고 드문 것을 말함.

124.〈西江月〉, 朱敦儒

世事短如春梦, 人情薄似秋云.
不须计较苦劳心. 万事原有命.

幸过三杯酒好, 况逢一朵花新.
片时欢笑且相亲. 明日阴晴未定.

세상일 덧없기 봄꿈과 같다
세상인심 얄팍하기가 가을구름 같다
이해를 따지며 마음 괴롭힐 것 없다
모든 일은 원래 천명으로 정해진 것

운 좋게 석 잔 술 생겨 즐거운데
게다가 꽃 한 송이 새로 피어난 걸 보네
잠시 기쁘게 웃으며 서로 친해야 하니
내일은 흐릴지 개일지 모른다

春梦: 눈 깜작할 사이에 텅 비었다는 뜻임. 항상 부귀공명 등을 비유함./薄: 박하다. 얄
팍하다./秋云: 가을날이 맑고 상쾌하고, 하늘이 맑고 구름이 엷다. 보통 사람의 정을 비
유하는데, 정이 없고 얄팍한 것을 강조한 것임./计较: 이리저리 비교하며 이해타산을 따
지는 것을 말함./苦: 괴롭다. 쓰다./有命: 天命으로, 정해진 운명이 있다는 말임./片时:
한 조각의 시간. 잠시. 잠깐./欢笑: 즐거워서 웃다./相亲: 서로 친하다./阴晴未定: 날씨
가 흐리고 갤지 모른다. 즉 인생의 앞날을 함부로 미리 점칠 수 없다는 말임.

125. 〈风流子〉, 朱敦儒

吴越东风起, 江南路,
芳草绿争春, 倚危楼纵目,
绣帘初卷, 扇边寒减,
竹外花明, 看西湖,
画船轻泛水, 茵幄稳临津,
嬉游伴侣, 两两携手,
醉回别浦, 歌遏南云.

有客愁如海, 江山异,
举目暗觉伤神, 空想故园池阁,
卷地烟尘, 但且恁,
痛饮狂歌, 欲把恨怀开解,
转更销魂, 只是皱眉弹指, 冷过黄昏.

오나라와 월나라 땅에 봄바람 불어와
강남 길에는
향기 나는 풀이 파릇파릇 봄을 다툰다
높은 누각에 기대어 멀리 바라다보고
발을 막 걷어 올리니
창문 밖에 추위는 누그러졌고
대나무밭에 꽃은 환하다
서호에 그림배는 가벼이 물 위에 떠 있고
놀이자리는 나루터에 펼쳐 있다

즐겁게 짝지어 노니는 사람들
쌍쌍이 손을 잡고
술 취해서 돌아오고 포구에서 헤어졌다
노랫소리에 남쪽 구름까지 머무르는구나

나그네는 바다 같은 근심을 안고 있는데
고향과 다른 낯선 강산
눈 들어 바라보며 나도 모르게 마음 상한다
헛되이 고향의 연못과 누각을 그리워하노니
땅을 휘몰아 불어오는 전쟁터의 먼지
잠시 이처럼 통쾌하게 술 마시고 미친 듯이 노래 불러
한을 풀어 가슴을 후련하게 하려고 하나
도리어 더욱 슬퍼진다
다만 잠깐 눈살 찌푸리며 있었는데
어느덧 쓸쓸히 황혼이 짙어만 간다

芳草: 향기나는 풀./倚危楼: 난간 위의 누각에 기댄다는 뜻./纵目: 눈 닿는 데까지 보다는 뜻./绣帘: 수놓은 휘장을 말함./初卷: 막 걷어 올리다./寒减: 추위가 누그러들다./画船轻泛水: 화려한 그림배는 가볍게 물 위에 떠 있다는 뜻임./茵幄: 놀았던 휘장 자리를 말함./临津: 나루터에 다다르다./伴侣: 짝. 커플./携手: 손을 잡다./别浦: 포구에서 헤어지다./举目: 눈을 위로 든다는 말임./伤神: 마음(정신)이 상하다는 말임./空想: 부질없이 (헛되이) 상상한다는 말임./故园池阁: 고향의 연못과 누각을 말함./烟尘: 전쟁터의 먼지를 가리킴./痛饮狂歌: 통쾌하게 술 마시고 미친 듯이 노래 부른다는 뜻임./开解: 풀어해치다. 해소하다./销魂: 마음이 사라지다. 넋이 흩어지다./皱眉: 눈썹을 찡그리다./弹指: 손가락을 튀길 동안의 아주 짧은 시간./黄昏: 황혼. 해질 무렵을 말함.

126. 〈念奴娇〉, 朱敦儒

老来可喜, 是历遍人间,
谙知物外. 看透虚空,
将恨海愁山, 一时按碎.
免被花迷, 不为酒困,
到处惺惺地. 饱来觅睡,
睡起逢场作戏.

休说古往今来,
乃翁心里, 没许多般事.
也不蘄仙不佞佛, 不学栖栖孔子.
懒共贤争, 从教他笑,
如此只如此. 杂剧了, 戏衫脱与獃底.

늘그막에 기쁜 것은
인간 세상을 두루 돌아다니고
세상사를 벗어날 줄 안 것이네
허공을 깨달아
바다와 같은 한, 산과 같은 근심을
한꺼번에 문질러 부셔버렸네
꽃에 미혹되지 않게 되었고
술 때문에 곤하지 않게 되어
어딜 가나 정신이 맑다
배가 부르면 잠자고

깨어 일어나선 한판 어울려 논다

고금의 일을 말하지 마라
이 늙은이 마음속에
그 많은 일들이 없으니
신선을 바라지도 않고 부처에 빌지도 않고
부지런한 공자님을 배우지도 않네
영리한 사람 다투기 싫어
제멋대로 비웃도록 내버려 둔다네
이 같을 뿐 이 같을 뿐이라네
나는 연극을 다 끝내고
무대 옷을 벗어 바보에게 주었다

遍: 두루 돌아다니다./看透: 관통하여 보다. 투시하여 보다./愁山: 산과 같은 큰 근심을 말한다./挼碎: 주물러서 잘게 부수다. 문질러서 깨트리다./花迷: 꽃에 미혹되다. 젊었을 때 기방에서 기녀들과 술 마시며 노닐며 정신이 빠졌던 일을 말함./到處: 도처. 사방./惺惺: 고요하고 맑다./饱: 배부르다./觅睡: 잠자기를 원한다는 뜻임./逢场作戏: 때를 만나 한마당 어울려서 논다는 말임./休说: 말하지 말라는 뜻임./靳仙不佞佛: 신선을 구하지도 부처에게 아부하지도 않는다는 말임./ 栖栖: 마음이 불안정한 모양./懒: 게으르다. 나태하다./贤争: 현명함을 다투다./杂剧: 연극. 잡극./戏衫: 무대 의상. 무대에서 배우들이 입는 옷을 말함./脱: 벗다./獃: 바보. 멍청이/底: 끝. 이와 같다.

127. 〈聒龙谣〉, 朱敦儒

肩拍洪崖, 手携子晋,
梦里暂辞尘宇. 高步层霄,
俯人间如许. 算蜗战,
多少功名, 问蚁聚,
几回今古. 度银潢,
展尽参旗, 桂花澹,
月飞去.

天风紧,
玉楼斜, 舞万女霓袖,
光摇金缕. 明延宴阕,
倚青冥回顾. 过瑶池,
重借双成, 就楚岫,
更邀巫女. 转云车,
指点虚无, 引蓬莱路.

신선 홍애 선생의 어깨를 두드리며
신선 왕자진의 손을 잡고
꿈속에서 잠시 홍진 세상을 떠난다
성큼 높은 하늘로 올라가
인간 세상이 어떤가 굽어본다
헤아려 보건대 달팽이 뿔 위에서 공명을 위해 얼마나 싸웠던가
묻건대 고금에 몇 번이나 남가의 개미굴에 모였던가

은하수를 건너 참기 별자리를 헤치며
계수나무꽃 담담한데
달로 날아간다

하늘에 바람이 세차니
옥루는 기울 듯
수많은 선녀가 춤추는 무지갯빛 소매들
금실이 흔들리듯 빛난다
명정에서 잔치가 끝나고
푸른 하늘에 의지해 돌아본다
요지를 찾아가 쌍성을 다시 빌려
초나라 산에 가서 다시 무산의 신녀를 청하고
구름 수레를 굴려 허공을 향해
봉래산 길로 접어든다

肩拍洪崖: 전설상의 仙人을 말함./蝸战: 장자의 달팽이 양쪽 뿔에서 触 씨와 蛮 씨가
서로 좋은 자리를 차지하기 위해 싸운다는 전고에서 나온 것으로 자질구레하고 작은
일에 구차히 싸운다는 뜻임./蚁聚: 개미 무리들이 모인다는 뜻임./银潢: 은하수./桂花:
달빛./玉楼: 전설상의 하늘 궁궐./金缕: 금색의 명주 비단옷을 말함. 금색비단으로 장식
된 춤추는 의상이다./明延: 하늘이 길게 늘어져 있다./青冥: 하늘./瑶池: 전설 중의 선경
으로 서왕모가 사는 곳을 말함./双成: 董双成, 전설 중의 서왕모의 시녀이다./楚岫: 초
나라 산, 사에서는 巫山을 가리킨다./巫女: 무신의 신녀를 말함./虚无: 하늘이 옥색의
오묘한 구름 기운을 말함./蓬莱路: 신선세계로 통하는 길을 가리킴.

128. 〈忆故人〉, 王诜

烛影摇红向夜阑, 乍酒醒,
心情懒. 尊前谁为唱阳关,
离恨天涯远.

无奈云沈雨散.
凭阑干, 东风泪眼. 海棠开後,
燕子来时, 黄昏庭院.

촛불 빛 붉게 흔들리는데
밤이 깊어지니 문득 술이 깨고
마음은 나른하구나
술잔 두고 누굴 위해 〈阳关〉곡을 불러줄까?
이별의 한은 하늘 끝 멀리 떠도는 임에게 있다

어쩔 수 없구나! 구름은 두꺼우나 비는 개었고
난간에 기대니
봄바람 속에 눈물 흐르는 것을
해당화 핀 후
제비 날아올 때
정원에는 땅거미가 지는 황혼녘이라네

忆故人: 吴曾의 ≪能改斋漫录≫ 卷十七에는 "王诜의 〈忆故人〉 사에 대해 다음과 같
이 말하고 있다. 휘종은 그 사의 뜻을 좋아했는데, 구성진 것이 풍부하지 못한 것이 한
으로 여겼다. 마침내 大晟府에서 별도로 곡조를 선택했다. 주방언은 그 사를 더하고 빼

서, 이 수구로써 사조명을 삼았다. 그래서 그것을 일러 〈烛影摇红〉이라고 했다."라는 기록이 있다. 여기에 근거해 보면 주방언의 〈烛影摇红〉 사가 실제로는 王诜의 사를 개작한 것임을 알 수 있음./向: 근접하다./夜阑: 밤난간. 밤이 다하다./阳关: 〈阳关三叠〉으로, 당대 왕유가 〈送元二使安西〉 시를 써서 악곡을 완성했는데, 송별할 때 사용되었음./云沈雨散: 주인공 신분으로 이내 한 명의 青楼의 기녀임을 암시함.

129. 〈瑞龙吟〉, 周邦彦

章台路, 还见褪粉梅梢,
试花桃树. 愔愔坊陌人家,
定巢燕子, 归来旧处.
黯凝伫, 因念个人痴小,
乍窥门户. 侵晨浅约宫黄,
障风映袖, 盈盈笑语.
前度刘郎重到, 访邻寻里,
同时歌舞, 惟有旧家秋娘,
声价如故. 吟笺赋笔,
犹记燕台句.

知谁伴,
名园露饮, 东城闲步?
事与孤鸿去, 探春尽是,
伤离意绪. 官柳低金缕,
归骑晚, 纤纤池塘飞雨.
断肠院落, 一帘风絮.

장대로에 매화는 가지 끝에서 빛바래지 않은 모습 여전히 보이고
복숭아나무에 꽃 새로 피어난 것 보이네
한적한 거리와 인가에
보금자리 정하려는 제비
옛 둥지로 돌아온다

넋 잃고 우두커니 서 있으려니
천진하고 어린 그대 문틈으로 엿보던 모습 생각난다
고운 옷소매로 바람 가리며
방실방실 웃으며 이야기했지
지난날 유랑 다시 돌아와
이집 저집 여기저기 물어
그 당시 함께 노래하고 춤추던 사람 찾네
옛집에 있던 기녀 추랑만이
그녀의 명성은 여전하여
시를 읊조리며 글을 지었을 때
<燕台>의 글귀 기억하고 있네

이제는 누가 그녀와 짝이 되어 있을까?
아름다운 정원에서 새벽까지 술을 마시고
동쪽 성을 한가로이 거닐었다
지난 일은 외로운 기러기와 함께 가버리고
봄 경치 둘러보아도 얻는 것은 모두
이별과 상심의 슬픔
관하의 버들 황금 실가지를 낮게 드리우고
저물녘 말 타고 돌아오는데 지당에 쓸쓸히 비 내린다
애끓는 정원
주렴에 온통 버들솜이 흩날린다

章台路: 장안의 거리 이름으로, 흔히 가기들이 모여 사는 곳을 일컬음./试花: 처음 꽃이
피다./愔愔: 안정된 모양./坊陌: 기녀들이 사는 곳./乍: 잠시. 얼핏./宫黄: 궁녀들이 노란
분을 눈썹에 칠하는 것을 말함./旧家: 옛집. 마음에 둔 사람이 살고 있던 집./侵晨: 새
벽녘./浅约: 엷은 화장을 하다./障风映袖: 바람을 막느라 옷소매를 추어올린다는 뜻임./
刘郎: 유우석을 말함./秋娘: 마음에 든 나이든 기녀를 말함./吟笺赋笔: 유랑이 시 쓰는

종이에 붓을 놀린다는 뜻임./燕台句: 이상은의 〈贈柳枝〉 시에 이 구절이 있는데, 만나려고 하는 사람과 만나지 못한다는 내용이다. 여기서는 주방언 자신을 두고 한 말임./露飮: 밖에서 술을 마시다. 구속이 없다는 말임./絮: 얽히고 설킨 버들솜을 말함.

130. 〈风流子〉, 周邦彦

新绿小池塘, 风帘动,
碎影舞斜阳. 羡金屋去来,
旧时巢燕, 土花缭绕,
前度莓墙. 绣阁里,
凤帏深几许? 听得理丝簧.
欲说又休, 虑乘芳信,
未歌先噎, 愁近清觞.

遥知新妆了, 开朱户,
应自待月西厢. 最苦梦魂,
今宵不到伊行. 问甚时说与,
佳音密耗, 寄将秦镜,
偷换韩香? 天便教人, 霎时厮见何妨!

작은 연못에는 푸르름이 넘실거리고
바람에 흔들리는 주렴 조각조각 부서진 그림자 석양 속에 춤춘다
부럽구나, 화려한 저택에 드나드는
이전에 지은 둥우리에 들어 있는 한 쌍의 제비
흙꽃 넝쿨 얼기설기 서렸다
전번에 알록달록 이끼 낀 높은 담에
아름다운 규방에 쳐진 봉황새 수놓은 방장이 얼마나 깊은가?
일찍이 그 안에서 거문고와 생황 연주소리 들은 적 있었다
당시에 말하려다 또 그만두었는데

아마도 응답했다가 이행하지 못할까 걱정되어 그러했겠지
날 위해 노래 부르려다 먼저 목메어
수심에 젖은 채 묵묵히 맑은 술잔 들었다

먼 곳에서 알겠네, 그녀가 새로이 치장 끝내고
서쪽 사랑방에 들어가 묵묵히 붉은 작은 창문 열고서
달이 떠오르기를 기다리고 있으리라
가장 괴롭기는 꿈속에서조차도
오늘 저녁에 그녀 옆에 가지 못하는 것일세
묻노니 어느 때나 말해 주려는지
좋은 소식, 은밀한 사연
나에게 진가의 거울 건네주고
몰래 한수의 기향을 바꾸어 오게
하늘이시여! 우리한테
잠시 동안 만나게 해 준다 해도 어찌 방해가 되리오

金屋: 화려한 집./土花: 이끼 또는 나팔꽃 따위의 흙꽃./苺墻: 푸른 이끼가 자란 담장을 말함./丝簧: 관현악기를 말함./淸觞: 깨끗한 술잔./待月西厢: 서상에서 달을 기다린다는 뜻임./秦镜: 후한의 진가는 애처가로 부인 徐淑이 병으로 친정에 있을 때 출장을 떠나게 되어 사랑의 징표로 거울을 보내주었고, 시의 증답이 있었다./韩香: 한수는 미남으로 贾充의 막하에 있었는데 가충의 딸이 그를 보고 반하여 임금이 하사한 서역에서 생산되는 기이한 향내 나는 분을 寿에게 주었다. 탄로가 났으나 가충은 결국 딸을 寿에게 주었다.

131. 〈兰陵王〉, 周邦彦

柳阴直, 烟里丝丝弄碧.
隋堤上, 曾见几番,
拂水飘绵送行色. 登临望故国,
谁识, 京华倦客. 长亭路,
年去岁来, 应折柔条过千尺.

闲寻旧踪迹, 又酒趁哀弦,
灯照离席, 梨花榆火催寒食.
愁一箭风快, 半篙波渐别浦萦回,
回头迢递便数驿, 望人在天北.
凄恻, 恨堆积. 渐别浦萦回,
津堠岑寂, 斜阳冉冉春无极.
念月榭携手, 露桥闻笛.
沉思前事, 似梦里, 泪暗滴.

버들 그늘 곧게 뻗어 있고
아지랑이 속에 연푸른 버들가지 하늘하늘
수제 위에서 일찍이 몇 번이나 보았던가
물결 출렁이고 버들솜 날리는 중에 전송하던 모습들
높은 곳에 올라 고향 바라보니
서울에 있는 지친 나그네 누구 알겠는가?
역참길 해마다 오가며
버들가지 꺾은 것 천 자가 넘으리

한가로이 옛 자취 찾았건만
다시 술잔 들고 구슬픈 가락 들으니
등불은 이별자리 비추는데
마침 배꽃과 느릅나무 꽃은 한식 재촉한다
수심에 젖어 있노라니, 배는 세찬 바람에 화살처럼 달리고
상앗대 반쯤 물 잠겼는데 물결 따뜻하고
고개 돌려 바라보니 몇 개 나루터가 이미 지나
그대 있는 북쪽 하늘 바라본다
쓸쓸하고 수심 가득 쌓여 있구나
이별의 포구에 점점 물결이 굽이치는데
부둣가 적막하구나
저녁 햇살 부드럽고 봄빛은 끝이 없구나!
생각난다, 달빛 은은한 정자에서 손잡고
이슬 젖은 다리 위에서 피리 소리 듣던 일
지난 일을 생각하니 모두가 꿈속 같아
어느새 남몰래 눈물이 흐른다

柳阴直: 버들의 어두운 그림자가 곧게 뻗어 있음을 가리킴./弄: 춤추다./隋堤: 수양제가
변경 부근에 파고 둑을 쌓고 수양나무를 심은 데서 隋堤라고 하였음./京华: 수도의 미
칭임./应折柔条过千尺: 당나라 사람들이 버드나무를 꺾어 송별의 기념으로 주는 풍속이
있음./榆火: 청명절에 느릅나무와 버드나무에 불을 붙여 가까운 신하에게 주었다. 그래
서 양의 기운을 이어받았음./萦: 얽히다./迢递: 멀다. 요원하다./冉冉: 느리게 움직이다.
천천히./凄恻: 처량하다. 슬프다./月榭: 달 아래에 있는 높은 누대를 말함./携手: 휴대하
다. 가지고 다니다./露桥: 이슬에 잠긴 다리를 말함.

正单衣试酒, 怅客里,
光阴虚掷. 愿春暂留,
春归如过翼, 一去无迹.
为问家何在? 夜来风雨,
葬楚宫倾国. 钗钿坠处遗香泽,
乱点桃蹊, 轻翻柳陌.
多情为谁追惜? 但蜂媒蝶使,
时叩窗隔.

东园岑寂,
渐蒙笼暗碧. 静绕珍丛底,
成叹息, 长条故惹行客,
似牵衣待话, 别情无极.
残英小, 强簪巾帻,
终不似, 一朵钗头颤袅,
向人欹侧. 漂流处,
莫趁潮汐, 恐断红,
尚有相思字, 何由见得?

바야흐로 홑옷 입고 새 술을 맛보게 되매
나그네 신세로 세월을 헛되이 버림을 탄식하네
봄이 잠시 머무르기를 원했지만
봄은 마치 새가 날아가듯 빨리 지나가 버렸고

떠나간 후엔 종적이 없구나
묻노니, 장미꽃은 모두 어디로 갔는가?
지난밤 비바람
초나라의 절세미녀들 다 묻어 버렸네
고운 비녀 떨어진 곳에 향기만 남긴 채
어지러이 떨어진 복숭아 꽃길
가벼이 흩날리는 버들개지 거리
다정한 그 누가 장미를 애도하리오
단지 중매쟁이 꿀벌과 나비만이
수시로 날아와 창살에 와서 부딪치는구나

동쪽 정원은 고요한데
점차 무성히 짙푸른 녹음 우거지는데
조용히 꽃더미 밑을 돌아가니 탄식이 나온다
긴 가지 옷깃 잡고 말을 기다리는 듯
이별의 감정 끝이 없다
자그마한 시든 꽃 주위 가까스로 두견에 꽂았건만
도무지 머리에 꽂은 비녀처럼 나부끼지 못하고
사람에게 기대어 있구나
표류하는 곳, 조수를 따라가지 말지어다
낙화 위에 '相思' 글자 적혀 있을까 두려우니
어떻게 보란 말인가

어떤 판본에서는 이 사의 제목이 "장미가 떨어지고 난 후에 짓다.(薔薇謝后作)"라고 되
어 있는데, 모두 후세 사람들이 덧붙인 것임./试酒: 송대에는 음력 3월 말경 혹은 4월
초순이면 새로 담은 술을 마셔보는 풍속이 있었음./如过翼: 날아가는 새처럼 세월이 빠
르다는 뜻임./楚宫倾国: 초왕 궁에 있는 미인. 여기서는 장미꽃을 가리킴./钗钿: 미인의
머리 장식품을 말함./钗钿: 부인의 머리장식으로 여기서는 장미꽃을 말함./香泽: 향기

나는 지분, 분가루./蜂媒蝶使: 고전시가에서는 자주 꿀과 나비를 의인화하여, 사랑의 매신저로 비유하곤 했음./窗隔: 격자무늬의 창문을 가리킴./蒙笼: 초목이 무성한 모양을 말함./暗碧: 푸른 잎./珍丛: 꽃떨기를 말함./长条: 장미꽃 송이./残英: 떨어진 꽃./簪: 비녀를 머리에 꽂다./巾帻: 머리 수건./颤裊: 가볍게 움직이다./趁: 쫓다. 따르다./断红: 떨어진 매화를 가리킴. 애끓는 사랑의 시 구절을 가리킴.

133. 〈夜飞鹊〉別情(이별의 정), 周邦彦

河桥送人处, 凉夜何其.
斜月远, 坠馀辉,
铜盘烛泪已流尽, 霏霏凉露沾衣.
相将散离会, 探风前津鼓,
树沙参旗. 花骢会意,
纵扬鞭, 亦自行迟.

迢递路回清野, 人语渐无闻,
空带愁归. 何意重经前地,
遗钿不见, 斜径都迷.
兔葵燕麦, 向斜阳欲与人齐.
但徘徊班草, 欹戏酹酒, 极望天西.

손님 전송하던 개천가 다리 위는
서늘한 밤이 어느 때쯤이었던가?
새벽 희미한 달무리 저 멀리 하늘 끝으로 지고
구리쟁반 위의 촛농도 이미 다 흘렀는데
촉촉이 내리는 찬 이슬 옷을 적신다
이별의 주연 끝나 그녀 따라 출발하자
바람 따라 들려오는 부두의 배 떠나는 시간 알리는 북소리 어느
때인지 알아보니
나뭇가지 끝에는 참기성이 지고 있다
준마도 내 심정 이해한 듯

채찍질해도 느릿느릿 걷는다

멀고 먼 길 시원스런 들판에서 한번 굽어들자
행인은 점점 멀어져 음성까지도 들리지 않아
하염없이 수심만 안고 돌아왔다
생각지도 못했네, 아침에 전송하던 장소에 이미 두껍게 꽃잎이 덮였을 줄을
그녀가 빠뜨렸을 비녀도 보이지 않고
이전에 왕래하던 소롯길까지도 분명치 않다
새삼 풀 귀리 같은 잡초만이
황량한 석양 속에 바람 따라 나부끼며 거의 사람 키만큼이나 자라려
한다
단지 그녀가 깔고 앉아 만들었던 풀자리 옆을 배회하면서
슬퍼 흐느끼며 술 뿌려 고시래 지내고
그녀 떠난 서쪽 하늘 멀리 바라본다

河桥: 변경 수제 위의 강다리를 말함./津鼓: 강변에 나루터를 건너가는 배의 시각을 알
리는 북소리를 말함./参旗: 별이름이다. ≪晋书·天文志≫에 参旗9성은 参西에 있다.
하나는 天旗라고 하고, 다른 하나는 天弓이라고 했다./花驄: 준마의 이름이다. 또한 '菊
花青'이라고도 함./兔葵: 푸성귀로 작은 연못과 들이나 밭에서 자란다./燕麦: 조류의 식
물로 속칭 야생보리를 말함./班草: 풀자리에 앉는다는 뜻임./酹: 술을 땅에 붓고 제사지
낸다는 뜻임.

134. 〈滿庭芳〉夏日溧水无想山作(여름날 율수에서 아무 생각 없이 산에서 짓다), 周邦彦

风老莺雏, 雨肥梅子,
午阴嘉树清圆. 地卑山近,
衣润费炉烟. 人静乌鸢自乐,
小桥外, 新绿溅溅.
凭阑久, 黄芦苦竹,
疑泛九江船.

年年,
如社燕, 飘流瀚海,
来寄修椽. 且莫思身外,
长近尊前. 憔悴江南倦客,
不堪听, 急管繁弦.
歌筵畔, 先安枕簟, 容我醉时眠.

따뜻한 바람 속에 어린 꾀꼬리 자라고
매실도 빗물 받아 굵어지는데
정오 되자 아름다운 나무그늘 햇빛 아래 깨끗하고 둥글다
여기는 지세가 낮고 산이 가까워
항상 옷이 눅눅해 따뜻한 난로로 말려야 한다
주위는 조용하고 까마귀와 솔개는 제 스스로 즐거워 날고
작은 다리 밖 계곡 물소리 쏴쏴 들린다
오랫동안 난간에 기대어
누런 갈대와 쓴 대나무를 보니

구강에 폄적된 백거이처럼 배를 띄워볼까

매년 나는 마치 제비와 같고
멀고도 궁벽한 큰 사막 떠돌다
긴 서까래 밑에 사는 것 같다
또 몸 밖의 일이란 생각지 말고
항상 술잔과 친해지리라
이 강남생활에 지쳐 초췌해진 나는
강열하고도 번잡한 자극적인 음악소리를 견뎌낼 수 없구나
이 가무연회 옆에다가
먼저 대자리와 베개 마련해 놓고서
취할 때 가서 자도록 해다오

溧水: 지역명으로, 지금 강소성에 있음./润: 습하다. 축축하다./莺雏: 어린 꾀꼬리./乌鸢: 까마귀와 솔개./新绿溅溅: 물빛, 물소리. '溅溅'은 물이 급하게 흐르는 모양을 가리킴./黄芦: 누런 갈대(부들)./疑泛九江船: 조수의 환경이 이와 비슷하다는 뜻임./社燕: 토지신에게 지낼 제사 날짜를 묻다./瀚海: 사막 황량한 지역./修椽: 제비가 서까래 밑에 지은 집을 말함./身外: 옛사람들은 공명을 자기 몸 밖의 일이라고 칭함./尊前: 술잔 앞./憔悴: 초췌하다. 몰골이 형편없다./江南倦客: 주방언 자신을 비유함./簟: 대자리를 말함.

135. 〈过秦楼〉, 周邦彦

水浴清蟾, 叶喧凉吹,
巷陌马声初断. 闲依露井,
笑扑流萤, 惹破画罗轻扇.
人静夜久凭阑, 愁不归眠,
立残更箭. 叹年华一瞬,
人今千里, 梦沉书远.

空见说鬓怯琼梳, 容清金镜,
渐懒趁时匀染. 海风地涌,
虹雨苔滋, 一架舞红都变.
谁信无聊为伊, 才减江淹,
情伤荀倩. 但明河影下, 还看稀星数点.

달그림자 연못 속에 잠기고
나뭇잎사귀 서늘한 바람 속에 '쏴쏴' 소리 나는데
거리에는 말 울음소리 막 그쳤다
한가롭게 이슬 젖은 우물 난간에 기댔을 때
그녀는 웃으면서 나는 반딧불 치다가
가벼운 꽃무늬 비단부채 망가뜨렸지
지금 밤은 깊고 주위가 조용한데 난간에 기대어
깊은 수심에 잠겨 돌아가서 자고 싶지 않아
줄곧 이 밤이 다하도록 서 있다
아! 청춘이란 한순간인데

그녀와는 지금 천 리나 떨어져 있어
꿈속에서조차 갈 수 없고 편지를 띄우고자 해도 너무나 멀다

부질없이 듣자 하니 그녀는 옥빗으로 머리 빗기도 겁이 나고
금테 두른 거울에 비친 얼굴이 하루하루 수척해졌고
점점 유행 따라 화장하기에 게을러졌다 한다
매화가 익어가는 시기에 바닷바람이 땅을 눅눅하게 했고
또 초여름의 비가 이끼를 파릇파릇 자라게 하던 것을 봤는데
지금은 너울너울 춤추던 가지에 만발했던 꽃이 모두 다 시들었다
누가 믿을까! 그녀 위해 무료하게
마치 강엄같이 창작력이 감퇴되어
순봉천같이 상심하는 것을
다만 찬란히 빛나는 은하수 밑에서
또 보일 듯 말 듯하는 별들을 세면서 그녀를 향해 그리움을 보낸다

淸蟾: 밝은 달을 말함./喧: 바람이 불어 나뭇잎의 거문고 소리가 나는 것을 말함./露井: 밖에 있는 이슬 젖은 우물을 가리킨다. 왕창령의 시에 "어젯밤 바람 불어 이슬 젖은 우물가에 복숭아꽃이 피었네.(昨夜风开露井桃)"라는 구절이 있음./笑扑流萤: 두목의 시에 "가벼운 비단의 작은 부채로 날아가는 반딧불을 쳤다.(轻罗小扇扑流萤)"라는 구절이 있음./更箭: 고대 구리주전자에 물을 조금씩 떨어뜨려서 시간을 재는 물시계 침을 말함./沉: 사라져서 소식이 없다는 말임./匀染: 화장분과 먹으로 꽃단장을 했다는 말임./虹雨: 초여름의 비를 말함./海风: 매화가 익을 때 부는 바람을 말함./舞红: 떨어진 꽃을 말함./才减江淹: 전설에 의하면 강엄이 어렸을 때, 초나라 사람 곽박이 그에게 오색붓을 빌려 주었다. 문사가 크게 뛰어나고 훌륭해졌다. 나중에 다시 꿈을 꾸었는데, 곽박에게 그 붓을 다시 돌려주고 나서부터, 그의 문사에 대한 재능이 없어졌다는 전고임./情伤荀倩: 순찬의 부인 조씨가 매우 아름다웠다. 그의 부인이 죽고 나서 한탄하여 말하길 "아름다운 여인을 다시 얻기 어렵구나.(佳人难再得)"라고 했다. 울지 않다가 정신적 충격으로 얼마 안 있다가 죽었다.

136. 〈花犯〉, 周邦彦

粉墙低, 梅花照眼,
依然旧风味. 露痕轻缀,
疑净洗铅华, 无限佳丽.
去年胜赏曾孤倚, 冰盘同燕喜.
更可惜, 雪中高树, 香篝熏素被.

今年对花最匆匆, 相逢似有恨,
依依愁悴. 吟望久, 青苔上,
旋看飞坠. 相将见, 翠丸荐酒,
人正在, 空江烟浪里. 但梦想,
一枝潇洒, 黄昏斜照水.

희게 칠한 담장 낮은데
매화 눈부시게
여전히 옛 모습 그대로이다
이슬 자욱 살짝 맺혀 있음은
얼굴 화장 깨끗이 씻어낸 흔적인가
정말로 아름답구나
작년 홀로 기대어 완성할 땐
하얀 달 더불어 즐기었지
더욱 아름다운 것은
하얀 눈 속의 매화나무
향구에 하얀 이불은 향기 나는 옷을 입은 듯하다

올해 꽃을 대하는 것 아주 바쁘나
만나도 원한이 있는 듯
한들한들 근심으로 초췌해졌다
오랫동안 바라보려니 파란 이끼 위로
금방 바람에 날려 떨어지는 것 본다
다시 만날 때면
매실은 술로 빚어지고
나도 부질없이 안개 자욱한 강에 떠 있겠지
단지 꿈에서 상상하건대 깨끗한 매화가지
황혼에 물 위로 비스듬히 비춘다

疑)净洗铅华: 왕안석의 〈梅诗〉에 "얼굴화장은 다스리지 않고 국색만 안다.(不御铅华知
国色)"라고 되어 있다./胜赏: 즐겁게 노닐며 감상하는 것임./冰盘同燕喜: '冰盘'은 얼음
모양의 깨끗한 자기로 만든 접시를 말함. '燕喜'는 연회의 즐거움을 말한 것이다. 여기
서는 매화를 올려놓은 술을 말함./可惜: 귀엽다. 사랑스럽다./香篝: 향기를 담고 다니는
熏笼을 말함./相将: 행락. 즐거움. 곧~ 하려고 하다./翠丸: 매화를 가리킴./黄昏斜照水:
임포의 "듬성듬성한 그림자는 횡으로 비스듬히 비치고, 물이 맑고 얕다. 그윽한 향기는
떠서 움직이고 달은 황혼이 되었네.(疏影横斜水清浅, 暗香浮动月黄昏)"라는 시 구절을
사용했음.

137. 〈大酺〉春雨(봄비), 周邦彦

对宿烟收, 春禽静, 飞雨时鸣高屋.
墙头青玉旆, 洗铅霜都尽, 嫩梢相触.
润逼琴丝, 寒侵枕障, 虫网吹粘帘竹.
邮亭无人处, 听檐声不断, 困眠初熟.
奈愁极频惊, 梦轻难记, 自怜幽独.

行人归意速, 最先念, 流潦妨车毂.
怎奈向兰成憔悴, 卫玠清羸, 等闲时,
易伤自心目. 未怪平阳客, 双泪落,
笛中哀曲. 况萧索, 青芜国, 红糁铺地,
门外荆桃如菽. 夜游共谁秉烛?

지난밤 안개 걷히자
봄새들도 조용해지더니
비바람 불어오니 높은 지붕에서 새가 지저귀고
담장 위 푸르른 대나무
죽순 껍질의 하얀 가루 깨끗이 씻기고
연한 가지들도 서로 비벼댄다
습기는 거문고의 현을 느슨하게 하고
차가운 기운은 침대에 가려진 병풍을 뚫고 들려오고
벌레집 바람에 실려와 대나무 주렴에 달라붙네
역마을 객사에는 인적 없이 고요하고

처마에서 부단히 떨어지는 낙숫물 소리에 귀 귀울이다
지쳐서 살그머니 잠든다
어찌 수심에 놀라 깨어보니
꿈속의 일 조금도 기억나지 않고
가련하게도 적막한 가운데 홀로 있다

나그네 고향 돌아가고 싶은 마음 간절하니
가장 먼저 근심되는 것은 길바닥에 물이 고여
수레 달리는 데 방해되지는 않을까 하는 것이네
어찌하랴 난성은 고향 생각에 초췌하고
위개는 병약하고 수척하여서
한가로운 때에도 상심하게 하였었지
하긴 평양 나그네도 마음도
애절하고 슬픈 피리소리 듣고 두 눈에 눈물 흘리고
하물며 주위의 쓸쓸히 시들었던 잡초 녹색으로 무성해졌다
떨어진 꽃이 땅을 뒤덮고
문밖에는 콩알만 한 앵두 열매가 맺혀 있는데
누구와 더불어 촛불 밝히고 밤놀이를 할까?

靑玉旆: 고대 제비 고리 모양의 깃발을 말함./鉛霜: 대나무 껍질의 하얀 가루를 말함./润逼琴丝: 물의 습기 때문에 거문고 줄을 조금 느슨하게 푼다는 뜻임./枕障: 침대 사이에 펼쳐진 병풍을 말함./邮亭: 여행객이 머무는 숙소. 여관./流潦: 사방 곳곳에 흘러 넘치는 물./车轂: 수레 중심에 있는 원목으로, 주위와 수레 폭의 한 끝과 서로 연결되어 있다. 가운데에는 둥근 원형으로 되어 있는데 굴대를 삽입하여 사용함./兰成: 남북조 시인 庾信을 말함./卫玠: 晉나라 위개로, 얼굴과 몸매가 뛰어났다. 사람들이 널리 그 이름을 듣고 매번 나갈 때마다 그를 보려고 놀러 와서 길이 막혔음./靑芜国: 잡초가 나서

우거진 곳을 말함./红糁: 썩어서 떨어진 꽃을 말함./荆桃: 앵두의 다른 이름임./菽: 콩.
이것은 앵두가 처음 날 때 모양과 비슷한 콩임./夜游共谁秉烛: 〈古诗十九首〉에 "낮은
길고 밤은 짧으니 고통스러운데, 어찌 촛불을 잡고 놀지 않겠는가.(昼长苦夜短, 何不秉
烛游)"라고 되어 있음.

138. 〈解语花〉元宵(원소절), 周邦彦

风消焰蜡, 露浥烘炉,
花市光相射. 桂华流瓦,
纤云散, 耿耿素娥欲下.
衣裳淡雅, 看楚女纤腰一把.
箫鼓喧, 人影参差,
满路飘香麝.

因念都城放夜,
望千门如昼, 嬉笑游冶.
钿车罗帕, 相逢处, 自有暗尘随马.
年光是也, 惟只见, 旧情衰谢.
清漏移, 飞盖归来, 从舞休歌罢.

봄바람에 붉은 촛불 녹아내리고
이슬에 연꽃 등 젖는데
등불 걸린 거리에 불빛이 어지럽다
달빛 기와 위에 미끄러지고
엷은 구름 흩어지니
눈부시게 하얀 옷 입은 선녀들이 내려오는 듯하네
옷은 단아하고 아름답다
초나라 미인 같은 한 줌밖에 안 되는 가는 개미허리를 보았다
피리에 북소리 시끄러운데 사람 그림자 어지러우면
거리 가득 사향 냄새 나부낀다

생각해 보니, 서울에서 야간통금을 해제하는 날
대궐을 바라보며 궁궐은 대낮같이 휜했고
즐겁게 웃고 놀았다
수레와 장막
가는 곳마다 검은 먼지 수레를 따랐다
세월은 어느덧 흘러
단지 옛 흥취 시들해진 것만 알 수 있을 뿐
밤 깊은데 빠른 수레 타고 돌아와 보니
춤사위 멈추고 노랫소리 사라지고 말았다

元宵: 원소절로 음력 1월 15일을 말함. 속칭 '등을 다는 명절(灯节)'이라고도 함. 우리
나라의 정월대보름날에 해당함./焰蜡: '绛蜡'과 같고, 촛불을 가리킴./浥: 흠뻑 적시다./
烘炉: 꽃등을 가리킴./桂华: 달빛. 전하는 말에 의하면 달 가운데에는 큰 계수나무가 있
다고 하는데 그리하여 계화나무를 달이라고 부르게 되었다. 王国维의 ≪人间词话≫에
"주방언의 〈解语花〉의 '달이 기와로 흘러내린다.(桂花流瓦)'는 경계가 최고조로 오묘하
다. '桂花' 두 글자를 빌려서 대신 달을 썼을 뿐이다."라고 했음./耿耿: 휜히 밝은 모양
을 말함./纤腰: 미인을 가리킴./香麝: 사향 향기를 말함./放夜: 야간 통금을 해제하다는
뜻임. 송나라 조정에서는 오직 1월 15일 저녁 전후 각 하루씩 등불을 보기 위하여 야
간 통금을 풀어 주었음./千门: 원래는 황궁 안에 있는 천 개의 문과 만 개의 방을 말
함./钿车: 금조각으로 꽃모양의 무늬가 있는 화려하게 장식된 수레를 말함./暗尘随马:
苏味道의 〈正月十五夜灯〉 시에 "어두운 먼지는 말을 따라가고, 밝은 달은 마침내 사
람을 따라온다.(暗尘随马去, 明月逐人来)"라는 구절이 있음./飞盖: 빠르게 달리는 수레
를 말함. '盖'는 수레의 덮개를 말함.

139. 〈蝶恋花〉 早行(아침에 나가다), 周邦彦

月皎惊乌栖不定, 更漏将阑, 轳辘牵金井.
唤起两眸清炯炯, 泪花落枕红绵冷.

执手霜风吹鬓影. 去意徊徨, 别语愁难听.
楼上阑干横斗柄, 露寒人远鸡相应.

밝은 달빛에 놀란 까마귀 잠 못 이루고
밤은 곧 새려 하는데
우물가 고래소리 들려온다
부름 소리 듣고 일어난 두 눈 반짝거리고
눈물이 붉은 솜 베개에 흘러 차갑게 적셨다

나의 손 꼭 잡자 서릿바람에 귀밑머리 날리고
막 떠나려다 우물쭈물하고
이별의 말만 반복하나 수심에 접은 처지라 잘 들리지 않는다
누각 난간에 북두칠성 옆으로 기울고
새벽이슬 차가운데 그녀는 멀리 떠나고 셨소리만 서로 호응한다

更漏: 고대의 물시계./月皎惊乌栖不定: 달이 너무 밝아서 까마귀조차 잠을 깨게 한다. 곧 사람도 잠 못 이룸을 암시함./眸: 눈동자/炯炯: 빛나는 모양. 맑은 모양/红绵: 목면으로 만든 솜 베개를 말함. 목면으로 만든 베개에 붉은 꽃이 피었다는 말임./执手: 상대방의 손을 꼭 잡다, 쥐다는 뜻임./轳辘: 도드래. 수레바퀴의 삐꺽거리는 수레./泪花: 꽃잎이 분분하게 떨어지듯 눈물이 흘러내리는 것을 말함./别语: 이별의 말./阑干: 가로 비낀 모양의 난간을 말함.

140. 〈拜星月慢〉 秋思(가을의 상념), 周邦彦

夜色催更, 清尘收露,
小曲幽坊月暗. 竹槛灯窗,
识秋娘庭院. 笑相遇,
似觉琼枝玉树相倚, 暖日明霞光烂.
水盼兰情, 总平生稀见.

画图中,
旧识春风面, 谁知道, 自到瑶台畔.
眷恋雨润云温, 苦惊风吹散. 念荒寒,
寄宿无人情, 重门闭, 败壁秋虫叹.
怎奈向, 一缕相思, 隔溪山不断.

때를 알리는 북소리 밤의 어둠을 재촉하고
이슬은 길바닥 먼지 적시고
몽롱한 달빛 속에 좁고도 적막한 기녀들이 사는 방곡거리가 나타났다
대숲에 가려진 난간 등불이 환하게 비치는 창문
추낭의 정원임을 알겠다
웃음 띠고 나타나 만났을 때
마치 곧게 솟은 작은 나무 같이
따뜻한 해와 맑은 노을의 빛을 받아 얼굴이 환하게 빛났다
물같이 맑은 눈동자 난초 같은 우아한 성품
내 평생에 그녀 같은 이는 드물게 보았네

처음에 그림 속에서 그녀를 알았다
누가 알았으리! 그 집을 방문한 이후로
피차간에 한번 보고 마음에 쏠려 사랑하게 되었는데
한스럽게도 광풍이 불어와 억지로 헤어지게 할 줄이야
지금 처지를 생각해 보니 황량하고 쓸쓸하게 외로이 관사에 머물면서
문 꼭꼭 잠그고 부서진 벽에서 들여오는 가을벌레 소리를 듣는다
어떻게 우리들의 이어진 사랑을
계곡과 산이라도 끊을 수 있겠소

小曲幽坊: 당나라 제도에 기녀들이 사는 곳을 보통 '坊曲'이라고 함. ≪北里志≫에 南曲과 北曲이 있음./秋娘: 당나라 금릉의 노래 부르는 기녀. 여기서는 여자 신분을 가리킴./琼枝玉树: 여인의 아름다운 얼굴과 자태를 비유한 것임./水盼兰情: 물기를 머금은 듯 빛나는 눈길. 마치 물이 흐르는 것과 같이 맑고 아름다운 눈빛을 말함./画图中구: 여자의 아름답고 다정한 용모를 말함./瑶台: 선인이 사는 곳./雨润云温: 남녀가 서로 사랑하여 기뻐하는 모습을 비유한 것임.

〈西河〉金陵怀古(금릉을 회고하며), 周邦彦

佳丽地, 南朝盛事谁记?
山国故国绕清江, 髻鬟对起.
怒涛寂寞打孤城, 风樯遥度天际.
断崖树, 犹倒倚, 莫愁艇子谁系?

空余旧迹郁苍苍, 雾沉半垒.
夜深月过女墙来, 伤心东望淮水.

酒旗戏鼓基处市? 想依稀,
王谢邻里, 燕子不知何世,
向寻常巷陌人家相对, 如说兴亡斜阳里.

이곳은 강남의 유명한 명승지로
남조의 번창했던 일들을 오늘날 그 누가 기억하고 있겠는가?
산은 그 옛날 경도를 에워싸고 강기슭 따라
여인의 쪽머리 같은 산봉우리가 서로 마주 보고 우뚝 솟아 있다
장강의 성난 파수는 종일토록 외로운 고성을 치면서 적막한 소리를
내는데
몇 쌍의 돛단배가 저 멀리 하늘 끝을 향하여 흘러가는구나

험준한 절벽에는
고목이 넘어져 있는데
아마도 막수가 이전에 배를 매어놓았던 곳인지 모르겠다
모든 것이 유적으로만 남아 짙푸른 안개 서린 곳에는

반쯤 성루가 드러나 있다
깊은 밤 달은 성 위에 있는 작은 담장 위로 떠오르는데
상심정에서 동쪽을 향하여 멀리 진회수를 바라본다

술집의 깃발이 펄럭이고 주연의 악기 희고가 요란했던 번화했던
도시는 어디인가?
생각건대 어렴풋하게나마 동진 때의 왕씨와 사씨 양가 부근일 것이다
제비들은 지금이 어느 시대인지 모르고
보통 민가에 들어
서로 마주보며 이 옛 성의 흥망성쇠를 이야기하는 듯하네
이 서글픈 석양 속에서

金陵: 지금의 남경시를 가리킴./佳丽地: 아름다운 곳, 즉 금릉을 말함./故国: 옛 수도, 금릉을 말한다./怒涛: 조수./清江: 장강./髻鬟: 고대 부녀자들의 쪽진 머리를 말함./孤城: 금릉성을 가리킴./风樯: 돛단배./断崖: 깎아지른 듯한 암벽의 낭떠러지./倒倚: 바위 암벽 낭떠러지 위에 나무가 거꾸로 뒤집어져 옆으로 자라고 있는 모습을 형용함./莫愁艇子: 莫愁는 남조시대 한 여자의 이름이다. 고악부의 〈莫愁乐〉에서 이르길 "막수는 어디에 있는가.(莫愁在何处)"라고 되어 있다. 막수는 석성 서쪽에 있다. 지금의 남경시 水西门 밖에 '莫愁湖'가 있음./旧迹: 옛 흔적, 자취./郁苍苍: 나무가 무성하여 푸르디푸른 것을 형용함./垒: 군영에서 쌓은 담을 말함./女墙: 성 위에 있는 작은 담장./淮水: 진수와 회수를 말함. 원래는 강소성 溧水县 북쪽에서부터 나와서, 횡으로 남경시내로 관통하여 흘러 양자강으로 들어감./酒旗: 술집의 깃발을 말함./戏鼓: 주연의 장소에서 노니는 북 종류의 악기를 말함./依稀: 마치 ~인 것 같다./寻常: 보통. 평소. 평상시./陌: 길가, 거리.

142. 〈瑞鹤仙〉, 周邦彦

悄郊原带郭, 行路永,
客去车尘漠漠. 斜阳映山落,
敛馀红犹恋, 孤城阑角.
凌波步弱, 过短亭,
何用素约. 有流莺劝我,
重解绣鞍, 缓引春酌.

不记归时早暮, 上马谁扶,
醒眠朱阁, 惊飙动幕,
扶残醉, 绕红药. 叹西园已是,
花深无地, 东风何事又恶?
任流光过却, 犹喜洞天自乐.

조용한 교외 들판이 성곽 밑까지 연이어 있고
먼 길 떠나는
손님 수레가 가득히 먼지 일으키고 갔다
석양은 산촌을 비추고
점점 사라져가는 노을, 아직도 높은 성곽 모서리에 머물고 있다
동행하던 가기들이 걷기에 불편해서
단정 지나다 쉬게 되어 다행히 사전에 약속 없어도 이루어졌다
단정 객사에서 만난 가기, 나에게 권하기를
안장 다시 풀고
천천히 몇 잔 술 마시고 가라 하네

기억나지 않지만 돌아온 때가 언제이고
누가 말 위에서 부축해 태웠는지
잠이 깨었을 때는 이미 붉은 누각이었네
강풍이 실내 방장 흔들어
덜 깬 술에 급히 일어나
정원 앞 작약 주위를 맴돌았다
아 서원에는 낙화가 이미 수북수북 쌓여 빈틈이 없으니
동풍아! 너는 어떤 일로 또 이렇게 위세를 부리느냐
봄이 제멋대로 흘러가도록 내버려두어라
나는 이 신선이 사는 동천에서 스스로 즐거움을 얻으리라

郭: 옛날 성곽 밖 주위에 건축된 하나의 성벽을 말함./山落: 산 가운데 있는 촌락을 말
함./凌波: 여자의 가볍고 사뿐한 걸음걸이를 말함./短亭: 옛날에 5리마다 있는 역참의
이름./素約: 옛날의 약속을 말함./流莺: 5리마다 있는 여행객들이 잠깐 쉬어가는 곳(短
亭)에서 우연히 노래 부르는 기녀를 만난 것을 말함./惊飙: 갑자기 폭풍이 불어 놀랐다
는 뜻임./洞天: 도가에서 신선이 사는 곳을 말함.

143. 〈浪淘沙慢〉, 周邦彦

昼阴重, 霜凋岸草,
雾隐城堞. 南陌脂车待发,
东门帐饮乍阕. 正拂面,
垂杨堪揽结, 掩红泪,
玉手亲折. 念汉浦,
离鸿去何许? 经时信音绝.
情切, 望中地远天阔,
向露冷, 风清无人处,
耿耿寒漏咽. 嗟万事难忘,
惟有轻别. 翠尊未竭,
凭断云, 留取西楼残月.

罗带光消纹衾叠, 连环解,
旧香顿歇, 怨歌永,
琼壶敲尽缺. 恨春去,
不与人期, 弄夜色, 空馀满地梨花雪.

새벽하늘 음산하고
강 언덕 들풀 서리에 시들고
안개 속에 성곽 낮은 담장 숨어 있다
남쪽 길 바퀴에 기름칠한 수레 출발을 기다리고
동문 아래 장막에서는 송별의 주연 이제 막 끝났다
볼을 스치는 수양버들을 잡아맬 만한데

그대 눈물 가리고 옥 같은 손으로 한 가지 꺾어주네

아! 한수 포구를 떠난 기러기는 어디쯤 가고 있을까?
세월 흘러 소식 끊어졌다
그리움 간절한데
바라보면 먼 땅 넓은 하늘
찬 이슬 맑은 바람 아무도 없는 곳에는
수심에 찬 물시계의 처량한 소리만이 흐느낀다
아! 인간 만사 잊기 어려운 법
가벼운 이별 더욱 그러하니
술 아직도 다하지 않았으니
조각구름 의지하여
서쪽 누각에 기울어가는 달 붙잡고 싶다

비단 허리띠는 광택을 잃고 꽃이불 겹쳐진 채로
우리 언약은 풀어지고 옛 향기도 갑자기 사라졌다
원망의 노래 부르며 옥투호를 다 두들겨 깨는구나!
한스럽게도, 봄은 가고 임은 돌아올 기약 없다
밤경치 희롱하며
부질없이 하얀 배꽃만 떨어져 사방에 가득하다

城堞: 성 위에 있는 짧은 담장을 말함./南陌: 남쪽으로 가는 길을 말함./脂车: 수레바퀴
축에 기름을 칠하여 부드럽게 자유자재로 움직이는 것을 말함./东门帐饮: 동문 아래 장
막을 치고 송별의 주연을 베풀고 있는 모습을 형용한 것임./阕: 끝나다./红泪: 여자의
눈물을 가리킴./汉浦: 한수의 포구를 가리킴./耿耿: 마음이 불안하고, 근심하는 모습을
형용한 것임./翠尊: 비취색 술잔. 술잔의 미칭임./纹衾: 꽃무늬가 있는 이불을 가지고 온
다는 뜻임./琼壶: 옥으로 만든 투호. 옥병. 옥단지.

144. 〈夜游宮〉, 周邦彦

叶下斜阳照水, 卷轻浪,
沉沉千里. 桥上酸风射眸子.
立多时, 看黄昏灯火市.

古屋寒窗底, 听几片,
井桐飞坠. 不恋单衾再三起.
有谁知, 为萧娘书一纸?

석양이 나뭇잎 사이를 통해 물에 비치고
물결은 가볍게 소용돌이치면서 짙은 저녁안개 속에 먼 곳을 향해
흘러간다
다리 위에는 매서운 바람 눈이 시린데
오랫동안 서서 황혼녘에
등불이 점점 밝혀지는 시가지를 바라본다

옛 집 차가운 창밑에 돌아와
우물가 몇 개의 오동잎 바람에 지는 소리 듣노라
얇은 이불 걷어차고 두세 차례 일어나는
이러한 심정을 누가 이해하리?
모두 다 그녀가
나에게 부쳐준 그 편지 때문이다

沉沉: 깊고 먼 모양임./酸风: 강하고 매서운 바람이 불어 눈이 시큰거리는 것을 말함./
眸子: 눈동자./萧娘: 당대 여자를 두루 부르는 명칭임.

并刀如水, 吴盐胜雪,
纤指破新橙. 锦幄初温,
兽香不断, 相对坐吹笙.

低声问, 向谁行宿?
城上已三更. 马滑霜浓,
不如休去, 直是少人行!

并州에서 나는 가위 수면처럼 시퍼렇고
오에서 나는 소금 눈보다 흰데
섬섬옥수로 새 귤을 쪼갠다
비단 장막은 따스해지고
짐승 무늬 향로에 향은 피웠는데
마주 보고 앉아서 생황을 분다

낮은 목소리로 묻기를
누구네 집에 가서 주무실 건가요?
성 위에선 벌써 삼경을 알렸고
서리가 많이 내려 말 달리기 미끄러우니
가시지 않는 것이 좋겠어요
정말로 길거리에 인적도 드물다

并刀: 并州(비금의 산서성 太原)에서 생산되는 칼을 말한다. 날이 날카롭고 예리한 것

을 지칭함./吳盐: 회수에서 나는 소금으로, 품질이 우수하고 대략 등자나무와 섞어서 만
들어 신맛이 난다./锦幄: 비단 휘장을 말함./兽香: 사자모양 덮개의 향로를 말함. 여기서
는 향로의 향기가 품어져 나온다는 뜻임./霜浓: 서리가 많이 내렸다./直是: 설사, 설령
～일지라도.

146. 〈好事近〉, 廖世美

落日水熔金,
天淡暮烟凝碧.
楼上谁家红袖,
靠栏杆无力.

鸳鸯相对浴红衣,
短棹弄长笛.
惊起一双飞去,
听波声拍拍.

석양은 쇠를 녹이듯 물에 비치고
맑은 하늘엔 저녁연기 푸르게 뭉쳤다
누각 위엔 뉘 집 여인의 붉은 소매인가?
힘없이 난간에 기대어 있다

원앙새 마주하며 붉은 깃털 씻는데
작은 배에서 긴 피리를 부니
한 쌍이 놀라 날아가고
파도치는 소리만이 들려온다

落日: 지는 해. 석양./淡: 엷다/凝: 응기다./靠: 기대다./红衣: 여러 가지 고운 빛깔이 있
는 깃털을 말함./短棹: 작은 배, 여기서는 유람선을 가리킴./拍拍: 파도가 치다.

147. 〈九张机〉, 无名氏

采桑陌上试春衣.
风晴日暖慵无力.
桃花枝上,
啼莺言语,
不肯放人归.

봄 옷 입어보고 밭두둑 길에서 뽕을 딴다
바람은 맑고 날씨는 따뜻하니 게을러 힘이 없고
복숭아꽃 가지 위에
꾀꼬리 지저귀며
사람들 돌아가는 것 놓아주려 하지 않네

机: 비단을 짜는 기구, 즉 베틀을 말함. 여기서는 매 수마다 첫 구에 이 글자가 나오는
데 이것은 보통 민요에서 흥을 돋우기 위해 사용되는 수법 중의 하나임./采: 캐다. 따
다./桑陌: 뽕나무 밭 사이의 길./试春衣: 봄옷을 입어보다./慵: 게으르다./啼: 울다./莺:
꾀꼬리./不肯: 하려 하지 않는다.

148. 〈两张机〉, 无名氏

行人立马意迟迟.
深心未忍轻分付.
回头一笑,
花间归去,
只恐被花知.

떠나는 이 말 앞에 우두커니 서서
속마음 차마 쉽게 꺼낼 수가 없다
고개를 돌려 한 번 웃고
꽃밭 사이로 돌아가니
꽃에 이 마음 알려질까 두려울 뿐이네

行人: 장차 떠나라고 하는 애인을 말함./迟迟: 느릿느릿하다. 더디다./分付: 분부하다.
나누어주다.

149. 〈三张机〉, 无名氏

吴蚕已老燕雏飞.
东风宴罢长洲苑.
轻绡催趁,
馆娃宫女,
要换舞时衣.

오나라 누에고치는 벌써 늙었고 새끼 제비는 날아간다
동풍 부는 봄날 장주원에서 연회가 끝나니
가볍고 얇은 명주 비단을 재촉하여 서두르네
관왜궁의 궁녀들이
춤출 때 무용복을 갈아 입어야 하니까

吴蚕: 현재의 강소성 남부일대는 옛날 오나라의 땅으로, 이 지역은 예로부터 중국의 이름난 누에 명주실의 산지였음./燕雏: 새끼 제비./东风: 봄바람을 말함./罢: 파하다. 끝나다./长州苑: 춘추시대 오나라 황제의 정원이다. 옛터는 현재의 강소성 소주시 서남쪽에 있음./催趁: 재촉하며 쫓다./馆娃宫: 춘추시대 오나라 임금 부차의 왕비 子西施가 살고 있던 곳임. 옛터는 현재의 강소성 소주시 矣岩山에 있음.

150. 〈四张机〉, 无名氏

咿呀声里暗颦眉.
回梭织朵垂莲子.
盘花易绾,
愁心难整,
脉脉乱如丝.

짤깍짤깍 소리에 은근히 눈살 찌푸려지고
베틀북 돌려 연꽃 드리운 수를 짜네
휘감아 꽃무늬 만들어 매듭짓기 쉽지만
근심스런 마음은 정리하기 어려워
끊임없이 실처럼 엉키어져 있구나

咿呀声: 방직 소리를 가리킴./**暗**: 몰래. 살금./**颦眉**: 눈살을 찡그리다./**梭**: 베틀/**垂莲子**: 아래로 늘어진 연꽃무늬를 말함./**盘**: 둘둘 감다. 쟁반./**绾**: 매듭을 짓다. 걷어 올리다./**整**: 가지런하다./**脉脉**: 서로 보는 모양. 끊이지 않는 모양.

151. 〈五张机〉, 无名氏

横纹织就沈郎诗.
中心一句无人会.
不言愁恨,
不言憔悴,
只恁寄相思.

가로무늬 짠 것은 심랑의 시인데
시구의 깊은 의미를 아는 이 없구나
수심과 한스러움 말하지 않고
초췌함도 표현하지 않으며
단지 이처럼 그리움을 의탁할 뿐이네

横纹: 가로로 짠 무늬./沈郎:남조 양나라 때의 '四声八病说'을 주장한 심악을 말한다./
憔悴:초췌하다. 파리하다./恁:이처럼./寄:의탁하다. 기대다.

152. 〈六张机〉, 无名氏

行行都是耍花儿.
花间更有双蝴蝶.
停梭一晌,
闲窗影里,
独自看多时.

한 줄 한 줄마다 모두 꽃을 수놓고
꽃 사이에는 또 쌍쌍의 나비가 있네
잠시 북 내려놓고
한가한 창가의 그림자 속에서
홀로 여러 번 보고 또 본다

行行: 한 줄 한 줄. 강건한 모양. 쉬지 않고 가는 모양./蝴蝶: 나비./晌: 대체로 길지 않은 시간을 말함./闲: 한가하다./多时: 시간이 많이 경과함을 말함.

153. 〈七张机〉, 无名氏

鸳鸯织就又迟疑.
只恐被人轻裁剪.
分飞两处,
一场离恨,
何计再相随.

원앙무늬 짜다가 또 머뭇거리네
단지 남들에게 쉽게 잘려질까 두려워
두 곳으로 나뉘어 날리면
한바탕 이별의 한
어찌 다시 서로 쫓길 것을 헤아릴 수 있겠는가

迟疑: 의심하여 망설이다./裁剪: 가위로 짜르다./计: 헤아리다. 계산하다.

154. 〈八张机〉, 无名氏

回文知是阿谁诗.
织成一片凄凉意.
行行读遍,
恹恹无语,
不忍更寻思.

이 회문체 누가 지은 시인가?
처량한 뜻을 짜서 이루었는데
한 줄 한 줄 다 읽으니
안절부절 말도 못 하고
차마 다시 곰곰이 생각할 수 없다

回文: 뒤집어 거꾸로도 읽을 수 있는 시를 말함./凄凉: 처량하다. 슬프다./恹恹: 지친 모양. 활기가 없는 모양. 쇠잔한 모양./寻思: 곰곰이 생각하다. 심사숙고하다는 의미임.

155. 〈九张机〉, 无名氏

双花双叶又双枝.
薄情自古多离别.
从头到底,
将心萦系,
穿过一条丝.

한 쌍의 꽃과 잎, 그리고 가지 무늬로 짜는데
박정한 임 예부터 이별은 다반사라
처음부터 끝까지
이 마음을 촘촘히 짜서
한 가닥 실로 꿰매야지

薄情: 정이 적다, 얇다./自古: 예로부터./从头到底: 처음부터 끝까지. 시종/萦系: 얽매다.
연결되어 있다./穿过: 꿰매다. 구멍을 내어 관통하다.

156. 〈鹧鸪天〉, 贺铸

重过阊门万事非,
同来何事不同归?
梧桐半死清霜后,
头白鸳鸯失伴飞.

原上草,露初晞,
旧栖新垅两依依.
空床卧听南窗雨,
谁复挑灯夜补衣.

다시금 창문을 지나다가 만사가 이미 그릇되고 말았다
올 때는 함께 왔는데 무슨 일로 돌아갈 땐 가지 못하나?
맑은 서리 맞은 뒤에 반쯤 죽은 오동인 듯
머리 하얀 원앙새가 짝을 잃고 나는 듯

들판의 푸른 풀엔
이슬이 막 말랐다
헌 집도 새 무덤도 차마 두고 못 가겠네
빈 침상에 드러누워 빗소리를 듣노라니
그 누가 등불 돋우어 내 옷을 기워 주겠는가?

阊门: 소주에 있는 성문의 이름임./梧桐半死: 자신의 부인이 죽었음을 비유함./头白鸳鸯
失伴飞: 이 구절은 부부가 흰머리가 되도록 해로하지 못함을 말한 것임./露初晞: 한대의
挽歌〈薤露〉시에 "부추 위의 이슬, 얼마나 마르기 쉬울까.(薤上露, 何易晞!)"라는 구절이
있다. '晞'는 햇볕에 쬐어 마르다. 여기서는 죽다는 뜻을 암시함./垅: 무덤. 묘지. 분묘.

157. 〈青玉案〉, 贺铸

凌波不过横塘路, 但目送,
芳尘去. 锦瑟华年谁与度?
月桥花院, 琐窗朱户,
只有春知处.

飞云冉冉蘅皋暮,
彩笔新题断肠句. 试问闲愁都几许?
一川烟草, 满城风絮, 梅子黄时雨.

사뿐사뿐 걸어와선 횡당로를 넘지 않아
눈으로만 바라보네
꽃먼지 일으키며 사라지는 그 사람을
한창 좋은 젊은 시절 누구와 보내려나?
달빛 내린 다리에 꽃이 핀 정원
무늬 새긴 창살에 붉은 문이 있는 집
봄만이 아는 데서 혼자 살 테지

뭉게뭉게 구름 피고 향초 돋는 해질무렵
붓을 들어 새로이 슬픈 시를 짓는다
묻노니 이내 근심 얼마나 될까?
시냇가에 가득한 안개 낀 풀만큼
성에 가득 흩날리는 버들솜만큼
매실이 익을 때의 장맛비만큼

凌波: 여인의 사뿐사뿐한 걸음걸이를 말함./橫塘: 하주의 집이 姑苏盘门 밖 10여 리에 있음./芳尘: 미인의 사뿐사뿐한 걸음걸이를 말함./锦瑟华年: 청춘시대. 젊고 화려했던 시절을 말함./琐窗: 꽃을 조각한 창문의 격자를 말함./冉冉: 느릿느릿하다. 천천히./衡: 두형으로 만든 향초를 말함./皋: 연못./都几许: 모두 얼마나 되는가?/梅子黄时雨: 음력 4, 5월에는 비가 많이 내리고 매실이 누렇게 잘 익어가는 때를 가리킴.

158. 〈踏莎行〉, 贺铸

杨柳回塘, 鸳鸯别浦,
绿萍涨断莲舟路. 无断蜂蝶慕幽香,
红衣脱尽芳心苦.

返照迎潮,
行云带雨, 依依与骚人语.
当年不肯嫁东风, 无端却被秋风误.

버드나무 늘어선 굽이진 연못
원앙새 떠서 노니는 이별의 포구
푸른 부평 잔뜩 자라서 채련선도 길이 막히고
그윽한 그 향기를 벌 나비도 안 찾는데
붉은 옷 다 벗고 쓴 씨만 남았구나

반사된 석양빛은 조수를 반기고
떠가는 구름에는 빗기운이 맺혔는데
연잎은 하늘하늘 시인에게 얘기한다
당시에 동풍에게 시집가길 마다하여
아무런 까닭 없이 가을바람에게 짓밟히고 말았다

回塘: 이리저리 굽어 도는 연못을 가리킴./別浦: 별도의 물길이 있어 큰 강의 도랑을 통하는 것을 말함./红衣脱尽芳心苦: 가을의 연꽃이 시들어 떨어지고, 씨앗이 나온 연꽃의 마음이 고통스럽다는 뜻임./当年不肯嫁东风: 张先의 〈一丛花〉사의 "복숭아와 앵두만 같지 않은데, 오히려 벗겨서 봄바람에게 시집보내는 것 같네.(不如桃杏, 犹解嫁春风)"라는 구절과 같은 의미임. 복숭아와 앵두나무의 평범한 사물로써 연꽃의 고결함을 돋보이게 하였음.

159. 〈六州歌头〉, 贺铸

少年侠气, 交结五都雄.
交结五都雄, 肝胆洞,
毛发耸. 立谈中, 死生同,
一诺千金重, 推翘勇, 矜豪纵,
轻盖拥, 联飞鞚, 斗城东,
轰饮酒垆, 春色浮寒瓮, 吸海垂虹.
闲呼鹰嗾犬, 白羽摘雕弓, 狡穴俄空,
乐匆匆.

似黄梁梦, 辞丹凤,
明月共, 漾孤篷, 官冗从.
怀倥偬, 落尘笼, 簿书丛.
鹖弁如云众, 供粗用. 忽奇功.
笳鼓动, ＜渔阳弄＞, ＜思悲翁＞,
不请长缨. 系取天骄种, 剑吼西风.
恨登山临水, 手寄七弦桐, 目送归鸿.

젊은 시절에는 의협심이 넘쳐서
다섯 대도시의 영웅들과 교유했다
서로 마음을 터놓고 지내며
정의감으로 머리카락이 곤두섰다
선 채로 잠시 얘기하는 사이에도
생사를 함께하고

우리들의 한마디는 천금보다 소중했다
제일 용감한 자를 뽑기도 하고
호탕하고 거침없다 자랑도 했다
가벼운 수레가 길을 메우고
말들은 줄을 지어 날듯이 달렸다
경성의 동쪽에서
술집에서 벌컥벌컥 술을 마실 땐
봄빛이 떠 있는 항아리에서
바닷물을 들이키는 고래처럼 마셔댔지
한가할 때 매 부르고 사냥개도 불러서
흰 깃털 화살을 활에 꽂으면
꾀 많은 토끼 굴이 금방 비고 말았는데
옛날의 즐겁던 일 너무나도 빨리 지나갔다

좋았던 그 시절은 꿈처럼 지나가고
나는 이제 경성을 떠나 왔나니
밝은 저 달을 길동무 삼아
외로운 배 하나 물결 따라 출렁인다
시골의 말단 관리가 되어
온종일 노심초사 조급하고 불안하다
먼지투성이의 벼슬길에 빠져서
공문서 쪼가리나 만지고 있다
무관이야 구름처럼 많다 하지만
조잡한 일들이나 시켜 놨으니
기특한 무공을 세울 수가 없다
호드기 소리 북 소리 천지를 진동하고
<渔阳弄> 소리와
<思悲翁> 소리도 들린다

기다란 새끼줄 얻어
오랑캐의 목을 묶어 올 수 없으매
서풍에 칼이 운다
산에나 오르고 강에나 나가며
거문고나 타야 하는 내 신세를 한탄하며
돌아가는 기러기를 멀거니 바라본다

五都: 송나라의 대도시를 말함./洞: 간담을 서로 비춰보다는 의미임. 통찰력이 있음을 말함./翘: 특출하다. 뛰어난 용사로 추천되어 호방하고 오만하게 남들에게 보인다는 말임./轻盖拥: 휘장으로 덮인 수레를 가리킴./鞢: 말재갈. 빨리 달리는 말을 가리킴./斗城: 수도 변경을 가리킴./吸海垂虹: 호방하게 마시는 모양을 말함./嗾犬: 개를 부르는 소리임./黄粱梦: 서울을 떠난 후 은거생활을 한 적이 있는데, 달 아래서 강에 배를 띄우고, 지나간 일을 회상하니 홀연 꿈과 같았다는 말임./丹凤: 단풍으로 만든 문, 즉 수도를 말함./官冗丛: 번잡한 시종관 일을 맡았다는 뜻임./倥偬: 일이 많고 번잡하다는 뜻임./落尘笼: 세속으로 들어가 일하는 것이 마치 새장 속의 새와 같다는 뜻임./薄书丛: 수북이 쌓인 공문서, 문건을 말함./鹖弁如云众구: 시종관의 일이 매우 많으나, 다만 조잡한 일에 불과하다는 뜻임. '鹖弁'은 본래 무관이 쓰는 모자를 가리킴. 위에는 꿩 꼬리털이 있고, 무관의 대칭으로 쓰임./茄鼓动구: 전쟁이 발생했음을 가리킴. '茄'와 '鼓'는 모두 군대의 음악을 말함. 〈渔阳弄〉, 〈思悲翁〉은 전쟁의 악곡을 묘사한 것임./不请长缨구: 나라에 보답할 길이 없다는 뜻임. 침략한 포로를 잡아 올 수 없기에 심지어 보배로운 칼조차도 서풍에 운다고 표현한 것임./天骄种: 침입한 오랑캐를 말함./恨登山临水구: 영웅은 불우하고 장엄하고 숭고한 뜻을 보답하기 어렵다는 것을 말함./桐: 오동나무로 만든 거문고를 말함.

160. 〈感皇恩〉, 贺铸

兰芷满汀洲, 游丝横路. 罗袜尘生步迎顾,
整鬟颦黛, 脉脉两情难语. 细风吹柳絮,
人南渡.

回首旧游, 山无重数. 花底深,
朱户何处? 半黄梅子, 向晚一帘疏雨.
断魂分付与, 春将去.

난초와 지초는 강가에 가득하고
길에는 가물가물 아지랑이 피어나고
비단버선 먼지내며 사뿐사뿐 걸었다
이리 갔다 저리 갔다 서성이면서
머리도 매만지고 눈썹도 찌푸리니
둘 사이의 깊은 정은 말로 표현할 수 없도다
바람이 산들 불어 버들솜은 휘날리고
사람은 남쪽으로 강을 건넜다

옛날에 놀던 곳을 되돌아보니
겹겹이 산들이 가로 막혀서
꽃나무 밑 붉은 문 달린 그 집이
어디에 있는지 알 수가 없네
매실이 누르스름 익어가는 계절에
저녁 무렵 성긴 비가 주렴에 들이친다
아찔한 이 마음을

떠나가는 저 봄에게 나눠 줬으면

罗袜尘生: 조식의 〈洛神赋〉에 보임./脉脉两情难语: 이 사이에는 특별한 恨이 서려 있음.

淡妆多态, 更的的,
频回眄睐. 便认得琴心先许,
欲绾合欢双带. 记画堂,
风月逢迎, 轻颦浅笑娇无奈.
向睡鸭炉边, 翔鸳屏里,
羞把香罗暗解.

自过了烧灯后,
都不见踏青挑菜. 几回凭双燕,
丁宁深意, 往来却恨重帘碍.
约何时再, 正春浓酒困,
人闲昼永无聊赖. 厌厌睡起,
犹有花梢日在.

옅은 화장 온갖 자태
더욱이 맑은 눈으로 빈번히 나를 돌아보았다
거문고에 담긴 마음 알아채곤 서로를 허락하여
한 쌍의 합환대를 매어 잇고자 했다
기억하거니와 화려한 집에서 바람과 달을 맞으며
가볍게 찌푸리고 미소 지으니 더없이 아름다웠다
잠든 오리 모양의 화롯가
원앙 나르는 병풍 안
수줍어 향기로운 비단 띠를 몰래 끌렀지

등불 밝았던 대보름이 지난 후에
답청절에도 도채절에도 못 보고 말아
몇 번이나 한 쌍의 제비에게
내 속마음 전해 주길 거듭 부탁하겠지만
오가는 길 한스럽게도 겹겹의 주름으로 막혔으니
다시 만날 날 어찌 기약할까?
봄이 짙은 지금 술에 취한다
할 일은 없고 낮은 긴데 마음을 의탁할 곳 없어
몽롱하게 잠에서 깨어나니
해는 아직 꽃가지 곁에 걸려 있구나

的的: 분명히 보다. 빛나다./眄睐: 눈을 옆으로 곁눈질하다. 응시하는 모양./琴心: 사마상여가 탁문군의 외모에 반해서 남몰래 야밤에 도주한 고사를 사용했다./绾: 매다. 연결하다./合欢: 남녀 간 잠자리를 같이하다. 섹스하다./画堂: 화려하고 부귀기 넘치는 집./烧灯: 송대 원소절날 등불을 켰다. 송대 사람들은 앞 다투어 등불을 들고 성을 나가서 남녀 간 서로 짝을 찾으며 즐겼다고 함./踏青: 고대 답청절은 2월 2일 혹은 3월 2일이다. 청은 푸른 풀이고, 답청은 봄에 노닌다는 뜻임./挑菜: 도채절로, 마음에 드는 이성을 고른다는 뜻임. 이 두 날에는 남녀 간 서로 어울려 놀면서 마음에 드는 이성을 골랐다고 함./丁宁: 신신당부하다. 재삼 부탁하다. '叮咛'과 같다./厌厌: 싫어하다. 정신이 불안한 모양을 말함.

162. 〈小梅花〉, 贺铸

缚虎手, 悬河口,
车如鸡栖马如狗.
白纶巾, 扑黄尘,
不知我辈可是蓬蒿人?
衰兰送客咸阳道,
天若有情天亦老.
作雷颠, 不论钱,
谁问旗亭美酒斗十千?

酌大斗, 更为寿,
青鬓常青古无有.
笑嫣然, 舞翩然,
当垆素女十五语如弦.
遗音能记秋风曲,
事去千年犹恨促.
揽流光, 系扶桑,
争奈愁来一日却为长!

호랑이도 잡을 만한 힘센 손이요
경사진 강물처럼 거침없는 입이건만
수레는 닭둥지처럼 보잘것없고 말은 개처럼 조그맣다
야인의 흰색 두건을 쓰고
서울의 누런 먼지 일으키나니

모르겠다. 우리가 초야에 묻힌 사람 될 수 있을지
난초꽃 시들할 때 함양 길로 그대를 송별하고
하늘에게 정 있다면 하늘도 늙었을 것이다
뇌의처럼 짐짓 미치광이가 되어
돈일랑 따지지 말지니
누가 술집에서 술값을 묻는가?

큰 말만 한 술잔에다 술을 따르며
만수무강 빌지니
머리카락 늘 검기는 옛날부터 어려웠다
방긋방긋 미소짓고
너울너울 춤을 추는
십오 세 아가씨는 목소리가 바로 거문고 소리같네
<秋风辞> 옛 가사를 기억할 수 있거니와
천 년 지난 지금도 그날의 한이 새롭다
흐르는 시간을 잡아 두려면
부상에다 태양을 매어도 보련마는
근심 많은 사람에겐 하루도 너무 기니 어찌 할까나?

缚: 묶다. 잡다./鸡栖: 닭의 둥지. 닭의 서식지를 가리킨다./白纶巾: 오랑캐들이 쓰는 흰색 두건을 말함./黄尘: 누런 먼지를 가리킨다./蓬蒿人: 초원에 사는 사람. 초야에 묻혀 지내는 사람. 은둔자를 가리킴./衰兰: 난이 시들다./雷颠: 번개가 이마에 치다는 뜻임./酌: 퍼다. 따르다./大斗: 큰 국자/更为寿: 더욱더 장수하기를 바라다./青鬓: 검푸른 젊은이의 머리카락을 말함./舞翩然: 나부끼며 춤추는 모양을 말함./素女十五: 15세 소녀를 말함./光: 태양. 해/扶桑: 해가 지는 곳을 말함./争奈: 어찌 ~하겠는가?

163. 〈浣溪沙〉, 贺铸

不信芳春厌老人,
老人几度送馀春,
惜春行乐莫辞频.

巧笑艳歌皆我意,
恼花颠酒拼君瞠,
物情惟有醉中真.

아름다운 봄 노인을 싫어한다곤 믿지 않는다
노인에게 남은 봄 얼마나 될까?
봄을 아껴 갖은 행락을 사양하지 않는다

예쁜 웃음 아름다운 노래는 모두가 나의 뜻
꽃이 번뇌를 일으켜 술잔 기울이고, 그대 눈을 부릅뜬다 해도
사물에 대한 정은 오직 취중에만 진실이라네

恼花: 꽃을 보니 사람의 근심과 괴로움이 더한다는 뜻임./颠酒: 미친 듯이 술을 마시는
모양을 말함./瞠: 눈을 부릅뜨다.

164. 〈浣溪沙〉, 贺铸

楼角初消一缕霞,
淡黄杨柳暗栖鸦,
玉人和月摘梅花.

笑捻粉香归洞户,
更垂帘幕护窗纱,
东风寒似夜来些.

누각 모퉁이에 한 가닥 노을이 막 사라지고
연둣빛 버드나무 속에 까마귀가 깃들었는데
미인은 달빛 아래 매화가지 꺾는다

향긋한 가지 꺾어 웃으며 방으로 돌아와서
휘장을 내려 비단 창문을 감싼다
차가운 동풍이 밤에 들이닥칠 듯하구나

霞: 저녁놀./捻: 비틀다. 어루만지다./洞户: 규방의 문을 가리킴./些: 어말 어기사. 夔
峡 · 湘湖 지역 사람들이 금지하는 주문의 마지막 구에 모두 '些'자를 씀.

165. 〈石州慢〉, 贺铸

薄雨收寒, 斜照弄晴,
春意空阔. 长亭柳色才黄,
倚马何人先折? 烟横水漫,
映带几点归鸿, 平沙消尽龙黄雪.
犹记出关来, 恰如今时节.

将发, 画楼芳酒, 红泪清歌,
便成轻别. 回首经年,
杳杳音尘都绝. 欲知方寸,
共有几许新愁? 芭蕉不展丁香结.
憔悴一天涯, 两厌厌风月.

보슬비 막 지나가고
찬 기운 막 걷혔다
사양은 가느다란 하늘에 구름 한 점 없는 햇빛을 마구 흩어 뿜는데
춘의는 내 마음 속으로 흘러내리고
장정 위의 버드나무는 금방 누렇게 변한다
말을 탄 사람 뉘길래 먼저 꺾는가?
아지랑이는 수평선에 자욱이 퍼지고
돌아오는 기러기는 가까이서 서로 그림자를 비춘다
모래펄 위 변방의 눈은 시나브로 녹아 가는데
생각하니 관을 나설 때도
이런 시절이었지

관을 나서기 바로 전에
누대 위에서
술 마시며
노래하다가는
눈물 흘렸지!
그러던 중 눈 깜짝할 사이에
이별이라니
머리 돌려 생각하니
벌써 해는 바뀌고
소식은 까마득히 끊어졌구나!
마음속에 맺힌 한
얼마 만큼일까
수심이 얽혀서 퍼지지 않음은
라일락 꽃망울 같다고나 할까
지금은 너와 나 멀리 떨어져
하늘 끝 어디엔가 초췌해져 있다가
이런 경치 대하면 더욱 그러하리

龙黄: 변새 지역을 일컫는다. 서역의 백용퇴 사막./红泪: 피눈물을 흘리다./方寸: 마음.
마음의 노래(心曲)/芭蕉不展丁香结: 수심에 잠긴 눈썹이 퍼지지 않는다는 말임. 이상은
의 시에 "수심이 얽혀서 퍼지지 않음은 라일락 꽃망울 같다.(芭蕉展丁香结)"라는 구절
이 있음./丁香: 라일락 나무./丁香结: 꽃망울이 떨기로 난 것, 수심에 얽혀 풀어지지 않
음을 말함.

166. 〈天门谣〉 登采石蛾眉亭(채석산에 있는 아미정에 올라가다), 贺铸

牛渚天门险, 限南北,
七雄豪占. 清雾敛,
与闲人登览.

待月上潮平波滟滟,
塞管轻吹新阿滥. 风满槛,
历历数, 西州更点.

牛渚는 하늘로 통하는 험준한 곳
남북을 갈라놓아 칠웅이 서로 점령하려 했었지
이제는 안개 걷히고
한가한 사람 올라 보게 해 주네

달이 뜨자 물결 잔잔해져 달빛이 빛나고
변방의 피리 아람퇴새
새로운 노래를 가볍게 부니
난간 가득한 바람에 실려
서주성의 북소리 역력히 들린다

采石蛾眉亭: ≪輿地气胜≫에 "채석산 북쪽에 이르면 강가 자갈밭이 있는데, 이곳을 '采石', '牛渚'라고 불렀다. 그 위에는 아미정이 있다."라고 되어 있음./七雄豪占: 梁山은 춘추전국시대에 오나라 산림이 있는 땅이다. 春秋 昭 17년에 초나라는 오나라에 배를 타고 들어가 황제가 살 곳을 얻었다. 두 산 바위암벽이 있는 강이 서로 마주보며 수십 리에 있었는데, 큰 강이 매우 중요했다. 아래로 남조에 이르러, 전쟁을 할 때 나루터로 많이 사용되었음./灩灩: 물 위에 비치는 달빛을 말함./阿濫: 阿濫堆. 즉 노래 이름을 말함. 驪山에는 이름이 아람퇴라는 새가 있었는데, 당 현종이 그 소리를 노래로 만들었다. 그러자 사람들이 서로 앞 다투어 따라 배우고자 했다는 고사가 전함./西州: 西州城을 말함. 진나라 양주자사가 다스리던 곳으로, 江宁府 上元县에 있고, 채석산으로부터 85리나 떨어져 있다. 이 사이는 아득히 먼데 저 멀리 북소리가 들린다고 작자가 상상한 것임.

167. 〈天香〉, 贺铸

烟络横林, 山沉远照,
迤逦黄昏钟鼓. 烛映帘栊,
蛩催机杼, 共苦清秋风露.
不眠思妇, 齐应和, 几声砧杵.
惊动天涯倦宦, 骎骎岁华行暮.

当年酒狂自负, 谓东君,
以春相付. 流浪征骖北道,
客樯南浦, 幽恨无人晤语.
赖明月曾知旧游处,
好伴云来, 还将梦去.

연기는 수풀을 마구 휘감고
노을은 산 사이로 붉게 물든다
황혼녘 종소리는 원근으로 울려 퍼지는데
촛불빛 주막에서 새어나오고
귀뚜라미 사람을 재촉한다
겨울옷 어서 빨리 장만하라고
사람들은 가을바람 이슬을 두려워하지
그이 생각에 잠 못 드는 여인은
줄곧 들려오는 다듬이질 소리에 귀 기울인다
먼 타향에서 벼슬살이하는 나를 놀라게 하는 것은
세월의 빠름일까?

그해에 나는 술주정뱅이였음을 자부하며
봄을 영원히 내게 달라고 동군에게 청했지
말 타고 남방으로 유랑하고
배 타고 남방으로 가지만
누가 정말 내 마음을 알가?
그러나 다행인 것은 달이라도 내 지난 일 알아차리고
구름을 데리고 와 내 꿈 그곳에 보내 주었다

絡: 그물, 망태기./迤邐: 길게 뻗어 있다./蛩: 가을벌레/砧杵: 다듬잇돌과 방망이./駸駸: 말이 달리는 모양. 시간의 빠름을 나타냄./东君: 봄을 관장하는 신을 말함./驂: 한 필의 말/艣: 배를 뜻함.

168. 〈望湘人〉春思(봄날의 시름), 贺铸

厌莺声到枕, 花气动帘,
醉魂愁相半. 被惜余熏,
带剩惊眼, 几许伤春春晚.
泪竹痕鲜, 佩兰香老,
湘天浓暖. 记小江风月佳时,
屡约非烟游伴.

须信鸾弦易断,
奈云和再鼓, 曲中人远.
认罗袜无踪, 旧处弄波清浅.
青翰棹舣, 白苹洲畔,
尽日临皋飞观. 不解寄,
一字相思, 幸有归来双燕.

꾀꼬리 소리 귀 따갑게 베개에 이르고
꽃향기 휘장 안으로 들어간다
취한 혼 슬픔과 꿈이 반반인데
이불에 남은 내음 애석하다
허리띠 놀랍게도 구멍이 남으니
기우는 봄에 몇 번이나 마음을 상했던가?
대나무의 눈물 자국 아직도 새로운데
패옥띠의 난초 향기는 사라져간다
호남의 날씨 무척 따뜻하여

생각하면 작은 강가 경치 좋을 때
누차 비연과 약속하고 함께 노닐었다

모름지기 鸾弦 쉽게 끊어짐을 알아야 하니
운화를 다시 두드린다 해도
곡 중의 사람 멀리 갔음을 어찌할까?
비단 버선은 아무 자취도 남기지 않았고
옛날에 놀던 곳 물결 잠잠하다
푸른 배 올라타고 노 저어 가니
흰 마름 만발한 모래 섬 가에선
종일토록 물가의 높다란 누각 보인다
'相思'란 한마디 말 부칠 방법 몰랐는데
다행인지 한 쌍의 제비 돌아온다

剩眼: 파리하고 수척한 눈을 말함./泪竹: 堯임금에게는 두 명의 딸이 있었는데, 舜임금의 비가 되었다. 舜임금이 죽은 후, 둘째딸 酒가 대나무에 눈물을 흘렸다. 그러자 반점이 있는 대나무가 되었다는 고사임./非烟: 당나라 武公 业의 부인을 말함. 성은 步씨이다./鸾弦: 후세에까지 전해져 '续娶'를 '续胶' 혹은 '续弦'이라고 불렸다./认罗袜无踪, 旧处弄波清浅: 두 구는 조식의 〈洛神赋〉의 구절을 그대로 사용했음./青翰: 배를 뜻한다. 배에 새를 새기고, 푸른색을 칠했기 때문에 이렇게 불렀음./临皋飞观: 연못가에 있는 높은 정자를 말함.

169. 〈绿头鸭〉, 贺铸

玉人家, 画楼珠箔临津.
托微风彩箫流怨, 断肠马上曾闻.
宴堂开, 艳妆丛里, 调琴思,
认歌颦. 麝蜡烟浓, 玉莲漏短,
更衣不待酒初醺. 绣屏掩,
枕鸳相就, 香气渐暾暾.
回廊影, 疏钟淡月,
几许消魂?

翠钗分,
银笺封泪, 舞鞋从此生尘.
任兰舟, 载将离恨, 转南浦,
北西醺. 记取明年, 蔷薇谢后,
佳期应未误行云. 凤城远,
楚梅香嫩, 先寄一枝春.
青门外, 只凭芳草, 寻访郎君.

아름다운 그녀의 집
물가에 접해 있는 채색된 누각과 주렴
미풍에 실려오는 구슬픈 퉁소소리
말 위에서 들으니 애가 끊어진다
연회가 열려 여인들은 아름답게 치장하고
거문고 타는 중에 그녀의 노랫소리 알아듣고 찡그린다

사향 초 연기 짙고
옥련의 물시계 다 떨어져 가고
술이 훈훈히 취하기도 전에 옷을 바꿔 입는다
수놓은 병풍으로 가리고 원앙침 함께 놓으니
점차 향기가 차오른다
회랑의 그림자
이따금 들리는 종소리와 맑은 달빛은
얼마나 넋을 잃게 했던지

비취 비녀 나눈 후 은색편지 눈물과 함께 봉하고
춤 신발도 그로부터 먼지만 쌓였다
목란 배 타고 이별의 한을 싣고
남쪽 포구로 향하여 지는 해를 등진다
기억하거니와 내년에
장미가 작별을 고하면
아름다운 시절 떠가는 구름에 그르치지는 않겠지
장안의 봉성이 멀다지만
초땅의 매화 향기롭고 아름답다니
먼저 봄을 담은 가지 하나 부쳐주셨으면
청문 바깥으로는
오로지 향기로운 풀에 의지하여
낭군의 소식 찾았다

珠箔: 주렴. 발. 휘장을 말함./曖曖: 향기가 가득하다는 뜻임./醺: 해가 들어와 비스듬한 빛이 비치는 것을 뜻함./凤城: 옛날 장안에 '丹凤阙'이 있었다. 그래서 일컬어 장안을 '凤城'이라고 했음./青门: 장안의 성문을 말하는데, 邵平이 오이를 심은 곳임.

170. 〈橫塘路〉, 贺铸

凌波不过横塘路, 但目送,
芳尘去. 锦瑟年华谁与度?
月台花榭, 琐窗朱户,
只有春知处.

飞云冉冉蘅皋暮,
彩笔新题断肠句. 试问闲愁都几许?
一川烟草, 满城风絮, 梅子黄时雨.

고운 걸음 횡당 길에 건너오지 않아
그저 향기로운 종적만 눈으로 배웅한다
금슬의 꽃다운 시절 누구와 보낼까?
달빛 머금은 다리와 화원
꽃무늬 영창과 붉은 대문
오직 봄만이 그곳을 알고 있으리

나는 구름 뭉게뭉게 저물녘 두형초 우거진 물가에서
채색 붓으로 새로 적는 단장의 구절
공연한 근심 모두 얼마나 될까 물으신다면
평원 가득한 안개어린 풀들
온 성안에 날리는 버들솜과 같고
매실이 노랗게 익을 무렵 비만큼이랄까

凌波: 橫塘: 지명이다. 吳郡县에서 서남쪽으로 13리를 가면 횡당교가 있는데, 경치가 뛰어나다. 송대 하주의 별장이 여기에 있음./锦瑟年华: 당나라 이상은의 〈琴瑟〉시에 "금슬은 무단히도 오십 줄로 되어 있어, 한 줄 한 기러기 발마다 꽃다운 시절 생각하게 된다.(锦瑟无断五十弦, 一弦一柱思华年)"라고 되어 있음./蘅皋: 蘅皋: '蘅'은 족두리 풀을 말함. '皋'는 연못이라는 뜻임./一川: ≪诗词曲语辞汇释≫에는 "一川의 아지랑이 풀은, 마치 구름이 온 땅에 가득한 것과 같다."라고 되어 있음./梅子黄时雨: 강남에 매화가 누렇게 익을 무렵 보슬비가 지루하게 계속 내리는 것을 말함.

171. 〈采桑子〉, 吕本中

恨君不似江楼月,
南北东西.
南北东西,
只有相随无别离.

恨君却似江楼月,
暂满还亏.
暂满还亏,
待得团园是几时?

원망스럽구나 당신은 강가 누각 위의 달을 닮지 않았으니
남북동서 어디라도
남북동서 어디라도
오직 서로 쫓아 헤어지지 않는데

원망스럽구나! 당신은 도리어 강가 누각 위의 달을 닮았으니
잠깐 찼다가 또 이지러지고
잠깐 찼다가 또 이지러지고
둥글게 될 날은 언제인가

随: 따르다./暂: 잠깐, 잠시./亏: 부족하다. 모자라다. 기울다./团园: 둥글다. 가족이 흩어
졌다 다시 모이다.

172. 〈南歌子〉, 呂本中

驿路侵斜月,
溪桥度晓霜.
短篱残菊一枝黄,
正是乱山深处过重阳.

旅枕原无梦,
寒更每自长.
只言江左好风光,
不道中原归思转凄凉.

역로에 기운 달 차츰 가까워지고
시냇가의 다리에 새벽 서리 건넸네
나지막한 울타리에 남은 노란 국화 가지
바로 험한 산 깊은 곳에서 중양절을 보냈다

여관의 베개엔 원래 꿈결이 없으니
가을밤의 시계소리 매양 절로 길어지기만 하구나
다만 강동이 뛰어나다 말할 뿐
뜻밖에 중원 고향 돌아갈 생각 못 하니 더욱 처량하다

驿路侵斜月구: 작가가 아침저녁으로 겪는 여정의 고달픔을 묘사한 것임./溪桥: 시냇가의
다리./晓: 새벽./篱: 울타리./乱山: 여기저기 솟은 높낮이가 고르지 않은 산./寒更: 가을밤의
시계 소리./江左: 강의 동쪽. 보통 남동 지역을 가리킴./不道: 이치에 맞지 않다. 뜻밖에.

173. 〈忆王孙〉 春词(봄노래), 李重元

薆薆芳草忆王孙,
柳外楼高空断魂,
杜字声声不忍闻.
欲黄昏,
雨打梨花深闭门.

향기나는 풀이 무성하고 왕손이 기억나네
버드나무 밖 누각은 높고 부질없이 혼이 끊어졌다
두견새 우는 소리 차마 들을 수 없고
황혼녘이 되어 감에
비는 배꽃을 때리고 문은 깊이 잠겨 있다

薆薆: 풀이 무성한 모양./**芳草**: 향기 나는 풀./**王孙**: 제왕의 자손. 귀한 사람. 귀공자.
보통 놀러나가 돌아오지 않는 사람을 가리킴./**断魂**: 애간장이 끊어지다. 매우 슬프다./
杜字: 두견새의 다른 이름. 촉나라 望帝의 이름. 죽은 후에 그의 혼이 두견새가 되었다
는 고사에서 나왔음.

174. 〈满江红〉丁未九月南渡, 泊舟仪真江口作(정미년 9월에 남쪽으로 건너갔는데, 의진강 포구 어귀에서 정박하며 짓다), 赵鼎

惨结秋阴, 西风送 · 霏霏雨湿.
凄望眼, 征鸿几字, 暮投沙碛.
试问乡阙何处是? 水云浩荡迷南北.
但一抹寒青有无中, 遥山色.

天涯路,
江上客. 肠欲断, 头应白.
空搔首兴叹, 暮年离拆.
须信道消忧除是酒, 奈酒行有尽情无极.
便挽取长江入尊罍, 浇胸臆.

을씨년스러운 음침한 가을 날씨
서풍에 실려 축축한 가랑비가 부슬부슬 내린다
처량하게 바라보니
글자를 쓰면서 날아가던 기러기가
날 저물어 모래밭에 내려앉았다
묻나니 고향은 도대체 어디인가?
물과 구름 질펀하여 남북을 모르겠고
서늘한 푸르름 한 가닥만이 있는 듯 없는 듯 보이고
그것은 다름 아닌 먼 곳의 산빛이다

머나먼 타향 길
강가의 나그네
애간장이 끊기려 하고

머리가 틀림없이 희어졌겠지
공연히 머리 긁으며 한탄하고
만년에 고향 떠나 떠돌이가 되었다
근심을 씻는 데는 술뿐인 줄 알거니와
술에는 끝이 있고 근심은 끝없음을 어찌할까?
장강의 저 물이나 술잔으로 끌어넣어
답답한 이 가슴에 부어 볼까나

丁未: 이 사는 송나라 고종 建炎 元年(1127)에 지었다. 때는 금나라 군대가 남하하여, 북송이 멸망하였다. 당시 작가는 남도하여 배를 仪真(지금의 강소성 仪征시) 汉口에 정박했음./霏霏: 아주 어지럽게 날아가는 모양을 말함./征鸿: '一'자 혹은 '人'자 대열로 나란히 날아가는 기러기 떼를 말함./但一抹寒青有无中구: 왕유의 〈汉江临眺〉 시에 "산색이 있는 듯 없는 듯 보인다.(山色有无中)"라는 구절이 있음./须信道: 비록 안다고 할지라도, '须'는 비록이라는 뜻임./尊罍: 술잔. 술그릇을 말함.

175. 〈花心动〉, 赵鼎

江月初升, 听悲风,
萧瑟满山零叶. 夜久酒阑,
火冷灯清, 奈此际愁怀千结.
绿琴三叹朱弦绝, 与谁唱,
阳春白雪? 但遐想, 穷年坐对,
断编遗册. 西北欃枪未灭,
千万乡关, 梦遥吴越.
慨念少年, 横槊风流,
醉胆海涵天阔. 老来身世疏蓬底,
忍憔悴, 看人颜色.
更可似, 归欤枕流漱石.

강가의 밝은 달이 막 떠오를 즈음
구슬픈 바람소리 듣고 있으니
온 산에 낙엽이 우수수 떨어졌다
깊어가는 밤과 함께 주흥이 무르익을 때
불기운은 차갑고 등잔불은 맑은데
이쯤이면 근심 어린 회포가 가득하다
고상한 거문고는 현마저 끊어졌으니
누구와 노래할까!
<阳春白雪>을
다만 아득히 생각해 보니
평생토록 앉아서 마주보고 있었다

떨어진 책과 물려받은 책을

서북쪽의 혜성이 없어지지 않아서
수없이 많은 고향 산천 멀리하고
꿈속처럼 아득한 오나라와 월나라에서 지냈다
강개한 심정으로 젊은 시절 생각하니
횡으로 창을 놓고 시를 읊는 풍류가 있었고
취하면 담력이 바다처럼 깊고 하늘처럼 넓고
늘그막에 신세가 배 밑바닥처럼 사나워져
초췌함을 참아 이겨내고
남의 안색이나 살피고
차라리 돌아가서
시냇물로 양치질하고 돌을 베고 눕겠다

初升: 막 떠오른 달./萧瑟: 가을바람이 스산하게 부는 소리임./绿琴: 푸른색 거문고./朱
弦: 붉은색 거문고의 현을 말함./穷年: 한평생./断编遗册: 엮은 것이 끊어진 책과 물려
남겨준 책이라는 뜻임./欃枪: 혜성이 이르렀다는 뜻임./梦遥吴越: 꿈에서조차 오나라와
월나라가 아득히 멀다는 말임. 여기서 고향을 그리는 마음을 표현함./横槊: 가로로 창을
놓아둔다는 말임./胆: 담력./海涵: 바다처럼 깊다는 말임./天阔: 하늘처럼 광활하다, 넓
다./蓬底: 밑에 언저리를 떠돌아다니다. 여기서는 배의 밑바닥을 말함./看人颜色: 남의
얼굴빛을 살피다는 말임./枕流漱石: 돌을 베고 시냇물로 양치질한다는 뜻임.

176. 〈贺圣朝〉道中闻子规(길을 가다가 자고새 소리를 듣다), 赵鼎

征鞍南去天涯路,
青山无数.
更堪月下子规啼,
向深山深处.

凄然推枕,
难寻新梦,
忍听伊言语?
更阑人静一声声,
道不如归去.

말을 타고 남쪽으로 하늘 끝 길을 가니
청산이 수도 없이 겹겹이 에워쌌다
게다가 달빛 아래 두견이 우는 소리
깊은 산 깊은 곳으로 들려온다

처량한 마음으로 베개를 밀쳐놓아
새 꿈을 이루기가 이토록 어렵거늘
어찌 차마 너의 말을 들을 수가 있겠느냐?
밤 깊어 인적 드문데 한마디 한마디씩
돌아가고 싶다고 말한다

征鞍: 말 타고 전쟁터로 나간다는 말임./天涯路: 하늘 끝 길을 말함./青山: 푸른 산/更: 게다가. 뿐만 아니라./子规: 자고새/凄然: 쓸쓸한 모양/推枕: 베개를 밀어 올린다는 뜻임./忍: 차마./阑人: 문에 가로질러 사람의 출입을 가로막는 나무. 여기서는 인가가 없다는 뜻임.

177. 〈浪淘沙〉 九日会饮分得雁字(9월 9일 중양절에 모여 술 마시고 '雁'자로 분운해서 짓다), 赵鼎

霜露日凄凉, 北雁南翔.
惊风吹起不成行. 吊影苍波何限恨?
日暮天长.

为尔惜流光,
还是重阳. 故人何处舣危樯?
寄我相思千点泪, 直过潇湘.

서리와 이슬은 나날이 갈수록 차갑고
북쪽의 기러기는 남쪽으로 날아가는데
바람에 놀라서 줄도 짓지 못했다
푸른 물결 그림자 드리우고 한없이 한탄했겠지?
날은 저물고 하늘은 멀다고

너를 보며 세월을 아쉬워하더니
또다시 중양절이 찾아왔다
친구는 어디에다 높은 배를 대어놓고
애틋한 그리움으로 천 방울 눈물을 나에게 보내
곧바로 소상을 찾아가게 했는가?

霜露: 서리 맞은 이슬을 말함./凄凉: 처량하다. 구슬프다./北雁南翔: 북쪽에 있는 기러기가 남쪽으로 날갯짓하며 날아가는 모습임./惊风: 기러기가 바람에 놀라다는 뜻임./苍波: 푸른 물결을 말함./流光: 세월이 흘러가다. 시간이 유수와 같이 재빨리 흘러감을 안타까워한 것임./重阳: 음력 9월 9일의 중양절을 가리킴./潇湘: 소강과 상강으로, 두 강은 서로 합류되어 만난다는 뜻임.

178. 〈石州慢〉, 张元干

寒水依痕, 春意渐回,
沙际烟阔. 溪梅晴照生香,
冷蕊数枝争发. 天涯旧恨,
试看几许消魂? 长亭门外山重叠.
不尽眼中青, 是愁来时节.

情切, 画楼深闭, 想见东风,
暗消肌雪. 孤负枕前云雨,
尊前花月. 心期切处,
更有多少凄凉, 殷勤留在归时说.
到得再相逢, 恰经年离别.

차가운 물은 얼어붙었던 흔적 위로 흘러내리고
봄은 한 걸음 한 걸음 우리에게 다가와
푸른 아지랑이가 모래 언덕에 흐릿하게 가득 차 있다
시냇가의 매화는 맑고 그윽한 향기를 풍기고
새침한 꽃가지는 더욱 예뻐지고자 시샘한다
지금은 헤어져 멀리 있어도
옛날의 정분은
그 얼마나 우리의 마음을 움직였고
또 얼마나 우리의 마음을 낙담시켰던가?
장정 밖엔 산이 첩첩으로 싸여 있고
바라보고 또 바라봐도

그 푸르름 끝이 없는데
하물며 이런 시절에야
더더구나 우리 마음을 상심하게 한다

지금은 그 정감 더욱 간절해
깊이 잠긴 누대에
해마다 한 번씩 봄바람 불면
얼음 같은 피부가 다 닳아 없어질 듯
외로운 베개와 이불, 구름과 비의 정사
술잔과 꽃과 달의 풍광이
눈 깜짝할 사이에 과거의 일이 되었다
마음에 남아 있는 말 한마디는
돌아올 때 기다려 은근히 전하리
아직도 돌아올 그날까지는
일 년도 넘는 이별이라네

寒水依痕구: 이 구는 당나라 두보의 〈冬深〉 시의 "새벽노을은 그 무리의 그림자를 따르고, 차가운 물은 얼어붙었던 흔적 위로 흘러내린다.(早霞随类影, 寒水各依痕)"라는 구절을 인용한 것임. '痕'은 썰물 뒤 해안가 기슭에 남아 있는 조수의 흔적을 말함./画楼深闭구: 규방의 부인이 날마다 점점 쇠약해지고 메말라가는 것을 상상한 것임./肌雪: 눈같이 하얀 피부를 말함./枕前云雨: 부부가 서로 즐겁게 만나서 정을 나누는 것을 말하는 것임. 송옥의 ≪高唐赋≫에 "아침에는 구름을 만들고, 저녁에는 비되어 내린다. 아침저녁으로 阳台 아래에 머무른다.(旦为朝云, 暮为行雨. 朝朝暮暮, 阳台之下)"라고 되어 있음./心期: 두 사람이 서로 만나기로 한 약속을 의미함.

卷珠箔, 朝雨轻阴乍阁.
阑干外, 烟柳弄晴,
芳草侵阶映红药. 东风妒花恶,
吹落梢头嫩萼. 屏山掩,
沉水倦熏, 中酒心情怯杯勺.

寻思旧京洛, 正年少疏狂,
歌笑迷著. 障泥油壁催梳掠,
曾驰道同载, 上林携手,
灯夜初过早共约, 又争信飘泊.

寂寞, 念行乐. 甚粉淡衣襟,
音断弦索, 琼枝壁月春如昨.
怅别华表, 那回双鹤.
相思除是, 向醉里, 暂忘却.

주렴을 걷어 올리려니
아침에 오는 비가 막 멎어
하늘빛 약간 어두우나
난간 밖의 버들가지는
말쑥하게 나부낀다
방초는 뜰 안까지 뻗어와
빨간 작약과 어울려
번쩍번쩍 비치는데

봄바람은 꽃가지를 시샘하여
가지 위의 꽃술을 불어 떨어뜨린다
병풍으로 가리노라니
향기 내음 자꾸 불어 풍겨 와서는
권태롭게 한다
술에 빠진 사람의 심정
술잔만 보아도 겁이 난다

옛날의 서울 생각 더듬어보니
그때는 젊은 시절 거리낄 것 없었지
노래와 웃음에 정신을 잃었었고
말다래 단 말이 끄는 기름칠한 수레 안에서는 가인들의 몸단장이
한창이었지
우리 함께 수레 타고 어가를 달렸었고
손잡고 상림원을 거닐기도 했으며
대보름이 지나면 일찌감치 봄놀이도 약속했었는데
어찌 믿었으랴 지금처럼 이렇게 떠돌아다닐 줄을

적막하여 즐거웠을 때를 떠올려보고
옷소매의 지분도 가셔 버리고
거문고 현위의 음악소리도 끊겨져
그 아름답던 생활 모두가 한갓 어제 일처럼 지나가 버렸다
마치 화려하게 조각한 기로기발의 '두 마리 학' 고사처럼 감개에
젖는다
그리움이란 게 취하거나 잠들지 않고서야
어찌 잠시인들 잊을 수 있겠는가?

珠箔: 주렴./乍阁: 비로소 그치다./红药: 작약을 가리킴./屏山: 병풍./沉水: 향료./杯勺: 술잔./京洛: 변경과 낙양/障泥: 말의 안장을 말함./油壁: 수레 벽을 기름으로 칠하여 장식한 수레를 말함/驰道: 궁중 도로를 말함./上林: 관명임. 황제의 유람지를 뜻함./弦索: 악기./琼枝璧月: 아름다운 생활./双鹤: ≪续搜神记≫에 "성중의 사람들 옛날 그 사람들이 아닌 것 같네."라고 한 데서 유래됨.

180. 〈祝英台近〉, 张元干

枕霞红, 钗燕坠.
花露殢云鬟. 粉淡香残,
犹带宿醒睡. 画檐红日三竿,
慵窥鸾鉴, 长是倚,
春风无力.

又经岁.
玉腕条脱轻松, 羞郎见憔悴.
何事秋来, 容易又分袂.
可堪疏雨梧桐, 空阶背人处, 偷弹珠泪.

붉은 노을색 베개 베고
비녀를 두 갈래로 늘어뜨린 채
꽃이슬 구름 같은 쪽머리에 엉겨 있다
분가루는 흐릿하고 향기는 남아 있고
아직도 숙취로 잠자고 있다
단청 칠한 처마는 붉고 해는 한낮인데
난새 그려진 거울을 나른히 엿보면서
오래도록 의지하나
봄바람에 힘이 없다

또 한 해가 지나가니
옥 같은 팔의 팔찌는 느슨해진다
낭군에게 초췌함을 보이는 것 부끄럽다

무슨 일로 가을은 와서
쉽게 또 옷소매를 나누며 이별해야 하나
성긴 비가 오동나무에 내리고
빈 계단에 여치가 울어대는 것을 견딘다 해도
은밀한 곳에서
구슬 같은 눈물을 몰래 흘렸다

霞红: 붉은 노을을 가리킴./钗燕: 끝이 제비꼬리와 같은 비녀를 말함./坠: 떨어지다. 추락하다./云鬟: 구름머리./香残: 향기가 남아 있다는 말./醒睡: 숙취로 잠을 자다는 뜻임./画檐: 그림같이 화려한 단청의 치마를 말함./红日: 정오의 햇볕이 가장 뜨거운 때를 가리킴./慵窥: 게을리 살짝 엿본다는 뜻임./鸾鉴: 난새가 그려진 거울을 말한다. 보통 규방의 여인들의 화장거울을 의미함./倚: 의지하다. 기대다./玉腕: 윤기가 나는 옥 같은 팔찌를 말함./轻松: 느슨해지다. 팔목이 가늘어져서 팔찌가 헐렁하다는 말임./郎: 낭군. 임/憔悴: 초췌하다. 몰골이 형편없다./分袂: 이별하다. 헤어지다./可堪: 어찌 감히 ～하겠는가?/疏雨: 듬성듬성 내리는 비를 말함./阶: 계단. 섬돌./偷弹珠泪: 진주 같은 눈물을 몰래 뚝뚝 흘린다는 뜻임.

181. 〈贺新郎〉寄李伯纪丞相(승상 이강에게 붙이다), 张元干

曳杖危楼去, 斗垂天, 沧波万顷,
月流烟渚. 扫尽浮云风不定,
未放扁舟夜渡. 宿雁落, 寒芦深处.
怅望关河空吊影, 正人间, 鼻息鸣鼍鼓.
谁伴我, 醉中舞?

十年一梦扬州路.
倚高寒, 愁生故国, 气吞骄虏.
要斩楼兰三尺剑, 遗恨琵琶旧语. 谩暗涩,
铜华尘土. 唤取谪仙平章看, 过苕溪,
尚许垂纶否? 风浩荡, 欲飞举.

지팡이를 끌고 높은 누각에 오르니
북두칠성은 하늘에 드리웠고
강에는 만경의 푸른 물결 일고
달빛은 안개 낀 모래섬에 흐른다
구름을 다 쓸고도 바람은 멎지가 않아서
밤중에 배를 띄워 건너지 못했다
기러기는 땅으로 내려 앉아
차가운데 갈대 숲 깊숙한 데 잠들었다
참담한 심경으로 산천을 바라보며 부질없이 그림자를 위로하는데
세상 사람들은 북을 치듯 코를 골고
누가 나와 함께
취하여 춤을 출까?

양주에서 꿈꾸던 중원회복의 꿈을 십년 만에 다시금 되새겨 보며
높고 차가운 누각에 기대니
고국 생각에 근심이 일어나고
교만한 오랑캐를 삼켜버릴 기세로다
삼척의 검으로 누란왕의 목을 베어
왕소군의 비파처럼 천고에 한을 남기지 않으리라
쓰지 않는 보검은 거무튀튀 변색한 채
칼날에 녹이 슬고 먼지가 앉았다
이적선에 부탁하여 품평을 바라노니
초계를 지날 때 아직도 낚싯줄을 드리워도 괜찮은가?
거침없이 바람이 불어오니
이것을 타고 날아가고 싶다

寄李伯纪丞相: 李綱을 말하는 것으로, 字는 伯纪이다./曳: 끌다./危楼: 높은 누대./斗:
북두칠성./沧波: 푸른 녹색의 물결을 가리킴./顷: 100亩를 일컬음./烟渚: 물가의 안개가
자욱 낀 작은 모래톱을 말함./风不定: 바람이 그치지 않는다, 멈추지 않는다는 뜻임./扁
舟: 작은 배. 조각배를 말함./吊影: 형상과 그림자가 서로 조문하다. 고독함을 표시함./
鼍鼓: 악어가죽으로 만든 북을 말함./谁伴我2구: 이 두 구절은 동진 초에 祖逖과 刘琨
이 닭 울음소리를 듣고 춤을 추었다는 이야기를 인용했다. 이것은 중원 수복에 대한 강
한 의지를 나타낸 것으로 발분하여 떨쳐 일어난 것을 의미함./高寒: 높은 누각을 말함./
故国: 중원이 함락당해 빼앗긴 지역을 말함./骄虏: 금나라의 통치자를 가리킴./楼兰: 또
한 '鄯善'이라고도 부른다. 도성은 지금의 신강위구르자치구에 속함. 汉昭帝 때 누란왕
은 흉노와 결탁하여 수차례 하나라 사신을 죽였음./遗恨琵琶旧语구: 이 구는 왕소군이
전쟁에 나가서 화친한 고사를 말함. 당시의 통치자 계층을 향해서 금나라에 무릎을 굽
히며 항복한 것에 대한 불만을 나타냄./谩: '漫'과 같고, 잠시, 잠깐이라는 뜻임./铜华:
칼 위의 구리가 녹슨 것을 가리킴./谪仙: 이백이 지난날 贺知章을 만났다. 하지장이 이
백의 문장을 보고 감탄하여 그를 '하늘에서 내려온 신선'이라고 말했는데, 이후부터
'谪仙'이라고 부르게 되었음./平章: 문장을 평론한다는 뜻임./苕溪: 물이름. 지금의 절강

성 북부에 있는데, 근원은 天目山에서 나오고 太湖로 흘러 들어간다./垂纶: 낚싯줄을 드리우다./飞举: 바람을 타고 높이 날아올라, 웅대한 마음의 솟아오르는 것을 상상하여 쓴 것임. 어떤 판본에는 '轻举'라고 되어 있다.

182. 〈贺新郎〉 送胡邦衡待制赴新州(호전이 어제에서 신주로 부임감에 전송하다), 张元干

梦绕神州路. 怅秋风,
连营画角, 故宫离黍.
底事昆仑倾砥柱. 九地黄流乱注.
聚万落, 千村狐兔. 天意从来高难问,
况人情, 老易悲如许. 更南浦,
送君去.

凉生岸柳催残暑. 耿斜河,
疏星淡月, 断云微度.
万里江山知何处. 回首对床夜语.
雁不到, 书成谁与.
目尽青天怀今古, 肯儿曹,
恩怨相尔汝. 举大白, 听金缕.

꿈은 개봉 가는 길을 감도는데
가을바람 속에 연이어진 군영에 뿔피리 소리 들리고
옛 궁궐엔 기장만이 우거진 것이 슬프다
무슨 일로 곤륜산이 지주산을 기울여
중국 땅에 황하의 물을 쏟고
천만 촌락엔 여우, 토끼 모여들게 하였나?
고종의 뜻은 높아 여쭙기도 어려운데
하물며 인정도 늙으며 변하니 슬픔 호소하기 어렵다
더욱이 남쪽 포구에서 그대를 떠나보낸다

버드나무 드리운 언덕에 서늘함이 일어남은 더위를 재촉한다
환히 은하수 기우니
별은 성글고 달은 밝은데
조각구름 희미하게 지나간다
만 리 강산은 어디로 가는지 모르는데
고개 돌려 침상을 마주하여 한밤에 말하던 일 생각한다
기러기는 날아오르지 않으니
편지를 써서 누구에게 부칠까?
눈은 푸른 하늘 끝까지 이르러 옛날과 지금을 생각하나
어찌 어린아이들처럼 은혜와 원망을 말하겠는가
술잔을 들고
<金缕曲>을 들어 보자꾸나

胡邦衡: 남송 초기에 금나라에 항전을 주장한 이름난 신하 胡铨이 있었는데, 그의 자가 邦衡임./待制: 황제의 顾问官을 말함. 호전이 枢密院의 编修를 맡고 있을 때, 秦桧의 무리들이 금나라에 투항하는 정책을 반대했다가 新州(지금의 광동성 新兴县)로 폄적되어 갔음./神州: 여기서는 금나라 군대가 점령한 중원 지역을 가리킴./故宫离黍: 북송의 수도 汴京(지금의 하남 开封)의 궁전 안에는 이미 황량하고 처량하게 기장만 길게 자란 모습을 표현함./底事: 무엇 때문에. 어찌해서./九地: 온 땅, 사방 각지를 말한다./黄流乱注: 황하 강물이 범람하는 것을 불사르고 노략질하는 금나라 군대에 비유한 것임./落: 촌락. 시골 마을./狐兔: 금나라 군대를 뜻함./天意: 황제의 의도(뜻), 즉 무릎을 꿇고 금나라에 화친을 구한다는 뜻임./南浦: 诗词에서 흔히 사용되는 송별의 장소를 가리킴./耿: 밝게 빛나다. 비추다./斜河: 하늘의 은하수가 기울어서 비스듬하게 바뀌다. 즉 밤이 깊었다는 뜻임./对床夜语: 종전 원소절 밤에 서로 한가롭게 이야기하던 정경을 말함./儿曹恩怨: 어린 계집아이 사이의 사적인 일을 말함. 그대와 나 사이에 문제를 토론하는 것은 모두 국가의 큰일인데, 어찌 배려와 개인의 득실이 미칠 수 있겠는가?/大白: 술잔을 가리킴./金缕: <金缕曲>, <贺新郎> 사의 다른 이름임.

183. 〈卜算子〉, 张元干

风露湿行云,
沙水迷归艇.
卧看明河月满空,
斗挂苍山顶.

万古只青天,
多事悲人境.
起舞闻鸡酒未醒,
潮落秋江冷.

바람 불고 이슬 내려 구름이 축축한데
사수에는 귀향선이 길을 잃고 헤맨다
밝은 은하수를 누워서 바라보니 달빛은 허공에 차고
북두칠성은 푸르른 산꼭대기에 걸렸다

만고에 의연한 건 푸른 하늘뿐이요
이 세성엔 일이 많아 슬픔도 많다
일어나 춤을 추니 닭 우는 소리 들리는데 술은 아직도 깨지를 않고
밀물은 빠지고 가을 강은 서늘하다

沙水: 다른 이름으로 '沙溪'라고 부르기도 함. 闽江 상류에 근원하는 물줄기 중의 하나
임./明河: 은하./斗: 북두칠성을 말함./多事: 국가에 어려움이 많다는 것을 의미함./起舞
闻鸡: 晋나라 조정의 祖逖과 刘琨이 작은 관직을 맡고 있을 때 어느 날 같이 잠을 자
고 있었는데, 한밤중에 닭울음소리를 듣고, 바로 동시에 일어나 칼춤을 추었다. 나중에
두 사람은 모두 북벌하는 데 명장수가 되었음.

184. 〈贺新郎〉, 叶梦得

睡起流莺语, 掩苍苔房栊向晚,
乱红无数. 吹尽残花无人见,
惟有垂杨自舞. 渐暖霭,
初回轻暑, 宝扇重寻明月影,
暗尘侵, 上有乘鸾女.
惊旧恨, 遽如许.

江南梦断横江渚. 浪粘天,
葡萄涨绿, 半空烟雨.
无限楼前沧波意, 谁采颍花寄取?
但怅望, 兰舟容与,
万里云帆何时到? 送孤鸿,
目断千山阻. 谁为我, 唱金缕.

단잠 깨자 꾀꼬리 지저귀고
저녁 해질 무렵 집을 휘덮는다
파란 이끼는 사방에 가득 기어오르는데
거기에 또 무수히 날아다니는 꽃잎들
사람 그림자라고는 얼씬도 하지 않고
버들가지만 홀로 이리저리 나부낀다
여름이 되었나 보다
보배로운 부채를 흔들며 밝은 달과 옛 그림자를 다시 찾아볼까?
잠시 후 구름 그림자 가려지거든

몰래 천자의 수레를 타고 선녀를 만나보리라
생각하면 묵은 한은 빨리도 지나간다

이제 강남의 꿈 깨어보니
외로운 배 한 척이
제멋대로 물가에 떠 있다
흰 물결 하늘을 칠 듯하고
푸른 파도는 포돗빛같이 철썩이는데
하늘이 반쯤 안개로 자욱 깔리고
누대 앞에는 일망무제 유유한 푸른 파도
누가 부평초 한 송이 따서 보낼까?
슬프게 바라보니
목란선 한 척이 파도 위에서 이리저리 왔다 갔다 하고
머나 먼 만리길
한 척 경주는 언제나 오나
기러기 한 마리 멀리 가는 걸 보노라니
시선은 그만 뭇 산봉우리에 가려져 버리네
아 누가 불러주려나 <金缕曲> 한 가락을

房栊: 창살이 있는 집./葡萄涨绿: 포돗빛같이 이는 푸른 파도./容与: 편하고 유유자적하
다./金缕: 곡조 이름임.

185. 〈虞美人〉雨后, 同干誉, 才卿置酒来禽花下作(비온 후 간예와 재경은 술자리를 마련하여 숲속 사과나무꽃 아래서 짓다), 叶梦得

落花已作风前舞, 又送黄昏雨.
晓来庭院半残红, 惟有游丝,
千丈袅晴空.

殷勤花下同携手,
更尽杯中酒. 美人不用敛蛾眉,
我亦多情, 无奈酒阑时.

떨어진 꽃이 바람에 나부끼며
황혼에 가랑비를 몰고 온다
이른 새벽이면 정원의 반이나 지지 않고 남아있는 붉은 꽃을 뿌리고
버들가지만 높이 높이
맑은 하늘에 흔들리고 있다

우리들은 꽃 사이에서 떨어지기 싫어 두 손 마주잡고
잔의 술이 다 하도록 마셨지
미인아, 눈썹 찡그리지 마라
나 또한 다정다감하다네
지금 술 한창이고 사람들 헤어지는
이런 때에야 어쩔 수 없잖은가!

이 사는 휘종 宜和 초에 지은 것으로, 이때 작자는 知颖昌府로 있었음./干誉: 성은 许이고 이름은 亢宗이며 饶州(지금의 강서성 上饶) 사람이다. 휘종 政和년에 진사가 되었다. 저서로는 ≪行程录≫이 있다./才卿: 이름은 상세하지 않음./来禽: 즉 숲의 사과나

무를 말함. 다른 이름으로 '花红' 혹은 '沙果'라고도 함./游丝: 맑은 하늘에서 물결이 넘실거리듯 누에 벌레가 토해 낸 푸른 실을 말함. 여기서는 하늘에 하늘거리는 푸른 버들가지를 형용한 것임./酒阑: 술을 마시고 파할 때를 말함.

186. 〈燕山亭〉北行见杏花(북쪽으로 가다가 살구나무꽃을 보다), 赵佶

裁剪冰绡, 轻叠数重,
淡着胭脂匀注. 新样靓妆,
艳溢香融, 羞杀蕊珠宫女.
易得凋零, 更多少无情风雨?
愁苦, 问院落凄凉,
几番春暮?

凭寄离恨重重,
者双燕何曾会人言语?
天遥地远, 万水千山,
知他故宫何处? 怎不思量?
除梦里有时曾去. 无据,
和梦也新来不做.

새하얀 비단 마름하여
사뿐히 몇 겹을 접어서
가볍게 연지를 칠한 양
마치 새로운 유행의 화장이라도 하였는가?
한껏 예쁜 자태 향기 감돌아
예주궁의 선녀가 무색하겠다
그렇지만 이 꽃은 시들고야 말겠지
게다가 또 몇 번이고
모진 풍우를 겪어야 하겠지

아, 이 괴로움
대체 이 쓸쓸한 뜰 안에
또 몇 번이나 지는 봄을
보낸다는 말인가?

겹치고 겹친 이별의 서러움을
기별하고 싶지만
이 한 쌍의 제비가
인간의 언어를 어찌 알 수 있으랴?
멀고 먼 하늘 저 멀리
만 겹 산천을 넘어
고궁은 그 어디에 있을까?
어떻게 하면 생각이 아니 나게 할까?
꿈길에 몇 번이나 가 보았건만
이제는 다 틀렸네!
어이하여 요마적에 꿈에도 보이지 아니한단 말이냐?

사의 제목이 어떤 판본에는 〈见杏花作〉 또는 〈杏花〉라고 되어 있기도 함./冰绡: 생사로 짠 흰색 비단을 말함./匀注: 두루 퍼지다./新样: 새로운 스타일./靓妆: 아름다운 장식. 화장을 하다./艳溢: 광채가 사방에 비치다./香融: 향기가 사방으로 퍼지다. 이 구의 뜻은 향염함이 넘치고 향기가 감돈다는 말임./羞杀: '杀'은 지극함을 나타내는 접미사임./蕊珠宫女: 도교에 있어서 신선이 사는 궁전이다. 천상의 선녀도 杏花의 아름다움에 감히 비할 수 없다는 말임./更: 더욱./院落: 정원을 말함./愁苦: 고통./凭寄: 여기서는 편지를 보내다. 전갈을 보낸다는 뜻임./者: 이것이라는 뜻임./他: 어조사임./故宫: 작자가 옛날에 살았던 황궁을 말함./思量: 그리워하다. 생각나다./除: 뿐만 아니라. 또한/无据: 믿을 수 없다.

187. 〈虞美人〉 大光祖席, 醉中賦長短句(大光이 베푼 이별 자리에서 취중에 장단구를 짓다), 陈与义

张帆欲去仍搔首, 更醉君家酒.
吟诗日日待春风,
及至桃花开后却匆匆.

歌声频为行人咽, 记著尊前雪.
明朝酒醒大江流, 满载一般离恨向衡州.

돛을 펴고 떠나려다 머뭇거리며
다시 그대 집 술에 취했다
시 읊조리며 날마다 봄바람을 기다리다가
복숭아꽃이 피고 나자 이제 바빠진 발걸음

노랫소리는 자꾸 길 떠나는 이를 위해 흐느끼는데
술잔 앞 머리 희끗한 친구의 정을 가슴에 새겨둔다
내일 아침 술이 깨면 장강 흐르는 물에
온 배 가득 이별의 한을 싣고 형주를 바라볼 것이다

大光: 席益으로 자는 大光이고 낙양 사람이다. 일찍이 知郢州를 지냈고 소흥3년(1133) 參知政事를 지냈다. 그는 작자의 친구로 두 사람은 항상 시로써 창화하며 주고 받았음./祖席: 송별의 주연을 마련하다. 베풀다./搔首: 손으로 머리를 긁는다. 주저하고 망설이다. 여기서는 헤어지기 아쉬운 감정을 묘사하고 나타내고 있음./更: 게다가. 뿐만 아니라./君: 席大光을 가리킴./匆匆: 황급히. 재촉하여 몸을 빨리 움직이는 모양./歌声: 연회석에서 기녀들이 술을 권하며 노래 부르는 것임./雪: 여기서는 이러 저리 날아다니는 꽃을 가리킴./衡州: 지금의 호남성 衡阳으로 湘江 서쪽 기슭에 있음.

188. 〈临江仙〉 夜登小阁, 忆洛中旧游(밤중에 작은 누각에 올라 낙양에서 놀던 옛일을 회상하다), 陈与义

忆昔午桥桥上饮, 坐中多是豪英.
长沟流月去无声, 杏花疏影里,
吹笛到天明.

二十馀年如一梦,
此身虽在堪惊, 闲登小阁看新晴,
古今多少事渔唱起三更.

회상하노니 옛날 낙양의 오교 다리에서 술 마실 때
술자리엔 호탕한 영웅호걸들 많았다
긴 하천에 달이 소리 없이 흐른다
살구꽃 드문드문한 그림자 속에서
피리를 날이 새도록 불었다

이십여 년 한바탕 꿈같은 세월
이 몸 비록 살아 있으나 놀라울 따름이다
한가히 작은 누각에 올라 갓 비 갠 하늘을 바라본다
고금에 일은 얼마나 되었는가?
삼경에 들려오는 어부의 노래 속에 잠긴다

洛中: 지금의 하남성 洛阳으로, 북송시대의 西京을 가리킴. 어떤 판본에는 '吴中'으로 되어 있기도 한데, 틀린 것 같다./午桥: 다리 이름임./长沟流月去无声구: 긴 강물 속 달 그림자가 조금씩 조금씩 사라져가는 것을 묘사했음./此身虽在堪惊구: 어부가 부르는 노래를 듣고 감개가 일어났다는 말임.

189. 〈满江红〉, 岳飞

怒发冲寇, 凭阑处,
潇潇雨歇. 抬望眼,
仰天长啸, 壮怀激烈.
三十功名尘与土,
八千里路云和月.
莫等闲, 白了少年头,
空悲切.

靖康耻,
犹未雪, 臣子憾,
何时灭. 驾长车踏破,
贺兰山缺. 壮志饥餐胡虏肉,
笑谈渴饮匈奴血. 待从头,
收拾旧山河, 朝天阙.

들끓는 분노로 머리카락 곤두선 채
난간에 기대니 세찬 비가 멎었다
고개 들어 멀리 바라보며
하늘을 우러러 긴 휘파람 부노라니
웅장한 감회가 용솟음친다
삼십년 쌓은 공명 티끌처럼 변변찮고
팔천 리 쌓인 원정길에 궂은 날 어두운 밤을 가리지 않고 싸웠다
젊은 시절 등한하여 헛되이 보내고는

공연스레 슬픔에 빠지지 마라

정강의 치욕을
아직 설욕 못 했거늘
신하의 한이
언제나 없어지랴?
기다란 수레를 몰아
하란산이 닳도록 짓밟아 버리리라
장렬한 내 마음, 배고프면 오랑캐의 살을 베어 요기하고
담소하다 목마르면 흉노의 피를 마시리라
다시금 옛 산하를 수복하는 날
궁궐에서 황제를 알현할 그날까지

怒发: 분노가 극도에 달함을 말함./潇潇: 비바람이 쏟아지는 소리./靖康耻: 靖康은 송나라 钦宗의 연호이다. 이때에 금이 중원을 침략하여 휘종·흠종을 잡아갔는데, 이때의 치욕을 말한 것임./贺兰山: 금에게 함락당한 땅. 영하 지역 내에 있음./朝天阙: 궁궐의 문을 말함.

190. 〈满江红〉登黄鹤楼有感(황학루에 올라가니 감회가 일어나다), 岳飞

遥望中原, 荒烟外,
许多城郭. 想当年,
花遮柳护, 凤楼龙阁.
万岁山前珠翠绕, 蓬壶殿里笙歌作.
到而今, 铁骑满郊畿,
风尘恶.

兵安在, 膏锋锷,
民安在, 填沟壑. 叹江山如故,
千树寥落. 何日请缨提锐旅,
一鞭直渡清河洛? 却归来,
再续汉阳游, 骑黄鹤.

고개 들어 멀리 중원 땅을 바라보니
황량한 안개 너머 성곽이 허다하다
그 당시를 생각하니
꽃과 버들이 에워싸고 있었다
봉황무늬 용무늬의 아름다운 누각들을
만세산 앞에는 주옥과 비취가 줄지어 늘어서 있고
봉호전 안에는 생황소리 노랫소리가 끝없이 일어났다
지금은 서울 근교에 철갑기병이 가득하여
바람에 날리는 먼지도 고약하다

우리 병사는 어디에 있는가?

칼끝에 고혈을 바르고 있네
우리 백성은 어디에 있는가?
도랑과 골짜기를 메우고 있네
아 강산은 옛날 그대로인데
마을마다 적막하다
언제나 북벌의 허락을 얻어 튼튼한 군대를 이끌게 되랴
채찍질 한 번이면 곧바로 황하와 낙수를 건너련만
퇴각하고 돌아와 한양 유람 계속하며
황학이나 타는구나

이 사는 대략 紹興 4년(1134)에 지어졌다. 작자는 다시 襄阳 六州를 수복하여 节鄂州(지금의 호북성 무한)에 머물렀다./黃鶴樓: 옛터는 지금의 호북성 무한 蛇山의 黃鵠강 어귀에 남아 있다./凤楼龙阁: 황제가 거처하는 곳을 가리킴./万岁山: 일명 '艮岳'이라고 부르고, 송 徽宗 政和 7년(1117)에 지어지기 시작했다. 산 주위는 10여 리이고, 당의 객사에는 연못의 정자가 많았다. 사방 기이한 꽃과 나무와 돌이 모여 있고, 황제가 유람하며 노닐었음./蓬壶殿: 만세산 가운데에 있는 堂의 이름이다. '蓬壶'는 원래 고대 전설 속의 바다 위에 있는 신령스러운 산을 말함./畿: 수도에서 관리하는 지역(땅)을 말함./风尘: 풍진 세상. 더러운 속세를 말함./锋: 무기의 날카로운 끝부분을 말함./镫: 칼. 칼끝을 말함./沟壑: 물이 흐르는 도랑과 골짜기를 말함./请缨: 종군을 지원하다. 출정하기를 청구하다. '缨'은 끈. 포승을 의미함./清河洛: 황하와 낙수가 맑고 깨끗하게 하다는 말임. 즉 금나라 사람이 중원을 침략한 것을 쫓아 없앤다는 것을 비유한 것임./汉阳: 지금의 무한시 서부에 있는데 황학루 위에 올라가면 멀리 바라다 볼 수 있음./骑黃鶴: 선인이 학을 타고 간다는 고사를 인용했음.

191. 〈小重山〉, 岳飞

昨夜寒蛩不住鸣. 惊回千里梦,
已三更. 起来独自绕阶行.
人悄悄, 帘外月胧明.

白首为功名. 旧山松竹老,
阻归程. 欲将心事付瑶琴.
知音少, 弦断有谁听?

어젯밤 차가운 귀뚜라미 쉬지 않고 울어라
천 리 밖에 내닫던 꿈 놀라 깨니
밤은 이미 삼경일세
일어나 홀로 섬돌을 돌며 거닐고
사람은 조용히 잠들었는데
주렴 밖에 달은 영롱하여라

공명을 이루려고 머리만 세었어라
옛 산의 소나무와 대나무는 늙었고
돌아갈 길은 막혔어라
마음에 떠오르는 일들은 거문고에 실으려 해도
내 마음 알 이도 적은데다가
현도 끊어졌으니 누가 들어주겠는가?

蛩: 귀뚜라미./三更: 심야. 한밤중. 밤 11시에서 새벽 1시 사이를 가리킴./悄悄: 근심하
다. 걱정하다./胧明: 밝고 영롱한 달빛을 말함./白首: 흰머리가 되다. 머리가 세다./瑶琴:
아름다운 옥으로 장식된 거문고를 말함./知音: 자신을 알아주는 진정한 친구를 말함.

192. 〈长相思〉, 康与之

南高峰,
北高峰,
一片湖光烟霭中.
春来愁杀侬.

郎意浓,
妾意浓.
油壁车轻郎马骢,
相逢九里松.

남고봉, 북고봉
호수는 온통 안개 낀 아지랑이 속에 파묻혔는데
새봄이 찾아와 내 마음 설레게 한다

임은 정이 깊고, 내 마음 지극하여
나는 기름칠한 얼룩말 수레를 경쾌하게 타고 오다가
구리송 길가에서 서로 우연히 만났다

南高峰: 서호의 서남쪽에 있는 산임./北高峰: 남고봉의 북쪽에 있다. 이 두 산봉우리를 통칭하여 '구름을 찌르고 솟은 쌍봉'이라고 불렀는데, 서호의 이름난 명승지 중의 하나임./烟霭: 안개가 아지랑이처럼 피어오르는 모양을 말함./郎: 임. 사랑하는 이./浓: 짙다. 깊다./妾: 여자 자신을 낮추어 부를 때 사용함./油壁车: 고대 여자들이 타고 다니는 수레로, 보통 수레 벽에 기름칠을 했다는 데서 유래했음./马骢: 얼룩말을 말함./相逢: 서로 우연히 마주치다, 만나다는 뜻임./九里松: 당나라와 송나라 때에 灵隐寺(서호의 서쪽에 있는 절)로 통하는 길이 9리나 되어 그 사이에 소나무를 심었는데 그로부터 생겨난 이름임.

193. 〈卜算子〉, 严蕊

不是爱风尘, 似被前身误.
花落花开自有时,
总是东君主.

去也终须去, 住也如何住.
若得山花插满头,
莫问奴归处

더러운 속세를 좋아하는 것이 아니라
전생에 지은 업보 때문인 것 같다
꽃이 지고 피는 것은 때가 있는 법
언제나 봄의 신에 달려 있다

떠나야 한다면 끝내 떠나야지
머문다 한들 어찌 머물 수 있겠는가?
만약 들꽃을 머리 가득 꽂을 수 있다면
첩의 갈 곳은 묻지 마세요

严蕊: 周密의 《齐东野语·券二十》의 기록에 의하면 (1163前後 출생) 南宋의 여류 사인으로 字는 幼芳이고 天台(오늘날의 浙江 天台县)의 营妓이며 거문고와 바둑·가무·음악·서화에 뛰어났고 미모와 기예가 일시의 으뜸이었다. 朱熹의 가혹한 형벌하에서도 태주태수 唐仲友를 조금도 무고하지 않았으며 후에 岳霖(岳飞의 아들)에 의해 풀려났음./风尘: 기녀의 생애를 말함./前身: 전생. 불교의 언어임./东君: 봄을 주재하는 신을 말함./奴: 고대 여자를 낮춰서 부르는 말임.

194. 〈鹊桥仙〉, 严蕊

碧梧初出, 桂花才吐,
池上水花微谢. 穿针人在合欢楼,
正月露, 玉盘高泻.

蛛忙鹊懒, 耕慵织倦,
空做古今佳话. 人间刚道隔年期,
指天上, 方才隔夜.

벽오동 막 나오고
계수나무 꽃 바야흐로 터지며
못가에 연꽃이 조금 시들면
여인들 분명 환락루에 있는데
정월의 이슬
옥쟁반 높은 곳에서 쏟아진다

거미 바쁘고 까치 게으름 피울 때
밭 갈고 베 짜기 고단하여
공연히 고금의 미담을 만들었다
인간 세상은 마침 한 해 보낸다 하지만
천상에서는
비로소 하룻밤 보내는 것이네

碧梧: 푸른빛이 나는 오동나무를 말함./花微谢:꽃이 오그라들며 시든다는 뜻임./合欢楼:
누각이름으로 남녀 간의 애정을 나누는 누대라는 뜻에서 이름이 붙여졌음./玉盘高泻:
옥쟁반 높은 곳에서 쏟아진다는 말임./蛛忙鹊懒: 거미가 바쁘고 까치가 게으름을 피울
때를 말함./耕慵织倦: 밭을 갈고 베 짜는 것이 피곤하다는 말임.

195. 〈菩萨蛮〉, 魏夫人

红楼斜倚连溪曲,
楼前溪水凝寒玉.
荡漾木兰船,
船中人少年.

荷花娇欲语,
笑入鸳鸯浦.
波上暝烟低,
菱歌月下归.

붉은 누각에 비스듬히 기대어 계곡을 따라 굽어가면
누각 앞 계곡물엔 차가운 옥이 맺혀 있고
출렁이는 목란배
그 안에 젊은 소년이 있네

연꽃은 애교스레 속삭이듯 하고
웃음 지으며 원앙 포구에 들어서니
물결 위로 어두운 안개 내리 깔려
채능가 부르며 달빛 아래 돌아간다

溪曲: 계곡물이 굽이쳐서 바뀌는 곳을 말함./木兰船: 임방의 ≪述异记≫에서 이르길 심양 九里洲에는 목란이 많은데, 鲁班이 일찍이 목란을 깎아서 배를 만들었다. 시인들이 일컬어 '목란배'라고 하였음./鸳鸯浦: 원앙새의 서식지이고 휴식하는 물가를 말함. 남녀들이 몰래 만나서 사랑을 속삭이는 장소를 말함.

196. 〈菩萨蛮〉, 魏夫人

溪山掩映斜阳里,
楼台影动鸳鸯起.
隔岸两三家,
出墙红杏花.

绿杨堤下路,
早晚溪边去.
三见柳绵飞,
离人犹未归.

계산에 은은히 석양 안에 비쳐
누대 그림자 움직이니 원앙이 날아오른다
건너편 언덕의 두세 집엔
담 너머로 붉은 살구꽃이 나와 있다

푸른 버들의 뚝 아랫길
아침저녁으로 시냇가에 나가보지만
세 번이나 버들솜 날리는 것 보았는데도
떠나간 사람 아직 돌아올 줄 모르는구나!

三见柳绵飞: 버들솜이 바람에 이리저리 날리는 것을 말한다. 매년 해질 무렵 봄이 되면 양류버드나무의 버들솜이 날린다. '三见'은 이미 삼 년이 지났다는 뜻임./离人: 작자의 남편 曾布를 가리킨다. 전하는 말에 의하면 증포는 벼슬하러 밖으로 나간 지 3년이 되었는데도 돌아오지 않았다. 위부인은 남편을 그리워하여 이 사를 지은 것임.

197. 〈念奴娇〉, 黄中辅

炎精中否? 叹人材委靡,
都无英雄. 胡马长驱三犯阙,
谁作长城坚壁? 万眷奔腾,
两宫幽陷, 此恨何时雪?
草庐三顾, 岂无高卧贤杰?

天意眷我中兴, 吾黄神武,
踵会孙周发. 河海封疆俱效顺,
狂虏何劳灰灭? 翠羽南巡,
叩阍无路, 徒有冲冠发.
孤忠耿耿, 剑鋩冷浸秋月.

화덕이 아직 건재하는가?
아! 인재가 귀해져
도무지 뛰어난 인물이 없구나!
오랑캐 말 오래 달려 세 번이나 대궐을 침범했는데
누구라 장성의 견고한 벽 만들려나
천하에 오랑캐가 제멋대로 날뛰고
두 황제가 적중에 빠져 있으니
이 원한 어느 때나 씻을 수 있으려나?
인재를 찾아서 삼고초려 한다면
숨어 사는 인걸이 어찌 없으리?

하늘이 우리의 중흥을 돌보아서

우리 황제 무예가 신묘하시고
후손이 뒤를 이어 피어나셨네
강과 바다와 같은 강토가 모두 순조로웠다면
오랑캐를 잡느라 힘들일 것 무엇이랴?
천자가 남쪽으로 순행하시나
문 두드려 들어갈 곳 더 이상 없고
머리카락만 곤두서서 갓을 찌르리
고독한 충신은 걱정에 잠겼는데
칼날에 싸늘하게 가을달이 스며든다

委靡: 맡길 이가 없음./胡马: 오랑캐의 말./驱: 몰다. 달리다./阙: 대궐. 궁궐./长城: 진나라 때의 만리장성을 말함./坚壁: 견고한 벽. 튼튼하고 내구성이 강한 벽./奔腾: 빨리 달려 올라가다./幽陷: 함정에 빠지다./何时: 언제./雪: 씻다./草庐三顾: 유비가 뛰어난 인재인 제갈량을 초빙하기 위해 세 번이나 그의 누추한 집을 방문했다는 고사를 인용한 것임./眷: 돌보다./神武: 무예가 매우 뛰어남./踵: 발꿈치. 쫓다./封疆: 변방을 봉토./效顺: 순조롭다./狂虏: 오랑캐(포로)를 미칠 듯이 잡다./翠羽: 비취색 깃털./南巡: 천자가 남쪽으로 순회를 돈다는 뜻임./叩阍: 궁문을 두드리다./冲冠发: 머리카락이 곤두서서 관을 찌르고 나온다는 뜻임./耿耿: 충성스러운 모양./剑铓冷浸: 칼날의 서슬이 시퍼렇게 쓰며든다는 뜻임.

198. 〈六么令〉 次韵和贺方回金陵怀古, 波阳席上作(하주의 금릉 회고에 차운하여, 파양의 연회에서 짓다), 李纲

长江千里, 烟淡云水阔,
歌沈玉树, 古寺空有疏锺发.
六代兴亡如梦, 苒苒惊时月.
兵戈凌灭, 豪华锁尽,
几见银蟾自圆缺.

潮落潮生波渺,
江树森如发. 谁念迁客归来,
老大伤名节. 纵使岁寒途远,
此志应难夺. 高楼谁没,
倚栏凝望, 独立渔翁满江雪.

천 리에 뻗은 장강
엷은 안개 속에 운수는 장활하다
<玉树后庭花>의 노래소리 사라지고
옛 절에서 띄엄띄엄 종소리가 들려온다
육조의 흥망은 꿈처럼 부질없이
쏜살같은 세월에 흠칫흠칫 놀란다
전쟁은 멎고
호화로운 생활도 사라졌지만
몇 번이나 보았던가? 은두꺼비 저절로 찼다가는 기욺을

조수는 드나들고 파도는 아득한데
강가의 나무는 머리처럼 빽빽이 늘어섰다

그 누가 생각하리 좌천한 이 몸이 돌아올 것을
나이가 들수록 명예와 절개를 못 이룸이 안타깝다
날씨는 차갑고 길은 멀다 할지라도
이 마음 빼앗기는 어려우리라
그 누가 세워 놓은 높다란 누각인가
난간에 기대어 뚫어지게 바라보니
눈 덮인 강가에 한명의 어부가 홀로 서 있다

歌沈: 노랫소리가 무겁고 적막하다./玉树: 남조 진후주가 지은 〈玉树后庭花〉곡을 말함./疏锺: 드문드문 나는 종소리를 말함./六代: 吴, 东晋, 宋, 齐, 梁, 陈 6개의 나라이다. 차례로 金陵(현재의 남경)에 수도를 정했음./苒苒: 세월이 흐르는 물과 같음을 형용한 말임./时月: 세월이 흐르는 물처럼 빨리 흘러가 버린 것을 탄식한 것임./兵戈凌灭: 전쟁의 흔적은 이미 없어졌다. 여기서는 병기로써 전쟁을 비유했음./银蟾: 달빛을 말함./森: 무성하다. 빽빽하다./迁客: 폄적되어 먼 길을 떠나가는 나그네를 말하는데, 여기서는 바로 작가 자신을 가리킴./名节: 명예와 절조를 지키다./岁寒: 여기서는 열악한 환경 혹은 잔혹한 타격을 가리킨다. 옛날 사람들은 한해가 추워져 봐야 비로소 松柏의 정절을 경험할 수 있다고 여겼음./途远: 여기서는 목적지가 아주 먼 것을 말함./夺: 원래의 뜻을 바꾸다. ≪论语·子罕≫에 "평범한 유부남은 뜻을 빼앗지 않는다.(匹夫不可夺志也)"라는 구절이 있다./独立渔翁满江雪: 늙은 어부가 눈바람 가운데에서 강에서 낚시를 하고 있는 모습을 빌려서, 작자의 견고하고 강인한 전투정신을 비유하였다. 유종원의 〈江雪〉시에 "고독한 배에 도롱이 삿갓 쓴 노인, 홀로 눈 내린 차가운 강물에서 낚시질하네.(孤舟蓑笠翁, 独钓寒江雪)"라는 구절이 있음.

199. 〈永遇乐〉秋夜有感(가을밤 감회가 일어나서 짓다), 李纲

秋色方浓, 好天良夜,
风雨初霁. 缺月如钩,
微云半掩, 的烁星河碎.
爽来轩户, 凉生枕簟,
夜永悄然无寐. 起徘徊,
凭栏凝伫, 片时万情千意.

江湖倦客, 年来衰病,
坐叹岁华空逝, 新愁似锁,
谁是知心底? 五陵萧瑟凭
中原杳杳, 但有满襟清泪.
烛兰缸, 呼童取酒, 且图径醉.

바야흐로 가을빛 짙고
날도 맑은 좋은 밤
이제 방금 비바람도 갰다
갈고리 같은 조각달은
엷은 구름에 절반쯤 가렸는데
환히 빛나는 은하수를 부서졌다
처마와 지게문에 상쾌함이 찾아오고
베개와 대자리에 서늘함이 생기는데
기나긴 밤 고요해 잠 못 이룬다
일어나 배회한다

난간에 기대어 가만히 서 있으니
일시에 온갖 생각이 주마등처럼 지나간다

강호의 지친 나그네
여러 해 병들고 쇠약하여
헛되이 지나가는 세월만 한탄한다
지나간 일들은 티끌이 되고
새로운 근심은 사슬 같은데
내 마음 깊은 곳을 누가 알아줄까?
오릉은 소슬하고
중원은 아득한데
옷깃에는 눈물만 가득히 배어들었다
등잔에다 촛불을 밝혀 놓고
아이를 불러서 술을 가져오게 하여
또 한바탕 취하기를 꾀해 보자.

方浓: 바야흐로 한창 가을빛이 농후하다, 짙다는 뜻임./初霁: 막 날씨가 갰다./钩: 갈고리./轩户: 처마와 지게문을 말함./枕簟: 베개와 대자리를 말함./悄然: 근심하는 모양을 말함./徘徊: 배회하다. 이리저리 왔다 갔다 한다는 뜻임./凭栏凝伫: 난간에 기대어서 멍하니 오랫동안 서성인다는 말임./千意: 수만 가지 생각이 주마등처럼 스쳐 지나간다는 뜻임./倦客: 피곤한 객. 집 떠나 객지에서 이리저리 유랑하는 나그네로, 즉 작가 자신을 비유한 것임./新愁似锁: 새로운 근심이 마치 쇠사슬과 같다. 즉 근심으로 인해 고통받는 모습을 비유한 것임./五陵: 기방이 즐비해 있는 장안의 중심 번화가를 말한다. 많은 귀족 자제들이 이곳에 나와 기녀들과 노래 부르고 술 마시며 노닐었던 곳으로 유명함./杳杳: 아득하다. 어둡다./径醉: 곧 한바탕 취하다. 바로 맘껏 곤드레만드레 취해 인사불성이 된다는 뜻임.

200. 〈六州歌头〉, 张孝祥

长淮望断, 关塞莽然平.
征尘暗, 霜风劲, 悄边声.
黯消凝, 追想当年事,
殆天数, 非人力, 洙泗上,
弦歌地, 亦膻腥. 隔水毡乡,
落日牛羊下, 区脱纵横.
看名王宵猎, 骑火一川明,
笳鼓悲鸣, 遣人惊.

念腰间箭,
匣中剑, 空埃蠹, 竟何成!
时易失, 心徒壮, 岁将零,
渺神京. 干羽方怀远, 静烽燧,
且休兵. 冠盖使, 纷驰骛,
若为情. 闻道中原遗老,
常南望, 翠葆霓旌.
使行人到此, 忠愤气填膺, 有泪如倾.

기나긴 회하를 아득히 바라보고
변새의 평원에 초목이 우거졌다
전쟁 먼지 자욱하고
서릿바람 싸늘한데
주위는 소리 없이 적막 속에 싸여 있어

나도 몰래 어느 사이 넋을 잃었다
금나라 군대가 침략하던 그때를 생각하면
아마도 천운이지
인력은 아닐 것이다
洙水와 泗水 언덕
거문고 타고 노래하던 교화의 땅에도
지금은 누린내가 코를 찌른다
강 건너 오랑캐 땅엔
석양에 소와 양이 산에서 내려오고
적군의 초소가 여기저기 흩어졌다
적장이 밤중에 사냥하는 모습 보니
기마대의 햇불이 온 시내를 비춘다
호드기소리 북소리 구슬프게 울려서
듣는 이의 가슴을 놀라게 한다

허리춤의 화살과
칼집 속의 칼을 보니
헛되이 먼지 않고 좀마저 쓸었으나
도대체 무슨 일을 이루겠는가!
시간은 잃기 쉬운데
쓸데없이 마음만 비장할 뿐
해는 또 저물어 가건만
서울은 아득히 멀기만 하다
干舞와 羽舞로 바야흐로 먼 곳을 회유하여
봉화가 잠잠하고
잠시 전쟁이 멎었다
관을 쓰고 수레를 탄 화의의 사신이
어지러이 달려가거늘

아아! 내 마음 어이 하리오?
들자 하니 중원에 남아 있는 노인들은
언제나 행차가 돌아오길 기다린다
나그네 여기에 이르면
충의와 분개가 가슴에 북받치어
눈물이 비 오듯 주룩주룩 쏟아진다

長淮: 淮河를 말함./莽然: 수풀이 울창하여 빽빽한 모양을 말함./征尘: 길가에 나부끼는 먼지를 가리킴./关塞: 험한 변새 지역을 말함./莽然: 초목이 무성한 모양을 말함./悄边声: 변새에서 울려오는 소리만 들린다. 저항을 포기했다는 뜻임./黯消凝: 맥이 빠져 정신이 나간 것 같다./当年事: 중원이 함락된 사실을 가리킴./洙泗: 주수와 사수를 말함./膻腥: 짐승의 냄새. 누린내./毡乡: 산동 일대. 이미 금나라 사람의 손에 함락되어 들어갔다. 회수를 사이에 둔 그 북쪽 낭떠러지는 금나라를 가리킴./落日牛羊下: 황혼녘 풍경을 묘사했다. 금나라 사람의 유목생활을 묘사한 것임./区: 흉노의 척후들이 사는 土室을 말함./名王: 금나라 군대의 우두머리를 말함./名王: 금나라 군대의 장수를 말함./宵猎: 야간 사냥을 말함./空埃蠹: 헛되이 먼지만 쌓이고 좀이 생기다. 무기를 방치한 지 오래되었다는 뜻임./烽燧: 고대 높은 누대에 봉화에 불을 지펴서 경보의 신호를 만들었음./冠盖使: 금나라와 화친을 하기 위해 보낸 사신을 가리킴. '冠盖'는 관복과 수레 덮개를 말함./驰骛: 분주히 바삐 달린다는 뜻임./翠葆: 천자의 깃발을 비취색 깃틀로 장식하다./霓旌: 의장의 일종으로 깃털옷으로 오채색을 물들였다. 기상이 무지개와 가다. 즉 황제의 군대 수레를 가리킴./气填膺: 원망의 기가 가슴에 차다.

雪洗虏尘静, 风约楚云留.
何人为写悲壮, 吹角古城楼.
湖海平生豪气, 关塞如今风景,
剪烛看吴钩. 剩喜燃犀处,
骇浪与天浮.

忆当年,
周与谢, 富春秋. 小乔初嫁,
香囊未解, 勋业故优游.
赤壁矶头落照, 肥水桥边衰草,
渺渺唤人愁. 我欲乘风去, 击楫誓中流.

눈이 내려 오랑캐 먼지 깨끗이 씻어 주고
바람이 초지방의 구름을 묶어 놓네
누구라 비장한 이 심정을 그려 줄까?
옛날의 성루에서 뿔피리 소리 들려온다
호해에 묻혔어도 평생토록 호기는 변함이 없어
변새의 지금 풍경 옛날과 다르나니
촛불 심지 자르며 보검을 살펴본다
무소뿔에 불붙이던 채석기에서 승리를 실컷 기뻐하노라면
놀란 파도는 하늘에 닿겠지

옛날 일을 생각하면
삼국의 주유와 동진의 사현은

나이가 한창 젊었었지
주유에겐 이제 막 소교가 시집왔고
사현은 아직도 향주머니를 찼었으니
그들은 느긋하게 공적을 이루었지
적벽기에 비친 석양
비수 다리 가의 시들어진 풀이
아련히 나의 근심 자아낸다
바람을 타고 날아가고파
강 위에서 노를 치며 맹세하고파

사의 제목이 어떤 판본에는 '闻采石战胜'이라고 되어 있다. 采石矶는 안휘성 当涂 서북 牛渚山 아래에 툭 튀어나와 강 가운데 있음. 고종 소흥 31년(1161) 겨울에 노윤문이 군대를 이끌고 금나라 군대를 쳐서 궤멸하기 위해 채석기에 집결했음./虏尘: 금나라 군대를 말함. '尘'은 전쟁의 먼지를 말함./风约楚云留구: 초나라 구름이 바람에 막혀서 머물러 있는 것을 말함. 이때 작가는 抚州(지금의 강서에 속함)에서 아직 전선에 다다르지 못했다. 때문에 이렇게 비유한 것임./吹角: 호각을 불다. 군대의 기상나팔 소리를 말함./湖海平生豪气구: 삼국지의 陈登 전고를 인용했음./关塞如今风景구: 산과 강이 다르게 변했고, 또한 북방의 금나라 군대가 점령했다는 것을 가리킴./吴钩: 보배로운 칼의 이름이다. 전하는 말에 의하면 춘추시대 오왕이 사람을 명하여 만들게 했음./剩喜: 더욱 기쁘다./燃犀: 진나라 사람 温峤가 명을 받고 난을 평정했다. 牛渚矶에 이르러 강물 바닥에서 음악소리가 들렸다. 이내 무소뿔로 그것을 비춰보았는데 잠시 水族이 불에 의해 꺼지는 것을 보았다. 기이한 형상의 장면을 목격했다./周与谢: 삼국시대의 명장 주유를 말함. 34살의 나이에 적벽의 전쟁에서 조조의 대군을 물리쳤다. 동진의 명장수 谢玄은 41살 때 비수의 전쟁에서 前秦을 섬멸시켰음./小乔初嫁: 주유의 처를 가리킨다. 삼국시대 乔玄에게는 두 딸이 있었는데 모두 아름다웠다. 그래 大乔와 小乔라고 불렀음./香囊未解: 谢玄을 가리킴./勋业: 공적을 말함./赤壁: 옛날 적벽에서 전쟁을 하던 곳임. 지금의 호북성 蒲圻县 서북에 있다. 장강은 남쪽 암벽으로 흐르고, 북쪽 암벽은 조림이다. 삼국시대 주유가 조조의 대군을 이곳에서 물리친 것임./肥水: 비수를 말함. 안휘성 경내로 흘러가 寿县 일대를 경유한다. 동진 谢玄은 돌로 쳐서 前秦의 대군을 여기서 섬멸시켰음./欲乘: 바람을 타다./击楫誓中流: ≪晋书·祖逖传≫의 한 구절을 인용했음.

202. 〈念奴娇〉, 张孝祥

洞庭青草, 近中秋,
更无一点风色. 玉界琼田三万顷,
著我扁舟一叶. 素月分辉,
银河共影, 表里俱澄澈.
怡然心会, 妙处难与君说.

应念岭海经年, 孤光自照,
肝胆皆冰雪. 短发萧骚襟袖冷,
稳泛沧浪空阔. 尽挹西江,
细斟北斗, 万象为宾客.
扣舷独啸, 不知今夕何夕.

동정호와 청초호에
중추절은 다가오고
더구나 한 점의 바람도 없다
삼만 경의 넓디넓은 옥거울과 구슬밭에
나를 태운 일엽편주 외로이 떠있다
창백한 달님이 밝은 빛을 나눠주고
해맑은 은하수가 그림자를 드리우니
이 세상 구석구석 밝기도 하다
이런 경지 유연히 마음으로 깨달을 뿐
그대에게 오묘함을 설명하기 어렵다

영남에서 지낸 세월 응당 기억해야 하리
쓸쓸한 달빛은 자신을 비추고
간담은 빙설처럼 깨끗했다
듬성듬성 짧은 머리에 얇은 옷을 입은 지금
바다같이 광활한 호수에 평온하게 배를 띄웠다
서쪽에서 흘러온 장강 물로 술을 빚어
북두칠성 국자 삼아 그 술 조금 따르고
삼라만상 손님 삼아 함께 실컷 마시리라
뱃전을 두들기며 휘파람 홀로 부니
오늘 밤이 얼마나 즐거운지 모르겠다

洞庭青草: 호남성 남악 양현 서쪽에 있는 동정호와 청초호를 말한다. 서로 인접해 있다. 푸른 풀이 많아서 '青草湖'라고 불렀음./玉界琼田: 달빛이 희고 밝게 비치는 호수를 형용한 말임./孤光: 달빛./肝胆皆冰雪: 자신의 심지의 밝음을 표현한 말임./短发萧骚: 머리카락이 적어지다./沧浪空阔: 물과 하늘이 공활함을 말한 것임./萧骚: 희소하고 드물다. 성기다. 듬성듬성하다./尽挹西江: 서강의 물로 술을 만들고, 북두칠성을 술그릇으로 삼아 만물을 나의 손님으로 삼았다. 장효상의 참언으로 파직되어 동정호를 지나가면서 지었다./挹: 뜨다. 퍼다./北斗: 북두칠성./扣舷: 뱃전을 두드리다./嘯: 휘파람을 불다.

203. 〈西江月〉 题溧阳三塔寺(율양 삼탑사를 제목으로 삼다), 张孝祥

问讯湖边春色,
重来又是三年.
东风吹我过湖船,
杨柳丝丝拂面.

世路如今已惯,
此心到处悠然.
寒光亭下水连天,
飞起沙鸥一片.

호숫가 봄빛에 합장하나니
삼 년 만에 또다시 찾아왔노라
동풍은 불어와 나의 배를 지나가고
버들가지 실오르라기가 얼굴을 스친다

인생길 지금은 이미 몸에 배어서
이 마음 어디 가나 느긋하다
한광정 아래에는 수면이 하늘에 닿았는데
갈매기 한 무더기가 날아오른다

원래 이 사는 제목이 없었다. 왜냐하면 본래 注本에는 제목이 '洞庭', '三塔阻风', '题溧阳
三塔寺' 등으로 되어 있기 때문임./湖边: 이 호수는 강소성 溧阳县의 三塔湖를 가리킴./问
讯: 안부를 묻는다는 말임./世路如今己惯구: 벼슬살이 하면서 온갖 산전수전의 풍파를 다
거쳤기 때문에, 이미 세속에 익숙하다는 뜻임./寒光亭: 이 정자는 三塔寺 가운데에 있음.

204.〈好事近〉汴京赐宴，闻教坊乐有感(변경에서 연회를 베풀었는데, 교방의 음악을 듣고 감회가 일어나다), 韩元吉

凝碧旧池头，
一听管弦凄切.
多少梨园声在，
总不堪华发.

杏花无处避春愁，
也傍野烟发.
惟有御沟声断，
似知人呜咽.

그 옛날의 응벽지 가에 앉아서
악기 소리 들으니 처량하고 슬프다
이원의 노래는 아직 많이 남았건만
아무래도 흰 머리를 견딜 수가 없구나

살구꽃도 봄 근심을 피할 데 없어
들판의 안개 속에 피어 있다
지금은 막혀버린 대궐 안의 도랑만이
오열하는 내 마음 아는 듯 소리 없네

이 사는 송 효종 乾道 9년(1173) 봄에 당시 금나라의 수도 변경에서 썼음./教坊: 원래 송 조정에 속해 있었는데, 이후 금나라 사람을 위해 서비스하는 궁정 악단을 말함./凝碧旧池: 당나라 낙양 禁苑 안에 있다. 왕유가 菩提寺에 구속되어 있었음./梨园: 당 현종 때 희곡을 연습하던 곳이다. 이곳은 당시의 교방임./华发: 머리가 백발이 되다는 뜻임./御沟: 대궐 안으로 흐르던 수로가 막혔다는 뜻임.

205. 〈六州歌头〉桃花(복숭아꽃), 韩元吉

东风著急, 先上小桃叶.
红粉腻, 娇如醉, 依朱扉.
记年时, 隐映新妆面,
临水岸. 春将半, 云日暖,
斜桥转, 夹城西. 草软莎平,
跋马垂杨渡, 玉勤争嘶.
认蛾眉凝笑, 脸薄拂燕脂,
绣户曾窥, 恨依依.

共攜手处, 香如雾, 红随步,
怨春迟. 消瘦损, 凭谁问?
只花知, 泪空垂. 旧日堂前燕,
和烟雨, 又双飞. 人自老,
春长好, 梦佳期. 前度刘郎,
几许风流地, 花也应悲.
但茫茫暮霭, 目断武陵溪, 往事难追.

봄바람은 뜻이 있어
작은 복숭아 나뭇가지에 먼저 불고
연지와 분도 더욱 붉어 예쁜데
교태와 부끄럼 속에 곤드레만드레 취한 듯
빨간색 대문에 기대어 섰다
지난일 기억하면

은밀히 그녀 만나러 단장하고 왔었지
강 언덕을 사이에 두고
봄도 이미 절반이나 지나서
날씨 따사로울 때에
비스듬한 다리 돌아 건너
성 서쪽에 이르렀다
가느다란 여린 봄풀이
연약하게 푸르러가는 길로
나는 말을 달려 버드나무가 있는 포구에 이르니
말들도 다투어 울부짖고
그녀는 한층 여린 연지로 화장하고
보조개를 지으며 웃어 보인다
그 언젠가 그녀의 창가를 엿본 뒤부터
한 가닥 잊지 못할 감회에 젖곤 했었다

두 손 맞잡으니
향기는 안개처럼 감싸고
걸음마다 붉은 꽃이 온 땅에 날린다
아쉽게도 봄은 다가고
이제 몸도 여위었는데
위문할 이 누구인가
부질없이 흐르는 눈물
이 심사 꽃이나 알아줄까?
작년에 깃든 처마 끝의 새끼제비는
보슬비를 몰고 와서
쌍쌍이 날아오른다
사람이야 자꾸만 늙어가지만
봄날이야 길이길이 머물러 주어서

꿈속에서라도 아름다운 기약 누리게 해 주세요
전번의 유랑이 다시 돌아온다면
그 얼마나 달콤한 추억이겠니
꽃이여, 나 대신 슬퍼해 주렴
저녁노을 자욱 깔린 지금에
무릉계곡 끝까지 뚫어지게 바라봐도
지난 일이란 참으로 더듬기 어렵구나

小桃: 복숭아꽃의 일종으로 정월에 꽃이 피는데, 다른 종보다 비교적 일찍 핀다./朱扉: 문의 미칭임./年时: 당시. 그해./跋马: 말을 달리다. 부지런히 말 타고 달려 되돌아오게 한다는 뜻임./玉勤: 옥으로 만든 말재갈. 이것은 보통 말을 의미함./蛾眉: 여인의 눈썹으로 보통 여자를 비유함./燕脂: 담홍색의 휘장./绣户: 규방. 여자들이 거처하는 곳을 말함./香如雾: 복숭아꽃이 사람의 발걸음을 따라서 분분히 떨어진다는 뜻임./旧日堂前燕구: 유우석의 〈鸟衣巷〉 시에 '旧时王谢堂前燕'의 구에서 따왔음./刘郎: 유우석을 말함./茫茫: 아득하다. 물이 끝없이 펼쳐져 있다는 뜻임./武陵溪: 도연명의 무릉도원 고사를 인용한 것임.

206. 〈渔家傲〉 寄仲高(육승지에게 보내다), 陆游

东望山阴何处是?
往来一万三千里.
写得家书空满纸!
流清泪,
书回已是明年事.

寄语红桥桥下水,
扁舟何日寻兄弟?
行遍天涯真老亦!
愁无寐,
鬓丝几缕茶烟里.

동쪽을 바라보며
내 고향 산음은 어디인가?
헤아려보니 내 고향은 일만 삼천리
부질없이 편지 쓰니 종이에 가득하여
늙은이의 눈물 부질없이 흐른다
편지 답장 오려면
내년이나 이 맘 때

붉은 다리 아래로 흐르는 강물한테 물어본다
날 배 태워다가 형제 상봉하게 할 날은
언제쯤이냐고
하늘 끝까지 다니다 보니

늙음만 다가오고
가슴엔 시름 쌓여 잠 못 이루는 이 밤
차의 그윽한 향기만이
몇 가닥 남지 않은 성긴 백발 속으로
자욱하게 번져간다

仲高: 이름은 陆升之, 자는 仲高로 山阴 사람이다. 陆羽의 당형이다. 육우가 이 사를 사천에서 중고에게 부친 것임./山阴: 육우의 고향으로 소흥현에 있음./寄语: 말을 전하다는 뜻임./红桥: 무지개다리를 말함./鬓丝几缕茶烟里: 위 구는 차를 마시면서 한적한 생활을 하면서 시간을 보내다는 내용임./鬓丝: 살쩍머리 주변이 희끗희끗 백발이 되었다는 뜻임.

207. 〈秋波媚〉 七月十六日晚登高兴亭望长安南山(7월 16일 저녁 고흥정에 올라 장안 종남산을 바라보며), 陆游

秋到边城角声哀, 烽火照高台.
悲歌击筑, 凭高酹酒, 此兴悠哉!

多情谁似南山月, 特地暮云开.
灞桥烟柳, 曲江池馆, 应待人来.

가을되어 변방의 성에 이르니 뿔나팔 소리는 애달픈데
봉홧불은 높은 누대를 비추네
슬픈 노랫소리 筑을 타다가
높은 곳에 기대어 술을 부으니
이 흥취는 아득하구나

정이 많기는 누가 남산의 달만 하겠는가
특히 저녁 구름이 걷히었을 때
안개 자욱 낀 파교의 버드나무
곡강의 연못의 객사에서
반드시 사람 오기를 기다린다.

高台: '高兴亭'을 가리킴./烽火: 이곳은 전보를 치는 것으로 아무 일 없는 평상시의 봉홧불을 가리킴./筑: 거문고 비슷한 현악기로서 13현이다. 대로 쳐서 소리를 낸다. 강개한 음을 상징함./酹: 붓다. 술을 땅에 붓고 신에게 제사지내다. 술을 뿌리는 행위는 잃어버린 국토의 수복을 축원하는 것임./特地: 특별히. 일부러./灞桥: 동쪽 파수에 걸린 다리. 이별의 장소로서 버드나무 가지를 꺾어 이별을 표하였음./曲江: 연못 이름. 고적은 지금의 서안시 대남문 밖에 있고, 연못가에는 亭台楼阁이 있다. 이것은 당대 장안의 이름난 문인들이 가기와 더불어 주연을 베풀면서 노닐던 명승지임./应: 마땅히.

208. 〈夜游宫〉记梦寄师伯浑(꿈속에서 浑甫 부친 것을 적다), 陆游

雪晓清笳乱起, 梦游处,
不知何地, 铁骑无声望似水.
想关河, 雁门西, 青海际.

睡觉寒邓里, 漏声断,
月斜窗纸. 自许封侯在万里.
有谁知, 鬓虽残, 心未死.

눈 내리는 새벽, 맑은 피리 소리 어지러이 피어나고
꿈속에서 노닐던 곳 어디인지 모르겠다
철갑 두른 말 소리도 없이 바라보니 물과도 같았네
동관과 황하를 생각하며
안문관 서쪽
청해호 가를 떠올린다

차가운 등불 아래 잠에서 깨어나니
물시계 소리는 멎었고 달은 종이창에 비끼어 있다
스스로 만 리에 공을 세우고자 허락하나니
누가 알겠는가
귀밑머리 비록 쇠잔해도
마음은 죽지 않는다는 것을

师伯浑: 이름은 浑甫이고 사천성 眉山 사람이다. 작자의 친구이고 관직은 없고, 서예에

뛰어났다./清: 처량하게 맑다./笳: 오랑캐가 부는 피리. 중국고대 북방 소수민족이 부는 악기로, 여기서는 피리 소리를 가리킴./铁骑: 기병을 말함./关河: 관문의 변새 지역과 강가의 둑을 말함./雁门: 안문관으로 산서 대현에 있고, 이것은 도시 안에 있는 이름난 관문 중에 하나임./青海: 청해호로, 청해성 동북부에 있음./觉: 깨어나다./漏声断: 밤이 다 새려고 한다./封侯在万里: 班超의 고사를 사용했다. 반초는 동한시대의 이름난 장수이다. 젊어서는 뜻이 컸고, 붓을 던지고 전쟁에 참가하였다. 이후에 서역으로 종군하여 큰 공적을 쌓았다. 定远侯에 봉해졌다. 그는 외지에서 30여 년 지내면서 수도 낙양에 돌아왔을 때는 이미 71세였다. 얼마 안 되어 죽었음./鬓虽残, 心未死구: 이 구절은 금에 항거하고 나라를 되찾으려는 포부가 여전히 남아 있고, 신념이 바뀌지 않았음을 말한 것임.

209. 〈谢池春〉, 陆游

壮岁从戎, 曾是气吞残虏.
阵云高, 狼烽夜举.
朱颜青鬓, 拥雕戈西戍.
笑儒冠自来多误.

功名梦断,
却泛扁舟吴楚. 漫悲歌,
伤怀吊古. 烟波无际,
望秦关何处? 叹流年又成虚度.

젊은 시절 오랑캐를 좇아
기세는 잔악한 오랑캐를 삼킬 듯 했었지
구름은 높이 떠올랐고
봉화가 한밤중에 솟아올랐다
홍안의 검은 머리로
장식한 창을 껴안고 서쪽을 지키며
유생은 옛부터 문제가 많다고 비웃었다

공명을 세우고자 한 꿈은 깨어지고
되레 오나라와 초나라 사이에 조각배를 띄웠다
슬픈 노래 실컷 부르며
상심한 마음으로 옛일을 애도한다
안개 낀 강물은 끝이 없고
진나라 땅을 바라보나니 어디인가?

흐르는 세월 다시금 헛되이 지남을 탄식한다

壯岁从戎: 작자는 일찍이 송 효종 乾道 8년(1172), 48세 때에 王炎의 幕府로 들어와서 南郑에서 종군한 일을 가리킴./狼烽: 봉화불은 이리의 배설물을 연료로 사용한다. 밤에 불이 보이고, 낮에는 연기가 난다. 그 연기가 곧게 위로 올라가 바람이 불면 흩어지지 않는다. 그래서 멀리 있는 곳에서도 사람이 볼 수 있다. 고대 서로 간의 전달방식은 이와 같았음./朱颜青鬓: 얼굴은 붉고 윤기가 나고, 살쩍머리는 푸르고 검다. 이것은 사람의 나이가 젊다는 것을 의미함./拥雕戈구: '拥'은 보유하다. 가지다. 끌어안다. 인신되어 装备의 뜻임. '雕戈'는 조각된 꽃무늬가 있는 정밀한 긴 창을 말함./笑儒冠구: '儒冠'은 유생들이 머리에 쓰는 두건으로 문인의 신분을 표시하는 데 사용되었음./梦断: 꿈에서 깨어나다. 파멸에서 희망을 비유한 것임./吴楚: 보통 강남 지역을 말한다. 여기서는 작자의 고향인 山阴을 가리킴./漫: 헛되다. 쓸데없다. 부질없다./秦关: 전국시대 秦나라 函谷关을 말한다. 지금의 하남성 灵宝县 경내에 있음.

210. 〈诉衷情〉, 陆游

当年万里觅封候, 匹马戍梁州.
关河梦断何处? 尘暗旧貂裘.

胡未灭, 鬓先秋, 泪空流.
此生谁料, 心在天山, 身老沧洲!

당시에는 만 리에 벼슬을 찾아
한 필의 말을 타고 양주에서 군대생활을 했다
관하에서의 꿈 깨어나니 어디인가?
헤진 담비 갖옷엔 먼지만 가득하다

오랑캐는 아직 없어지지 않았는데
귀밑머리엔 먼저 가을서리 내리고
부질없이 눈물이 흐른다
이런 삶을 누가 짐작이나 했을까?
마을은 변새 지역인 天山에 있지만
몸은 늙어 창주에 있도다

觅封候: 봉건사회에서 봉후의 기회를 얻는 것을 말하는데 이후에 옛날 귀족들 가운데서 등급이 매우 높은 벼슬임./梁州: 양주는 오늘날 섬서성 한중시 일대를 말함./关河: 관문이 있는 변새 지역과 강가의 둑을 말함./梦断: 꿈에서 깨어나다./貂裘: 담비가죽으로 지은 군복을 말함./胡: 오랑캐로 옛날 한족들이 북방 민족을 통틀어 부르는 말이다. 여기서는 금나라를 가리킴./秋: 여기서는 머리카락이 허옇게 반백이 되었다는 것을 의미함./天山: 新疆위구르자치구의 북부에 위치해 있고, 汉·唐代에 걸쳐 서북의 경계 지점에 있었다. 여기서는 남송의 서북 경계를 가리키고 있음./沧洲: 滨水 지역으로, 은일하는 사람들이 사는 곳이다. 이곳은 소흥의 镜湖 주변이고, 작자가 여기에서 은일하고 있음을 가리킴.

211. 〈鹧鸪天〉, 陆游

家住苍烟落照间, 丝毫尘事不相关.
斟残玉瀣行穿竹, 卷罢黄庭卧看山.

贪啸傲, 任衰残, 不妨随处一开颜.
元知造物心肠别, 老却英雄似等闲!

집안 주인 되어 아침 안개 필 때부터 해질녘까지
조금도 속된 일에 상관하지 아니하였다
남은 좋은 술 따라다가 대나무 헤치며 갔다가
≪黄庭经≫을 다 읽고선 누워 산을 바라본다

휘파람 불고 거만해함을 탐내고
쇠하고 기력없어 그냥 내버려 두었다
처지 따라 얼굴 한번 펴는 것도 상관없으리니
이제야 알았네! 조물주의 마음이 떠나가서
늙어버린 영웅을 등한시해 버린 것을

玉瀣: 좋은 술을 말한다. 전설에 의하면 수나라 炀帝가 만들었는데 10년을 저장해도
그 맛이 변하지 않는다고 함./黄庭: ≪黄庭经≫으로 도가의 경전책이다. 그 내용은 주
로 도가의 养生의 道를 말하고 있음./啸傲: 휘파람을 거만하게 불고 아무런 구속이 없
다는 것을 말함. 습관적으로 은일생활을 이렇게 부른다. '啸'는 옛날 사람들 특유의 일
종의 서정방식으로 입으로 발성하여 마음의 서정을 펴 나갔다. 汉末 魏晋 시기에 자못
유행했다./'傲'는 사방 주위를 내려다본다는 의미로 맘대로 스스로 거처하고, 세속 예의
의 구속을 받지 않는 것을 말함./元: '原'과 통함./造物: 세상 사물을 만든 대자연의 주
재자인 조물주를 말함.

212. 〈鷓鴣天〉, 陆游

懒向青门学种瓜, 只将渔钓送年华.
双双新燕飞春岸, 片片轻鸥落晚沙.

歌缥缈, 橹呕哑, 酒如清露鲊如花.
逢人问道归何处, 笑指船儿此是家.

게으르게 청문에서 오이 심는 법을 배우고
고기만 잡으면서 한 해를 보냈다
쌍쌍의 새로 온 제비 봄 언덕을 날아가고
높게 날던 날렵한 갈매기 저물녘 모래톱으로 내려앉는다

노래소리는 아스라이 울려 퍼지고
노의 소리는 삐걱삐걱 거리고
술은 맑은 이슬과도 같고
생선 안주는 꽃같이 향기롭다
사람 만나 내 어디에서 돌아오는가 묻기에
웃으며 배를 가리키고 여기가 내 집이라 답하였다

青门种瓜: 邵平이 秦나라 때 东陵侯로 봉해졌다. 진나라가 망한 후 장안 청문 밖에서
은거했는데 오이를 심으며 살았다. 그 오이의 맛이 매우 달고 맛이 좋아서 '东陵瓜' 또
는 '青门瓜'라고 부르게 되었음./鲊: 红糟과 소금으로 절인 물고기, 즉 젓갈을 말함.

213. 〈卜算子〉咏梅(매화를 읊다), 陆游

驿外断桥边,
寂寞开无主.
已是黄昏独自愁,
更著风和雨.

无意苦争春,
一任群芳妒.
零落成泥碾作尘,
只有香如故.

역참 밖 끊어진 다리 가에
주인도 없이 적막하게 피었다
날은 이미 황혼이 되어 홀로 근심스러운데
비바람까지 불어온다

애써 봄을 다투려는 생각도 없이
무리지어 핀 꽃들의 질투도 그저 맡겨버린다
시들어 떨어지고 더렵혀져 밟히어 흙이 되더라도
향기만은 여전하다

驿外: 옛날 큰길가에 설치한 역참으로 쉬고 머무는 숙소(역참)를 말함./无主: 돌봐줄 사
람도 감상해 줄 사람도 없다는 말임./更著: 우연히 만나다. 더하여./群芳: 무리지어 있는
꽃./碾: 맷돌. 갈다. 눌러 부서지다.

214. 〈感皇恩〉, 陆游

小阁倚秋空, 下临江渚,
漠漠孤云未成雨. 数声新雁,
回首杜陵何处? 壮心空万里,
人谁许.

黄阁紫枢, 筑坛开府,
莫怕功名没人做. 如今熟计,
止有故乡归路, 石帆山脚下,
菱三亩.

작은 누각 가을 하늘에 기대어
아래로 강과 호수에 임해 있고
적막한 외로운 구름 아직 비가 되어 내리지 않는다
새로 날아든 기러기 몇 마디 울음소리에
고개 돌려보니 두릉은 어디에 있는가?
장사의 마음 만 리에 헛되나니
어느 누가 알아주겠는가

황각과 자추의 부서에 있으며
축단과 개부의 영예를 누리고 있는 이들이여
사람이 이룬 공명 사라짐을 두려워하지 마라
지금 곰곰이 헤아려 보면
고향으로 돌아가는 길만 있을 뿐이니
내 고향 산음의 석범산 아래엔

마름풀이 세 고랑이나 무성하다

小阁倚秋空2구: 작은 누각을 말한다. 당시 수도 동문 밖의 '望江楼' 위의 崇丽阁을 가리킨다. '阁'은 누대 위의 방을 말한다. 망강루는 촉나라의 명승지로, 锦江의 경계에 지어졌다. 그래서 '下临江渚'라고 했음./渚: 강가의 사주(모래톱)를 말함./新雁: 가을에 막 북방에서 날아오는 큰 기러기를 말함./杜陵: 지명으로 장안 동남에 있는데 원래는 '杜县'이라고 했다. 왜냐하면 한선제가 능묘를 여기에 지었기 때문에 개칭하여 '杜陵'이라고 했다. 두릉은 한 조대를 가리키는 지명이고, 한 조대를 가리키는 장안 역시 북방의 금나라에게 함락당한 지역을 가리킴./许: 찬성하다. 신임하다. 알아주다./黄阁紫枢: 재상과 추밀사를 가리킨다. 재상은 정치적 업무를 주로 담당하고, 추밀사는 군사적 업무를 주로 담당했는데, 이것은 문무관원 중 최고의 직무이다. 재상의 관서를 '黄阁'이라고 하고, 추밀사의 관서는 송대의 엄격한 복색 규정에 의해 모두 자주색 관복을 입었다. 때문에 '紫枢'라고 불리게 되었음./筑坛开府: '筑坛'은 한나라 고조 유방이 일찍이 坛台를 건축하여, 국가의 크고 중대한 기념행사를 거행했고, 韩信이 대장이 되어 절을 했다. '开府'는 막부를 만들어 벼슬아치를 초빙하여, 행정 관서를 만들었다. 여기서는 문신과 무장의 공적을 가리키는 것임./熟计: 심사숙고하다. 재삼 깊이 신중하게 생각하다./石帆山: 山阴(지금의 절강성 소흥시)의 성 동쪽 산에 외로운 돌이 하나 있는데 높이가 20여 장이나 되고 넓이는 8척이나 된다. 그것을 바라보면 마치 돛과 같기 때문에 이렇게 이름 붙여졌음.

215. 〈钗头凤〉, 陆游

红酥手, 黄縢酒.
满城春色宫墙柳. 东风恶,
欢情薄. 一怀愁绪,
几年离索. 错错错.

春如旧,
人空瘦. 泪痕红浥鲛绡透.
桃花落, 闲池阁. 山盟虽在,
锦书难托. 莫莫莫.

붉고 매끄러운 손, 황등주
온 성의 궁성 벽 버드나무엔 봄색 가득했었지
동풍은 싫고 즐거운 정은 엷기만 하니
한 번 근심을 품고서
몇 년을 헤어져 찾았던가
틀렸다 틀렸다 틀렸도다

봄은 예와 같건만 사람은 공연히 야위었고
눈물 흔적은 예쁜 얼굴을 적시고 손수건에 스며든다
복숭아꽃은 떨어지고 못 가 누각은 한가한데
산에서의 언약 비록 그대로이나
그리움 가득 비단에 쓴 글을 보내기가 어렵구나
끝났다 끝났다 끝났도다

钗头凤: 육유의 외종사촌 누이 唐婉과 혼인한 후 금술이 매우 좋았으나, 모친이 핍박하여 이혼한 것을 적었다. 이후에 唐婉은 재혼을 했고 육유 역시 다시 장가들었다. 1155년 봄에 沈园(지금의 绍兴市 禹迹寺)에서 유람하다가 당완을 만났는데 그녀가 정성스럽게 술과 안주로 후하게 접대하자 육유는 매우 슬퍼하면서 심원의 벽에 이 사를 적었음./酥: 부드럽고 윤이 나다./东风: 여기서는 육유의 애정 생활이 깨졌음을 비유한 것임./黄滕酒: 황봉주로서 일종의 관가에서 빚는 술을 말함./宫墙柳: 버드나무로써 당완을 비유한 것이다. 왜냐하면 당완이 이미 시집을 갔기 때문에 이때 만났어도 마치 궁안의 수양버들 같아 바라볼 수 있으나 가까이 갈 수는 없었다./欢情: 즐거운 감정, 남녀가 화합한 감정./薄: 엷다. 메마르다./绪: 기분. 정서./瘦: 메마르다. 수척하다. 야위다./浥: 축축하게 젖다./鲛绡: 전설 속의 인어가 짠 얇고 가벼운 비단. 여기서는 비단 손수건을 말함./透: 스며들다. 침투하다./山盟: 영원히 서로 사랑한다는 맹세를 말함./托: 부탁하다. 맡기다.

216. 〈钗头凤〉, 唐婉

世情薄, 人情恶,
雨送黄昏花易落.
晓风乾, 泪痕残,
欲笺心事, 独语斜栏.
难, 难, 难!

人成各,
今非昨, 病魂常似秋千索.
角声寒, 夜阑珊, 怕人寻问,
咽泪装欢. 瞒, 瞒, 瞒!

세상의 정은 야박하고
사람의 정은 악하다
비는 황혼에 몰래와 꽃을 쉬이 떨어뜨리고
새벽 바람에 눈물 마르면
그 자국만 남는다
마음속 근심 적으려다
혼잣말로 난간에 기댈 뿐
힘들고 힘들고 또 힘이 든다

사람은 제각각
어제와 오늘 다르거늘
병든 마음은 그네 끈처럼 길고
뿔피리소리 차갑게

밤 난간에 들려오고
누군가 찾아올까 두려워
목 메어 눈물 흘리며 기쁜 척
감추고 감추고 또 감춘다

薄: 깊지 않음을 말한다. 엷다. 냉혹하다./笺: 겉으로 드러내다. 토로하다. 자신의 마음을 토로할 상대가 없어 자문하고 있는 것임./病魂: 고통스러운 마음, 영혼. 여기서는 자신의 마음과 정신이 혼란스럽고 불안한 모습을 형용함./角: 호각/寒: 처량하다. 쓸쓸하다./阑珊: 장차 다하다./咽: '咽'자와 같고, '삼키다'는 뜻임.

217. 〈水龙吟〉, 陈亮

闹花深处楼台,
画帘半卷东风软.
春归翠陌, 平莎茸嫩,
垂杨金浅. 迟日催花,
淡云阁雨, 轻寒轻暖.
恨芳菲世界, 游人未赏,
都付与莺和燕.

寂寞凭高念远,
向南楼, 一声归雁.
金钗斗草, 青丝勒马,
风流云散. 罗绶分香,
翠绡封泪, 几多幽怨?
正消魂又是, 疏烟淡月,
子规声断.

그윽한 다락집 깊은 곳에
활짝 핀 꽃잎
반쯤 걷은 발 사이로
봄바람이 불어온다
봄은 파란 들녘 언덕배기로부터 돌아오는데
푸른 사초는 유연하고
버드나무는 가느다란 금실을 드리웠네

따뜻한 햇볕은 빨리 피라고 재촉하고
엷은 구름 스쳐가면
비도 멎어
쌀쌀했다가는 다시 따뜻해지곤 한다
아깝구나 이 아름다운 천지에
놀기 좋아하는 어진 사람과는 즐기지 못하고
꾀꼬리 제비에게 주고 말다니

적막하게 나 홀로 올라 먼 곳을 바라보니
기러기 한 마리
남쪽 누각을 향해 날아간다
옛날에 금비녀로 투초놀이하면서
끈으로 만든 굴레 말목에 걸던 것도
이제는 모두 사라진 일들
그이에게 정표로 주었던 향 담은 비단 허리띠에는
향기도 말라 버리고
푸른 실로 짠 수건 속에는
눈물의 흔적도 말라
사람들로 하여금 얼마나 많은 깊은 원망을 자아내게 했을까?
넋 빠진 듯 멍하니 서 있을 즈음에
엷은 연기는 달빛에 얽혀 애절한 두견새 소리에 묻혀 퍼진다

闹花: 활짝 핀 꽃./茸嫩: 연한 풀, 어리고 부드러운 풀./金浅: 버드나무 꽃이 황색임을 형
용한 말임./阁: 그치게 하다./金钗: 금비녀/斗草: 고대 유희의 하나임. 宗懔의 〈荆楚岁时
记〉에서 "온갖 종류의 약초 캐기 경쟁을 했는데, 百草로써 독초를 제거하는 것을 일컫는
다. 그래서 세상에서 풀다툼 놀이를 하였다."라고 되어 있음./青丝: 끈으로 만든 둘레./罗绶:
향을 담은 비단띠를 애인에게 주어 정표로 삼았음./翠绡: 푸른 실로 짠 수건을 말함./翠绡
封泪: 수건 속에는 눈물의 흔적이 말랐다는 뜻임./消魂: 정신이 나간 듯 멍하다는 뜻임.

218. 〈水调歌头〉送章德茂大卿使虏(금나라 사신으로 찾아가는 장덕무 대경을 보내며), 陈亮

不见南师久, 谩说北群空.
当场只手, 毕竟还我万夫雄.
自笑堂堂汉使, 得似洋洋河水,
依旧只流东. 且复穹庐拜,
会向藁街逢.

尧之都,
舜之壤, 禹之封. 于中应有,
一个半个耻臣戎. 万里腥膻如许,
千古英灵安在, 磅礴几时通.
胡运何须问, 赫日自当中.

남쪽의 북벌군을 못 본 것이 오래되었다 하여
북벌하려는 인재가 텅 비었다고 함부로 말하지 마라
사신을 담당한 그대의 한 손은
결국은 우리 만 명의 영웅이라네
당당한 한나라 사신의 굴욕적인 화의를 비웃듯
넘실대는 듯한 황하 물은
여전히 동쪽으로만 흘러간다
잠시 둥근 천막집에서 배알하지만
때맞추어 그들을 외국 사신이 거주하는 곳으로 압송해야 하리

요임금의 서울
순임금의 땅

우임금에게 봉해진 곳이니
그중에는 마땅히 있을 것이다
하나 혹은 반쪽이라도 오랑캐의 신하됨을 부끄러워하는 영웅이
만 리 산하에 비린내 노린내가 가득한데
천고의 영웅이 넋 어디에 있나?
어느 때 위대한 정신과 통할까?
오랑캐의 운명을 물을 필요가 없는 것은
남송의 국세가 하늘에 뜬 붉은 정오의 해와 같기 때문이다

虏: 오랑캐로 북방의 금나라 사람을 천시하여 부른 명칭임./德茂: 장삼의 자임./大卿: 옛날 고위관리들에 대한 존칭임./南师: 남송의 군대를 말함./北群空: 좋은 말이 없다는 것으로, 좋은 장수가 없다는 것을 비유했음./只手: 하늘의 손을 높이 떠받들다. 유독 한 방면으로 지탱하여 버티다./自笑: 스스로 즐거워하다./汉使: 송 조정 사신 章德茂를 말함./洋洋河水: ≪诗经·卫风·硕人≫에 나오는 구절로, 황하 강물이 동쪽으로 흘러가서 되돌아오지 않는다는 것을 말함. 章森의 충절과 지조를 비유함./穹: 금나라 왕을 향하여 절을 한다는 뜻임./庐拜: 고대 중국의 북방민족들이 치고 사는 장막. 양탄자로 만든 천막을 말함. 여기서는 금나라 조정을 말함./槖街: 장안성 안에는 외래 (사신)들이 거주하는 거리를 말함./尧之都3구: 尧의 수도로, 순임금의 영토이다. 우임금의 변방 봉토를 말함./耻臣戎: 금나라 사람을 향하여 사신으로 불리는 것이 부끄럽다는 말임./腥膻: 비린내와 누린내. 여기서는 국토를 금나라 군대에게 점령한 것을 가리킴./英灵: 역대 이래로 조국을 지켜낸 영웅의 혼을 말함./磅礴: 성대한 모양. 여기서는 영웅의 위대한 대업을 말함./胡运: 금나라 사람의 운명을 말함./赫日: 붉은색의 선명한 태양으로 송나라 조정을 비유함.

知彼须知此. 问筹边,
攻守规模, 云何则是.
景色惛惛犹日暮, 壮士无由吐气.
又安得, 将如廉李.
燕坐江沱甘自蹙, 笑腐儒,
枉槌朝家紫. 用与舍,
徒为耳.

黄芦白苇迷千里.
叹长淮, 篱落空疏,
仅余残垒. 读父兵书宁足恃,
击楫谁盟江水. 有识者,
知其庸矣. 多少英雄沈草野,
岂堂堂, 吾国无君子. 起诸葛, 总戎事.

적을 알고 모름지기 나를 알아야지
변방의 군비 계획을 묻노니
공격과 수비의 규모를
어찌해야 옳은가?
경치는 어둑어둑 날은 저물 듯한데
장사는 기상을 내뿜을 길이 없다
어찌하면 다시금
염파와 이목 같이 될 수 있을까?

제비들은 강가에 앉아 절로 이마를 찡그리며
썩은 유학자들이
얼레를 구부려 왕실을 자색으로 바꾸었다고 비웃네
쓰이고 버려짐
부질없는 일이다

노란 갈대 흰 갈대가 천리에 어지러운데
긴 회수로
울타리 무너져 쓸쓸하며
허물어진 성루만 남았음을 한탄한다
부병서만 읽고서야 어찌 믿을 만하랴
노를 두드리며 누가 강물에서 맹세하나?
식견 있는 이라면 그것의 부질없음을 알리
많은 영웅들이 초야에 묻혔으니
어찌 당당한 이 나라에
군자가 없겠는가?
제갈량을 일으켜 군사를 도맡겼으면

玉林: 黃升의 호임./知彼須知此: ≪孙子·谋攻≫의 '知彼知己, 百战不殆'(상대를 알
고 나를 알면, 백번 싸워도 위태롭지 않다.)라는 구절을 인용했음./筹边: 변경의 일을
계획한다는 뜻임./悒悒: 깊숙하고 조용한 모양. 번민하는 모양./廉李: 전국시대 조나라의
이름난 염파 장군인 李牧을 말함./燕坐: 편안하게 앉다./沱: 강 가운데의 지류를 말함./
蹙: 이마를 찡그리다. 수축하다. 오그라들다./枉檀朝家紫구: 이 구절의 뜻은 무리들을
조정의 관료로 충당하다는 뜻임./读父兵书: 전국시대 赵나라 장군 赵奢의 아들 赵括이
어렸을 때 병법서를 배웠는데, 병법에 관한 것을 말로 하면 아버지를 능가했다. 이후에
군대를 통솔하는 사령관이 되어 전략을 세웠으나 크게 패했다./宁: 어찌. 어떻게./击楫:
배의 상아대로 노를 저어 물결을 치는 것을 말함./诸葛: 삼국시대 촉나라의 재상 제갈
량을 말함./总戎事: 군사 일을 총괄하는 대장을 말함.

220. 〈忆秦娥〉, 范成大

楼阴缺,
阑干影卧东厢月.
东厢月,
一天风露,
杏花如雪.

隔烟催漏金虬咽,
罗帏黯淡灯花结.
灯花结,
片时春梦,
江南天阔.

달빛이 누대 위 난간 사이로부터
동상 안으로 비쳐오면
동상 안의 달그림자에
하늘 가득 퍼진 비와 이슬에 젖어
살구꽃은 마치 꽃송이 같다.

그 언저리엔 엷은 연기
시간은 날 듯 지나가는구나
금규와 물시계의 시침 화살은 철철철 흘러 울어대고
비단 휘장은 어스레해지고 등잔불 심지에 불똥이 맺힌다
등잔불 심지에 불똥이 맺혀

갑작스레 몰고 온 한바탕의 봄꿈
강남의 새벽하늘은 넓기만 하다

厢: 곁채 정방의 앞 양쪽에 있는 건물로 동편을 东厢, 서편을 西厢이라고 함./隔: 막다. 사이에 두다. 가리다./催: 재촉하다. 빠르게 하다./漏: 물시계./金虯: 고대 전설 속의 용이다. 铜龙으로서 구리로 만든 용머리를 물시계 위에 장치하여 시간을 재는 데 사용됨./罗帏: 얇고 가벼운 고급 천으로 만든 침대나 방안에 치는 휘장을 말함. 이는 규방을 가리킴./黯: 어두컴컴하다./淡: 엷은 빛./灯花结: 등촉의 심지가 타서 맺힌 불똥이다. 옛 풍속에서 전하길 심지에 불똥이 맺히면 기쁜 소식이 있다고 함./春梦: 임과 꿈속에서 서로 만나는 것을 말함./阔: 넓다. 광활하다.

221. 〈眼儿媚〉 萍乡道中乍晴, 卧舆中困甚, 小憩柳塘(평향의 길에서 갑자기 날씨가 개었는데, 매우 피곤하여 수레 가운데 누워 곤히 잠들었다. 잠시 쉬고 나니 버드나무 못이었다), 范成大

酣酣日脚紫烟浮, 妍暖破轻裘.
困人天色, 醉人花气, 午梦扶头.

春慵恰似春塘水, 一片縠纹愁.
溶溶曳曳, 东风无力, 欲避还休.

흘러내리는 햇빛 아래 퍼진
엷은 자줏빛 연기
따사로워 가죽옷 벗어버리니
날씨는 바람을 노곤하게 하고

꽃향기는 사람을
부두주에 취한 듯
낮잠으로 몰고 간다
연못의 봄물인 양 삭아가는 봄 뜻
철썩이는 물결, 시원스런 모양
동풍은 무력한가?
낮잠의 노곤한 취함을 쫓지 못하고 마는구나

萍乡: 지금 강서 평향이다. 범성대가 정강부(桂林)의 지사로 부임하는 동안 평향을 지나 갔다./酣酣: 따뜻하다./日脚: 태양 빛이 비추는 곳을 말함./妍暖: 부드럽고 따뜻하다./扶头: 술에 깊이 취하다. 곤드래만드래 취하다./溶溶曳曳: 잔잔한 물결이 출렁이는 모습을 말함.

222. 〈霜天曉角〉梅(매화), 范成大

晚晴风歇, 一夜春威折.
脉脉花疏天淡, 云来去,
当数枝雪.

胜绝, 愁亦绝,
此情谁共说. 惟有两行低雁,
知人倚画楼月.

황혼녘 하늘 맑고 바람 잔잔한데
봄도 다 가고 말아
소담한 야경 속에
적막하니 피어 있는 두어 송이 꽃들
눈송이인가?
흰 구름만 유유히 오락가락하는데

얼마나 아름다운가
얼마나 또한 근심스러운가
이 감정 누구한테 호소하나
두 줄 지어 날아가는 기러기 떼야
누대 앞, 달그림자 아래, 상념에 얼어붙은 나의 심정을
너희들도 알고 있을까!

春威: 봄추위의 위력을 말함./脉脉: 고요하고 한가한 모양./数枝雪: 수많은 가지가 있는
흰색 매화를 가리킴./惟有两行低雁구: 이 구절은 날아가는 기러기를 본 것이고, 사람이
누대에 기대어 있는 정경을 묘사하고 있다. 여기서 작가의 오묘한 경계를 느낄 수 있다.

倘来轩冕, 问还是,
今古人间何物. 旧日重城愁万里,
风月而今坚壁. 药笼功名,
酒垆身世, 可惜蒙头雪.
浩歌一曲, 坐中人物三杰.

堪叹黄菊凋零, 孤标应也,
有梅花争发. 醉里重揩西望眼,
惟有孤鸿明灭. 万事从教,
浮云来去, 枉了冲冠发.
故人何在, 长庚应伴残月.

설사 높은 벼슬자리 나에게 온다 해도
묻노라니 고금의 인간에게 어떤 물건이었던가?
지난날 겹겹 수심의 성은 만리나 되어
오늘날 아름다운 풍광까지 굳은 성벽처럼 느껴지네
약 상자에 공명을 묻고
술집에서 지내는 신세
애석하게도 백발만 무성하네
호탕한 노래 한 곡
좌중엔 세 명의 인걸

노란 국화 시들어 떨어진다고 탄식을 말자
응당 홀로 빼어난

매화가 다투어 피리니
취한 눈 비벼가며 서북쪽 바라보니
단지 외로운 기러기만 가물거리네
세상만사 내버려 두자
뜬 구름 제 멋대로 오고 가듯이
헛되이 머리카락 관을 찔렀네
옛 친구들 어디에 있나
금성은 조각달과 짝하고 있는데

长성: 金星, 太白星, 启明星이라고도 함./倘来轩冕3구: ≪庄子·缮性篇≫에 "높은 벼
슬을 한다고 해도 그 본성을 자신이 소유한 것은 아니다. 그 물건이 홀연히 나에게 온
것은 잠시 나에게 맡겨진 것일 뿐이다.(轩冕在身, 非性命也, 物之倘来, 寄者也)"라고
되어 있다./枉了冲冠发: 岳飞의 〈满江红〉词에 "분노로 머리카락 곤두서서 관을 찔렀
네(怒发冲冠)"라고 되어 있다.

224. 〈贺新郎〉 琵琶(비파), 辛弃疾

凤尾龙香拔, 自开元.
霓裳曲罢, 几番风月.
最苦浔阳江头客, 画舸亭亭待发.
记出塞, 黄云堆雪.
马上离愁三万里, 望昭阳,
宫殿孤鸿没, 弦解语, 恨难说.

辽阳驿使音尘绝, 琐窗寒,
轻拢慢捻, 泪珠盈睫.
推手含情还却手, 一手抹梁州哀彻.
千古事, 云飞烟灭.
贺老定场无消息, 想沉香亭北繁华歇,
弹到此, 为呜咽.

봉황 꼬리 용향백의 발목
개원의 <예상곡>이 끝난 후
몇 번이나 풍월이 있었던가?
가장 괴로웠던 심양강 가의 나그네
그림배는 외로이 떠나길 기다렸네
생각하노니 변새를 나서니 누런 구름과 쌓인 눈뿐
말 위의 근심은 삼만리
소양궁을 바라보니 외기러기 사라지고
비파 줄 말할 줄 안다 해도

한은 말해 내지 못했으리라
요양 역사의 소식은 끊기고
차가운 격자창 안에서 조용히 비파줄 뜯으며
눈물방울 가득 차네
정 머금어 줄 튕기고 당기며 하다가
한 번 그의 <梁州曲> 애절히 끝내구나
천고의 일들 구름 되어 날아갔고 연기같이 사라졌네
절묘한 하로의 솜씨 찾을 길 없고
침향정의 번화함도 사라졌으니
비파를 타다가 목메어 흐느끼네

凤尾龙香拔: 전설에 의하면 양귀비의 비파통은 마치 봉황 꼬리 같았다. 비파를 튕기는
것은 龙香柏木으로 만들어졌음./浔阳江头客: 백거이를 가리킴./出塞: 昭君이 전쟁하러
변경 지역으로 나가는 것을 말함./昭阳: 한나라 수도 장안은 未央宫 가운데는 昭阳殿
이 있었다. 이곳은 보통 한나라 궁전을 일컬음./推手: 비파를 타는 연주법으로, 손가락
을 앞에서 튕기는 것을 말함./却手: 비파를 타는 연주법으로 손가락을 뒤에서 튕기는
것을 말함./贺老: 贺怀智를 말하는데, 开元·天宝년간에 비파를 잘 타는 사람을 말함./
沉香亭: 당대 수도 장안의 宫中을 말함.

野塘花落,
又匆匆过了清明时节.
刬地东风欺限客梦,
一枕云屏寒怯.
曲岸持觞, 垂杨系马,
此地曾经别. 楼空人去,
旧游飞燕能说.

闻道绮陌东头,
行人曾见, 帘底纤纤月.
旧恨春江流不尽, 新恨云山千叠.
料得明朝, 尊前重见,
镜里花难折. 也应惊问,
近来多少华发?

들판의 해당화도 시드니
또 총총히 지나가는구나
청명의 좋은 시절이
무단히 동풍은 나그네 꿈을 깨워
온 밤 운모 병풍에 싸늘함 느낀다
곡수에서 잔 잡고
수양버들 말고삐 매고
일찍이 이곳에서 가벼이 헤어졌다

사람 떠난 누각은 비었는데
옛날 놀던 일 제비만이 말하는구나

듣건대 꽃 핀 길가 동쪽에서
지나가는 사람을 보았다
주렴 밑의 초승달 같은 그녀의 발을
옛 한은 봄 강같이 끝없이 흐르고
새로운 한은 구름 낀 산처럼 첩첩
생각건대 내일 아침
술잔 앞에서 다시 만났다 하더라도
거울 속의 꽃처럼 꺾기 힘들 것이네
그녀 또한 놀라 물을 테지
요즈음 백발이 얼마나 생겼냐고

东流: 지금 池州에 东流县이 있다. 가한이 강서에서 이곳을 지나갔다./劃地: 무단히, 아무 까닭 없이./云屏: 구름 병풍./纤纤: 미인의 작고 고운 발을 초승달에 비유한 것임./镜里花: 공허한 환상. 허깨비라는 뜻임.

226.〈汉宫春〉立春(입춘). 辛弃疾

春已归来, 看美人头上,
袅袅春幡. 无端风雨,
未肯收尽馀寒. 年时燕子,
料今宵梦到西园. 浑未辨,
黄柑荐酒, 更传青韭堆盘.

却笑东风, 从此便熏梅染柳,
更传些闲. 闲时又来镜里,
转变朱颜. 清愁不断,
问何人会解连环.
生怕见花开花落,
朝来塞雁先还.

벌써 봄이 돌아와
미인의 머리 위에서
채색된 비단장식이 하늘거리는 것을 본다
공연히 바람과 비는
늦추위를 거두려 하지 않는구나
작년의 제비들은
생각건대 서쪽 동산에 가는 꿈을 꿀 것이다
황감주를 아직 준비 못 했는데
어찌 푸른 부추를 다섯 가지 신맛 나는 채소를 판에 차려 놓으라고
하랴

또 우스운 건 동풍은 이제부터
매화를 향기롭게 하고 버드나무를 물들이느라고
더욱 바빠질 것이다
한가할 때는 거울 안으로 들어와
젊은 얼굴 바꾸어 놓는다
근심은 한없이 이어지니
묻건대 누가 옥련배를 풀 수 있을 것인가
가장 두려운 것은 꽃 피었다가 지는
아침 무렵 변방으로 돌아가는 기러기 보는 것이네

裊裊: 부드럽게 하늘거리는 모양을 말함./春幡: 고대 풍습으로 매년 입춘이 되면 채색된 비단을 잘라 꽃, 나비, 제비 등의 여러 장식을 만들었다. 이것을 여자들의 살쩍머리에 꽂거나 혹은 꽃가지 아래에 이어 꿰매었다. 이것을 일러 '春幡', '幡胜', '彩胜'이라고 했음./无端: 아무런 까닭없이. 무단히./荇酒: 누룩으로 빚은 술을 말함./堆盘: 파, 마늘, 부추, 여뀌, 겨자 등 5가지 신맛이 나는 채소를 판에 올린다. 함께 마실 黃柑酒를 준비해 놓는데 이것이 고대 입춘 때의 풍습임./朱颜: 피부가 불그스레하게 젊은 얼굴을 말함.

227.〈水龙吟〉登建康赏心亭(건강의 상심정에 올라), 辛弃疾

楚天千里青秋, 水随天去秋天际.
遥岑远目, 献愁供恨, 玉簪螺髻.
落日楼头, 断鸿声里, 江南游子,
把吴钩看了, 阑干拍遍, 无人会,
登临意.

休说鲈鱼堪脍,
尽西风季鹰归未? 求田问舍,
怕应羞见, 刘郎才气. 可惜流年,
忧愁风雨, 树犹如此. 倩何人唤取,
红巾翠袖, 搵英雄泪?

초나라땅 하늘 천리에 맑은 가을
강물은 하늘을 따라 흐르고 가을빛은 끝없다
아득한 산봉우리 멀리 바라보니
근심과 한을 자아내는 산들은
옥비녀 꽂은 트레머리 같다
지는 해는 누각 머리를 비추는데
외기러기 울음소리에
강남을 떠도는 나그네
옥칼을 만져 보며
난간을 여기저기 두드려 봐도
아무도 알아주는 이 없도다

높은 곳에 오른 뜻을

농어 회쳐 먹을 만하다고 말하지 말라
가을바람 일어도
장계응이 돌아갈 수 있을 것인가
밭을 구하고 집을 묻는 사람
아마도 보기 부끄러워할 것이다
재기 넘치는 유랑을
애석하구나 흐르는 세월
근심 걱정 비바람에
나무도 이와 같거늘
누구에게 부탁하여 아리따운 여자를 불러와
영웅의 눈물을 닦을 것인가?

建康: 오늘날 강소성 남경시를 말함./賞心亭: 건강의 서쪽 누각 위에 있는 정자인데 진하와 회하를 마주보고 있음./楚: 장강 중하류 지역은 옛날에 초나라에 속해 있음./遙岑: 먼 산을 말함./玉簪: 옥비녀를 말함./斷鴻: 외기러기. 무리를 잃은 기러기를 말함./江南游子: 신기질 자신을 가리킨다. 그는 원래 북방에서 태어났지만 오랫동안 남방에 와서 객지생활을 하였음./吳鈎: 오나라 때 만들었던 굽은 모양의 옥으로 된 칼을 말함./季鷹: 張季応을 말한다. 그는 진나라의 吳郡(오늘날 강소성 소주시) 사람이다. 낙양에서 벼슬살이를 하였다. 가을바람이 불어오자 그는 고향의 농어회와 순채국 생각이 간절하여 벼슬을 그만두고 집으로 돌아가고 말았다./膾: 회치다./刘郎: 유비를 말한다. 유비는 허사를 보고 "당신은 땅이나 사들이고 집 살림이나 꾸리는 개인타산밖에 할 줄 모르구나." 하고 비판하였다./树犹如此: 덧없는 세월의 무상함을 한탄한 것이다. 진나라의 환온은 여러 해 전에 심은 버드나무가 어느새 아름드리로 자란 것을 보고 "나무가 이처럼 크게 자랐거늘 사람이 어찌 늙지 않으랴!"라며 감탄했다./犹: 조차도./倩: 부탁하다. 청하다./红巾翠袖: 아름다운 여인의 복장으로 歌妓를 상징함./搵: 닦다.

228. 〈摸鱼儿〉淳熙己亥, 自湖北漕移湖南, 同官王正之置酒小山
亭, 为赋(순희 기해년에 호북전운부사에서 호남전운부사로 옮기게
되었는데 동관 왕정지가 소산정에서 연회를 베풀어 주어, 이 사를 지
었다). 辛弃疾

更能消几番风雨, 匆匆春又归去.
惜春长怕花开早, 何况落红无数.
春且住! 见说道, 天涯芳草无归路.
怨克不语, 算只有殷勤, 画檐蛛网,
尽日惹飞絮.

长门事, 准佳期又误,
蛾眉曾有人妒. 千金纵买相如赋,
脉脉此情谁诉? 君莫舞! 君不见,
玉环飞燕皆尘土. 闲愁最苦,
休去倚危阑, 斜阳正在, 烟柳断肠处.

어찌 다시 몇 차례의 풍우를 견디어낼 것인가?
빠른 봄은 또 돌아가는구나
봄을 아껴 늘 꽃 일찍 피는 것 두려워했더니
하물며 떨어지는 꽃 무수한 지금이랴
봄아 잠시 머물려구나
듣건대 하늘 끝까지 향기 나는 풀 우거져 돌아갈 길 없다는데
원망스럽게도 봄은 아무 말 없이 떠나간다
생각해 보니 다만 은근한
단청 처마의 거미줄만이
온종일 흩날리는 버드나무 솜을 붙든다

장문궁의 일

분명히 좋은 기약 또 어그러질 것이다.

아교를 질투하는 사람이 있으니

천금으로 사마상여의 부를 산다 해도

말 못하는 이 정을 누구에게 호소할 것인가

그대들이여 춤추지 마라

그대들 보지 못했는가? 옥환, 조비연 모두 먼지와 흙이 된 것을

하릴없는 근심에 시달리느니

높은 난간에 기대어 있지 마라

석양은 지금 바로

안개 낀 버드나무 시름 자아내는 곳에 비껴 있다

淳熙己亥: 淳熙 6년(1179), 이 해 신기질은 40살이었으나 淳熙란 송효종 조신의 연호임./自湖北漕移湖南: 원래 호북 전운부였던 신기질은 이때 호남 전운부사로 발령받았던 것임./王正之: 신기질의 오랜 친구임./匆匆: 급하게, 서둘러, 빨리/天涯: 하늘 끝, 하늘 가./蛾眉: 秦나라의 阿娇를 말한다. 그녀는 汉武帝의 아내이다. 이후에 버림을 받고 장문궁에서 살고 있었는데 그는 한 무제의 마음을 돌려세워 보려고 많은 돈을 들여 사마상여를 청해 〈长门赋〉를 쓰게 했다. 그러나 결국 아무런 소용이 없었다./千金: 비싼 값을 비유함./赋: 중국 고전문학의 한 장르. 수식과 유미주의의 극치인 화려한 문장으로 한대에 유행한 문학 장르임./玉环: 양옥환을 말한다. 당 현종이 가장 사랑하던 왕비였으나 이후에 억압에 못 이겨 자살하고 말았음./飞燕: 조비연을 말한다. 그녀는 한 성제 유오가 가장 사랑하는 황후였다. 성제가 죽고 난 후 그녀는 폐위되어 자살했다.

229.〈永遇乐〉京口北固亭怀(경구 북고정에서 회고하다), 辛弃疾

千古江山, 英雄无觅, 孙仲谋处.
舞榭歌台, 风流总被, 雨打风吹去.
斜阳草树, 寻常巷陌, 人道寄奴曾住.
想当年, 金戈铁马, 气吞万里如虎.

元嘉陵草草, 封狼居胥, 赢得仓皇北顾.
四十三年, 望中犹记, 灯火扬州路.
可堪回首, 佛狸祠下, 一片神鸦社鼓.
凭谁问, 廉颇老矣, 尚能饭否?

천고의 강산
영웅 손권을 찾을 길 없구나
춤추고 노래하던 누대와
풍류는 모두
비에 맞고 바람에 불려 사라졌네
석양 비낀 나무들
여염집의 길거리는
말하기를 기노가 살던 곳이라 하네
그해를 생각건대
날카로운 창과 굳센 병마를 몰아
기운은 범과 같이 만 리를 삼켰었네

원가년에 경솔히
낭거서에 봉하려 했으나

창황히 북녘 돌아보는 결과되었다
사십삼 년 전 일
바라보면 아직도 생생한
봉화 타오르던 양주길
어찌 머리 돌려 볼 수 있으랴?
불리사 쪽
사당의 까마귀와 북소리를
누가 물어볼 것인가?
염파는 늙었으나
아직도 밥을 잘 먹는지를

京口: 현재 강소성 鎭江시임./北固亭: 진강시의 북쪽, 장강 기슭의 北固山 위에 있는
정자를 말함./孫仲: 삼국시대 오나라 왕 손권을 말한다. 자는 중모이고 경구는 한때 오
나라의 수도였음./寄奴: 남조의 송무제(420 – 422년)로 어릴 때 이름이 寄奴였음./榭:
춤추고 노래하던 높은 건축물을 가리킴./元嘉: 남조의 송 문제 유의룡의 연호(424 –
453)임./金戈铁马: 금속으로 제조된 창과 철갑을 씌운 말을 말함./狼居胥: 산 이름으로,
오늘날 내몽고자치구 내에 있다. 한 무제 때 흉노의 침략을 물리친 대장군 곽거병은 낭
거 서산에까지 추격하여 산에다 단을 세우고 제를 지냄으로써 승리를 자축하였다. 여기
서 이 이야기를 빌려와 유의룡이 450년에 왕현모에게 군사를 통솔하여 북벌을 하게 한
사실을 말함./赢得: 나쁜 결과를 초래하다./仓皇: 황급하다. 매우 급박하다. 이 구절은
실속없이 공로만 추구한 송 문제가 경솔하게 군사를 일으켰다가 여지없이 패배하고만
결과를 말하고 있음./四十三年: 작자가 강남으로 건너온 高宗 绍兴32년(1162)부터 이
사를 쓸 때(1204년)까지가 바로 43년간이었음./灯火: '烽火'로 표기된 판본도 있음./佛
狸祠: 현재 강소성 합현 동남쪽의 과보산 위에 있다. 450년, 북위의 태무제 척발도가
군사를 추격할 때 그곳에 지어놓은 것이다. '佛狸'는 위 태무제의 어릴 때 이름임./神
鸦: 제사를 지낸 음식을 먹는 까마귀를 가리킴./社鼓: 제사지낼 때 두드리는 북./廉颇:
염파는 전국시대 조나라의 명장이다. 그는 간신의 모해를 받아 위나라로 망명해 갔다.
이후에 진나라가 조나라를 치자 조나라 왕은 사신을 보내어 그를 방문하면서 조나라를

위해 힘쓸 수 있겠는가 알아보게 하였다. 염파는 사신 앞에서 일부러 술을 많이 마심으로써 자기가 아직 늙지 않았음을 보여주었다. 그러나 사신이 돌아가서 나쁘게 말해서 그는 다시 등용되지 못했다. 그리고 "나는 조나라 군사로 쓰이고 싶다."라고 말했다. 그러나 조나라로 돌아가지 못한 채 끝내 초나라 수춘에서 죽고 말았다.(≪史记·廉颇传≫)

230. 〈祝英台近〉晩春(늦봄), 辛弃疾

宝钗分, 桃叶渡,
烟柳暗南浦. 怕上层楼,
十日九风雨. 断肠片片飞红,
都无人管, 更谁劝住莺声住?

鬓边觑, 试把花卜归期,
才簪又重数. 罗帐灯昏,
哽咽梦中语. 是他春愁来,
春归何处? 却不解带将愁去.

보배로운 비녀를 나누었네
도엽 나루터
안개 낀 버들 우거진 남포에서
높은 누각에 오르기 두려워라
열흘 중 아흐레는 비바람 부느니
애 끊는 붉은 꽃잎 흩날리나
아무도 거들떠보는 이 없고
또 누가 꾀꼬리 울음 멈추게 하랴

귀밑털 엿보며
꽃 잡고 돌아올 날 점치고는
머리에 꽂았다간 다시 또 헤아린다
비단 장막 등불 어두운데
흐느끼며 꿈속에서 말한다

저 봄은 수심을 가지고 와서
봄은 어디론지 돌아가면서
수심을 가지고 갈 줄 모른다

宝钗分: 옛날 사람들은 보배로운 비녀를 나누어서 이별의 기념으로 삼는 풍속이 있었음./桃叶渡: 남경 진회하와 청계에서 합류하는 곳임. 여기서는 사랑하는 임과 송별하는 곳을 가리킴./南浦: 일반적으로 송별하는 곳을 가리킴. 江淹의 〈别赋〉에서 이르길 "남포에서 그대를 떠나보내니, 그 아픔을 어찌하리오.(送君南浦, 伤如之何)"라고 하였음./断肠: 애간장이 끊어지다./劝住: 그만두게 권하다. 권고하여 막다./莺: 꾀꼬리./髻: 살쩍머리. 귀밑머리./觑: 자세히 보다. 흘겨보다./试把花卜归期: 옛날에 꽃잎을 세어서 돌아오는 날짜를 정하는 풍속을 말함./哽咽: 흐느껴 울다. 목매여 울다.

231. 〈鷓鴣天〉 鹅湖归病起作(아호에서 돌아와 병에서 일어나 짓다),
辛弃疾

枕簟溪堂冷欲秋, 断云依水晚来收.
红莲相倚浑如醉, 白鸟无言定自愁.

书咄咄, 且休休, 一丘一壑也风流.
不知筋力衰多少, 但觉新来懒上楼.

시냇가 작은 집 돗자리에 누웠으니 사늘한 가을이 느껴진다
물 위에 조각구름은 저녁 무렵에 걷힌다
붉은 연꽃은 술에 취해 서로 몸을 기대고 있는 듯
흰 새 말없이 수심에 젖은 듯

'咄咄怪事'를 쓰며 또 응당 휴식을 취해야 한다
언덕 하나 골짜기 하나에도 풍류가 있다
근력이 얼마나 쇠했는지는 모르겠지만
다만 요사이 누대에 오르기 게을러진다

鹅湖: 강서성 铅山县 동북쪽에 있다./簟: 대자리를 말함./咄咄: 晋나라 殷浩가 폐위되어 쫓겨난 후, 원망하는 말을 하지 않았다. 그러나 종일 손가락으로 공중의 책에 '咄咄怪事'라는 네 글자를 썼다고 함./休休: 돌아와서 은거하다. 당나라 말에 司空图는 中条山에 은거하면서 정자를 지었는데, 그 이름을 '休休亭'이라고 했음.

232. 〈青玉案〉元夕(원소절 밤), 辛弃疾

东风夜放花千树, 更吹落星如雨.
宝马雕车香满路, 风箫声动,
玉壶光转, 一夜鱼龙舞.

蛾儿雪柳黄金缕, 笑语盈盈暗香去.
众里寻他千百度, 蓦然回首,
那人却在, 灯火阑珊处.

동풍은 밤에 천 그루 나무에 꽃을 피웠네
바람에 불리는 등불은 비 오듯
값진 말 화려한 수레는 향기로운 길에 가득하다
퉁소 소리 울리며
옥호등 불빛 돌아가고
밤새도록 어룡등 춤춘다

초승달 눈썹, 눈버들, 황금실로 치장한 여인들
아름답게 웃고 떠들며 그윽한 향기 풍기며 지나간다
뭇사람 가운데 수천 번 그녀를 찾다가
언뜻 머리 돌려보니
그녀는 등불 쓸쓸한 곳에 있네

元夕: 정월 대보름날 밤. 灯节이라고도 부름./凤箫: 퉁소의 미칭임./龙舞: 천이나 종이를 서로 연결시켜 용모양을 만들어 정월대보름날 한 사람이 하나씩 등의 막대기를 잡고 동시에 춤추는 것을 말함./蛾儿雪柳黄金缕: 이것들은 모두 당시 정월 대보름날에 부녀자들이 쓰는 머리 장식품을 말함./蓦然: 갑자기, 별안간./阑珊: 드문드문하다. 쇠퇴하고 영락하다.

233. 〈菩萨蛮〉书江西造口壁(강서의 조구벽에 쓰다), 辛弃疾

郁孤台下清江水,
中间多少行人泪.
西北是长安, 可怜无数山.

青山遮不住, 毕竟东流去.
江晚正愁余, 山深闻鹧鸪.

울고대 아래 맑은 강물
그 가운데 얼마나 많은 나그네 눈물 흘렸던가?
서북쪽 장안을 바라보나
가련하게도 무수한 산뿐이로구나

청산은 막지 못할 것이니
강물은 끝내 동쪽으로 흘러간다
강 저녁 무렵 나를 수심에 젖게 하는데
깊은 산 자고새 울음소리 들린다

造口: 지금의 강서성 万安县에 있다. 송 조정이 남도한 초기에 금나라 군대가 隆裕太后를 추격하여 여기에까지 이르렀다. 때문에 사 가운데서 지나가는 사람이 슬퍼 애달파하며 눈물을 흘리는 것을 말함./郁孤台: 지금의 강서성 赣县에 있는데, 곡강 유역의 누대 아래로 지나간다./清江: 赣江을 가리킴./长安: 북송의 수도 변경(지금의 하남성 开封)을 말함./愁余: 나에게 근심을 주다.

234. 〈贺新郎〉 别茂嘉十二弟(열두번째 종제인 무가와 헤어지며), 辛弃疾

绿树听鹈鴂, 更那堪,
鹧鸪声住, 杜鹃声切.
啼到春归无啼处, 苦恨芳菲都歇.
算未抵人间离别, 马上琵琶关塞黑,
更长门, 翠辇辞金阙,
看燕燕, 送归妾.

将军百战身名裂, 向河梁,
回头万里, 故人长绝.
易水萧萧西风冷, 满座衣冠似雪.
正壮士, 悲歌未彻.
啼鸟还知如许恨, 料不啼,
清泪长啼血, 谁共我, 醉明月?

푸른 숲에서 두견새 소리 들린다
또 어찌 견디랴 두견새 소리 멈추고
두견새 울음 처절한 것을
봄이 흔적 없이 다 가도록 내내 울며
향기로운 꽃 모두 시든 것을 한스러워하는구나
그러나 생각건대 인간의 이별처럼 괴롭지는 않으리라
말 위에서 비파 타며 가는 관문 변방지방은 어둑어둑한데
장문의 궁녀 비취깃 장식한 수레는 금나라 궁궐을 하직했네
쌍쌍의 제비를 바라보며

애첩을 보겠네

장군은 백 번 싸웠으나 명성은 찢어졌고
강다리 위에서 머리 돌려 만리길 바라보며
친한 벗과 영영 이별했네
이수에 소소히 부는 가을바람 차가운데
가득 찬 사람들의 의관은 흰 눈 같았고
장사의 비장한 노래 그치질 않았다
우는 새도 이 같은 한을 안다면
아마도 맑은 눈물보다는 피눈물 흘리며 울리라
누가 나와 더불어
저 밝은 달에 취할 것인가?

茂嘉: 辛茂嘉로 신기질의 堂弟를 말하는데, 그에 대한 생평은 자세하지가 않다. 그는
관직생활을 하다가 계림으로 폄적되었는데, 신기질이 당제인 무가와 헤어지며 이 사를
썼다./鶗鴂: 두견. 비교적 처량하고 슬프게 우는 새임./芳菲都歇: 모든 꽃들이 시들어
떨어졌다는 말임./马上琵琶: 王昭君이 한나라 궁전을 떠나면서 하직 인사를 함에 말 위
에서 비파를 탔는데, 앞에는 해질 무렵 석양빛이 关塞에 펼쳐졌다./长门翠辇: 한 무제
의 진황후가 폐위된 후, 수레를 타고 제후가 궁전에서 고별했고, 물러나서 장문궁에 살
았음./燕燕: 제비를 가리킴./将军百战3구: 한 무제 때 李陵 장군이 수차례 흉노족과 용
감하게 싸웠다. 그러나 최후에 흉노족에 잡혀가서 항복을 하였다. 이에 그의 큰 명성이
훼손된 것을 가리킴./易水萧萧3구: 전국 시기 荆轲가 연나라의 태자 丹을 위해 자객으
로 秦나라로 들어갔다. 태자 단 등의 무리들은 흰옷을 입고 흰 관을 쓰고 易水가로 그
를 송별하러 나왔다. 이에 형가가 "바람은 쏴쏴 불어오고 역수는 차디찬데, 씩씩한 장
수는 한번 떠나가면 다시는 돌아오지 못한다.(风萧萧兮易水寒, 壮士一去兮不复还)"라
고 노래 부른 것을 가리킨다.

235. 〈满江红〉, 辛弃疾

汉水东流, 都洗尽 · 髭胡膏血.
人尽说 · 君家飞将, 旧时英烈.
破敌金城雷过耳, 谈兵玉帐冰生颊.
想王郎 · 结发赋从戎, 传遗业.

腰间剑, 聊弹铗. 尊中酒,
堪为别. 况故人新拥, 汉坛旌节.
马革裹尸当自誓, 蛾眉伐性休重说.
但从今 · 记取楚楼风, 裴台月.

한수는 동쪽으로 흐르고,
오랑캐의 고혈을 씻어 버려라
사람들이 말한다네 그대 집안의 비장 이광이
옛날에 영웅이었다고
번개가 귀를 스치듯 적의 견고한 성 돌파하고
军营에서 전략 세울 땐 뺨에 서리 엉기듯 위엄 있었다
생각건대 왕랑은 성년이 되자마자 종군을 하여
선조의 영웅업적 계승했다네

허리에 찬 칼은
칼자루 두드리며 노래를 하고
잔에 담긴 술은
이별을 위해 마실 만하네
하물며 그대는 새로이 지녔으니

한나라 높은 누대에서 깃발과 절장을
말가죽에 쌓인 시체로 돌아오겠다고 스스로 맹세했으니
주색이 심신을 해친다는 말은 거듭 않겠네
다만 지금부터 초루의 바람과
배대의 달을 잊지 말게나

이 词는 비록 벼슬을 받아 나가는 친구를 전송하며 지은 작품이지만 애국사상으로 무
장한 신기질의 외적에 대한 적개심과 金에 대한 抗战意志, 그리고 중원회복에 대한 강
렬한 희망을 표출해 냈음./汉坛旌节: 한나라 고조 유방이 축대를 쌓아 한신이 대장이
된 것을 축하한 일을 암유한 것임./飞将: ≪史记·李将军列传≫에 "이광은 右北平에
거주했는데, 흉노가 이를 듣고는 '汉의 飞将军'이라고 불렀다. 몇 년을 피하면서 감히
우북평을 침입하지 못했다.(广居右北平, 匈奴闻之, 号曰'汉之飞将军', 避之数岁, 不敢
入右北平)"라고 되어 있음./旌节: 깃발과 节仗, 将帅의 신분과 권력을 나타냄./马革裹
尸: ≪後汉书·马援列传≫에 "지금 흉노 乌桓이 북쪽 변방에서 아직 소란스러우니,
제가 그들을 치기를 청합니다. 사나이가 변방에서 죽으면, 말가죽에 쌓인 시체로 돌아
와 묻히면 될 따름이지, 어찌 침대 위에 누워 아녀자의 수중에 있겠습니까.(方今匈奴乌
桓尚扰北边, 欲自请击之. 男儿要当死於边野, 以马革裹尸还葬耳, 何能卧床上在儿女子
手中邪!)"라고 되어 있음./王郎: 삼국시대 건안칠자 중의 왕찬을 말함./楚楼, 裴台: 당시
신기질과 王氏 친구가 자주 노닐던 곳을 말함.

236. 〈西江月〉 遣兴(유흥), 辛弃疾

醉里且贪欢笑, 要愁那得工夫.
近来始觉古人书. 信著全无是处.

昨夜松边醉倒, 问松我醉何如.
只疑松动要来扶. 以手推松曰去.

취해서 웃고 떠들기를 즐기니
근심하려 한들 어디 틈이 있으랴
요즈음 비로소 알았네 옛 사람의 책을
믿는 것은 모두 틀렸다는 것을

어젯밤 소나무 가에 취해 쓰러져
소나무에게 "내 취한 꼴 어떠하냐?" 물었다
소나무는 움직여 나를 부축하려는 듯해서
손으로 소나무를 밀치며 "물러가라" 했다

遣兴: 한때의 정취를 썼음./近来始觉古人书: 이 구는 《孟子·尽心下》에 "진실로 책
을 다 믿는 것은, 책이 없는 것만 같지 못하다.(尽信书, 则不如无书)"라는 구절을 인용
했다. 근래에 내가 옛날사람들이 책을 맹신하는 것에 대해 전부 틀렸다는 것을 비로소
깨달았다는 말임./我醉何如: 내 술 취한 모습이 어떠한가라는 뜻임.

237. 〈木兰花慢〉. 滁州送范倅(저주에서 통판 범앙을 송별하며), 辛弃疾

老来情味减, 对别酒,
怯流年. 况屈指中秋,
十分好月, 不照人圆.
无情水都不管, 共西风,
只管送归船. 秋晚蓴鲈江上,
夜深儿女灯前.

征衫便好去朝天,
玉殿正思贤. 想夜半承明,
留教视草, 却遣筹边. 长安,
故人问我, 道愁肠殢酒只依然.
目断秋霄落雁, 醉来时响空弦.

늙어가며 흥은 줄어들고
이별의 술잔 대하고
흐르는 세월 겁낸다
하물며 손꼽아 보니 중추절
퍽이나 보기 좋은 달은
사람 함께 있는 것 비추지 않는다
무정한 물은 조금도 아랑곳없이
서풍과 함께 돌아가는 배 보내기만 하고
늦가을 양하(순채)와 농어회 맛 좋은 강가에
깊은 밤 儿女와 함께 등불 앞에 마주할 것이다

떠나는 그대여 서울로 잘 가게
조정에선 바로 어진 이를 생각한다네
생각건대 깊은 밤중 승명려에
남아서 관의 공문서를 검토하고
또 변방 일 맡아 볼 것일세
장안의 옛 친구들 내 소식 묻거든
말해 주게나 여전히 수심에 찬 창자 술에 취해 있다고
가을 하늘에 내려앉는 기러기 바라보며
술김에 빈 시위줄 소리만 낸다고

滁州送范倅: 신기질은 그가 滁州(지금의 安徽)가는 것을 알았다. 송 효종 乾道 8년이었으며, 다음 해는 33살이 된다./蓴鱸: 오나라에서 생산되는 좋은 맛인데, 양하(순채)와 농어를 가리킴./承明: 汉나라 궁전에는 承明庐를 설치했는데, 대신들이 밤중에 거기서 머물렀음./视草: 황제의 뜻을 헤아리기 위해 만든 초고용 보고 문서를 말함./殢酒: 졸리다. 잠오다./空弦: 전국시대 사람들이 더욱 가득차서, 활을 당겨서 맘대로 화살을 쏘았다. 그런데 화살이 공중으로 날아갔는데 아직 상처가 낫지 않은 외로운 기러기들이 응당 소리를 내며 땅으로 떨어졌다.

238. 〈八声甘州〉夜读李广传, 不能寐, 因念晁楚老杨民瞻, 约同居山间, 戏用李广事, 赋以寄之(밤에 〈이광전〉을 읽고 잠들지 못하다가, 晁楚老, 杨民瞻과 산속에서 함께 살자고 약속한 것이 생각나서, 이광의 고사를 장난삼아 써서 이 사 운을 지어 보낸다). 辛弃疾

故将军, 饮罢夜归来,
长亭解雕鞍. 恨灞陵醉尉,
匆匆未识, 桃李无言.
射虎山横一骑, 裂石响惊弦.
落魄封侯事, 岁晚田间.

谁向桑麻杜曲, 要短衣匹马,
移住南山. 看风流慷慨,
谈笑过残年. 汉开边,
功名万里, 甚当时,
健者也曾闲. 纱窗外,
斜风细雨, 一障轻寒.

옛 장군 술 마시고 밤에 돌아와
장정에서 안장 풀었네
한스럽게도 패릉의 취한 亭尉는
황급해서 알아보지 못했지만
桃李는 말이 없었네
한 마리 말을 타고 산을 가로지르며 범을 쏘았으니
강한 시위 소리에 돌이 갈라졌네
봉후의 일 뜻대로 안 되어

늘그막에 전원으로 돌아왔네

누가 장안의 뽕나무와 삼마 밭으로 향해
짧은 옷과 한 마리 말로
남산으로 옮겨 살려 하는가?
풍류스럽고 강개에 차서
담소하며 여생 보내는 것 보리라
한나라 변경 넓히는데 고명을 만 리에 떨쳤더니
왜 당시에 재간 있는 사람은 벼슬 없었던가?
창밖에 가는 빗발은 바람에 비껴 내리고
한바탕 싸늘함 느껴진다

晁楚老杨民瞻: 신기질의 친구로 생애에 대해서는 모두 자세하게 알 수 없음./故将军饮
罢夜归来구: 이 구절은 ≪史记·李将军列传≫에 나오는 부분을 인용했다. 李广은 한
대의 명장으로 흉노를 물리치고 변경을 넓히는 데 큰 공을 세웠다. 그러나 봉후를 얻지
못하고 일개 경위에게 모욕을 당하는 등 불행한 세월을 보내면서 나중에서 서인으로 강
등되어 자살하게 되고 만다. 이광은 불우한 영웅을 묘사하고 있음./桃李无言: 자주 상용
하는 말로 이광이 비록 선하지 않다고 말한다고 하더라도 천하 사람들이 공동으로 모두
흠모하는 영웅임을 비유한 말임./惊弦: 강렬한 활시위 소리를 말함./落魄封侯事2구: 이
광 장군이 넋이 나가고 실의한 모습을 묘사하고 있음./岁晚田间: 말년에 전원으로 돌아
왔다는 말임./谁向桑麻杜曲3구: 이 구는 두보의 〈曲江三章〉에 나오는 시 구절을 인용
했음./杜曲: 장안을 말함./短衣: 사냥할 때 입는 옷을 말함./南山: 종남산을 말한다. 협서
성 蓝田县에 있음.

239. 〈千年调〉庶庵小阁名曰厄言, 作此词以嘲之(서암의 소각을 치언이라 이름지어, 이 사를 지어 조롱하다), 辛弃疾

厄酒向人时, 和气先倾倒.
最要然然可可, 万事称好.
滑稽坐上, 更对鸱夷笑.
寒与热, 总随人, 甘国老.

少年使酒, 出口人嫌拗.
此个和合道理, 近日方晓.
学人言语, 未曾十分巧.
看他门, 得人怜, 秦吉了.

치술잔에 담긴 술이 사람에게 향할 때
술의 좋은 냄새는 먼저 사람을 감복시킨다
가장 중요한 건 옳소 옳소 하며
만사에 좋다고 하는 것이다
골계 술그릇 마주해 웃는다
차고 더운 것
모두 사람을 쫓는
감초

젊어서
떠든 말은 남들을 거슬렸다
세상 비위 맞추는 도리를
요즘에야 비로소 깨달았다
세상 사람의 말 배우는데

아직 십분 공교하지는 못하다
저들을 보시오
사람의 칭찬을 받는
진길료 새들을

庶庵: 신기질의 친구인 郑汝谐이다. 자는 舜举이며, 호는 东谷居士이며 복건사람이다.
순우 12년(1185)에 信州(지금의 강서성 上饶市) 知州로 부임 왔다. 서암은 상료에 있는
그의 서재명임./厄言: 남의 뜻대로 따르는 것을 말하는데, 자신의 주관이 없는 사람을
말함./巵: 고대 일종의 원형 모양으로 만든 술 마시는 잔을 말함./和气: 술의 좋은 냄새
를 말함./然然可可: '옳소 옳소' 하며 맞장구치는 소리를 말함./万事称好: 모든 일을 좋
다, 맞다, 훌륭하다고 하며 응대하는 것을 일컬음. ≪世说新语≫ 주에서 〈司马徽别
传〉을 인용하면서 나온 구절임./滑稽: 술이 콸콸 미끄럽게 잘 흘러내리게 하는 일종의
도구이다. 왜냐하면 이것은 막 가득차서 흘러넘쳐 나오는 것이 마치 아무것도 없을 때
같다. 그래서 옛날 사람들은 끊임없이 물이 계속 넘쳐 흐를 때 이 말을 사용했고, 그래
서 이후 항상 간사하고 뺀질거리는 사람을 비유하게 되었음./鸱夷: 가죽으로 만든 술을
담는 부대를 말한다. 이것은 용량이 커서 넓게 할 수도 있고 좁게 할 수도 있다. 그래
서 항상 참으며 응대를 잘하는 사람으로 비유되었음. /甘国老: 중의약에서 '甘草' 또는
'国老'라고 부르는데 성질은 평온하고, 맛이 달다. 능히 여러 약을 조절하여 한기를 공
격하고 더위를 제거하는 데에도 사용됨./使酒: 술을 마시어 성질대로 하게 하여, 규범을
어기는 것을 알지 못하는 것을 말함./拗: 꺾이다. 때에 적당하지 않음./和合: 부합하다.
영합하다./怜: 좋아하다. 귀엽다./秦吉了: 새 이름으로 '鹩哥'라고도 부른다. 사람이 웃
는 소리를 모방하여 흉내 내는 새로 앵무새보다 뛰어남.

240. 〈鷓鴣天〉, 辛弃疾

著意寻春懒便回, 何如信步两三杯.
山才好处行还倦, 诗未成时雨早催.

携竹杖, 更芒鞋, 朱朱粉粉野蒿开.
谁家寒食归宁女, 笑语柔桑陌上来.

흥겨운 봄놀이 다 하고 피곤해져 돌아올 적에
발길 닿는 대로 마시는 두어 잔 술은 어떠리오
산 경치 좋은 곳도 가다 보면 물리기도 한데
시 한 수 다 읊기도 전에 이른 비 재촉하네

대지팡이 짚고
짚신 신었는데
알록달록 들 쑥 널려 있네
한식 날 뉘 집 아낙 친정 가길래
어린 뽕밭 샛길로 웃음소리 넘어오나

芒鞋: 흔히 지푸라기로 짠 짚신을 말함./朱朱粉粉: 울긋불긋하고 새하얀 것을 말함./蒿:
풀 이름으로 곧 쑥을 말함. 푸른 쑥, 흰 쑥 등 여러 종류의 야생 초목식물이 있음./寒
食: 명절로서 청명절 이틀 전에 있음./归宁: 부녀자가 친정으로 돌아가는 것을 말함./柔
桑陌上: 뽕나무 밭에 난 작은 길을 말함.

241. 〈卖花声〉題岳阳楼(악양루를 제목으로 삼다), 张舜民

木叶下君山, 空水漫漫.
十分斟酒敛芳颜. 不是渭城西去客,
休唱阳关.

醉袖抚危阑,
天淡云闲. 何人此路得生还.
回首夕阳红尽处, 应是长安.

나뭇잎 군산에 지고
하늘과 동정호는 아득히 끝이 없다
잔 가득히 술을 따르나 아름다운 낯빛은 수심 가득
위성 서쪽 양관으로 나가는 나그네가 아니니
〈阳关曲〉을 부르지 마시오

술 취한 채 소매로 높은 난간 어루만지는데
하늘은 맑고 구름은 한가롭다
누가 이 길을 살아서 돌아왔을까?
고개 돌려 석양의 붉은 노을 다하는 곳 바라보니
바로 그곳이 장안이라네

卖花声: 이 사조는 〈浪淘沙〉의 다른 이름임./岳阳楼: 지금의 호남성 岳阳 西门에 있는
데, 동정호를 내려다보고 있다. 작자는 元风 5년(1082) 겨울 10월에 郴州에서 술의 세
금을 감독하는 관리로 폄적되어 갔음./君山: 동정호 가운데에 있는데, 악양루와 서로 마

주보고 있음./空水漫漫: 끝없이 펼쳐진 하늘과 수면이 아득하게 끝없이 수평선으로 펼쳐져 있는 모습을 형용했음./斂芳顏: 그녀의 아름다운 미소가 그치고, 경직되고 엄숙한 모습을 말함./渭城西去客: 이 구는 장안을 떠나서 서쪽으로 가는 행인을 가리키는 것이다. 작자는 이 당시 장안을 떠나 멀리 郴州로 폄적되어 갔다. 침주는 남방에 있기 때문에 '西去客'라고 하지 않은 것임. 〈阳关〉은 왕유가 만든 시악보로 만들어진 ≪阳关三叠≫에 근거함./危阑: 높은 누대 위의 난간을 말함./此路: 멀리 폄적되어 가는 길을 말함./回首夕阳红尽处2구: 백거이의 〈题岳阳楼〉 시에 "석양 붉은 곳 이곳이 바로 장안이라네.(夕阳红处是长安)"라는 구절이 있다. 장안은 한나라였고, 또한 당나라의 옛 수도였다. 송대 사람들은 汴京을 많이 빌려 사용했음.

242. 〈点绛唇〉丁未冬过吴松作(정미년 겨울에 오강을 지나면서 짓다), 姜夔

雁燕无心,
太湖西畔随云去.
数峰苦, 商略黄昏雨.

第四桥边, 拟共天随住?
今何许? 凭阑怀古, 残柳参差舞.

기러기는 무심해도
태호 서쪽을 구름 따라 날고
여러 봉우리는 쓸쓸히 푸르다
황혼녘에 비 뿌릴 듯

네 번째 다리 가에서
천수주와 함께 살고프나
지금은 어디에 있는가?
난간에 기대어 옛일 그리워할 뿐
떨어진 버드나무 이리저리 나부낀다

丁未: 효종 淳熙 14년을 말한다. 강기는 湖州에서 苏州로 범성대를 만나러 가다가 吴松을 지나갔다./吴松: '松陵' 혹은 '笠泽'으로 불리는데, 현재의 오강을 말함./商略: 토론하다. 산봉우리가 아름다움을 묘사하는 것이 마치 곧 비가 내릴 것이라고 토론하는 것 같다는 것을 말함./第四桥: 吴江성 주변에 있는 다리를 말함./天随: 당나라 陆龟蒙의 호가 天随子이다. 육구몽은 어두운 세력과 함께 어울려 섞이지 않으려고 했고, 오랫동안 오강 부근에서 은거하면서 살았다. 강기가 그를 높이 떠받들었다.

243. 〈汉宫春〉, 姜夔

一顾倾吴. 苎萝人不见,
烟杳重湖. 当时事如对弈,
此亦天乎. 大夫仙去,
笑人间, 千古须臾. 有倦客,
扁舟夜泛, 犹疑水鸟相呼.

秦山对楼自绿, 怕越王故垒,
时下樵苏. 只今倚阑一笑,
然则非欤. 小丛解唱,
倩松风, 为我吹竽. 更坐待,
千岩月落, 城头眇眇啼乌.

한 번의 눈길로 오나라를 무너뜨린
저라촌의 서시는 보이지 않고
아득한 안개만 겹친 호수에 자욱하다
당시 오·월의 싸움은 바둑 두듯 알기 어려웠으니
이 또한 하늘의 뜻이런가?
월의 대부 문종이 이곳에 묻히었으니
인간사의 천년이 순간임을 비웃노라
지친 나그네가 밤에 조각배로 호수를 떠가니
물새는 부름도 망설이는 듯하여라

진망산은 누각을 마주하여 절로 푸르건만
아마도 월왕대의 옛 보루는

때때로 나무꾼이 쉬는 곳 되었겠지
다만 지금 난간에 기대어 한번 웃어보나
그런지 아닌지
가기들은 노래를 잘하는데
아름다운 솔바람은 우리를 위해 피리를 부는 듯
천 길 바위산으로 달이 지니
성 머리는 아득한데 까마귀 울도록 다시 앉았어라

苎萝人: 모시 담쟁이덩굴의 저라촌에 살고 있는 서시를 말함./烟杳: 안개가 자욱하게 끼어 앞이 잘 보이지 않고 잔뜩 흐린 것을 말함./弈: 바둑. 바둑을 두다./倦客: 피곤한 객. 여기서는 이리저리 유랑하다 지친 나그네를 가리킴./扁舟: 일엽편주. 즉 작은 배를 말함./相呼: 서로 부르다./越王: 월나라왕 구천을 말한다./故垒: 첩첩이 쌓인 옛무덤, 봉분./樵苏: 나무꾼이 쉬다, 휴식을 취하다./倚阑: 난간에 기대다, 의지하다./松风: 솔바람을 말한다./为吹竽: 피리를 불다./眇眇: 아득하다. 멀다.

244. 〈鹧鸪天〉元夕有所梦(정월대보름 밤에 꿈을 꾼 것이 있어), 姜夔

肥水东流无尽期,
当初不合种相思.
梦中未比丹青见,
暗里忽惊山鸟啼.

春未绿, 鬓先丝,
人间别久不成悲.
准教岁岁红莲夜,
两处沉吟各自知.

동으로 흐르는 비수는 다할 때가 없으니
상사의 씨 애당초 안 부려야 했었네
꿈속이라 단청보다 또렷하지 못했는데
어둠 속에 문득 나는 새소리에 놀라 깼네

봄빛은 아직도 무르익지 않았고
살쩍머리에는 먼저 하얀 실이 걸렸는데
헤어짐이 오래되어 슬픔이 마비됐네
그 누가 해마다 대보름 밤에
멀리서 소리 없이 생각나게 하는가?

元夕有所梦: 강기가 34살 이전에 일찍이 객이 되어 江淮를 유람했다. 이 작품을 관찰해 보면 合肥에서 우연히 지은 것 같다./肥水: 근원은 合肥에서 나와서 서북쪽 将军岭으로 흐르는데 동쪽으로 나눠지고, 남쪽으로 두 지류로 갈라짐./红莲: 붉은 등을 가리킴.

245. 〈踏莎行〉 自沔东来, 丁未元日至金陵, 江上感梦而作(내가 면
     동쪽으로 와서, 정미년 설날 금릉에 이르러 강가에서 꿈속을 감상하
     며 짓다), 姜夔

燕燕轻盈, 莺莺娇软,
分明又向华胥见.
夜长争得薄情知?
春初早被相染.

别后书辞,
别时针线, 离魂暗逐郎行远.
淮南皓月冷千山, 冥冥归去无人管.

날렵한 제비인 듯
깜찍한 꾀꼬리인 듯
분명히 꿈속에서 다시 보았다
무정한 사람이야 이 마음 어찌 알랴
이른 봄에 벌써 그리움에 물들었다

헤어진 뒤 그녀가 보낸 편지와
헤어질 때 그녀가 지어 준 옷은
남몰래 임 계신 곳 찾겠다는 뜻이네
회수 남쪽 밝은 달이 온 산에 차가운데
돌아가는 어두운 길 돌보는 이 없다

沔: 당송대의 주 이름이다. 지금은 호북성의 汉阳이다. 강기는 어렸을 때 이 곳에서 살

았음./元日: 정월 초하루. 설날./金陵: 지금의 남경을 말함./燕: 제비. 애인을 비유함./轻盈: 여성의 동작이 유연하다. 나긋나긋하다. 경쾌하다./莺: 꾀꼬리, 애인을 비유함./娇: 아름답다. 사랑스럽다./软: 부드럽다. 온화하다./华胥: 꿈속에서 편안하게 노닐다. 낮잠자다./争得: 어떻게. 어찌./染: 물들다. 감염되다./书辞: 편지로 이별하다./针: 바늘./线: 실./魂: 넋./郎行: 남편이나 애인이 있는 곳./淮南: 合肥를 지칭한다. 송대에는 회남로에 속함. 淮水 이남 양자강 이북으로 특히 安徽 중부를 가리킴./皓月: 밝은 달./冥: 어둡다./管: 간섭하다. 관여하다.

246. 〈齐天乐〉丙辰岁, 与张功父会饮张达可之堂. 闻屋壁间蟋蟀有
声, 功父约予同赋, 以授歌者, 功父先成, 辞甚美. 予裴徊茉莉花
间, 仰见秋月, 顿起幽思, 寻亦得此. 蟋蟀, 中都呼为促织, 善斗.
好事者或以三二十万钱致一枚, 镂象齿为楼观以贮之.(병신년에 장
공보와 함께 장달가의 집에서 연회를 열었다. 집 벽 사이에 귀뚜라미
우는 소리를 듣고 공보가 나에게 함께 시를 지어서 가수에게 주자고
약속했다. 공보가 먼저 완성했는데 가사가 아주 아름다웠다. 나는 말
리꽃 사이를 배회하다가 가을달을 쳐다보면서 문득 깊은 생각에 빠져
들었는데 얼마 안 되어 또한 이 같은 사를 지을 수 있었다. 귀뚜라미
를 중도에서는 촉직이라고 하는데 싸움을 잘하였다. 호사가들 가운데
이삼십만 전으로 한 매를 사들여 상아에 새겨놓고 높은 누각을 지어
그것을 쌓아 두었다). 姜夔

庚郎先自吟愁赋, 凄凄更闻私语.
露湿铜铺, 苔侵石井,
都是曾听伊处. 正思妇无眠,
起寻机杼. 曲曲屏山,
夜凉独自甚情绪?

西窗又吹暗雨,
为谁频断续, 相和砧杵?
候馆迎秋, 离宫吊月,
别有伤心无数. 豳诗漫与,
笑篱落呼灯, 世间儿女.
写入琴丝, 一声声更苦.

그 옛날 유신이 <愁賦>를 노래했듯
귀뚜라미 울음소리 다시 들리니 처량하리라
이슬 젖은 대문의 쇠고리와
푸른 이끼 무성한 돌 우물가는
귀뚜라미 울음소리 자주 듣던 곳
슬픈 소리로 절로 호소하니
남편을 그리던 여인은 마침 수심으로 잠 못 들고
일어나 베틀의 북을 찾는다
병풍 위에는 산이 굽이치고
밤은 차가운데 홀로 무슨 생각 떠올릴까?

서쪽 창문 밖에 밤비는 또 내리는데
누굴 위해 자꾸만 멈추다간 다시 울어
다듬이질 소리와 어울려 들려오나?
객사에선 쓸쓸히 가을 맞고
행궁에선 고국에 뜬 달 보며 마음 달래려니
귀뚜라미 울음은 또 다른 수많은 상심을 떠올리리
<豳风>, <七月>의 귀뚜라미 시는 꾸밈없네
울타리 아래 웃으면서 초롱 들고 귀뚜라미 잡는
세간의 무심한 어린아이들
이 마음을 사로 지어 거문고에 연주하니
튕기는 가락마다 더욱 애절하구나

숲饮: 모여서 술을 마시다./蟋蟀: 귀뚜라미/约: 약속하다./赋: 짓다./裴徊: 배회하다. 이리저리 헤매며 돌아다니다./顿: 갑자기. 별안간./幽思: 깊은 생각을 하다./寻: 찾다./蟋蟀: 남송의 수도 临安(항주)에서는 당시에 귀뚜라미를 싸움시키는 풍속이 성행했음./呼: 부르다./促织: 귀뚜라미/斗: 싸우다./好事者: 일을 벌여 놓기를 좋아하는 사람./枚: 매, 장, 개(주로 형체가 작고 동글납작한 물건을 세는 양사임.)./象齿: 상아/贮: 저장하다. 쌓다./

庚郎: 북조의 문학가 유신을 가리킴./凄凄: 슬프다. 처량하다./私语: 비밀이야기. 여기서는 귀뚜라미의 비명을 말함./湿: 축축하다. 습하다./铜铺: 문 위에 장식하는 구리로 만든 문고리를 가리킴./苔侵: 이끼가 끼다./伊: 이, 그, 저를 나타내는 지시사임./机杼: 베틀의 직포북을 말함./凉: 서늘하다./频: 자주. 종종./砧杵: 옷을 두드리는 다듬잇돌을 말함. 고대 부녀자들은 항상 밤에 옷을 빨아서 다림질하여 원정 나간 사람에게 보냈음./候馆: 여관/离宫: 임금의 놀러 나갈 때 머물 수 있게 하기 위하여 궁성에서 떨어진 곳에 지은 궁을 말함./吊月: 달을 바라보다./豳诗: ≪诗经·幽风≫에 이르길 "시월에 귀뚜라미가 나의 침대 밑으로 들어왔다.(十月蟋蟀入我床下)"라는 구절이 있음./漫: 넘치다./笑篱落呼灯: '무지한 아녀자의 즐거움으로써 유심한 사람의 고통을 반대편의 묘사로써 드러내는 것'과 관련이 있음.

247. 〈八归〉湘中送胡德华(상강에서 호덕화를 보내며), 姜夔

芳莲坠粉, 疏桐吹绿,
庭院暗雨乍歇. 无端抱影销魂处,
还见筱墙萤暗, 藓阶蛩切.
送客重寻西去路, 问水面,
琵琶谁拨? 最可惜, 一片江山,
总付与啼鴂.

长恨相逢未款,
而今何事, 又对西风离别? 渚寒烟淡,
棹移人远, 漂渺行舟如叶. 想文君望久,
倚竹愁生步罗袜. 归来后, 翠尊双饮,
下了珠帘, 玲珑闲看月.

향기로운 연꽃잎 어지러이 떨어지고
성근 오동나무 푸르름 지는데
뜰 안의 가을비 막 그쳤다
까닭 없는 추억 안고 가슴 애태울 때
대나무 담벼락의 반딧불 희미해지고
이끼 낀 섬돌엔 처량한 귀뚜라미 소리
손님 떠난 서쪽 길을 다시 찾으니
수면의 비파는 누가 켜는지
정말 애달픈 것은 조각난 이 강산에 두견새 우는 소리

그대와 정들자

지금 또 서풍에 이별하고

물가 차갑고 물안개 얇은데

돛을 올리니 사람은 멀어져

아득히 떠나가는 배 나뭇잎 같네

탁문군과 같은 부인 오랫동안 바라다보며

대나무에 기대어 근심스레 비단버선으로 맞이할 일 그려본다

돌아와 비취 잔에 술 마신 후

주렴을 내리고는 맑은 달빛 바라보네

胡德华: 이 사람의 생애는 분명하지 않음./筱墙: 작은 대나무 담장을 말함./蛩: 귀뚜라미./水面琵琶: 백거이의 〈琵琶行〉 시의 의경을 차용했음. 친구와 이별할 당시의 슬픈 감정을 잘 형용했음./相逢未款: 친구와 서로 교류한 시간이 오래되지 않았다는 말임./未款: 진실한 마음이 서로 통하지 않았다는 말임./文君: 탁문군을 말함./倚竹: 두보의 시에 "날이 저물어 길게 자란 대나무에 기대었다.(日暮倚修竹)"라는 구절이 있음./翠尊: 비취색 옥술잔을 말함. 여기서는 친구가 집으로 돌아온 후, 부부가 서로 정답게 모여 있는 정경을 상상하여 쓴 것임.

248. 〈念奴娇〉 余客武陵, 湖北宪治在焉. 古城野水, 乔木参天. 余与二三友, 日荡舟其间, 薄荷花而饮, 意象幽闲, 不类人境. 秋水且涸, 荷叶出地寻丈, 因列坐其下, 上不见日, 清风徐来, 绿云自动. 间于疏处, 窥见游人画船, 亦一乐也. 揭来吴兴, 数得相羊荷花中. 又夜泛西湖, 光景奇绝. 故以此句写之(내가 武陵에 객으로 있을 때 소덕조가 거기에 있었다. 옛 성의 들과 물가에 키 큰 나무는 하늘을 찌르고 있었다. 나는 두세 명의 벗들과 함께 날마다 배를 타고 그곳에서 놀며 연꽃에 다가가 술을 마셨다. 풍치가 그윽하고 한적하여 인간세상 같지 않았다. 가을 물이 또한 말라 연잎이 땅 위로 여덟 자 남짓 나왔기에 그 아래에 둘러앉으니 위로는 해가 보이지 않았다. 맑은 바람이 천천히 불어오고 푸른 구름 같은 연잎들이 절로 움직이는데 성긴 잎사귀 사이로 유람객의 유람선을 엿보는 것이 또한 하나의 즐거움이었다. 오흥에 갔을 때 자주 연꽃 속을 배회하였고 또한 밤에 서호에 배를 띄웠는데 경치가 아주 뛰어났다. 그래서 이 사구로써 그것을 그려본다), 姜夔

闹红一舸,
记来时尝与鸳鸯为侣.
三十六陂人未到, 水佩风裳无数.
翠叶吹凉, 玉容消酒,
更洒菰蒲雨.

嫣然摇动,
冷香飞上诗句. 日暮,
青盖亭亭, 情人不见,
争忍凌波去? 只恐舞衣寒易落,

愁入西凤南浦. 高柳垂阴,
老鱼吹浪, 留我花间住.
田田多少, 几回沙际归路.

어지러이 붉은 꽃으로 뒤덮인 한 척의 배
기억하건대 처음 왔을 때는
일찍이 원앙과 함께 짝하였지
수많은 연못가에 그이는 아직 이르지 않았네
물가에는 패옥차고 바람에 치마 날리는 수많은 여인들
푸른 연잎에 서늘하게 바람 불어오니
옥 같은 얼굴의 연꽃은 술에서 깨어난 듯하구나
다시 줄풀과 부들잎에 비 뿌리네

싱긋이 웃음 지으며 요동치니
차가운 향기는 시구로 날아오르는구나
날은 저물어
푸른 우산 같은 연잎이 우뚝 서 있는데
연인은 보이지 않고
어찌도 냉정하게 가벼운 걸음으로 떠나실까?
오직 무용수의 옷 같은 꽃잎이 쉽게 시들까 두려워하며
가을바람이 남쪽 갯가에 불어올까 근심스럽다
높은 버드나무 그늘을 드리우고
늙은 물고기는 물결 연주하며
나를 꽃 속에 붙들어 놓는구나
무성한 연잎은 얼마나 떠 있었는지
몇 차례나 모래 가에서 돌아갈 길 찾아 헤맨다

이 사는 淳熙 16년(1189) 절강성 항주의 서호를 유람할 때 지은 것임./武陵: 지금의 호남성 常德市이다./湖北宪治: 송나라 때 荆湖北路에서 형벌을 담당하는 벼슬자리를 가리킴./薄荷花: 연꽃에 가까이 와 있다는 말이다. '薄'은 가까이 접근하다./큐丈: 8尺이 1丈이다. 큐은 8척이다./揭: 발어사로, 이르다. 도착하다./相羊: 자유자재로 유람하며 노니는 것을 말함./三十六陂: 시사 중에 상용되는 '三十六陂'는 허상(헛된 것)을 가리킴. 陂는 연못을 가리킴./水佩风裳: 만당 이하의 〈苏小小墓〉 시에 "바람은 허리띠가 되었고, 물은 치마가 되었다.(风为佩, 水为裳)"라는 구절이 있음./玉容: 연꽃을 비유한 것임./菰: 식물명으로 하얀 줄 풀을 말함./嫣然: 웃는 모양을 뜻함./青盖: 연꽃잎이 마치 푸른 우산 같다고 비유한 것임./舞衣: 연잎을 비유한 것임./老鱼吹浪: 두보의 시에 "물고기가 가는 물결을 일으켜 노래하며 부채를 흔든다.(鱼吹细浪摇歌扇)"라는 구절이 있음./田田: 연꽃잎이 둥글게 모여서 물에 떠 있는 모양을 가리킴. 남조시대의 乐府 〈江南〉에 "강남은 연을 따기 좋은 곳이라네, 연잎이 얼마나 무성한지.(江南可采莲, 莲叶何田田)"라는 구절이 있음.

249. 〈惜红衣〉吴兴号水晶宫. 荷花盛丽. 陈简斋云："今年何以报
君恩, 一路荷花相送到青墩." 亦可见矣. 丁未之夏, 予游千岩,
数往来红香中, 自度此曲, 以无射宫歌之(오흥은 수정궁이라고 부
르는데, 연꽃이 무성하고 화려하다. 진여의가 이르기를 "올해에는
그대의 은혜를 어떻게 보답할까? 온통 널린 연꽃은 청돈진으로 보내
야지."라고 했다. 역시 볼만하다. 정미년(1187) 여름 나는 천암노인
(소덕조)에게 놀러와 수차례 붉은 연꽃 사이를 왕래하던 중에 이 곡
을 스스로 지어 무사궁으로 노래한다). 姜夔

簟枕邀凉, 琴书换日,
睡馀无力. 细洒冰泉,
并刀破甘碧. 墙头唤酒,
谁问讯, 城南诗客.

岑寂. 高柳晚蝉,
说西风消息. 虹梁水陌.
鱼浪吹香, 红衣半狼藉.
维舟试望故国. 眇天北.
可惜渚边沙外, 不共美人游历.
问甚时同赋, 三十六陂秋色.

대자리에 누워 서늘함 맞으며
거문고와 책으로 세월을 보내네
잠자고 난 뒤 무기력하여
얼음 같은 샘물을 가늘게 뿌려보고
병주산 잘 드는 칼로 신선한 과일 잘라보네

담장머리에서 술을 불러보지만
누가 성남의 시객을 방문하리오

산봉우리 고요한데
높은 버드나무에는 때늦은 매미가
가을바람 소식을 말하는구나
물길 위 무지개다리
물고기가 물결 가르며 향기를 연주하니
붉은 옷의 절반은 흐드러지게 되었다
배를 묶어놓고
바라보려니
고국은 하늘 북쪽에 아득하구나
안타까워라, 물가 모래 밖에서
미인과 함께 놀지 못하니
묻노니 언제 함께
수많은 연못의 가을빛을 읊어볼까

吳興: 지금의 절강성 湖州로, 사면이 물로 둘러싸여 있기 때문에 '水晶宮이라고 불렸음./陈简斋: 진여의를 가리킴./丁未:송 효종 淳熙 14년(1187)./千岩: 湖州에 있는 弁山을 말함./无射宫: 고대 12음률 중의 하나임./簟: 대자리./井刀: 고대 井州(지금의 太原)에서는 썩 잘 드는 칼(쾌도)을 만들었음./甘碧: 신선한 과일을 가리킴./虹梁: 무지갯빛이 나는 다리를 말함./水陌: 물 가운데 있는 방죽(제방, 보)을 말함./鱼浪吹香: 물고기가 놀면서 물결을 쳐서 연꽃 향기를 불어 보내는 것을 말함./红衣: 연꽃을 가리킴./狼藉: 어지러이 흩어져 있음./故国: 여기서는 이전 북송을 통치할 때의 中原 지역을 말함./三十六陂: 诗词 중에 상용되는 것으로 대부분 연못을 가리킴.

250. 〈扬州慢〉淳熙丙申至日, 予过维扬, 夜雪初霁, 荠麦弥望. 入
其城, 则四顾萧条, 寒水自碧. 暮色渐起, 戍角悲吟. 予怀怆然,
感慨今昔. 因自度此曲. 千岩老人以为有黍离之悲也(순희 병신년
동짓날, 나는 양주를 지나가다 밤에 눈이 내렸는데 막 개어서, 시야
에 가득한 것은 냉이와 보리뿐이었다. 성에 들어가니 사방은 쓸쓸하
고, 차가운 물만 푸르렀다. 저녁 어스레한 빛이 점차 퍼지는데, 수루
의 나팔소리가 슬펐다. 내 마음은 슬퍼지고 옛날과 지금의 감회가 교
차되어 일어 이 곡을 지었는데, 천암노인은 영고성쇠의 무상한 탄식
과 비애가 있다고 평했다), 姜夔

淮左名都, 竹西佳处,
解鞍少驻初程. 过春风十里,
尽荠麦青青. 自胡马窥江去后,
废池乔木, 犹厌言兵. 渐黄昏,
清角吹寒, 都在空城.

杜郎俊赏,
算而今, 重到须惊. 纵豆蔻词工,
青楼好, 难赋深情.
二十四桥仍在, 波心荡冷月无声.
念桥边红药, 年年知为谁生?

회수 동쪽 지역의 이름난 도시
죽서정 좋은 곳에
안장을 풀어놓고 여정 잠시 멈추었네
십리에 춘풍 불었던 양주로를 지나자니
도처에 냉이 보리 시퍼렇게 우거졌네
오랑캐가 멀리 강남을 엿보고 간 뒤로

버려진 연못도 우뚝한 나무도
오히려 전쟁 얘기조차 싫어한다네
황혼이 질 무렵
맑은 뿔피리 소리가 싸늘하게 들려오네
주위에는 텅 빈 성만 쓸쓸하게 서 있네

아무리 두목 같은 뛰어난 곳이라 칭찬했어도
지금 그가 다시 온다면 틀림없이 놀라리
육두구를 읊은 시가 더없이 아름답고
기방에서 단꿈을 꾸었던 그로서도
처량한 이 심정을 읊어내지 못하리라
그날의 이십사교 다리는 아직 있건만
물결은 흔들리고
차가운 달빛은 말이 없구나
생각하니 다리 가에 피어 있는 붉은 작약은
해마다 누굴 위해 꽃을 피는지?

이 사는 작자가 22세 전후에 쓴 자탁곡이다. 양주 高宗 建炎이 3년 이래 수차례 금나라 사람에게 침략당한 참상과 고국에 대한 그리움을 나타내었음./淳熙丙申: 孝宗 淳熙3년(1176) 동짓날을 가리킴./荠麦: 야생 보리를 가리킴./戍角: 성곽을 수비하는 군대의 호각소리를 가리킴./千岩老人: 萧德藻로 복건성 闽清人으로 말년에 湖州에서 살았다. 弁山의 수천 개 바위 암석의 경치가 다투어 빼어남을 사랑하여 스스로 이것을 호로 삼았음./黍离之悲: 군대의 침략으로 인해 궁실이 황량해졌고, 슬픈 근심을 나타냄./竹西: '西竹亭'을 말함. 양주 북쪽문 밖에 있음./春风十里: 양주는 원래 번화한 큰 거리였음을 가리킴. 두목의 〈赠别〉 시에 "10리의 양주길에 봄바람이 불고(春风十里扬州路)"라고 되어 있음./胡马窥江: 高宗 建炎 3년(1161) 금나라 군대가 처음으로 양주를 쳐들어왔음./杜郎俊赏구: 당대 시인 두목은 일찍이 양주에서 노닐었는데 이 때문에 '俊赏'이라고 했음./豆蔻: 콩과 육두구를 말함./二十四桥: 당나라 때 양주에는 원래 南桥, 小市桥 등 24개의 이름난 다리가 있었다. 그러나 또한 한 다리는 이름이 '二十四桥'라는 것이 있었음.

251. 〈长亭怨慢〉 予颇喜自制曲, 初率意为长短句, 然後协以律, 故
前後阕多不同.桓大司马云: "昔年种柳, 依依汉南, 今看摇落,
凄怆江潭. 树犹如此, 人何以堪!" 此语余深爱之(나는 스스로 만
든 노래를 좋아하여 먼저 뜻 가는 대로 장단구를 짓고, 그런 다음 협
률을 했다. 그리하여 전·후편이 대부분 같지 않다. 단 대사마가 말하
길 "옛날에 버드나무를 심었는데 여전히 한남에서 자라고 있다. 지금
보니 버들개지 흩날리며 떨어져 강과 호수를 처량하고 슬프게 하는
데, 나무도 이와 같을진대, 사람이 어찌 감당하겠는가."라고 했다. 이
말을 나는 아주 좋아한다), 姜夔

渐吹尽, 枝头香絮,
是处人家, 绿深门户.
远浦萦回, 暮帆零乱向何许?
阅人多矣, 谁得似长亭树?
树若有情时, 不会得青青如此!

日暮, 望高城不见,
只见乱山无数. 韦郎去也,
怎忘得玉环分付. 第一是早早归来,
怕红萼无人为主. 算空有并刀,
难剪离愁千缕.

바람은 점차 나뭇가지 버들솜을 흩날려 가니
이곳 인가는
집마다 초록색이 짙었네
먼 포구는 굽이쳐 감도는데

저물녘 점점이 흩어진 돛단배들은 어디로 향하는가?
겪은 사람 많다지만
누가 많으랴! 장정의 버들과 비교하면
버들에게도 정이 있었다면
이토록 독야청청 푸를 수는 없었으리

해가 저무니
바라보던 높은 성은 보이지 않고
수없이 흩어진 산만 보일 뿐이어라
위랑은 떠났지만
옥반지에 맺은 언약 어찌 잊으리?
무엇보다 일찍 돌아오라 일렀음은
붉은 꽃잎 같은 그녀가 의지할 임 없었을 때문이네
한 자루 병주의 칼이 있다 해도
천 갈래로 감기는 이별의 수심을 자르기는 어려웠으리

이 사는 송 光宗 紹熙 2년(1191) 봄에 合肥에서 동쪽으로 돌아가다가 이별의 기억을 쓴 것임./桓大司馬: ≪世说新语·言语≫에 보면, 그는 동진 桓温이 大司馬가 되었다. 진나라로 출정 나갔다가, 금나라의 성에 이르렀다. 전에 보았던 몇 그루의 버들은 모두 이미 열 가지가 되어 둘러쌌고, 인하여 눈물을 흘리면서 말했다. "나무는 이전 그대로 인데, 사람은 어찌 그대로이지 않은가?"라고 되어 있음./琭処: 곳곳. 도처에./并刀: 고대 并州(지금의 山西 太原)에서 만든 잘 드는 칼(쾌도)을 말함.

252. 〈淡黄柳〉客居合肥南城赤栏桥之西, 巷陌凄凉, 与江左异, 唯柳色夹道, 依依可怜. 因度此阕, 以纾客怀(객으로 합비성 남쪽에 있는 적란교 서쪽에 살았는데, 거리가 처량하여 강동 지역과 크게 달랐다. 단지 버드나무만이 길 양쪽으로 치렁치렁 늘어져 있어 마음 아팠다), 姜夔

空城晓角, 吹入垂杨陌.
马上单衣寒恻恻. 看尽鹅黄嫩绿,
都是江南旧相识.

正岑寂,
明朝又寒食. 强携酒, 小桥宅,
怕梨花落尽成秋色. 燕燕飞来,
问春何在? 惟有池塘自碧.

텅 빈 성에 새벽 호각소리
길가 드리운 수양버들 사이로 바람결에 들려오네
얇은 홑옷으로 말 위에 오르니 차가운 기운으로 서글프다
보이는 것은 모두가 담황빛과 연록색의 버들로
모두 강남에서 눈에 익은 것이었네

적막하기 그지없는데
내일 아침이면 또 한식일세
억지로 술병 들고
조그마한 다리 옆집으로 가려고 하나
배꽃이 모두 떨어져 가을모습 되지 않았을까
제비들만 날아와서

봄이 어디에 있냐고 묻네?
말 없는 연못만이 옛날과 같이 푸르다

窒이 사는 애인과 이별하면서 쓴 작품임./赤栏桥: 붉게 칠한 난간의 교량을 말함. 이 때문에 이렇게 불리게 되었음./依依: 헤어지지 못하여 미련이 남는 모양./恻恻: 가벼운 한기를 말함./小桥宅: 강기가 살던 적란교 주변의 집을 말함. 小桥는 삼국시대 오나라의 이름난 미녀로 주유에게 시집을 갔다.

253. 〈暗香〉 辛亥之冬, 予載雪诣石湖. 止既月, 授简索句, 且微新声. 作此两曲, 石湖把玩不已, 使工妓隶习之, 音节谐婉, 乃名之曰, 暗香, 疏影(신해년(1191년) 겨울에 나는 눈을 이고 범성대를 찾아갔다. 머문 지 한 달이 되었을 때 그는 글을 써 달라고 하면서 또 신곡으로 해 보라고 하였다. 그래서 나는 이 두 곡을 지었는데, 범성대는 감상하기를 그치지 않더니 뛰어난 기생에게 연습시켜 보았는데, 음절이 서로 어울려 아름답고 부드러웠다. 그리하여 〈暗香〉과 〈疏影〉이라고 이름 붙였다). 姜夔

旧时月色, 算几番照我,
梅边吹笛? 唤起玉人,
不管清寒与攀摘. 何逊而今渐老,
都忘却春风词笔. 但怪得竹外疏花,
香冷入瑶席.

江国, 正寂寂,
叹寄与路遥, 夜雪初积. 翠尊易泣,
红萼无言耿相忆. 长记曾携手处,
千树压, 西湖寒碧. 又片片,
吹尽也, 几时见得?

그 옛날 그 달빛
몇 번이나 나를 비추어 주었던가?
매화나무 옆에서 피리 부는 내 모습을
고운 임 불러내어
추위도 개의치 않고 함께 가지 꺾었다

하손 같은 이 몸도 이제는 점점 늙어
봄바람 속에 읊조리던 그 솜씨를 다 잊었네
대울타리 저 너머로 성기게 핀 꽃송이
차가운 그 향기가 자리로 스며드네

강가의 마을은
적막한데
아아, 부치려 해도 길이 멀고
밤에 눈마저 쌓이네
비취 술잔 손에 들면 울고 싶은 이 마음
붉은 꽃은 말없이 그리움을 자아내네
아직도 기억하노니 손잡고 놀던 곳에
천 그루가 서호의 푸른 물을 짓눌렀지
또 한 잎씩 바람에 다 떨어지니
언제나 그 자태 다시 볼 수 있을까?

辛亥: 송 光宗 紹熙 2년(1191)./詣: 방문하다. 찾아가다./石湖: 범성대가 말년에 석호에서 살았는데, 이 호수는 지금의 소주 서남쪽에 있다. 남쪽으로는 太湖와 통하고, 북쪽으로는 橫塘과 통한다. 송 효종이 서에 '石湖' 두 글자를 써서 그에게 주었다. 이 때문에 범성대는 자호를 스스로 '石湖居士'라고 했음./工伎: 악공과 기녀를 말함./隶习: 배우다. 공부하다./暗香·疏影: 林逋의 ≪山园小梅≫ 시에 나오는 구절임./何逊: 하손은 자가 仲言이고 남조 梁東 海郯사람이다. 관직은 尚书水部郎에 이르렀음./江国: 고향을 말함./路遥: 고향의 친구에게 매화를 붙이고 싶은 마음이 들었는데, 길이 너무 멀어 어쩔 수 없었던 안타까운 심정을 표현한 것임./翠尊: 푸른 옥 같은 술잔을 말함./红萼: 홍매(붉은 매화)를 가리킴./耿相忆: 진심으로 정성스럽게 서로 회상한다는 뜻임.

254. 〈疏影〉, 姜夔

苔枝缀玉, 有翠禽小小,
枝上同宿. 客里相逢,
篱角黄昏, 无言自倚修竹.
昭君不惯胡沙远, 但暗忆,
江南江北.

想佩环月夜归来,
化作此花幽独. 犹记深宫旧事,
那人正睡里, 飞近蛾绿.
莫似春风, 不管盈盈,
早与安排金屋. 还教一片随波去,
又却怨玉龙哀曲. 等恁时,
重觅幽香, 已入小窗横幅.

이끼매화 가지에 구슬을 엮어놓은 듯
작디작은 비취새가
나뭇가지 위에 함께 깃드네
객지에서 서로 만나
울타리 모서리에 황혼이 지는데
말없이 홀로 긴 대나무에 기대어 있네
왕소군은 먼 오랑캐 땅에 익숙하지 않아
다만 남몰래 강남과 강북을 그리워하네

오히려 깊은 궁궐에서 그 사람이 잠들었을 때
어여쁜 초록 눈썹에 매화 날아들었었지
매정한 봄바람은 예쁜 모습 상관치 않으니
일찌감치 황금집을 준비해야 하리
도리어 한 조각 물결을 떠나가게 한다면
또다시 원망하고 옥룡은 구슬픈 곡조 노래하리라
어느 때에 다시 그윽한 향기 찾으려나
이미 작은 창가 비단화폭에 들어왔으니

苔枝缀玉: 매화는 옥과 같은 구슬이 이끼 낀 매화가지에 길게 주렁주렁 달려 있는 것을 말함./自倚修竹: 미인을 매화로 비유한 것임./佩环: 왕소군을 가리킴./昭君不惯胡沙远구: 달 아래 매화꽃이 왕소군의 패옥으로 변했지만, 기이하고 특별한 아름다움은 없었다. 이것은 또한 금나라 군대가 송나라를 침략한 것에 대한 근심을 은근히 표현한 것임./深宫旧事: 남조 송무제의 딸 수양공주가 잠잘 때 이마 사이에 매화꽃이 떨어졌다. 그래서 한때 매화 화장법이 유행하게 되었음./蛾绿: 깊은 녹색의 이마를 말함./玉龙: 옥피리를 말함./哀曲: 고대의 피리곡 〈梅花乐〉을 가리킴./恁时: 어떤 때. 언제./横幅: 화폭. 그림.

255. 〈翠楼吟〉 淳熙丙午冬, 武昌安远楼成, 与刘去非诸友落之, 度
曲见志. 余去武昌十年, 故有人泊舟鹦鹉洲者, 闻小姬歌此词,
问之, 颇能道其事, 还吴, 为余言之, 兴怀昔游, 且伤今之离索也
(순희 병오년 겨울에 무창에 있는 안원루를 지나갔는데 유거비와 더
불어 여러 친구들이 이 누대의 낙성식을 거행했다. 나는 무창을 떠난
지가 10년이 되었다. 때문에 어떤 사람이 배를 앵무주에 정박하고
젊은 노래 부르는 기녀가 이 사를 노래하는 것을 듣고, 그에게 물었
다. 자못 능히 그 일을 말해 주었고, 다시 오나라 땅으로 돌아와 내
가 그것을 말했다. 옛날에 놀던 생각이 일어났고, 또한 지금 지나간
세월을 찾으려니 서글프다), 姜夔

月冷龙沙, 尘清虎落,
今年汉酺初赐. 新翻胡部曲,
听毡幕元戎歌吹. 层楼高峙,
看槛曲萦红, 檐牙飞翠. 人姝丽,
粉香吹下, 夜寒风细.

此地宜有词仙,
拥素云黄鹤, 与君游戏. 玉梯凝望久,
但芳草萋萋千里. 天涯情味, 仗酒袚清愁,
花消英气. 西山外, 晚来还卷, 一帘秋霁.

달빛은 싸늘한 변방을 비추고
성곽의 울타리는 전쟁 없이 조용한데
올해는 태상황의 희수연이라 상을 하사한다
새로 만든 <胡部曲>을

사령관이 막사에서 연주한다
새로 지은 누각은 우뚝 솟아 있는데
굽이굽이 두르고 있는 붉은 난간과
아치형으로 들린 푸른 처마를 보라
누각 위의 아름다운 여인들
그 분향기가 날려 오네
싸늘한 밤에 미풍을 타고서

여기에는
본래 사의 신선이 있어
흰 구름을 부리고 황학을 타고서
그대들과 함께 유희를 즐겼노라
흰 돌계단에 서서 오랫동안 먼 곳을 바라보니
무성한 향초만 천리까지 이어졌네
하늘가에 떠도는 나그네의 심정
한 잔 술에 근심을 깨끗이 씻고
여인들에 묻혀 뛰어난 재능을 없앤다
지금 고향 서산에서는
저녁 무렵 주렴을 올리고
가을비 갠 풍경을 볼 수 있겠지

이 사는 작자가 汉阳을 떠나 湖州로 부임 갔는데, 무창을 지나가면서 지은 것임./淳熙
丙午: 송 효종 淳熙 13년(1186) 겨울임./武昌安远楼: 옛터 유적지는 지금 무한시 황학
산 위에 있는데, 일명 '白云楼'라고 부름./刘去非: 刘立义일 것 같고, 일찍이 京西 漕
运의 관직을 지냈음./落之: 누대가 완공되었을 때 축하하는 낙성식을 말함./度曲: 노래
를 만들다. 사를 쓰다는 말임./鹦鹉洲: 지금 무한시 한양의 강 가운데 있음./还吴: 소주
로 되돌아오다는 뜻임./龙沙: '白龙沙'라고도 하는데 지금의 新疆 지역임./虎落: 성곽

혹은 군영의 울타리(경계)를 말함./汉酺: 황제가 특별히 허락한 큰 연회로, 한 무제 때는 일찍이 5일 동안이나 큰 연회를 베풀었다. 이 때문에 '汉酺初赐'라고 부른 것임./胡部曲: 북방 소수민족의 음악을 말함./毡幕元戎: 북방민족 최고의 장수를 말함. 毡幕은 북방 소수민족이 거주하는 양탄자로 만든 천막(텐트)을 말함./素云黄鹤: 무창에는 黄鹄山이 있는데, 전설에 의하면 선인 王子乔가 이곳에서 학을 타고 하늘로 올라갔다고 함./祓: 없애다. 소제하다. 제거하다.

256. 〈杏花天影〉丙午之冬, 发沔口, 丁未正月二日, 道金陵, 北望
淮楚, 风日清淑, 小舟挂席, 容与波上(병오년 겨울에 면구에서 출
발하였다. 정미년 정월 2일에 금릉 길가에서 북쪽으로 회화유역인 초
나라땅을 바라다보니, 바람과 해는 맑고 깨끗하다. 작은 배를 타고
자리에 앉았는데, 한가롭게 물결이 출렁인다), 姜夔

绿丝低拂鸳鸯浦, 想桃叶,
当时唤渡. 又将愁眼与春风,
待去, 倚兰桡更少驻.

金陵路, 莺吟燕舞.
算潮水知人最苦. 满汀芳草不成归,
日暮, 更移舟向甚处?

원앙 포구에 나부끼는 실 같은 버들개지
도엽은 이쯤에서 나룻배를 불렀겠지
근심 어린 눈으로 봄바람을 맞이하여
떠나려 하면서도
목란노를 짚고 서서 다시 배를 세운다

금릉의 길에
꾀꼬리 노래하고 제비는 춤을 춘다
아마도 조수는
사람이 무엇보다 괴로운 줄 알겠지
방초가 무성하지만 고향으로 돌아가려는 꿈 못 이루고
해가 저물면

배를 옮겨 또다시 어디로 갈까?

丙午: 송 효종 순희 13년(1186)에 지었음./汊口: '汉口' 지역을 말함./丁未: 순희 14년을 말함./淮楚: 지금의 강소성 안휘성 북부 지역을 말함. 회하유역은 전국 시기에는 초나라 땅에 속함./小舟挂席구: 돛을 단 작은 배를 일컫는데, 물결 위에서 천천히 앞으로 나아간다./鸳鸯浦: 강물에서 노니는 원앙새가 있다는 것을 말함. 이곳은 秦淮河를 가리키며, 지금의 남경시에 있음./桃叶: 晋代 왕헌지의 애첩을 말함./愁眼: 버드나무의 눈을 말함. 이른 봄에 처음 버드나무 싹이 난 것을 가리킴./兰桡: 배의 상앗대(노)의 미칭.

257. 〈一萼红〉丙午人日, 予客长沙别驾之观政堂. 堂下曲沼, 沼西
负古垣, 有卢枯幽篁, 一径深曲. 穿径而南, 官梅数十株, 如椒如
菽, 或红破白露, 枝影扶疏. 著屐苍苔细石间, 野兴横生, 亟命贺
登定王台, 乱湘流, 入麓山.湘云低昂, 湘波容与, 兴尽悲来, 醉
吟成调(병오년 음력 정월 7일에 내가 객으로 장사통판이 되어 사무
를 보는 공관으로 갔다. 공관의 마당 아래에는 굽이도는 연못이 있
고, 연못 서쪽은 옛 관청의 담이 떠받치고 있으며, 화로가에는 두레
박틀이 있고 그윽한 대숲이 펼쳐져 있었다. 한 개의 지름길은 깊고
구불구불했고, 지름길을 뚫고 남쪽으로 가면 공관에 매화가 수십 그
루가 있었다. 마치 산초 같기도 하고 콩 같기도 했고 혹은 붉은 것이
깨져서 흰 것이 드러나기도 했다. 매화가지 그림자가 듬성듬성 붙어
있었다. 눈에 띄는 것은 나막신 같은 가느다란 돌 사이에 푸른 이끼
가 끼어 있었고, 들에는 맘대로 풀들이 자라나 있었다. 억지를 부려
명령하여 정왕대에 올라갔는데, 옆으로 흐르는 상강을 건너갔고, 악
록산에 들어갔다. 상강의 구름은 낮게 우러러봤고, 상강의 물결은 천
천히 흘러갔다. 흥이 다하자 슬퍼졌고, 술 취해서 이 사를 읊었다),
姜夔

古城阴, 有官梅几许,
红萼未宜簪. 池面冰胶,
墙腰雪老, 云意还又沉沉.
翠藤共, 闲穿径竹,
渐笑语, 惊起卧沙禽.
野老林泉, 故王台榭,
呼唤登临.

南去北来何事,
荡湘云楚水, 目极伤心.
朱户粘鸡, 金盘簇燕,
空叹时序侵寻. 记曾共,
西楼雅集, 想垂柳,
还袅万丝金. 待得归鞍到时,
只怕春深.

옛 성터에 녹음 이룬
얼마인지 알 수 없는 수많은 매화
붉은 꽃 아직은 머리 꽂기 이르다네
연못 위의 얼음은 미끈거리고
담장 밑의 흰 눈은 녹아가는데
하늘에는 구름이 잔뜩 끼었네
등나무와 대나무 길가에 한가롭고
웃음소리 얘기 소리 잠든 새를 깨우네
깊은 숲속 샘가의 시골 늙은이들
정왕대 옛 정자에
소리쳐 함께 올라 내려다보네

무슨 일로 남북으로 왔다 갔다 했는가?
흘러가는 구름과 강물을
아득히 바라보니 가슴이 아파오네
붉은 문엔 닭 그림
금쟁반엔 제비 요리
좋은 시절 다 간다고 부질없이 탄식하고
그 옛날 우리 함께 서쪽 누각에 모였다
버들은 아직도 황금실을 날리겠지

돌아갈 수 있는 그날이 되면
아마도 봄이 깊어 때가 늦겠지

이 사는 강기가 32살 때 長沙에 객으로 있을 때 지은 것이다. 산에 올라 내려다보는 흥과 떠돌아다니는 감회를 썼다. 맑고 완약하고 온아하다./丙午: 송 효종 淳熙 13년 (1186)./人日: 음력 정월 초이레임./長沙別駕: 蕭德藻를 가리킴. 長沙의 通判으로 있었다. 송 당시에 통판은 특별한 수레를 탔음./定王台: 장사시 동쪽에 있다. 한대 장사의 定王台를 刘发이 지었음./乱: 횡으로 넘다./麓山: 岳麓山이고 지금은 장사시 서남쪽에 있음./容与: 완만하고 천천히 흘러 움직이는 것을 말함./冰胶: 얼어 맺히다. 결빙되다./翠藤: 등나무로 만든 지팡이를 말함./朱户粘鸡: 고대 사람들은 매일 종이를 잘라서 닭을 만들어, 그것을 문 위에 붙여서 사악한 것을 피하고자 했음./金盘簇燕: ≪武陵旧事≫에 입춘날에 봄 쟁반을 바친다. 그 가운데 "황금색 닭과 옥색 제비, 모두 최상으로 정교하게 준비했다.(金鸡玉燕, 备极精巧)"라고 되어 있음./侵寻: 점점 소실되어 가다. 점점 사라지다.

258. 〈江梅引〉丙辰之冬, 予留梁溪, 将诣淮南而不得, 因梦思以述
志(경원 2년(1196) 병진년 겨울, 내가 양계에 머물며 회수를 방문하
려 했지만, 뜻을 이루지 못하니 꿈속에서조차 그리워 그 뜻을 술회한
다), 姜夔

人间离别易多时, 见梅枝,
忽相思. 几度小窗幽梦手同携.
今夜梦中无觅处, 漫裴徊,
寒侵被, 尚未知.

湿红恨墨浅封题, 宝筝空,
无雁飞. 俊游巷陌,
算空有·古木斜晖.
旧约扁舟, 心事已成非.
歌罢淮南春草赋, 又萋萋.
漂零客, 泪满衣.

이별한 지 많은 세월이 흘렀지만
매화가지 바라보는데
문득 그녀 그립다
몇 번인가 조그만 창 아래 달콤한 꿈속에서 손을 잡곤 했지
오늘 밤 꿈속에서 그녀 찾을 길 없어
이리저리 배회하는데
이불 속 차가운 향기 느껴 어렴풋이 잠 깨지만
아직도 찾지 못했다

한 맺힌 편지 눈물 젖어 알아보기 어렵고
보배처럼 아끼던 쟁 한편에 버려져
기러기발은 전혀 움직일 생각을 않는다
유별나게 즐기던 그 거리
부질없이 고목과 비스듬히 걸린 석양만이 남았구나
뱃놀이 하자던 지난 약속
꼭 지키려던 생각 이미 물거품 되어버렸네
봄풀 무성할 때 회남으로 돌아가겠다던 시구 지난날 노래했거늘
정처 없는 나그네
눈물로 옷깃만 가득 적신다

丙辰: 송나라 宁宗 庆元 2년(1196)./梁溪: 강소성 无锡./淮南: 안휘성 合肥로, 지금의
淮南 西路를 말함./湿红: 붉은 눈물. 여기서는 여자가 눈물을 흘리는 것을 뜻함./宝筝
空, 无雁飞: 거문고 위에 기러기발 때문에, 큰 기러기가 편지를 전해 준다고 말함. 소식
을 전해 주는 사람이 없어서 원망과 한이 생긴다는 뜻임./淮南春草赋: 회남소산의 ≪楚
辞·招隐士≫에 "봄풀은 무성하게 자랐건만, 왕손은 유람하러 나가 돌아오지 않는다
네.(春草生兮萋萋, 王孙游兮不归)"라는 구절이 있음.

259. 〈糖多令〉, 安远楼小集, 侑觞歌板之姬黄其姓者, 乞词于龙洲
　　　道人, 为赋比 ≪糖多令≫. 动柳阜之, 刘去非, 石民瞻, 周嘉仲,
　　　陈孟叅, 孟容, 时八月五日也(송원루에서 작은 모임이 있었는데,
　　　술잔을 권하고 노래하고 박판을 치는 황씨 성씨를 가진 희첩이, 나에
　　　게 사를 지어달라고 부탁했다. 이에 내가 그녀를 위해 〈糖多令〉사를
　　　지었다. 류부지, 유거비, 석민첨, 주가중, 진맹삼, 맹용이 동석했고, 8
　　　월 5일에 짓다), 刘过

芦叶满汀洲, 寒沙带浅流.
二十年重过南楼. 柳下系船犹未稳,
能几日, 又中秋.

黄鹤断矶头,
故人曾到否? 旧江山浑是新愁.
欲买桂花同载酒, 终不似, 少年游.

갈댓잎 강의 섬에 가득하고
차가운 모래 위로 물 얕게 흐르네
이십 년 만에 다시금 안원루를 지났네
버들 아래 배 매었건만 여전히 안전하지 못한데
며칠이 지나면
또 중추절이 되네

황학기에서 장강을 바라보니
친구들과 일찍이 닿지 않았던가?
강산은 옛날과 같은데 물가에서 새로운 근심이 일어나네
계화를 사서 술과 함께 실으려 하는데

마침내 갈을 수 없었네
소년 시절 노닐던 흥취와는

어떤 판본에는 사의 표제가 '重过武昌'라고 되어 있음. 武昌은 지금의 호북성 武汉市에 속함./安远楼: 무창의 황학산에 있다. 이 정자는 淳熙 丙午(1186년)에 지어졌음./芦叶: 갈댓잎을 말함./汀洲: 물 가운데 있는 모래톱을 말함./南楼: 즉 '安远楼'를 가리킴./黃鶴: 당대 최호의 〈黃鶴楼〉 시에 "옛사람은 이미 황학을 타고 떠나갔고, 이곳은 텅 비었고 황학루만 남아 있네.(昔人已乘黃鶴去, 此地空余黃鶴楼)"라고 되어 있음./矶: 물가의 돌여울 혹은 툭 튀어나온 큰 돌을 말함./浑是: 사방. 도처.

260. 〈醉太平〉 闺情(규방의 심정), 刘过

情高意真,
眉长鬓青.
小楼明月调筝,
写春风数声.

思君忆君,
魂牵梦萦.
翠绡香暖云屏,
更那堪酒醒.

마음은 고상하고 뜻은 참되며
눈썹은 길고 귀밑머리 푸르네
작은 누각에서 밝은 달빛 아래 쟁을 타고
춘풍의 정을 소리 소리에 그려낸다

그대 그립고 그대 생각남에
혼이 끌리고 꿈이 얽매이네
푸른 휘장의 향불은 운석 병풍을 데우니
어찌 또 술 깨는 것 견디리

鬓: 귀밑머리./筝: 현을 타는 악기이다./牵: 끌다./萦: 얽히다./翠绡: 비단으로 짠 휘장을
말함./暖: 따뜻하다./云屏: 운모석으로 만든 병풍임./堪: 견디다./醒: 술이 깨다.

261. 〈双双燕〉 咏燕(제비를 읊다), 史达祖

过春社了, 度帘幕中间,
去年尘冷. 差池欲住,
试入旧巢相并. 还相雕梁藻井,
又软语商量不定. 飘然快拂花梢.
翠尾分开红影.

芳径, 芹泥雨润.
爱贴地争飞, 竞夸轻俊. 红楼归晚,
看足柳昏花暝. 应自栖香正稳,
便忘了天涯芳信. 愁损翠黛双蛾,
日日画阑独凭.

春社의 절기 지나
제비들은 주렴 사이를 오가며
작년에 머물렀던 둥지 찾지만 낯설다
나래 어수선하게 날다가 멈추고는
옛 둥지로 들어보며 나란히 앉네.
조각된 대들보의 수초 꽃무늬 천정을 자세히 살피고는
'지지배배' 하는 소리가 마치 논의하듯 끊어지지 않고
사뿐히 꽃가지를 스치며 날고
비취빛 꼬리가 붉은 꽃 그림자를 자른 듯하다

향기 그윽한 오솔길
미나리는 진흙 속에서 봄비에 윤기 흘러라

땅을 스쳐 다투어 날기 즐기면서
날랜 자태를 뽐내어라
붉은 누대에 있는 둥지로 돌아왔을 때에는 밤도 이미 깊었으니
아지랑이 낀 버들과 붉게 핀 꽃 실컷 보았다
향기로운 둥지에서 편안히 잠을 자며
임 그리는 외로운 여인은 누대에서 고운 눈썹 찌푸리고
단장한 난간에 날마다 홀로 기대어 있으리오

이 사는 스스로 작곡한 노래임./春社: 입춘이 지난 후에 5일째 날이다. 전하는 말에 의하면 제비는 春社에 날아와서, 秋社에 다시 날아간다고 함./差池: 들쑥날쑥하다. 일정하지가 않다./相: 자세히 보다, 살피다./藻井: 마룻대 가운데 나무를 교차하며 네모난 모양으로 만들었는데 마치 우물간 모양과 같다./软语: 제비가 '지지배배' 하며 지저귀는 소리를 말함./红影: 꽃 그림자./红楼: 붉은 누대./天涯芳信: 전하는 말에 의하면 제비는 능히 편지를 전달할 수 있다고 함./愁损翠黛双蛾: 어떤 판본에는 '愁损玉人'으로 되어 있음./翠黛双蛾: 그려진 눈썹을 말함.

262. 〈玉楼春〉 戏林推(임씨 추관을 희롱하며), 刘克庄

年年跃马长安市, 客舍似家家似寄.
青钱换酒日无何, 红烛呼卢宵不寐.

易挑锦妇机中字, 难得玉人心下事.
男儿西北有神州, 莫滴水西桥畔泪.

해마다 장안으로 말을 몰아치니
객사가 집인 듯 집이 여관살이 하듯
매일 하릴없이 푸른 돈으로 술 바꿔 마시고
붉은 양초 타는 노름판에 밤 지새운다

아내가 비단에 짜 넣은 시구는 쉬 알아내어도
기녀의 마음속의 결정한 일을 헤아리기 어렵다
남아는 서북 중원 땅을 차지해야 하니
기생 머물던 곳에 눈물 흘리지 마라

跃: 뛰다./长安: 지금의 섬서성 서안시임./寄: 기대다. 의지하다./青钱: 청동으로 만든 동전을 말함./无何: 아무 일도 없다./烛: 양초/呼卢: 노름판에서 큰소리치고 우승을 다투는 소리, 卢는 주사위를 던져서 승을 거두는 점수를 말함./寐: 자다./易: 쉽다./挑: 찾아내다. 들추어내다./机: 베틀./玉人: 미인을 자칭하지만 여기서는 기녀를 가리킴./神州: 중국 금나라에 침략당하여 점령된 중원 지역을 말함./莫: 하지 마라./滴: 한 방울씩 떨어지다./水西桥: 기녀가 살던 곳./畔: 주위, 가장자리./泪: 눈물.

263. 〈卜算子〉, 刘克庄

片片蝶衣轻,
点点猩红小.
道是天公不惜花,
百种千般巧.

朝见树头繁,
暮见枝头少.
道是天公果惜,
雨洗风吹了.

편편이 가벼운 나비 날개
점점이 작고 붉은 색
하느님은 꽃을 아끼지 않는다고 말들 하지만
백 종류 천 가지 자태로 공교롭게 하는구나

아침에 보니 나무에 꽃이 무성했는데
저녁에 보니 가지에 꽃이 적어졌다
하느님은 과연 꽃을 아낀다고 말들 하지만
비에 씻기고 바람에 날리게 되었다

猩红: 붉은 색./巧: 공교롭다./了: 끝

264. 〈賀新郎〉 九日(중양절), 刘克庄

湛湛长空黑，更那堪,
斜风细雨，乱愁如织.
老眼平生空四海,
赖有高楼百尺.
看浩荡，千崖秋色.
白发书生神州泪,
尽凄凉不向牛山滴.
追往事，去无迹.

少年自负凌云笔,
到而今春华落尽,
满怀萧瑟.
常恨世人新意少,
爱说南朝狂客.
把破帽年年拈出.
若对黄花孤负酒,
怕黄花也笑人岑寂.
鸿去北，日西匿.

깊고 두터운 먹구름이 하늘에 가득하게 길어 텅 비어 어둡다
비스듬히 바람 불고 가랑비 내리는데 어지러운 근심을 짜는데
또 어찌 그러하겠는가?
노안으로 평생 살았고, 천하가 텅 비었고 높은 누각은 백 척이고

탄식한다

끝없이 늙고, 천 가지 암석에 가을 경치를 보았네

백발 서생은 신주에서 눈물 흘렸네

지나간 일 추억하니 흔적 없이 떠나갔네

어렸을 때 스스로 기세가 찌를 듯한 호탕한 필치를 담당했다

지금에 이르러 봄날의 화려함은 다 떨어졌고 소슬한 감회가
가득하구나

항상 세상 사람들의 새로운 뜻이 적다고 한탄했다

광기어린 객은 남송 조정을 사랑했다고 말하고

헤진 모자 잡고 해마다 해마다 집어서 나왔네

만약 황색 국화꽃은 마주하여 외롭게 술 마시고 즐기고

누런 국화꽃은 두려워하고 또한 남이 적막하게 웃을 것이다

큰 기러기는 북으로 떠나가고

해는 서쪽으로 숨었다

九日: 음력 9월 9일 중앙절을 말함./湛湛: 안색이 매우 어두움을 말한 것임./高楼百尺: 이것은 유비 자신을 비유한 말임. 세상을 구하려는 뜻을 가지고 있음을 말함./神州泪:우 국의 눈물을 말함. 神州는 中国. 牛山이다./凌云笔: 두보의 〈戏为六绝句〉 시에 '凌云健笔意纵横(구름을 뚫고 하늘을 올라갈만큼 시문을 잘 지었고 뜻은 종회무진 했다.)' 라는 구절이 있음./破帽: 전설에 의하면 진대 桓温이 9월 9일 중앙절에 龙山에서 연회를 베풀었다. 바람이 불어와 孟嘉의 모자가 땅바닥에 떨어졌는데, 그것을 알지 못하고 孙盛이 문장을 지어 서로 충고했다. 맹가가 그것을 보고 그 문장이 심히 훌륭하다고 대답했다./日西匿: 해가 서쪽으로 진다는 뜻임.

265. 〈木兰花〉渔父词(어부의 노래), 刘克庄

海浜蓑笠叟, 驼背曲, 鹤形臞.
定不是凡人, 古来贤哲, 多隐於渔.
任公子, 龙伯氏, 思量来岛大上钓鱼.
又说巨鳌吞饵, 牵翻员峤方壶.

磻溪老子雪眉须, 肘後有丹书.
被西伯载归, 营丘茅土, 牧野檀车.
世间久无是事, 问苔矶, 痴坐待谁欤.
只怕先生渴睡, 钓竿拂着珊瑚.

바닷가 낡은 도롱이 쓴 마른 어부
낙타 등처럼 굽었고 학의 모습처럼 파리하구나
필경 평범한 사람은 아닐진대
옛날부터 현명하고 밝은이는 어부로 은거하는 경우가 많았다
임 공자와 용백씨와 같은 어부가, 섬에 와서 낚시한 큰 뜻을 헤아려
본다
또한 전설에 의하면 거북이가 갈고리를 삼켰고
끌고 와서 원교산과 방호산을 뒤집었다

반계의 노자 하얀 눈 같은 눈썹과 수염
팔꿈치 뒤에는 단약을 만드는 비법서를 가지고 있고
서백을 데리고 돌아와서는
구은을 제후로 봉해 주었다
방목하는 들에는 박달나무 수레가 있고

인간 세상에 이러한 일이 없어진 지 오래되었고
이끼 낀 물가에서 어리석게 앉아 기다려 함께할 이 누구냐고 묻네
다만 그대가 몹시 졸릴까 봐 두려워지고
낚싯대에 붙어 있는 산호를 털어낸다

任公子4구: ≪庄子・外物≫ 편에 나오는 구절을 인용했다. 또한 ≪列子・湯问≫에 보면 "발해의 동쪽에는 큰 골짜기가 있는데 실제로는 밑바닥이 없는 골짜기이다. 그 가운데에 员峤와 方壶 등의 5개의 산이 있다. 龙伯의 나라에는 거인이 살았는데, 몇 걸음 가득 걷지 않아도 다섯 산에 이르고, 한 번 낚시질하면 여섯 마리 거북이가 한꺼번에 잡혔다. 모두 그것을 등에 지고 그 나라로 돌아왔다. 그리하여 岱舆와 员峤 두 산은 북극으로 흐르고, 큰 바다에 잠겨 있게 되었다."는 전고를 인용했음./臞: 여위다. 작다. 줄다./丹书: 단약을 만드는 비법서./茅土: 封侯를 말함. 고대 제왕은 오색토로 건물을 지어 제후에게 봉해주었음./檀车: 박달나무 수레./矶: 물가./钓竿拂着珊瑚: 대나무 낚싯대를 산호수(아왜나무)로 털어낸다는 말임. 여기서는 강태공 고사를 인용하여 자기를 알아주는 사람이 나타나기를 기다린다는 뜻을 나타냄.

266. 〈琐窗寒〉玉兰(옥난초), 吴文英

绀缕堆云, 清腮润玉,
氾人初见. 蜜腥未洗.
海客一怀凄惋. 渺征槎,
去乘阆风, 占香上国幽心展.
□遗芳掩色, 真姿凝澹,
返魂骚畹.

一盼. 千金换,
又笑伴鸱夷, 共归吴苑.
离烟恨水, 梦杳南天秋晚,
比来时, 瘦肌锁, 凉薰沁骨悲乡远.
最伤情, 送客咸阳, 佩结西风怨.

감색의 머릿결 구름처럼 높았고
맑은 뺨 옥같이 빛났으니
상수의 氾人을 처음 보던 모습이었네
남방의 비린내를 씻기도 전에
바닷가 나그네인 나는 처음 보고 슬프게 탄식했지
아득히 뗏목 저어가 阆风 타고 가서
향기로운 여인과 항주에서 그윽한 마음 펼쳤다
남겨진 향기는 빛을 가렸고
천진한 자태는 차갑도록 맑아
혼백을 〈离骚〉의 난초 밭으로 되돌렸지

한 번 곁눈질도 천금과 같았는데
다시 웃으며 범려 같은 나를 따라
함께 고소산의 오나라 동산으로 돌아갔었지
안개 속에 이별하며 강물을 원망했고
아득히 그대 있는 남녀 하늘의 늦가을 꿈꾸었지
올 때보다 여원 살은 더욱 수척해지고
차가운 향의 훈기가 뼛속에 쓰며들고 고향이 멀어 슬퍼했다
제일 가슴 아픈 것은 항주로 나그네 보내며
패옥에 난초 매고 가을바람 원망하던 일이었네

玉兰: '望春花'라고 하기도 한다. 사군자의 하나로 '난초'의 한 종류이며, 간략히 '兰'
이라 한다. '玉'은 '난'의 미칭임./绀缕: 여자의 수려한 머리카락을 말함./清腮: 난초꽃
의 맑고 향기로운 빼어난 미를 말함./氾人: 초나라의 아름다운 미녀를 가리킴. 당나라
때 郑生이라는 사람이 새벽에 다리를 건너가고 있었는데, 한 여인이 옷소매를 붙잡고
통곡하고 있었다. 자초지정을 물어보니 형수가 학대해서 참을 수 없어 물에 뛰어들어
죽으려 한다고 했다. 이에 정생이 그녀를 위로하며 집에 데려다 주었다. 그래서 '氾人'
이라는 이름이 붙여졌음./蜜腥: 난초꽃이 남방의 물가에서 자라나는 것을 가리킴./海客:
바다 위를 왔다 갔다 하는 사람을 가리킴./征槎: 진나라 장화의 ≪博物志≫에서 인용
했음./阆风: 높은 창공에서 부는 바람을 뜻함./占香上国: 난초향이 国香이라고 칭송되었
음./凝澹: 엉기어 모여서 담박하고 맑다./返魂: 혼의 향기가 되돌아오다./骚畹: 초나라
사람의 밭을 세는 단위(亩)를 말함./千金: 난초를 말함./鸱夷: 범려를 말함. ≪史记·越
王勾践世家≫에 "범려는 스스로 호를 鸱夷子皮라고 지었고, 배를 타고 五湖로 들어가
물결 따라 떠돌아다녔다."라는 고사에서 나옴./吴苑: 오왕이 사는 궁궐의 동산을 말함.
후대에는 소주 혹은 강남이라고 칭함./沁骨: 골수까지 침투해 들어간다는 말임./咸阳:
秦代의 수도로 장안 서북쪽에 있었다. 여기서는 남송의 수도 临安(현재의 항주)을 가리
킴./佩: 고대 옷 위에 차는 장식물을 말함./西风: 가을 바람을 뜻함.

267. 〈夜合花〉白鶴江入京, 泊葑门外有感(백학강에서 수도로 들어가
다가, 봉문 밖에서 정박했는데 감회가 일어나다), 吳文英

柳暝河桥, 莺清台苑,
短策频惹春香. 当时夜泊,
温柔便入深乡. 词韵窄,
酒杯长, 剪蜡花, 壶箭催忙.
共追游处, 凌波翠陌, 连棹横塘.

十年一梦凄凉, 似西湖燕去,
吳馆巢荒. 重来万感,
依前唤酒银罂. 溪雨急,
岸花狂, 趁残鸦飞过苍茫.
故人楼上, 凭谁指与芳草斜阳?

강가 다리의 버드나무는 어둡고
누대가 있는 정원엔 꾀꼬리가 맑게 울어댄다
짧은 채찍으로 자주 봄향기를 풍긴다
그때 당시에 한밤중에 배를 정박했고
온유한 고향마을에 깊이 들어왔다
사운을 맞추기 어려워 오랫동안 술잔을 붙들었고
등불의 불꽃을 제거하고 물시계 화살침은 급히 재촉한다
함께 노닐던 곳, 능파의 자색 두렁길을 더듬어 추억해 보고
잇달아 횡당으로 노를 저었다

십 년이 일장춘몽처럼 처량하기 그지없다
마치 서호의 제비가 떠나버린 뒤

소주 객사의 둥지가 텅 빈 것 같네

이곳에 다시 오니 만감이 교차하여

여전히 예전처럼 배가 부르고 입이 작은 은술병에 술을 달라고 부른다

시냇가에는 빗물이 급하게 흐르고

언덕에는 꽃잎이 미친 듯 날리는데

까마귀를 좇아서 푸른 하늘 날고파

옛사람이 있던 누각에서

그 누가 가리킬까?

방초와 석양을

鶴江: 白鶴江을 가리킴./河桥: 庾信의 ≪哀江南赋≫에는 "강가 다리를 말이 건너다.
(河桥马度)"라는 구절이 있음./台苑: 姑苏台가 있는 동산, 정원을 말함./短策: 말의 채
찍을 말함./壶箭: 고대에는 동으로 만든 주전자에 물을 저장했는데, 그 가운데 하나의
화살을 수직으로 세우고, 위에 선을 그어서 시간을 계산하는 데 이것을 사용했다. 이것
을 '银漏'라고 했다. 이것은 시간이 아주 빠르다는 것을 뜻함./横塘: 소주 서남쪽 10리
쯤 거리에 있음./银罂: 술잔을 말함.

268. 〈霜叶飞〉重九(중양절). 吴文英

断烟离绪, 关心事,
斜阳红隐霜树. 半壶秋水荐黄花,
香噀西风雨. 纵玉勒, 轻飞迅羽,
凄凉谁吊荒台古. 记醉踏南屏,
彩扇咽寒蝉, 倦梦不知蛮素.

聊斋对旧节传杯, 尘笺蠹管,
断阕经岁慵赋. 小蟾斜影转东篱,
夜冷残蛩语. 早白发, 缘愁万缕,
惊从卷乌纱去, 漫细将, 茱萸看,
但约明年, 翠微高处.

연기 사라지고 처음 발단이 되어 이별했고, 관심사는
비스듬한 붉은 노을이 서리 맞은 나무로 숨고
만 병의 가을물에 국화꽃 담아 제수로 올리고
서쪽에서 바람과 비 내려 향기를 내뿜는다
설령 옥으로 고삐를 만들었다 할지라도, 가벼운 깃털 같고
옛날 희마태를 누가 애도하겠는가? 말은 빨리 달리고
술 취해서 남이산을 밟던 일 기억나고
채색 그림 그려진 부채를 접었다
추운 매미는 피곤해서 꿈나라로 들어갔고, 소만과 번소를 알지 못했다

잠시 옛 명절날을 마주하니 술잔을 전했고
먼지 쌓인 편지지·나무벌레 먹은 붓

악곡이 끊어지자, 지나간 세월을 지은 글은 용렬하고
달 속의 작은 두꺼비의 비스듬한 그림자가 동쪽 울타리로 전해졌다
밤은 차가운데 나머지 귀뚜라미에게 말하고
일찍 백발이 되었고, 근심에 갇혀 만 갈래 실이 되었다
놀랄 만치 거센 바람은 관모를 말아 올려 휩쓸어 가버렸다

陈廷焯은 ≪云韶集≫에서 평하길 "이 사는 필력이 있고, 감개가 있다. 처량한 곳이 있고, 단지 한두 마디뿐인데, 이미 가을의 소리가 사방에서 들리는 것 같다."라고 했음./重九: 음력으로 9월 9일 중양절을 말함./噀: 물을 뿜다. 뿌리다./纵玉勒, 轻飞迅羽: 멋대로 말 타고 쏜살같이 달린다는 뜻임. '玉勒'은 말을 가리킴./南屏: 산 이름으로, 지금의 항주시 근교에 있음./蛮素: 소만과 번소를 가리키며 백거이를 모시는 몸종이었음./尘笺: 먼지 쌓인 편지지를 읽는다는 말임./蠹管: 나무 굼벵이가 좀을 먹은 붓을 말함./小蟾斜影: 달 속에 사는 두꺼비를 말함./蛩: 귀뚜라미./早白发, 缘愁万缕: 이백의 〈秋浦歌〉 시에 "백발이 삼천장이나 되고, 푸른 근심이 그 길이와 같다.(白发三千丈, 绿愁似个长)"라고 되어 있음./茱萸: 산수유를 말함. 매년 음력 9월9일 중양절에 산수유를 허리에 차고, 산에 올라가 국화술을 마시며 재앙을 피한다는 민속이 있음./翠微: 푸른 옥색을 말함. 여기서는 산을 가리킴.

269. 〈宴淸都〉连理海棠(두 나뭇가지가 하나로 이어진 해당화), 吴文英

绣幄鸳鸯柱, 红情密,
腻云低护秦树. 芳草兼倚,
花梢钿合, 锦屏人妒.
东风睡足交枝,
正梦枕瑶钗燕股. 障滟蜡,
满照欢丛, 嫠蟾冷落羞度.

人间万感幽单, 华清惯浴,
春盎风露. 连鬟并暖,
同心共结, 向承恩处.
凭谁为歌长恨. 暗殿锁,
秋灯夜语. 叙旧期,
不负春盟, 红朝翠暮.

수놓은 휘장 아래 원앙 한 쌍으로 세워진 기둥
붉게 핀 해당화 푸른 잎은 진중에 핀 두 그루의 해당화 낮게 드리워
감싸네
두 그루 뿌리 서로 뒤엉키고 꽃잎은 위아래 두 겹으로 함께 붙어 있어
고운 휘장 안에 있는 아름다운 임조차 시샘하네
동쪽에서 불어오는 바람에 나뭇가지 서로 깊이 잠들고
꿈속에서 옥비녀 같은 제기 꼬리 서로 얽혀 있는 것 보았네
사방 가득히 타오르는 고운 초를 가리고 이 기쁨의 나무들을
가득히 비추는데 처량하고 고독한 상아 이런 모습 차마 부끄러워 볼

수 없네

인간사 만감이 교차하니 쓸쓸함이 한이 없네
습관처럼 화청지에서 목욕하니 봄의 물이 가득 넘치고 미풍이
불어온다
양쪽 쪽진 머리 곱게 빗음은 영원히 한마음으로 맺음이니
나는 승은을 입은 곳을 향하노라
그 누구 나를 대신해 <장한가>를 불러주려나?
어둡고 적막한 궁전 굳게 잠겼고 희미한 등불 가늘게 들려오는 밤벌레
울음소리
우리 옛날의 기약을 펼쳐 봄의 언약
아침에 짙고 검붉음과 저녁의 검푸름 저버리지 마라

绣幄: 아름답게 수놓은 휘장을 말함. 부유한 사람들 집에서 비와 바람으로부터 꽃을 보호하기 위한 목적으로 사용했음./腻云: 늘 여자의 귀밑머리를 푸른 구름에 비유하여 묘사할 때 사용하였는데, 여기서는 푸른 잎이 붉은 꽃을 보호하는 것을 비유한 말임./秦树: 秦中에 두 그루 해당화가 있었는데 높이가 수천 미터나 되었다고 한다. 이를 통해 이 사건이 장안 일대에서 일어났던 것을 암시함./芳草: 아름다운 그 두 그루 해당화의 밑뿌리 부분을 말함./兼: 비익조 ‘鹣’을 간단히 쓴 것임./嫠蟾: 홀어미. 과부를 말함. 姮娥가 남편이 없으므로 ‘嫠蟾’라고 불렸음./华清: 양귀비가 일찍이 목욕을 했던 华清池를 가리킴./连鬟: 여자가 머리를 양쪽으로 빗어 쪽진 머리를 말하는데 동심결로 이르는 말로써 纳币나 殓袭에 쓰는 매듭으로 현재는 애정을 표시하는 매듭으로 많이 사용됨./承恩: 임금의 은택을 입다. 총애를 받다./长恨: 백거이가 지은 〈长恨歌〉 시를 말한다./红朝翠暮: 비단을 잘라 붉은 꽃과 푸른 잎을 만드는 것을 말함.

270. 〈齐天乐〉, 吴文英

烟波桃叶西陵路, 十年断魂潮尾.
古柳重攀, 轻鸥聚别,
陈迹危亭独倚. 凉飔乍起,
渺烟碛飞帆, 暮山横翠.
但有江花, 共临秋镜照憔悴.

华堂烛暗送客, 眼波回盼处,
芳艳流水. 素骨凝冰, 柔葱蘸雪,
犹忆分瓜深意. 清尊未洗,
梦不湿行云. 漫沾残泪.
可惜秋宵, 乱蛩疏雨里.

도엽은 연기 피어오르는 서릉 길가에 있고
십 년간 혼은 끊어졌고 조수의 끄트머리에 밀려 들어갔다
옛 버드나무에 다시 기어오르고
가벼운 갈매기는 모였다가 이별하고
묵은 흔적이 있는 높은 정자에 홀로 기대었다
차가운 바람이 갑자기 일고
아득하게 희미한 연기 피어오르는 모래톱에 돛이 나부끼고
저녁 무렵의 산은 횡으로 비취빛을 띄었다
강가엔 꽃만 있을 뿐
가을 거울에 비춰보면 모두 초췌하구나

화려한 堂의 등불은 어둡고 객을 보냄에

눈꺼풀을 다시 멀리 바라다보고
흘러가는 물은 향기롭고 아름답다
흰 뼈는 얼음을 응결된 것 같고, 부드럽고 푸른 여인의 손가락은 눈을
묻힌 것 같다
열여섯 소녀의 깊은 마음을 추억하는 것 같다
부탁컨대, 술잔을 아직 씻지 마시게
남은 눈물을 가득히 적셨다
안타깝구나 가을의 밤이여
어지럽게 우는 귀뚜라미 울음소리가
빗속에서 듬성듬성 들린다

桃叶: 동진시대 王献之의 첩임./断魂: 애간장이 끊어지다. 극도의 슬픔이 최고조에 달
하는 것을 말한 것임./潮尾: 전당강의 썰물을 말함./危亭: 높은 곳에 있는 정자./凉飔:
차가운 바람을 뜻함./碛: 강물 가운데 있는 사주(모래톱)./秋镜: 가을 물결이 마치 거울
과 같다는 말임./憔悴: 초췌하다./烛暗送客: ≪史记·淳于髡传≫에 "당위에 촛불이 꺼
지자, 주인은 순우곤을 머물게 하고자 했으나 객은 떠나갔다.(堂上烛灭, 主人留髡而送
客)"라는 구절이 있음./柔葱: 여자의 가느다란 손가락을 말함./分瓜: 오이를 쪼개어 먹
을 때 신선한 맛을 가리킴./湿行云: ≪高唐赋≫의 "아침에는 구름을 만들고, 저녁에는
비를 내린다.(朝为行云, 暮为行雨)"라는 전고를 사용한 것임.

271. 〈浣溪沙〉, 吴文英

门隔花深旧梦游,
夕阳无语燕归愁,
玉纤香动小帘钩.

落絮无声春堕泪,
行云有影月含羞,
东风临夜冷于秋.

꽃밭 속에 서 있는 집 꿈속에서 다시 가니
석양에 제비는 말없이 근심스레 돌아오고
옥같이 고운 손에 향내 내며 작은 주렴 고리를 걷는구나

버들솜은 소리 없이 봄에 눈물 떨어뜨리고
구름은 그림자 짓고 달은 수줍음 타는데
동풍이 불어와 밤이 되니, 가을바람보다 더 차갑다

旧梦游: 옛날에 즐겨 놀던 일을 생각하니, 마치 한바탕의 꿈같이 지나간다는 뜻임./燕归愁: 밖으로 날아갔던 제비가 마치 슬픈 근심을 하고 돌아오는 것 같다는 뜻임./玉纤香动小帘钩: 그녀는 섬세하고 부드러우며 향기로운 손가락으로 조그마한 주렴 고리를 아래로 잡아당겨 쳐놓는다는 뜻임./东风: 봄바람을 말함.

272. 〈浣溪沙〉, 吴文英

波面铜花冷不收,
玉人垂钓理纤钩,
月明池阁夜来秋.

江燕话归成晓别,
水花红减似春休,
西风梧井叶先愁.

푸른 물결 속의 铜花는 추위를 이겨내지 못하고
아름다운 여인은 가느다란 갈고리를 드리운 채 낚시질한다
달 밝은 밤 연못 누각에 가을이 왔다

강의 제비는 새벽에 이별하여 돌아갔고
붉고 가늘어진 연꽃은 마치 봄의 자태 같구나
서풍에 우물가의 오동잎이 먼저 근심하네

铜花: 구리로 만든 마름꽃 거울을 말함. 수면이 평평하고 고요함을 말함./玉人: 사랑하는 사람을 가리킴. 여기서는 오문영의 애첩을 말함./西风: 가을 바람을 말함.

273. 〈点绛唇〉 试灯夜初晴(원소절 밤에 등불을 켰고 날은 막 개었다), 吴文英

卷尽愁云, 素娥临夜新梳洗.
暗尘不起, 酥润凌波地.

辇路重来, 仿佛灯前事.
情如水, 小楼熏被,
春梦笙歌里.

수심 어린 구름을 다 말아 올리고
미인은 밤이 되어 새롭게 머리를 빗고 씻었다
먼지도 일으키지 않고
사뿐사뿐 걸어갔다

도성의 길을 다시 와보니
마치 지난날 원소절 밤 처음 등을 켠 것 같고
정은 물과 같고
작은 누각의 향기 나는 이불
생황 노랫소리 속에 봄꿈을 꾼다

试灯夜: 옛날 원소절 전날 밤 시험 삼아 꽃등불을 켜놓고 놀았음./素娥: 항아. 달의 여신을 말함./酥润凌波地: 비 오고 난 후의 길가의 거리를 형용한 것임./辇路: 서울의 거리를 말함./情如水: 진관의 〈鹊桥仙〉에 "부드러운 정이 마치 물과 같다.(柔情似水)"라고 되어 있음.

274. 〈祝英台近〉春日客龟溪游废园(봄날 손님이 구계에 있는 황폐한 동산에서 노닐었다), 吳文英

采幽香, 巡古苑,
竹冷翠微路. 斗草溪根,
沙印小莲步. 自怜两鬓清霜,
一年寒食, 又身在云山深处.

昼闲度, 因甚天也悭春,
轻阴便成雨? 绿暗长亭,
归梦趁风絮. 有情花影阑干,
莺声门径, 解留我霎时凝伫.

그윽한 향을 캐기 위하여
옛날의 동산을 두루 돌아다녔다
산허리 오솔길에 대나무가 싸늘하다
개울가에 모여서 약초 캐기 시합하매
조그만 발자국이 모래 위에 찍혔다
양쪽 살쩍머리에는 하얀 서리 내린 채
올해도 한식이 다가왔건만
이 몸은 깊숙한 산속에 있다

한가로운 시간 속에 낮은 지나고
하늘도 봄날이 무척이나 아까운지
음산하던 하늘에서 비가 내린다
장정에는 어둑어둑 녹음이 무성한데
돌아가고 싶은 마음 버들솜을 좇는다

다정한 꽃 그림자 난간 위로 올라오고
사립문 앞길에는 꾀꼬리 울어
나를 잠시 붙잡아 못 떠나게 하는구나!

龟溪: 옛 이름은 孔愉라는 연못이다. 나는 계곡의 상류에 가지 않았다. 옛날에 공유가 고기 잡는 어부가 계곡의 상류에서 하얀 물고기를 잡았다. 물고기를 가득 잡아서 이내 놓아주었다./翠微: 산기운이 가벼운 비취색을 말함./斗草: 옛 풍속에 5월 5일 단오절에 온갖 꽃을 가지고 놀았음./小莲步: 여자의 발걸음을 말함./悭春: 날이 개지 않고 비가 내리는 것을 말함./风絮: 바람에 날리는 버들솜을 말함./凝伫: 이리저리 배회하는 것을 말함.

剪红情, 裁绿意,
花信上钗股. 残日东风,
不放岁华去. 有人添烛西窗,
不眠侵晓, 笑声转新年莺语.

旧尊俎, 玉纤曾擘黄柑,
柔香系幽素. 归梦湖边,
还迷镜中路. 可怜千点吴霜,
寒消不尽, 又相对落梅如雨.

비단으로 붉은 꽃을 잘라 만들고
푸른 잎을 만들어 봄의 꽃을 머리 위에 꽂노라
황혼이 지며 날은 저무는데 동쪽에서 부는 바람
세월 흘러감을 놓아주지 않네
그 누가 서쪽 창가에 촛불을 밝혀놓아 날 밝도록 잠 못 이루다가
한바탕 즐거운 웃음소리에 뒤따라 꾀꼬리 봄이 왔다고 울어대네

옛날 도마와 술잔 옥처럼 아름다운 가는 손
일찍이 노란 귤 자를 때 부드러운 향기 은은하게
내 마음을 끌어당겨 묶어 놓았었네
나 꿈속에는 호숫가로 돌아가고 싶지만
거울처럼 맑은 호수 속의 길을 벌써 잊어버린 듯하노라
가련하도다! 오나라 지방의 서리와 남은 추위 아직 다 물러가지
않았는데

비처럼 쏟아지는 매화를 마주하네

红情绿意: 비단을 잘라 붉은 꽃과 푸른 잎을 만드는 것을 말함./钗股: ≪荊楚岁时记≫에 "입춘에 부인이 모두 비단을 잘라 붉은 꽃과 푸른 잎을 만들어 머리 위에 꽂았는데, 그것을 일러 '花胜'이라고 하였다.(立春日, 妇人悉剪彩为燕戴之, 名曰花胜)"라고 되어 있음./残日: 석양 혹은 남은 일수를 가리키는데 여기서는 지는 해, 황혼을 가리킴./新年莺语: 두보 시의 〈鴬人新年语〉이 네 구는 모두 '守岁', 즉 입춘 전야 다 같이 모여 밤을 새며 새해를 맞는 풍경을 서술하고 있음./柔香: 귤을 자를 때 나는 향기를 말함./幽素: 우울한 감정을 말함./镜中路: 호수가 거울처럼 맑음을 나타냄./吳霜: 오나라 땅에 있는데 머리가 서리와 같이 하얗게 된 것을 말함./寒消不尽: '不尽'이라는 것은, 즉 입춘이 거의 다 왔으나 아직 입춘 제야에 있음을 말함./相对: 백발이 성성한 머리를 말함. 매화잎 역시 하얀색이므로 '相对'라고 말한 것임.

276. 〈澡兰香〉 淮安重午(단오절 회안에서), 吴文英

盘丝系腕, 巧篆垂簪,
玉隐绀纱睡觉. 银瓶露井,
彩箑云窗, 往事少年依约.
为当时曾写榴裙,
伤心红绡褪萼.
黍梦光阴, 渐老汀洲烟箬.

莫唱江南古调, 怨抑难招,
楚江沉魄. 薰风燕乳,
暗雨槐黄, 午镜澡兰帘幕.
念秦楼, 也拟人归,
应剪菖蒲自酌.
但怅望一缕新蟾, 随人天角.

단오날 팔목에 오색실을 묶고
교묘한 글씨 새겨진 비녀를 드리우고
향기 나는 향낭 주머니를 손목에 차고, 미인은 감색 면사 옷을 입고
잠들었다
악비의 딸은 은병을 안고 우물에 빠져 죽었고
채색 부채는 구름 창문 같다
지난 소년시절에 서로 의지하자고 기약했고
그때 일찍이 석류의 붉은 치마 주름에다 글을 썼고
붉은 꽃은 시들고 꽃받침마저 떨어지는 것을 보니 마음 아프다

한순간의 짧은 꿈 꾸고 나니 나이는 어느덧 노쇠해졌다
모래톱의 연약했던 향초는 이미 변하여 메말랐다

강남의 옛 곡조를 부르기를 바라지 말고
<招魂> 어려워 억양되어 원망했고
또 어찌 초강 굴원의 혼백을 다시 물을 수 있으리오
향초향기 나는 따뜻한 남풍은 갓 태어난 제비같고
살며시 내리는 비, 누른 매화
단오절 거울은 화려한 장식의 장막 같고
농옥과 소사가 살던 누각이 생각나고
또한 마치 사람이 돌아오는 것 같고
응당 창포를 자르고 술을 홀로 마신다
다만 처량하게 저 멀리 바라보고
한 가닥의 실같이 갓 나온 달은
마음은 오히려 사람을 좇아서 하늘가에 이르렀다

淮安: 지금의 강소성을 말함./重午: 음력 5월 5일 단오절을 말함./盘丝: 단오날 어린 아이들은 팔목에 오색실을 묶었다. 전설에 의하면 사악한 기운을 막아준다고 함./巧篆: 비녀 위에 정교한 종이꽃을 꽂았다는 뜻임./玉隐绀纱睡觉: 옥 같은 사람은 푸른 하늘색 비단 휘장 가운데서 숨어 잠잔다는 뜻임./绀: 푸른색/银瓶: 은으로 된 물병을 말함./彩箑: 채색부채를 말함./榴裙: ≪宋书·羊欣传≫에 보면 동진의 羊欣이 어렸을 때 일찍이 밤낮으로 흰색의 누인 명주 치마에 글을 썼다. 왕헌지가 그것을 보고, 그 치마에 '数福'이라고 글을 쓰고 떠나갔다는 전고를 인용함./黍梦: '黄粱梦'과 같음./楚江沉魄: 초나라 멱라강에 스스로 빠져죽은 굴원을 말함./午镜: 물이 거울처럼 맑다는 뜻임./澡兰: 음력 5월 5일 단오절에 난초를 쌓아서 목욕을 했음./秦楼: 진나라 穆公의 딸 弄玉과 萧史가 퉁소를 불어서 봉황을 끌어왔다. 목공이 凤凰台를 만들어서 후에 마침내 진루가 되었다는 고사를 인용함./菖蒲: 창포잎을 사용하여 거품을 만들어 약술을 담는다. 전설에 의하면 계절병을 막을 수 있다고 함.

277. 〈风入松〉, 吴文英

听风听雨过清明, 愁草瘗花铭.
楼前绿暗分携路, 一丝柳, 一寸柔情.
料峭春寒中酒, 交加晓梦啼莺.

西园日日扫林亭, 依旧赏新晴.
黄蜂频扑秋千索, 有当时纤手香凝.
惆怅双鸳不到, 幽阶一夜苔生.

비바람 소리 속에 청명절을 지내며
꽃을 위해 근심스레 묘지명을 쓰노라
누각 앞 그늘 아래 손을 놓고 헤지던 길
수양버들 가지마다 미어지는 내 마음
으슬으슬 봄추위에 취한 채 잠이 드니
꾀꼬리 소리 속에 꿈꾸는 듯 깨는 듯

서쪽 동산 정자를 날마다 쓸며
옛날처럼 맑은 날씨 즐겨 보노라
누런 벌이 자꾸만 그넷줄을 두들기며
그때 묻은 고운 임의 손 향내를 털어낸다
아아 한 쌍의 원앙새는 오지 않고
인적 없는 섬돌에는 밤새 이끼 돋는다

瘗花铭: 꽃을 장사지내는(매장) 시와 같다./分携: 이별하다./料峭: 추위를 약간 느끼다./

中酒: 술에 취하다./西园: 삼국시대 위나라 수도에 西园이 있었는데 유람지로 조조가 세웠다. 달밤에 많은 문인들이 모였다./纤手香凝: 섬섬옥수의 손을 지닌 아름다운 여자의 향기가 남아 배어 있다는 뜻임./双鸳: 여자의 신발을 말함.

278. 〈风入松〉, 吴文英

残寒正欺病酒, 掩沉香绣户. 燕来晚·飞入西城,
似说春事迟暮. 画船载·清明过却, 晴烟冉冉吴宫树.
念羁情, 游荡随风, 化为轻絮.

十载西湖, 傍柳系马,
趁娇尘轻雾. 溯红渐·招入仙溪, 棉儿偷寄幽素.
倚银屏, 春宽梦窄, 断红湿, 歌纨金缕. 暝堤空,
轻把斜阳, 总还鸥鹭.

幽兰渐老, 杜若还生,
水乡尚寄旅. 别後访·六桥无信, 事往花委,
瘗玉埋香, 几番风雨? 长波妒盼, 遥山羞黛,
渔灯分影春江宿. 记当时·短楫桃根渡.
青楼仿佛, 临分败壁题诗, 泪墨惨淡尘土.

危亭望极, 草色天涯, 叹鬓侵半苎.
暗点检·离恨欢唾, 尚染鲛绡, 鞞凤迷归,
破鸾慵舞. 殷勤待写, 书中长恨, 蓝霞辽海沉过雁,
漫相思·弹入哀筝柱. 伤心千里江南,
怨曲重招, 断魂在否?

늦추위는 술병 난 몸을 괴롭혀
아로새긴 침향목 문을 닫는다.
제비는 늦게야 성 서쪽으로 날아들고

봄날이 저물어 간다고 말하는 듯
그림배는 청명을 싣고 다 지나가 버리고
맑게 갠 날 오나라 궁궐 나무엔 안개가 감돈다
나그네 정은 바람 따라 어지럽게 흩어져
가벼이 날리는 버들개지 된다.

십 년 전 서호에서
버드나무에 말고삐 좇으며
꽃잎 흐르는 물 따라 선녀 계곡 들어가니
시녀는 몰래 그윽한 정을 전해 주었지
은병풍 안에 봄날은 길고 꿈은 짧았고
연지 눈물 다하도록 노래 부채와 춤옷을 적셨네
저무는 강 언덕은 텅텅 비었고
쉽사리도 저녁 경치를
갈매기와 백로에게 돌려주었지

난초는 어느덧 시들어 버렸고
두약은 또 돋아나고
수향에서 아직도 나그네로 떠돈다
헤어진 후 육교엔 소식 끊어졌고
옛일은 흘러갔고 꽃잎은 시들었고
옥과 향기는 땅에 묻히고
몇 번이나 비바람 뿌렸던가
아득한 강 물결은 그녀의 눈빛
먼 산은 그녀의 눈썹
고깃배 등불 밑에 그림자 어른거리며 지냈던 봄 강
기억하노니 그때 작은 배 띄웠던 강 나루터
청루는 예전과 마찬가지고
헤어지며 낡은 벽에 시를 지어

눈물로 먹을 갈아 쓴 글씨는 먼지에 흐릿하도다

높은 정자에서 멀리 바라보니
풀빛은 하늘가에 닿았고
살쩍머리는 반백이 되었다
묵묵히 이별의 눈물과 기쁨의 웃음은
아직도 수건에 얼룩져 있고
날개 늘어뜨린 봉황은 돌아갈 길 잃고
짝 잃은 난새 춤을 잊었네
간절히 편지 쓰고 싶으나
편지 속의 깊은 한
파란 노을 낀 너른 바다로 기러기 사라졌으니
부질없이 그리운 정을 슬픈 쟁 소리에 담는다
상심 가득한 강남 천 리
애달픈 노래로 그대를 부르나
떠나간 혼은 어디에 있는가?

陈廷焯은 《云韶集》에서 이 사를 평하길 "모든 문장은 정수이고, 천고에 뛰어나서
보충할 것이 없다."라고 했음./病酒: 술 마시는 것에 흠뻑 빠진 것이 병과 같음을 말
함./西城: 항주의 서쪽 성을 가리키고, 서호의 물가를 말함./溯红渐구: 刘晨과 阮肇가
잘못하여 天台桃源으로 들어가서 공교롭게 선녀를 만난 고사를 사용했음./棉儿: 전당
기장애가 사랑했던 侍儿를 말함./断红: 눈물이 떨어진다는 뜻임./歌纨: 노래 부를 때 쥐
는 부채를 가리킴./金缕: 금색실로 수를 놓아 만든 옷을 말함./六桥: 서호의 제방다리로,
外湖의 6개 다리를 송대 소식이 만들었다. 6개의 다리 이름은 映波, 锁澜, 望山, 压堤,
东浦, 跨虹이다./花萎: 꽃이 떨어지다./瘗玉埋香: 아름다운 미인이 죽어서 옥으로 매장
한다는 뜻임./桃根: 동진의 王献之의 첩 桃叶의 누이를 말함./青楼: 기녀가 사는 곳을
말함./鬓侵半苎: 자기의 머리가 이미 반백이 되었다는 것을 말함. '苎'은 염료로 뒷면이
백색이다./鲛绡: 전설에서 남해에 산다는 물고기 모양의 사람이 생사로 짠 직물을 가리

킴./鬟凤: 봉황비녀가 옆으로 비스듬히 늘어뜨려져 있는 것을 말함./破鸾: 거울이 깨지다. 이혼하다. 헤어지다는 뜻임./心千里江南: ≪楚辞·招魂≫에 "천 리까지 눈을 바라다보니 서글퍼지는 봄의 근심, 혼이여, 애강남으로 돌아오라.(目极千里兮伤春心, 魂兮归来哀江南)"고 되어 있음.

279. 〈惜黄花慢〉 次吴江小泊. 夜饮僧窗惜别. 邦人赵簿携小妓侑
尊. 连歌数阕, 皆清真词. 酒尽, 已四鼓. 赋此词钱尹梅津(한번
오강을 작은 배 타고 지나가다 정박했다. 밤에 승창과 술 마시며 석
별을 했다. 동네 사람 조부가 어린 기녀를 데리고 와서 술을 권했다.
이어서 사 몇 수를 노래했는데 모두 주방언의 사였다. 술이 다 떨어
지고, 이미 사방에서 북소리가 났다. 윤환과 헤어지면서 이 사를 지
어 주었다). 吴文英

送客吴皋, 正试霜夜冷,
枫落长桥. 望天不尽,
背城渐杳, 离亭黯黯,
恨水迢迢. 翠香零落红衣老,
暮愁锁, 残柳眉梢. 念瘦腰,
沈郎旧日, 曾系兰桡.

仙人凤咽琼箫,
怅断魂送远, 九辩难招. 醉鬓留盼,
小窗剪烛, 歌云载恨, 飞上银霄.
素秋不解随船去, 败红趁一叶寒涛.
梦翠翘, 怨鸿料过南谯.

송별했던 객이 다시 오강으로 돌아오고
바야흐로 첫서리가 내리고 가을밤은 처량하구나
단풍잎은 교목의 지면에 떨어져서 널려 있고
하늘가는 휑하니 끝없이 뻗어져 있고
성을 떠나니 갈수록 멀어지고

송별하던 장정이 가물가물 보인다
이별의 근심과 한은 유유히 흐르는 강물 같구나
비취색 잎사귀는 시들어 떨어지고 향기는 이미 다 사라졌고
붉던 꽃은 말라 시들어 바야흐로 떨어지고
남은 버들개지는 움츠려들고 눈썹에 수심이 잠긴다
그해가 생각하고 나는 또한 배를 강변에 묶었다
사무치게 그리운 정이 나를 초췌하게 만들었다

가기가 처량하게 강곡을 노래 부르니 사람은 눈물이 난다
이별의 정한이 사람으로 하여금 혼이 끊어지고 심취하게 하고
또한 내 마음 속의 감개를 토로하기 어렵다
노래 부르는 기녀는 또한 내 심정을 알아주고
작은 창문 앞 촛불의 심지는 자주 줄어들고
이별의 정한이 담긴 쓸쓸한 노래 곡조가 가득 퍼지고
텅 빈 구중 하늘 밖으로 울려 퍼진다
차가운 가을날 배는 떠나갔고
남아 있는 꽃은 무정한 차가운 물결 속으로 사라졌다
伊人의 그림자가 갑자기 머리에 번쩍 스쳐 지나갔고
애달픈 기러기가 바야흐로 남쪽 누각으로 지나가던 것이 생각나네

尹梅津: 이름은 煥이고 자는 惟曉이며 山陰사람이다. 작자와 친한 친구였다. 嘉定 10년
에 진사가 되었고, 일찍이 주방언 사에 서문을 쓰기도 했음./皐: 물가의 높은 곳을 말함./
枫落: 당나라 崔明信의 시에 '枫落吴江冷'라는 구절이 있음./迢迢: 아득히 멀기도 멀다.
요원하다는 뜻임./红衣: 연꽃./沈郎: 심약을 말함./九辩难招: 굴원의 제자 송옥이 〈九辩〉
을 지었다. 이것은 송옥의 재능일지라도, 굴원의 혼을 불러올 수는 없다는 뜻임./翠翘: 여
자의 머리 장식을 말한다. 즉 그리워하는 여자를 대표하는 것임./南谯: 남쪽 누각을 말함.

280. 〈高阳台〉, 吴文英

宫粉雕痕, 仙云堕影,
无人野水荒湾. 古石埋香,
金沙锁骨连环. 南楼不恨吹横笛,
恨晓风千里关山. 半飘零,
庭上黄昏, 月冷阑干.

寿阳空理愁鸾, 问谁调玉髓,
暗补香瘢? 细雨归鸿,
孤山无限春寒. 离魂难倩招清些,
梦缟衣解佩溪边. 最愁人,
啼鸟晴明, 叶底清圆.

깊은 궁궐에 눈썹먹 말라 시들어 있는 흔적
하늘의 선녀인 오색구름이 땅에 떨어진 그림자
살구나무는 인적없는 황량한 들판 물가 모래톱에 방치되었고
메마른 산과 옛날 돌은 너의 향기로운 골수를 몰래 묻었다
금 모래톱에 너의 성결한 선구가 남아 있고
남쪽 누각에서 <梅花乐> 곡 연주하기 시작하니 이상하지 않고
다만 그 무정한 새벽바람이 천 리 관산에 부는 것이 원망스럽다
황혼의 정원엔 남은 매화꽃이 떨어졌고
청량한 달빛 아래서
텅 빈 가지 성긴 그림자는 고독하게 교차되어 있다

수양공주는 다만 명경을 마주 대하니 더욱 근심이 일어나고

매화꽃은 이미 다 떨어졌구나

무엇으로 옥수를 조정하고 배합할까

삭은 얼굴에 화장으로 얼굴을 아름답게 할 수 있을까?

기러기는 가랑비 맞으며 처량하게 돌아가고

고산의 봄추위가 다 지나가지 않았고

고독한 혼은 너무 멀리 떨어져 다시는 부를 수가 없고

나는 꿈에서 너의 깨끗한 흰 치마를 입고 개울가로 왔다

가장 근심어린 사람이다

낭랑한 청공에 온갖 새들이 일제히 울어대고

푸른 잎에 숨어 있는 매화가 비치니 맑고도 둥글다

仙云堕影: 소식의 시에 '海南仙云娇堕砌'라고 되어 있음./古石埋香: 前蜀 때 秦州节度使 王承俭이 성을 축조했는데, 하나의 돌을 얻었는데 여자의 널에는 글자가 새겨져 있었다. 그 널 위에는 "깊고 깊게 묻힌 옥, 묻혀 있는 옥향기가 정말 향기롭구나.(深深葬玉, 郁郁埋香)"라는 말이 적혀져 있음./金沙锁骨连环: ≪续玄怪录≫의 기록에 보면, "延州에는 부인이 있었는데 곧 죽었다. 西域에는 오랑캐 스님이 와서 뼈를 보살에 묻었다. 많은 사람들이 분묘를 열어, 두루 자신의 뼈를 보았다. 갈고리 모양의 결정은 마치 자물쇠 같았다."라고 되어 있음./玉髓: 삼국시대 오나라 손권이 달 아래서 수정춤을 자유롭게 추었는데, 잘못하여 邓夫人의 볼을 다치게 했다. 의사가 수달 골수로 만든 잡된 옥과 호박 보석을 섞어서 약을 만들어 볼에 펴서 발랐는데, 나아서 이후에 아무런 흉터가 없었다고 함./缟衣: 흰옷을 가리킴.

281.〈高阳台〉丰乐楼分韵得'如'字(풍락루에서 '如'자로 운을 나누어 짓다), 吴文英

修竹凝妆, 垂杨驻马,
凭阑浅画成图. 山色谁题?
楼前有雁斜书. 东风紧送斜阳下,
弄旧寒, 晚酒醒馀. 自消凝,
能几花前, 顿老相如?

伤春有在高楼上, 在灯前敲枕,
雨外熏炉. 怕舣船, 临流可奈清臞?
飞红若到西湖底, 搅翠澜,
总是愁鱼. 莫重来,
吹尽香绵, 泪满平芜.

곱게 단장한 긴 대나무, 수양버들나무 아래 묶어둔 말 한 마리
난간에 기대어 멀리 바라보니 마치 그림 같구나
이처럼 아름다운 산의 경치는 그 누가 품평하려나?
누각 앞 하늘에 날아가는 기러기 비스듬히 편지 한 통 들고 가네
동쪽에서 급히 바람 불어와 석양 아래
술에서 깨어난 후 옛날 추위를 느끼게 하네
스스로 잠시 멍하니 생각해 보네
인생에서 몇 번이나 꽃 앞에 설 수 있게 될 것이며
사마상여와 같이 어느 날 갑자기 문득 늙어버리게 될 것인가를

가는 봄 안타까워 높은 누대에 있지 않고
등불 앞에 비스듬히 베개 베고 누워 있노라니

바깥 저편에 비는 내리고 향로에는 연기만 나는구나
두렵구나, 배 언덕에 대어 놓기가
흐르는 강물에 내 파리하고 수척한 그림자 비추면 어찌할까나
떨어지는 꽃잎 만약 저 서호의 밑바닥까지 날아간 손으로
휘저어 푸른 물결 일으키면 도처에 근심스런 물고기만 뜨리라
다시는 이곳에 와서 향기로운 꽃잎 다 불어 떨어져
눈물 가득 머금고 황폐한 언덕 마주하지 말지라

消凝: '消魂凝望'의 뜻으로 '消魂'은 낙담하고 실망함을 말하고, '凝望'은 뚫어지게 바라보는 것을 말함./相如: 한나라 때 辭賦家인 사마상여를 말함./舣: '艤'라고도 쓰며, 배를 언덕에 대고 출발하는 것을 말함./清臞: '清瘦'를 말함. 원래는 몸이 날씬하여 고상해 보이는 것을 말하지만 여기서는 파리하게 수척한 모습을 말함./愁鱼: '나에게 근심을 주다(愁予)'는 뜻임. 오문영은 아마도 강기의 사 "백만 가지 근심어린 잉어가 봄물을 뛰어넘네.(百万愁鳞跃春水)"라는 구절의 뜻을 취했을 것으로 여겨짐.

282. 〈三姝媚〉 过都城旧居有感(도성의 옛집을 지나다가 감회가 일어
　　　나다), 吴文英

湖山经醉惯, 渍春衫,
啼痕酒痕无限. 又客长安,
叹断襟零袂, 涴尘谁浣.
紫曲门荒, 沿败井,
风摇青蔓. 对语东邻,
犹是曾巢, 谢堂双燕.

春梦人间须断, 但怪得当年,
梦缘能短. 绣屋秦筝,
傍海棠偏爱, 夜深开宴.
舞歇歌沉, 花未减,
红颜先变. 伫久河桥欲去, 斜阳泪满.

호수와 산은 내가 취하여 버릇처럼 다니던 곳
봄적삼을 물들인 건
한없이 많은 눈물자국 술자국
또다시 서울 길손
아아, 떨어진 옷깃과 소매
먼지에 찌든 이 옷 누가 빨아주겠는가?
옛날 홍등가의 대문은 황폐하다
무너진 우물을 따라 기어 올라가고
바람에 흔들리는 푸른색 넝쿨
내 옆에서 마주 보고 얘기하는 건
일찍이 여기에 보금자리 튼

그 옛날의 사씨 집 한 쌍의 제비라네

봄꿈이란 세상에서 사라지는 법이니
못내 안타까운 것은 그 당시에
꿈같은 인연이 이처럼 짧을 줄이야
화려한 집에서 쟁을 타며
해당화 나무 아래
밤 깊어 연회 열길 무척이나 좋아했지
이제 춤은 다하고 노랫소리 사라져도
꽃은 아직 무성히 피어 있는데
발그레 붉던 얼굴은 먼저 변했네
한참 동안 멍하니 강가 다리에 우두커니 서 있다가
비스듬히 지는 석양녘에 떠나자니 눈물이 앞을 막네

漬: 담그다. 스며들다. 물들이다./浣尘谁浣: '浣'는 먼지가 묻은 물건을 말함./青蔓: 蔡襄의 시에 '旧树络青蔓'라고 되어 있음./谢堂双燕: 유우석의 〈乌衣巷〉시에 "옛날 왕가인 사씨의 집 앞에 제비가 있었는데, 항상 일반 백성의 집을 찾아 들어오네.(旧时王谢堂前燕, 飞入寻常百姓家)"라고 되어 있음./春梦人间须断: 소식의 시에는 "봄꿈을 아직 담지 못하고 나그네는 베개에서 깨었네.(春梦未容羁枕断)"라고 되어 있음./能: 이와 같다는 뜻임.

283. 〈八声甘州〉 陪庾幕诸公游灵岩(여러 막부관료 친구들과 함께 영암산을 유람하며), 吴文英

渺空烟四远, 是何年,
青天坠长星. 幻苍崖云树,
名娃金屋, 残霸宫城.
箭径酸风射眼, 腻水染花腥.
时靸双鸳响, 廊叶秋声.

宫里吴王沉醉, 倩五湖倦客,
独钓醒醒. 问苍波无语,
华发奈山青. 水涵空,
阑干高处, 送乱鸦,
斜日落渔汀. 连呼酒,
上琴台去, 秋与云平.

아득한 창공 희미하게 안개 긴 끝없는 천지 이는 어느 해란 말인가?
푸른 하늘에서 길게 별 하나가 떨어졌네
마치 꿈처럼 검푸른 절벽 구름이 걸릴 만큼 높이 솟아 있는 나무들
아름다운 서시가 머물렀던 황금집
패왕을 꿈꾸던 오왕의 궁성이라네
화살같이 빠르게 흐르는 시냇물
시린 바람 내 눈을 매섭게 쏘고
씻은 매끄러운 물은 꽃의 향기조차 물들이네
때때로 들려오던 원앙화 끄는 소리
响履廊에는 쓸쓸한 가을바람에 떨어지는 낙엽 소리만이 남았네

궁 안의 오왕은 주색에 깊이 빠지고
뛰어난 오호의 피곤한 객 범려만이 홀로 깨어 낚시를 하네
저 푸른 물결치는 태호에 물어봐도 대답이 없고
늙어 머리 희어진 내가 산의 푸르름을 어찌 하리오?
물속에 담겨진 하늘 높다란 난간에 올라서 어지러이 나는 까마귀 떼
지는 해 어장으로 떨어지는 것을 전송하네
연거푸 술을 더 청하여 금대 위로 오르니
가을은 흰 구름과 나란히 하노라

靈岩: 산 이름으로 江苏 苏州市 서쪽 天平山의 남쪽에 있다. 춘추시대 吳王과 夫差의
유적이 산 위에 남아 있음./庾: 창고,/幕: 막료./名娃: 곱고 아름다운 미녀를 말함. 여기
서는 西施와 越나라 王이 부차에게 주었던 총애하던 妃를 말함./金屋: 미인이 사는 궁
으로 馆娃宫을 말함./残霸: 오나라 왕 부차를 말함. 그는 월나라와 싸워서 크게 이기고
국력이 강대해졌고 일찍이 진나라와 중원을 놓고 싸웠으며 이후에 월나라에 의해 멸망
하였다. 霸业은 이와 같이 시작은 있으나 끝이 없음을 말하고 있음./酸风射眼: 찬바람
이 눈을 찌른다는 뜻임./腻水: 꽃잎에 물든 화장분의 향기를 말함./靸: 뒷굽이 없는 신
을 말함. 여기서는 동사로 사용되었음./双鸳: 원앙신을 말하는데 이는 부녀자들이 신던
신을 말함./廊: 궁녀들이 나막신을 신고 걷는 한 회랑, 복도인 '屟廊'을 말함. 당시 오
왕은 이 복도를 지을 때 속빈 나무로 신발을 만들어 궁녀들을 신게 하여 回廊에서 신
을 신고 다닐 때 나는 소리가 끊이지 않게 들렸는데 작가가 지금 이 廊 사이에 있으니
그 소리는 끊기고 회랑 앞에 나뭇잎은 오히려 가을 찬바람에 불어 떨어지는 낙엽소리
만이 들릴 뿐이라는 쓸쓸한 감정을 말하고 있음./沉醉: 오왕이 주색에 빠진 것을 말함.
오와 월이 싸우는데 월왕 勾践이 복수를 하기 위해 미인의 계략을 사용하고자 范蠡를
시켜 서시를 부차에게 들여보내 부차는 그녀의 미모에 홀려 나라가 망하게 되었다. 그
러나 범려는 진정한 성공은 바로 오왕이 주색에 빠진 것 때문이라고 말하고 있음./倩五
湖倦客: 다만 五湖에 몸을 기탁하고 벼슬살이를 그만둔 范蠡만이 잠이 깨었다. 이는
자신의 우국충정을 비유했는데, 여기서는 범려를 일컬음. 여기서는 단순히 영암산에 올
라 눈앞에 보이는 경물을 통해 잠시 회고한 것이라고 여겨짐./独钓: 이는 은일생활을
비유한 것임. 다만 강호에만 기탁하여 관직을 버리고 나아가지 않아 범려만이 혼탁한

세상에서 가장 깨어 있는 사람이라고 말하고 있음./蒼波: 말이 없고 옛날을 그리워하는 사람만이 청산을 마주하면 자신이 반백이 되어 늙었음을 슬퍼한다는 뜻임./奈: 어쩔 수 없다./水涵空: 저 멀리 있는 호수물이 하늘 끝까지 맞닿아 있다는 말임./漁汀: 물가에서 물고기 잡는 곳을 말함./琴台: 영암산 위에 있는 정자 이름으로 오나라의 유명한 유적임./秋与云平: 온 하늘이 가을빛이다. 작가는 琴台에 가장 높은 곳에 올랐으나 아직도 그 높이가 부족하다고 여겨 더 위층으로 올라가 구름과 가까이 하기를 원한다. 그럴 때 여기서 '秋'는 구름과 같은 동등한 고도에 있는 것임. 구름이 높은 데 있으면 있을수록 가을도 그만큼의 높이에 있다는 의미이며 또한 이는 작가의 悲慨를 나타낸다.

284. 〈踏莎行〉, 吳文英

润玉笼绡, 檀樱倚扇,
绣圈犹带脂香浅. 榴心空叠舞裙红,
艾枝应愁鬓乱.

午梦千山,
窗阴一箭, 香凝瘢新褪红丝腕.
隔江人在雨声中, 晚风菰叶生秋怨.

윤이 나는 고운 살결 비단 옷에 감싸고
앵두 빛 붉은 입술 부채에 가렸는데
무늬 자수 옷깃에는 분 내음 아직 난다
석류 속은 붉은색 치마 위에 뿌려졌고
쑥대는 틀림없이 근심 어린 쪽머리를 눌렀으리라

대낮에 꿈을 꾸어 만첩청산 넘었는데
창 그림자 이제 겨우 화살만큼 지났구나
그대 팔뚝 너무 여위어 붉은 실이 헐겁겠네
강 건너에 한 사람이 빗속에 서 있는데
저녁바람 불고 菰叶에 가을 원한 자아낸다

润玉: 윤기가 나는 살결, 피부를 가리킴./檀樱: 입술을 가리킴./绣圈: 수놓은 꽃장식을
말함./艾枝: 단옷날 오후에 쑥으로 호랑이 모양을 만들거나 혹은 비단을 잘라서 작은
호랑이 모양을 만든다. 근근한 쑥잎을 머리 위에 붙였음./香凝瘢: 향기가 얽힌 흔적을
말함./红丝腕: 5월 5일 단오절에 오채색 비단으로 팔뚝에 묶었는데, 귀신과 싸움을 피

할 수 있다고 여겼다. 일명 '长命缕' 혹은 '续名缕'라고 불렀음./菰: 다년생 풀로, 얕은 물가에서 자란다. 키는 5~6척 정도가 된다. 봄날에 새싹이 돋아나는데 죽순과 같고, 그것을 '艾白'이라고 부른다. 잎이 얇고 길고 뾰족하다. 가을에 수확하는데 그것을 '菰米'라고 하는데, 삶아서 밥을 해먹을 수 있음.

285. 〈瑞鶴仙〉, 吳文英

晴丝牵绪乱, 对沧江斜日,
花飞人远. 垂杨暗吴苑,
正旗亭烟冷, 河桥风暖.
兰情蕙盼, 惹相思, 春根酒畔.
又争知, 吟骨萦消, 渐把旧衫重剪.

凄断流红千浪, 缺月孤楼,
总难留燕. 歌尘凝扇,
待凭信, 拚分钿. 试挑灯欲写,
还依不忍, 笺幅偷和泪卷.
寄残云剩雨蓬莱, 也应梦见.

날이 개자 아지랑이는 어지러이 잡아당기고
창강과 비스듬히 지는 해를 마주 대하고
꽃은 날아다니고 사람은 멀리 있다
드리워진 버들개지는 오원을 어두컴컴하게 했고
바야흐로 기루에 한식절이라 연기 피어오르지 않아 차갑고
강가 다리에 봄바람 불어 따뜻하다
순결하고 고아한 성품을 지닌 향초 같은 미인
그리운 정은
술자리에서 시작되었다
또한 어떻게 뼈만 앙상하여 이렇게 초췌했는지를 알겠는가?
옷은 점점 헐렁해져 다시 재단을 하고

처량하여 애간장이 끊어졌다 붉은 눈물이 주룩주룩 흘러내리고
기운달 외로운 누각엔 항시 제비가 머물기 어렵다네
세속의 노래는 부채에 엉기고
의지해서 편지를 기다리고
정분의 표시로 꽃무늬 장식을 반으로 나누고
내가 너에게 편지 한 통을 쓰려고 했으나
너와 나의 사랑은 빨리도 끊어져 버렸다
처량하게 눈물방울 흔적이 있는 편지지를 말아 올리고
등불을 매고 글을 쓰려고 시도했으나, 아직 차마 할 수 없었다
남은 구름에 붙이고, 봉래산에 비가 왔고, 또한 꿈속에서 그녀를
보았다

晴丝牵绪乱: 위장의 시에 "따뜻해지자 아지랑이는 무력해지고 절로 멀어지는 수양버들
(暖丝无力自悠杨)"이라는 구절이 있음./沧江斜日: 만당 이상은 시에 "창강의 백주 대낮
물고기와 나무꾼이 지나가는 길, 해가 질 무렵 돌아오고 비가 와서 옷에 가득하다.(沧江
白日渔樵路, 日暮归来雨满衣)"라고 되어 있음./吴苑: 오나라의 정원. 옛날 기녀와 사랑
을 나누었던 소주와 항주를 가리킴./旗亭: 술집의 깃발을 가리킴./兰情蕙盼: 사람의 농
후한 情과 義를 가리킴./争: 어떻게. 어찌/留燕: 당나라 장건이 애첩 关盼盼이 燕子楼
에서 절조를 맹세했음./歌尘凝扇: 소식의 시에 "무희의 적삼 옷과 노래 부채에는 항상
먼지가 생기네.(舞衫歌扇总生尘)"라고 되어 있음./分钿: 영원히 이별하다, 헤어지다./蓬
莱: 선경을 말함. 그리워하는 사람이 있는 좋은 곳을 말함.

286. 〈鷓鴣天〉化度寺作(화도사에서 짓다), 吳文英

池上红衣伴倚闌, 栖鸦常带夕阳还.
殷云度雨疏桐落, 明月生凉宝扇闲.

乡梦窄, 水天宽, 小窗愁黛淡秋山.
吴鸿好为传归信, 杨柳闾门屋数间.

연못가의 붉은 연꽃은 반쯤 난초에 기대 있고
까마귀 언제나 석양을 받으며 돌아온다
성긴 먹구름이 비를 뿌려
오동나무 잎 떨어지고
하늘의 밝은 달은 차가운 데서 생겨나고
진귀한 부채는 한가롭다

고향 그리는 꿈은 옹색하고
푸른 물과 푸른 하늘은 광활하고 끝이 없다
작은 창에서 눈썹먹을 칠하니 가을산은 담박하다
소주의 기러기는 편지를 잘 전했는데
버드나무 우거진 閭门에는 집이 몇 칸 있는지

化度寺: 절강성 항주 서부 江涨桥 부근에 있는 절임./红衣: 붉은 연꽃을 말함./殷云: 짙은 구름을 말함./水天宽: 소식의 시에 "땅은 협소하고 물은 하늘까지 넓다.(地窄水天宽)"라고 되어 있음./黛: 여기서는 눈썹을 말함./闾门: 소주에 있는 성문 이름을 말함.

287. 〈夜游宫〉, 吴文英

人去西楼雁杳, 叙别梦, 扬州一觉.
云淡星疏楚山晓. 听啼乌, 立河桥,
话未了.

雨外蛩声早,
细织就霜丝多少? 说与萧娘未知道.
向长安, 对秋灯, 几人老?

임 떠난 서쪽 누각엔 기러기 자취마저 아득한데
이별하던 날 생각하니 두목의 양주의 한 꿈 같구나
옅은 구름 성긴 별에 남국의 산은 새벽인데
새소리 들으며 다리 위에 서서
하고픈 말 끝맺지 못하네

빗소리 너머 귀뚜라미 울음소리 이르니
가는 베 짜는 동안 가버린 세월 그 얼마인가?
그녀에게 이야기한들 이 마음 알아줄까
장안만 바라보며
가을 등잔 마주한 채
얼마나 많은 이들 늙어 갔을까?

扬州一觉: 만당 두목의 시에 "십 년 동안 한 번 깨어나니 양주의 꿈이라네.(十年一觉扬
州梦)"라고 되어 있음./蛩: 귀뚜라미./霜丝: 백발을 말함./萧娘: 당대 유명한 기녀를 가
리킴. 杨巨源의 시에 "풍류재자는 봄바람이 많고, 소랑의 한 편지에 애간장이 끊어진
다.(风流才子多春风, 肠断萧娘一纸书)"라고 되어 있음.

288. 〈唐多令〉, 吴文英

何处合成愁? 离人心上秋,
纵芭蕉, 不雨也飕飕.
都道晚凉天气好, 有明月,
怕登楼.

年事梦中休,
花空烟水流, 燕辞归,
客尚淹留. 垂柳不萦裙带住,
漫长是, 系行舟.

어디에서 '愁'자가 만들어졌나?
바로 이별한 사람의 마음 위에 가을의 우울한 기분 더한 것이니
설명 비가 내리지 않는다 해도 파초는 쏴쏴 바람소리 낸다네
모두들 말한다네. 저녁이 서늘하고 날씨가 좋아 밝은 달이 있다고
하지만
하지만 나 저 밝은 달을 차마 볼 수 없어 누각에 오를 수 없다네

세월 속의 지난 일은 꿈속에서 쉬어가고
꽃은 다 지고 안개 속에 고요히 흐르는 강물
제비는 떠날 것을 고하나
나는 여전히 그 자리를 떠나지 못하고 오랫동안 머무네
늘어진 버드나무 임의 치마와 띠는 묶어
세우지는 않고 쓸데없이 언제나 길 떠나려는 배만 묶어놓네

何処: 어느 곳./心上秋: '心'자에다가 '秋'자를 더하면, 즉 '愁'가 된다. 즉 근심, 우수라는 뜻임./颭颭: 바람이 불어와 파초의 잎이 쇄쇄하며 부딪히며 내는 소리를 말함./年事: 지난날 번잡했던 세월을 말함./烟水: 멀리 아지랑이나 안개가 끼어 뿌옇게 보이는 물./客: 작자 자신을 말함./淹留: 오래 머무르다./垂柳: 수양버들./裙帶: 치마와 띠. 여기서는 지나가는 행인을 가리킨다는 설도 있지만, 여기서는 떠나가는 사람이 그리워하는 사람의 치마와 띠를 가리킴./縈: 회전하여 빙빙도는 것 혹은 꼭 매달다. 묶다. 둘러싸다./漫: 흩어지다. 함부로. 멋대로./长是: 늘, 항상, 언제나./系: 매다. 묶다.

289. 〈一剪梅〉, 贾似道

宰相巍巍坐庙堂. 说着经量.
便要经量. 那个臣僚上一章.
头说经量. 尾说经量.

轻狂太守在吾邦. 闻说经量.
星夜经量. 山东河北久抛荒.
好去经量. 胡不经量.

재상이 위풍당당하게 묘당에 앉았으니
측량하라 말하면
곧 측량해야 한다네
저 관리 문서 한 장을 올리면서
처음도 측량이라 말하고
끝에도 측량이라 말하네

우리 고을에 경박하고 난폭한 태수 계시니
측량하라는 소문만 듣고도
깊은 밤까지 측량을 하네
산동과 하북 지방은 오래도록 황폐한 곳인 데도
측량하기 좋다더니
어찌 측량하지 않으리오

巍巍: 위풍당당하다. 높고 큰 근엄한 모양./庙堂: 사당. 묘당/臣僚: 신하. 벼슬아치. 관
료./章: 문서. 공문./轻狂太守: 가볍고 난폭한 태수./邦: 고을. 마을./抛荒: 황폐하여 버려
진 땅./胡: 어찌/经量: 헤아리다. 측량하다.

290. 〈行香子〉, 贾似道

浙右华亭. 物价廉平.
一道会, 卖个三升.
打开瓶後, 滑辣光馨.
教君霎时饮, 霎时醉,
霎时醒.

听得渊明.
说与刘伶. 这一瓶,
约迭三斤. 君还不信,
把秤来秤. 有一斤酒,
一斤水, 一斤瓶.

전당강 오른편 호화로운 정자 있으니
값은 싸고 공정하여
한번 모이면
세 말을 산다네
술병을 열면
부드러우면서도 향긋한데
그대를 삽시간에 마시게 하고
순식간에 취하게 하며
순식간에 깨어나게 한다

들건대 도연명은
유령에게

술 한 병은 대략 세 근이 나간다고 말했다
그대가 그래도 믿지 못하여
저울로 재면
술이 한 근
물이 한 근
병이 한 근이리

浙: 전당강을 가리킴./华亭: 호화로운 정자./打开: 열다./滑辣光馨: 부드럽고 맵고 빛이
나고 향기가 난다./霎时: 눈 깜짝할 사이. 순식간./渊明: 도연명을 말함./刘伶: 남조시대
술을 찬양한 문인으로 〈酒德颂〉이라는 산문이 있다./约: 믿다. 약속하다./迭: 갈마들다.
지나치다./把秤来秤: 저울을 잡고 재다.

291. 〈念奴娇〉 雪(눈). 陈郁

没巴没鼻, 霎时间,
做出漫天漫地. 不论高低并上下,
平白都教一例. 鼓动滕六,
招邀巽二, 一任张威势.
识他不破, 只今道是祥瑞.

却恨鹅鸭池边, 三更半夜,
误了吴元济. 东郭先生都不管,
关上门儿稳睡. 一夜东风,
三竿暖日, 万事随流水.
东皇笑道, 山河原是我底.

아무런 까닭도 없이
갑자기 온 하늘과 땅에 가득 차게 만들었네
높이와 크기를 아랑곳 않고
평평하게 하얗게 모든 것을 한결같이 만들었네
북을 울려 눈신을 희롱하고
풍신과 바람신을 불러 맞이하며
하나같이 그렇게 위세를 부리네
그를 알고 무찌르지 않은 것
지금도 상서롭다 말하네

바로 아압지에서 거위 소리 낸 것
눈 내린 삼경의 깊은 밤인데

이 소리로 오원제는 행군하는 기척을 몰라 포로가 되었다
강직한 동곽 선생은 모두 관여치 않고
문에 기대어 조용히 잠을 잔다
밤새도록 봄바람 불고 나서
붉은 해가 높이 뜨면
모든 일 흐르는 물과 같이 순조로우리
태양신인 동황은 웃으면서
산하는 원래 나의 것이라고 말한다

没巴没鼻: 당시의 속어로 '아무런 이유 없이'라는 뜻임./霎时间做出漫天漫地: 순식간에 온 땅과 온 하늘에 큰 눈이 갑자기 내리기 시작했다는 말임. 이것은 가사도가 절대적인 권력을 휘두르는 것을 말함./一例: 마찬가지다. 같다는 뜻임./滕六: 눈의 신 이름./巽二: 바람의 신./一任张威势: 이것은 눈의 신과 바람의 신 둘 다 악해서 뒤흔들어 죽이고 싶을 정도로 혼란스런 권력이 함부로 만연되어 퍼졌다는 뜻임./祥瑞: 눈이 내리면 풍년이 든다는 좋은 징조를 가리킴. 여기서는 반대의 뜻으로 재앙을 의미함./却恨鹅鸭池边3구: 당나라 宪宗 12년(817)에 李愬가 눈 오는 밤에 蔡州(지금의 하남성 汝南)를 기습했는데, 대번에서 분할된 땅을 다스리던 채주절도사 吳元济를 생포했다. 채주성가에는 거위 연못이 있었는데, 李愬가 공격하라고 명령했을 때 병사의 소리로써 혼란스럽게 했다. 거위 소리를 몰래 사용해서 그 병사와 말이 공격하는 소리로써 속였던 것이다. 이에 채주 군사들이 착각을 했던 것이다. 준비도 하지 못한 채 기습당해 성의 연못이 파괴되었다. 오원제를 산채로 체포하였음./东郭 先生: ≪初学记≫의 기록에 의하면 동곽 선생은 얼은 눈을 두려워하지 않았고, 집이 가난하여, 옷과 신발이 항상 부족했다. 신발은 위 창만 있고 아래 창이 없었고, 눈 속에서도 걸어갔다. 발은 땅을 모두 다 밟았다. 여기서는 정직한 성격을 지닌 사람은 가사도의 전횡을 두려워하지 않는다는 뜻임./一夜东风3구: 여기서는 가사도가 필연적으로 무너질 것을 예견한 것임./东皇: 봄을 관장하는 신임.

292. 〈西江月〉 新秋写兴(막 가을이 되어 감흥이 일어나 짓다), 刘辰翁

天上低昂似旧, 人间儿女成狂.
夜来处处试新妆, 却是人间天上.

不觉新凉似水, 相思两鬓如霜,
梦从海底跨枯桑, 阅尽银河风浪.

천상세계 성쇠는 의구한데
인간세상 사내아이와 계집아이들은 열광하네
밤이 되어 곳곳마다 새 옷 입으니
도리어 인간세상이 천상세계로다

초가을의 서늘함 느끼지 못해 물과 같고
그리움에 양 귀밑머리는 서리 같네
꿈에선 바다 밑에서 마른 뽕나무로 뛰어넘고
은하수의 풍랑을 두루 겪었다

低昂: 기복. 성쇠. 낮았다가 높았다 함을 말함./似: 마치 같다./儿女: 아이들. 단지 계집아이라는 뜻으로도 쓰임./夜来处处试新妆: 옛날 칠석날 밤에, 여자아이가 있는 집에는 빈부를 따지지 않고 모두 새 옷으로 갈아 입었다./妆: 화장하다./新凉: 초가을의 서늘한 기운을 말함./梦从海底跨枯桑: 위 구절은 ≪神仙传≫에 푸른 바다가 뽕나무 밭으로 변한다는 고사를 인용한 것임. 아래 구는 견우와 직녀가 칠석날 은하수를 건너 서로 만난다는 고사이다. 모두 세상사의 변천과 인생사의 풍파를 가리킴./阅: 겪다. 지내다.

293. 〈问鹊喜〉 吴山观涛(오산에서 조수를 구경하다), 周密

天水碧, 染就一江秋色.
鳌戴雪山龙起蛰, 快风吹海立.

数点烟鬟青滴, 一杼霞绡红湿.
白鸟明边帆影直. 隔江闻夜笛.

하늘과 물은 푸르고
물들어져 온통 강색은 가을색이다
큰 물고기를 데리고 설산에 오니 용이 일어나 숨는다
큰바람이 불어 파도가 일어났다

수많은 물보라가 푸른색 물방울이 되어 떨어지고
온 생사로 짠 베에 노을 붉은색을 적시고
흰 새는 밝은 곳에 있고 돛단배 그림자는 곧다
강을 사이에 두고 야밤에 피리소리 들린다

吴山: 지금의 절강성 항주시 서호 남쪽에 있고, 속칭 城隍山이라고 부르기도 하며, 한쪽은 钱塘江이 내려다보이고, 다른 한쪽은 西湖에 인접해 있다. 항주의 명승지임./观涛: 조수를 바라보다./染就: 물들이다. 염색하다./鳌戴雪山: 전설에 의하면 발해에는 5개의 신령스러운 산이 있는데, 즉 '岱舆山, 员峤山, 文壶山, 瀛洲山, 蓬莱山' 등인데, 본래 서로 연결되어 있지 않아서, 항상 수시로 상하좌우로 조수가 왔다 갔다 한다./龙起蛰: 동면 시기가 지나고 용이 활동을 시작하다는 뜻임./快风: 태풍을 말함./杼: 베를 짜는 기구. 베틀 북을 말함./明边: 밝은 곳. 여기서는 눈을 들어 보는 것을 말함.

294. 〈满庭芳〉, 徐君宝妻

汉上繁花, 江南人物,
尚遗宣政风流. 绿窗朱户,
十里烂银钩. 一旦刀兵齐举,
旌旗拥, 百万貔貅.
长驱入, 歌台舞榭,
风卷落花愁!

清平三百载,
典章人物, 扫地都休.
幸此身未北, 犹客南州.
破鉴徐郎何在? 空惆怅,
相见无由. 从今後,
魂断千里, 夜夜岳阳楼.

한수에 꽃 만발하고
강남 인물들에게는
여전히 宣和·政和의 풍류가 남아 있네
푸른 창 붉은 문에
십 리나 이어진 찬란한 은 주렴
잠깐 사이 군대가 일제히 일어나
깃발로 에워싸니
백만의 흉악한 짐승일세
한참 몰고 들어오니
노래하고 춤추는 곳

바람이 떨어지는 꽃의 슬픔 말아

평화로웠던 삼백 년
법제와 법령 등의 문물과 인물들은
휩쓸려 모두 사라졌네
다행히도 이 몸은 북에 있지 않고
단지 항주의 객이 되었네
거울을 깬 서덕언은 어디에 있는가?
공연히 슬퍼짐은
서로 만날 기약이 없음이다
지금부터
넋을 잃고 천리서
밤마다 악양루를 떠돌 것이네

汉上: 보통 汉水 유역 일대를 가리킴./遺: 남아 있다./宣政: 송대 휘종의 연호로 1119
~1125년을 가리킨다./烂: 선명하다. 밝고 빛난다./银钩: 주렴 갈고리를 말함./刀兵: 병
기. 무기를 가리킴./貔貅: 고대 전설 중에 일종의 사나운 짐승을 가리키는데 자주 용맹
한 군대를 비유함./长驱人: 度宗 咸淳 10년(1274) 9월 원나라 군대가 襄阳에서 출발하
여 汉水의 남쪽 길을 따라 내려왔다. 12월 鄂州로 들어왔다. 다음 해 3월에 악주를 공
격해서 깨부수었다. 이 구절은 원나라 군대가 오랫동안 말을 몰아 직접 쳐들어와, 이
곳의 번화한 국면을 파괴하였다는 뜻임./清平: 태평스럽다./三百载: 송대는 960년에 건
국되어 1279년에 원나라에게 멸망했다. 총 320년을 지냈다./典章人物: 법도, 법령 등의
문물과 인물을 말함./扫地都休: 또한 모든 것이 파괴되었다는 뜻임./未北: 아직 포로가
되어 북으로 잡혀가지 않았다는 말임./南州: 남방. 여기서는 항주를 가리킴./鉴: 거울./
徐郎: 그녀의 남편이 徐君宝를 가리킨다. 전하는 말에 의하면 남조 진말에 徐德言과
그의 부인 乐昌公主가 헤어질 때, 陈나라가 망하고 큰 혼란이 일어나서, 두 사람은 헤
어지게 되었다. 때문에 하나의 거울을 깨뜨려 각자 절반씩 가졌다. 먼 훗날 거울을 합
치는 것으로써 믿음의 표시로 삼자고 약속했다. 진나라가 망하자 그의 부인이 越나라
公杨의 평범한 집에 들어와 살고 있었다. 徐德言은 어느 날 서울을 방문했는데, 부인을
다시 만나 단란하게 살았다./岳阳楼: 서군보의 고향이 岳州라는 것을 가리킴.

295. 〈一剪梅〉舟过吴江(배타고 오강을 지나가다), 蒋捷

一片春愁待酒浇, 江上舟摇.
楼上帘招, 秋娘渡与泰娘桥,
风又飘飘, 雨又萧萧.

何日归家洗客袍, 银字笙调.
心字香浇, 流光容易把人抛,
红了樱桃, 绿了芭蕉.

한 조각 봄시름 달랠 술 간절한데
강 위의 배는 흔들리고
누각 위 주막집 깃발은 손짓하네
추랑도와 태랑교를 지나니
바람도 세차게 횡횡 불고
비도 소소히 내리는구나

언제나 집에 돌아가 나그네 옷 씻어볼까?
은자피리 곡조에 맞추어
(心)자 모양의 향이 타오르는구나
흐르는 세월은 사람을 쉽사리 내던지고
앵두도 붉게 물들이고
파초도 푸르게 만들었구나

浇: 풀다. 물을 주다. 물을 대다./帘:술집에 단 깃발/秋娘渡与泰娘桥: 모두 오강의 지명

이다./飄飄: 바람에 가볍게 날리는 모양을 말함./袍: 웃옷. 겉에 입는 옷. 도포 따위를 말함./銀字笙: 생황. 피리 같은 종류의 악기를 말함./心字香: 꽃으로 만든 향으로 마음 (心)자 모양으로 만들어 태우다./流光: 유수처럼 빨리 지나가 버리는 세월. 물결에 비치는 달./抛: 던지다./櫻桃: 앵두./芭蕉: 파초과에 속하는 열대산의 다년초로 잎은 크고 타원형이며 꽃은 황백색임.

296. 〈虞美人〉, 蔣捷

少年听雨歌楼上, 红烛昏罗帐.
壮年听雨客舟中, 江阔云低,
断雁叫西风, 而今听雨僧庐下.
鬓已星星也, 悲欢离合总无情,
一任阶点滴到天明.

소년시절 가루에서 빗소리 들을 적에
붉은 촛불이 비단휘장에 어른거렸네
장년시절 객주에서 빗소리 들을 적에는
강은 드넓고 구름은 낮은데
외로운 기러기 가을바람 속에 울어댄다
그런데 지금 승방 아래서 빗소리 들으니
귀밑머리는 벌써 백발이 듬성듬성하다
슬픔과 기쁨, 이별과 만남은 언제나 무정한 것
섬돌 앞에 빗방울 동이 틀 때까지 멋대로 떨어지려 하는구나

虞美人: 초나라 항우가 총애하던 애첩 虞姬를 가리킴./歌楼: 기생집./罗帐: 얇은 비단
장막./断雁: 무리를 잃어버린 외로운 기러기./西风: 가을바람./星星: 여기서는 흰머리가
아주 많음을 가리킴./悲欢离合: 슬픔과 기쁨, 이별과 만남, 즉 세상일이 변하기 쉬워 덧
없음을 말함./总: 모두./一任: 전적으로 맡기다. 일임하다./点滴: 처마에서 떨어지는 물방
울, 낙숫물.

297. 〈霜天晓角〉, 蔣捷

人影窗纱,
是谁来折花.
折则从他折去,
知折去,
向谁家.

檐牙枝最佳,
折时高折些.
说与折花人道,
须插向, 鬓边斜.

창사 위에 사람 그림자 어른거리니
이 누가 와서 꽃을 꺾는 것인가?
꺾으려거든 다른 곳으로 가서 꺾을 일이지
알겠는가 꺾으러 가는 것이
누구 집으로 향할지를

처마 근처 꽃가지 가장 예쁜데
꺾을 적엔 좀 높이 올라 꺾어야겠지
꽃을 꺾는 사람에게 말 전해 준다
꽃을 꽂을 적엔 꼭
귀밑머리 가에 비스듬하게 꽂으라고

檐牙: 원래는 집 처마에 새가 빙빙 돌며 나가는 것이 마치 이빨처럼 돌출되어 있는 건축 장식물을 말함./鬓: 귀밑머리.

接叶巢莺, 平波卷絮,
断桥斜日归船. 能几番游?
看花又是明年. 东风且伴蔷薇住,
到蔷薇, 春已堪怜.
更凄然, 万绿西冷,
一抹荒烟.

当年燕子知何处?
但苔深韦曲, 草暗斜川.
见说新愁, 如今也到鸥边.
无心再续笙歌梦, 掩重门,
浅醉闲眠. 莫开帘,
怕见飞花, 怕听啼鹃.

무성한 나뭇잎에 꾀꼬리가 둥지 틀고
평평한 물결 위에 버들솜이 떨어질 때
断桥의 석양 아래 귀향선이 돌아온다.
앞으로 몇 번이나 더 놀 수 있을까
꽃구경은 내년에나 다시 할 수 있겠지
동풍은 잠시 장미와 짝하지만
장미꽃 필 무렵이면
봄은 이미 가련한 처지가 되고 만다
더욱이나 처량한 건

녹음이 우거졌던 서령교 다리에
지금은 황량한 안개만 남았구나

그 당시의 제비는 어디에 있나
번화했던 고장에는 이끼만 시퍼렇고
함께 모여 놀던 곳엔 잡초가 우거졌다
새로운 근심이 지금은 갈매기를 하얗게 물들였다네
다시는 생활 불고 노래할 꿈꾸지 않고
겹겹이 문을 닫고
술에 약간 취한 채 한가로이 잠자리라
밭일랑 걷지 마라
꽃잎 나는 것 보일라
두견이 우는 것 들릴라

接叶巢莺: 断桥: 항주 서호 강변가 白堤 동쪽 孤山 옆에 있다./万绿: 서호 위에서 봄이
다 갔음을 썼다. 한 조각의 끊어져 있는 다리의 참담한 모습을 표현했음./西冷: 서호의
다리 이름인데, 서호의 孤山 옆에 있음./韦曲: 당대 韦氏들은 장안성 남쪽에서 살았다.
그래서 사람들이 그 해당 지역을 위곡이라고 불렀다. 당시에는 번화한 곳이었음./斜川:
본래 지명으로, 지금의 강서성 星子县 경내에 있다. 도연명의 〈游斜川诗并序〉가 있다.
이 두 구절은 항주 부근의 풍경구를 가리킴./见说新愁구: 신기질의 〈菩萨蛮〉 사에 이
구절이 나온다. 여기서 갈매기는 깃털이 전부 흰색이기 때문에 그것을 비유하여 근심으
로 인해 백발이 되었다고 말한 것임.

299. 〈解连环〉 孤雁(외로운 기러기), 张炎

楚江空晚, 恨离群万里,
恍然惊散. 自顾影,
欲下寒塘, 正沙净草枯,
水平天远. 写不成书,
只寄得相思一点. 料因循误了,
残毡拥雪, 故人心眼.

谁怜旅愁荏苒, 漫长门夜悄,
锦筝弹怨, 想伴侣, 犹宿芦花,
也曾念春前, 去程应转. 暮雨相呼,
怕蓦地, 玉关重见. 未羞他,
双燕归来, 画帘半卷.

초강의 창공은 저물어 가는데
무리를 잃고 만 리나 떨어져
멍청하게 있다가 깜짝 놀라 날아가네
제 그림자 돌아보곤 연못 위에 앉고픈데
때마침 모래 맑고 풀은 시들고
강물은 평평하고 하늘은 멀리 있다
편지를 쓸 수 없고
그리운 마음이나 부칠 뿐이네
꾸물꾸물하다가 일을 그르쳐
담요를 뜯어먹고 찬 눈을 뒤집어 쓴
옛 친구의 마음에 실망을 안기겠네

늘어나는 나그네 시름 그 누가 동정하리
공연스레 고요한 장문궁으로
원망 실은 쟁 소리만 들려오는구나
동료들은 지금쯤 갈대꽃에 잠자겠지
봄이 오기 전에
내 갈 길이 틀림없이 바뀌어야 할 텐데
저녁비 속에 불러대며 곧장 날아가
옥문관에 가서야 재회할까 두렵구나
제비들이 쌍쌍이 날아서 돌아오고
발을 걷고 내다봐도 부끄러울 게 없으리라

写不成书: 왜냐하면 외로운 기러기는 나란히 '人'자 혹은 '一'자 대열을 이루지 못하기 때문임./欲下寒塘: 당나라 崔涂의 〈孤雁〉 시의 뜻을 인용했음. "저녁에 비 내리는데 서로 잃어버린 짝을 부르고, 차가운 전당강에 천천히 내려앉네.(暮雨相呼失, 寒塘欲下迟)"라고 되어 있다./料因循误了: 시간을 지연하다가 일을 그르친다는 뜻임./残毡拥雪: ≪汉书・李广苏建传≫의 기록에 보면, 소무가 흉노의 사자로 갔다가, 大窖 中에서 포로로 감금되었다. 절대로 음식을 주지 않았다. 하늘에서 비와 눈이 내려서, 苏武는 눈과 모피 담요를 함께 씹어 삼켰다. 며칠이 지나도 죽지 않았다. 수년이 지난 후에 한나라 사자 索武가 이미 소무는 죽었다고 잠꼬대를 하였다. 한나라 사자가 이내 말하길 천자가 상림원에서 한 마리 기러기를 활로 쏴서 잡았는데, 소무의 편지를 얻었다. 이것을 보고 비로소 흉노에게 소무의 송환을 요청했음./荏苒: 시간이 빛과 물처럼 빨리 흘러 지나간다는 뜻임./长门夜悄: 역사서에 한 무제가 진황후가 폐위된 후 장문궁에서 살았다. 근심과 번민으로 슬픔에 잠겨 있었음./锦筝弹怨: 전기의 〈归雁〉 시에 "한밤중 달 아래서 25줄 현을 타고, 맑은 원망을 이기지 못하고 도리어 날아가네.(二十五弦弹夜月, 不胜清怨却飞来)"라는 구절이 있다. 여기의 '二十五弦'은 비파를 가리킨다. 이것이 쟁으로 사용되었음./想伴侣구: 외로운 기러기의 짝을 설정한 것은, 자신이 장차 봄이 되면 북방에서 되돌아와서 그리워할 것이라는 뜻임./暮雨相呼구: 崔涂의 〈孤雁〉 시의 뜻을 인용했음. 앞의 주 참조./玉关: 옥문관으로, 지금의 甘肃省 경내에 있음.

300. 〈凄凉犯〉, 张炎

萧疏野柳嘶寒马, 芦花深,
还见游猎. 山势北来,
甚时曾到, 醉魂飞越.
酸风自咽. 拥吟鼻, 征衣暗裂.
正凄迷, 天涯羁旅, 不似灞桥雪.

谁念而今老, 懒赋长杨, 倦怀休说.
空怜断梗梦依依, 岁华轻别.
待击歌壶, 怕如意, 和冰冻折.
且行行, 平沙万里尽是月.

떨어진 들버들 쓸쓸한데
추위로 말이 울고
갈대꽃 우거진 곳으로 수렵꾼들 보이네
산세는 북쪽으로 이어졌는데
언젠가 와본 듯한 것은
꿈에 취한 혼백이 날아 넘었기 때문이다
매서운 바람에 절로 목메는데
코 잡고 시 읊는데
나그네 옷은 어느덧 남루해졌다
하늘가를 떠도는 나그네길이 한창 서글프니
파교 위에서 눈 속에 이별하던 정취와는 같지 않네

누가 생각했으리, 이제 늙으니

<长杨赋> 같은 것 짓기도 싫어
고달픈 회포 말하는 것도 덮어둠을
부질없이 가련한 것은 잘린 가지처럼
꿈에 연연하여
좋은 시절에 쉽게 이별한 일
단지를 두드리며 노래하려 해도
뜻대로 하면
얼음 언 것과 함께 깨질까 두렵네
가고 또 가리
펼쳐진 모래벌 위로 온통 달빛이 만리길을

野柳: 들버들./嘶: 울다. 흐느끼다./芦花: 갈대꽃./游猎: 사냥하며 노닐다./酸风: 시큰한
바람. 쓰라린 바람./拥: 잡다. 품다./征衣: 전투복./凄迷: 처량하게 미혹되다./依依: 헤어
지지 못하여 미련이 남는 모양.

301. 〈木兰花慢〉, 张炎

龟峰深处隐, 岩壑静,
万尘空. 任一路白云,
山童休扫, 却似崆峒.
只恐烂柯人到, 怕光阴,
不与世间同. 旋采生枝带叶,
微煎石鼎团龙.

从容.
吟啸百年翁. 行乐少扶筇.
向镜水传心, 柴桑袖手,
门掩清风. 如何晋人去後,
好林泉, 都在夕阳中.
禅外更无今古, 醉归明月千松.

구봉산 깊은 곳에 은거하니
바위 골짜기 고요하며
세속의 온갖 것 헛되어라
외길을 흰 구름에 맡기나
동자가 구름을 쓸지 않아
오히려 공동산인 듯하여라
다만 세상이 빨리 변해 사람이 이를까 두렵고
세월의 흐름이 세속과 다를까 걱정하네
생나무를 가지에 잎이 붙은 채로 빙 둘러 베어다가

돌솥에 단룡차를 천천히 달인다네

한가로이
시를 읊는 백살 먹은 노인
즐겁게 지내니 대지팡이에 기댈 일 적어라
거울 같은 물에 마음을 전하는데
뽕나무 산에서 하는 일 없이
청풍 속에 문을 닫았네
어찌하나! 도연명이 간 뒤로
은거를 좋아하여 모두 석양 중에 있는 것을
禪房 밖은 고금의 변화 더더욱 없거늘
밝은 달이 늙은 소나무 비추는 사이로 취하여 돌아오네

龜峰: 구봉산을 말함./崆峒: 공동산을 말함./石鼎: 돌로 만든 세발 정을 말함./百年翁: 100살이 된 노인을 말함./扶筇: 대나무 지팡이를 짚다./鏡水: 거울같이 맑은 물을 말함./门掩: 문을 닫다. 세상과 담을 쌓고 은거한다는 뜻임.

302. 〈扫花游〉, 张炎

烟霞万壑, 记曲径幽寻,
霁痕初晓. 绿窗窈窕.
看随花甃石, 就泉通沼.
几日不来, 一片苍云未扫.
自长啸. 怅乔木荒凉,
都是残照.

碧天秋浩渺.
听虚籁泠泠, 飞下孤峭.
山空翠老. 步仙风,
怕有采芝人到. 野色闲门,
芳草不除更好. 境深悄.
比斜川, 又清多少.

첩첩한 골짜기로 안개 자욱하여
굽은 길 따라 그윽한 곳 찾다가
날이 개는 모습 처음으로 깨닫던 일 기억되네
녹색 창은 그윽한데
꽃이 핀 곳을 따라 벽돌을 쌓았으며
샘을 따라 늪으로 이어진 것 보이네
며칠 동안 오지 않으니
한 조각 푸른 구름도 쓸리지 않았네
절로 긴 휘파람 부나

교목은 황량하여
모두가 지는 석양임이 서글퍼라

푸른 하늘의 가을은 한없이 넓고 아득해라
부질없는 피리가락 쓸쓸한데
가파르게 우뚝 솟은 산 아래로 울려가네
산은 한적하고 푸른색은 퇴색해 가는데
신선의 풍모 당당하니
영지 캐는 사람 이른 듯하여라
들빛은 문을 한가롭게 만드는데
더욱 좋은 것은 향기로운 풀 뽑지 않는 일
경계가 교요하니
비껴 흐르는 냇물보다
더 맑은 것 얼마나 되랴?

径: 지름길./幽: 그윽하다. 멀다./初曉: 첫새벽. 동트기 전의 이른 새벽을 말함./绿窗: 녹색 창문의 방. 흔히 여자들이 사는 방, 즉 閨房을 말함./窈窕: 정숙하다. 아름답고 단아하다./甃石: 벽돌로 만든 담벼락의 돌을 말함./苍云: 푸른 구름을 말함./嘯: 휘파람을 불다./荒凉: 황량하다. 황폐하게 말라 쓸쓸한 광경./残照: 석양. 지는 해./浩渺: 강물이 끝없이 넓게 펼쳐져 있는 모양을 가리킴./峭: 가파르다. 험하다./芳草: 향기 나는 풀. 신선. 미인을 가리킴.

303. 〈天香〉龙涎香(용연향), 王沂孙

孤峤蟠烟, 层涛蜕月,
骊宫夜采铅水. 汛远槎风,
梦深薇露, 化作断魂心字.
红磁候火, 还乍识, 冰环玉指.
一缕萦帘翠影, 依稀海天云气.

几殢娇半醉, 剪春灯, 夜寒花碎.
更好故溪飞雪, 小窗深闭.
荀令如今顿老, 总忘却尊前旧风味.
漫惜馀薰, 空篝素被.

홀로 우뚝 솟아 용의 기운 서린 바다의 기암절벽
층층이 밀려오는 파도는 비친 달을 벗기듯이 출렁이는 밤
흑룡이 사는 거처에서 밤에 용이 토하여 응결된 부석을 가리네
바람에 조수 따라 뗏목 타고 멀리 나가 용연을 가려서는 끝없는 감개
속에
薇露香으로 빚어 혼을 끓여내는 '心'자 모양의 용연향을 만든다네
붉은 磁盒에서 천천히 불이 붙으면
곧 다시 알게 되는 것은 얼음같이 비치는 옥가락지 같은 용연향
발 드리운 한 실오라기 비취색 그림자는
바닷가에 떠도는 구름을 방불케 하네

좀 취한 채 나른하게 교태부리던 것 몇 번이던지
봄꽃과 같은 아리따운 모습 접할 때

밖의 밤은 추웠고 꽃 같은 몸은 조각났지
더 좋았던 것, 정어린 계곡에 눈송이 날리고
작은 창은 굳게 잠겨 열기로 가득했던 일
荀令은 이미 늙어 그때의 훈훈한 향의 정경 되돌릴 수 없네
끝내 생각해 내기 어려운데 향불 앞의 향기는 예와 같네
남은 훈기가 무언가 아까워
부질없이 흰 이불을 걸쳐 향기를 담아보네

龙涎香: 향료의 일종으로, 실제로는 말리향이 나는 병든 고래의 위분비물이다. 바다 위
에서 채취했기 때문에 이렇게 불렸다. 宋元년간에는 熏香으로 사용되었음./峤: 산이 뽀
족하고 높다는 뜻임./蟠烟: 안개가 모이다. 안개가 끼다는 말임./蜕月: 변화하여 달빛이
된다는 말./骊宫: 검은 용이 사는 곳을 말함. ≪庄子≫에 "천금이 나가는 진주 구슬이
구중의 연못에 있는데, 검은 용이 관할했다.(千金之珠, 在九重之渊, 骊龙领下)"라고 되
어 있음./汛: 물이 범람하다. '泛'과 같다./槎: 뗏목을 말함./薇露: 물여뀌와 고사리에 이
슬 맺힌 향기./心字: 향의 이름./红磁: 향로를 말함./候火: 제때에 불이 붙다./冰环玉指:
향을 담아두는 병 모양이 마치 구슬이나 손가락 같다는 말임./殢: 때문에, 까닭으로./荀
令: 조조의 책사인 荀彧으로 일찍이 尚书令을 역임했음.

304. 〈眉妩〉新月(막 떠오른 달), 王沂孙

渐新痕悬柳, 淡彩穿花,
依约破初暝. 便有团圆意,
深深拜, 相逢谁在香径?
画眉未稳, 料素娥,
犹带离恨. 最堪爱,
一曲银钩小, 宝奁挂秋冷.

千古盈亏休问, 叹慢磨玉斧,
难补金镜. 太液池犹在,
凄凉处, 何人重赋清景?
故山夜水, 试待他窥户端正.
看云外山河, 还老桂花旧影.

막 떠오르는 달 버드나무 끝에 걸리자
엷은 달빛은 꽃을 스쳐 비쳐오니
약속한 듯 황혼녘의 하늘빛은 사라지네
기운 달이 다시 차려 하여 은밀히 절을 하니
서로 만나면 누가 香径에 있을까
어여쁜 모습을 아직 드러내지 못함은
흰옷 입은 항아가 여전히 이별의 한을 지닌 것이다
가장 정이 가는 것은 하나의 굽은 작은 은고리가
창의 현란한 휘장이 된 영롱한 가을 하늘에 걸쳐 있는 것

차고 기울며 지난 천 년 변함없으나

고국의 장래는 예측할 수 없네
옥도끼가 예리하지 못하여
보름달로 보수하기 어려움을 탄식한다네
태액지가 있던 궁궐 그대로 있으련만
쓸쓸한 곳 되었으니 누가 산뜻한 정경으로 다시 노래할까
고국의 산하 긴 밤 속에 가리니
고국을 기다리는 마음은 문틈으로 둥근 달을 엿보는 마음일세
달은 구름 밖에서 고국을 비치는데
아직도 여전한 것은 계수나무로 그늘진 달의 모습뿐

新痕: 막 뜬 달을 말함./依约: 몰래 약속하다./团圆: 둥근 모양이나 형체. 다 모이다, 단결하다는 뜻임./拜: 달을 보고 절을 한다는 뜻./香径: 신선한 꽃이 휘날려 향기가 나는 작은 오솔길을 말함./素娥: 항아. 달의 여신./未稳: 끝나지 않았다는 뜻./银钩: 은백색의 휘장 갈고리를 말함./慢磨: 달빛으로 산하를 비유한 것으로, 망한 송나라의 국토를 수복하기가 어려움을 한탄한 것임./玉斧: 도끼의 미칭임./金镜: 달빛을 비유한 것임./太液池: 한나라와 당나라 때 황궁 안에 있던 연못 이름임. 여기서는 송 조정의 궁원 연못을 가리킴. 여기서는 국세의 쇠미함을 한탄한 것으로 북송의 성대한 시기가 다시 보기 어렵다는 것을 말한 것임./故山: 고국의 산하를 말함./窥户: 의인화하여 달빛이 창문과 사립문을 비추는 것을 묘사했음./端正: 둥근 달의 미칭임./云外山河: 달 가운데의 어두운 그림자를 말한다./桂花影: 둥근달. 보름달을 말함.

一襟馀恨宫魂断, 年年翠阴庭树.
乍咽凉柯, 还移暗叶,
重把离愁深诉. 西窗过雨,
怪瑶佩流空, 玉筝调柱.
镜暗妆残, 为谁娇鬓尚如许?

铜仙铅泪似斜阳几度? 馀音更苦,
甚独抱清商, 顿成凄楚.
漫想熏风, 柳丝千万缕.

옷깃에 남은 분한 원망으로 제나라 왕후가 죽으니
시신이 매미로 변하여 매년 우거진 정원에서 울어댄다
잠시 시원한 가지 위에서 울다가
다시 우거진 잎으로 옮겨가
이별의 수심으로 거듭거듭 호소하며 울어대네
서쪽 창밖으로 보슬비 지나가자
요패는 허공을 지나치듯
옥으로 만든 쟁은 기러기발에 조율되듯 울어대는 것이 묘하다네
거울은 먼지 끼고 화장은 지워졌으니
누굴 위해 아름다운 살쩍머리 여전히 간직할까?

구리 선인이 흘리는 이슬 씻기듯이 떨어지나
아쉬움은 승로반이 옮겨간 뒤
방울지며 떨어지는 이슬 받아 두지 못하는 건

움직이지 못하는 날개는 가을이 두려운데
초췌한 몸은 설사 세상에 있다 해도
얼마나 되는 황혼녘에 해지는 것을 볼 수 있을까?
남아 울려 퍼지는 울음소리 가늘디가늘어 더욱 구슬프다
어찌 홀로 거문고를 안고 <淸商曲>을 연주하나
갑자기 이는 처량한 슬픔이여
다만 봄바람 일며
버들가지 천만 가지로 늘어졌던 그 한때를 되는 대로 생각해 보네

蟬: 매미. 남송이 망한 후 소흥 고종 6대의 능묘에서, 불교의 상징인 석가여래상을 도굴해 갔다. 시인 唐珏 등이 그것을 수습하여 매장해 주었다. 장염, 왕기손 등 14여 명의 사람이 龙涎香, 白莲, 莼, 蟹, 蟬 5개의 영물을 소재로 삼아 사를 지어 남은 한을 기탁했다./宮魂: 전설에 의하면 제나라 후비가 왕을 원망하여 죽었다고 한다./娇鬓: 魏나라 문제가 宮人은 莫琼树 나무로 매미모양의 살쩍머리를 만들었는데, 옥색의 아득함이 매미 날개 같았다. 崔豹의 《古今注》에 보인다./淸商: 쓸쓸하고 처량한 곡조의 노래 청상곡을 말한다. 고대 악곡의 일종으로 이것은 매미의 울음소리를 가리킴./熏风: 남풍을 말함.

306. 〈长亭怨慢〉重过中庵故园(유민중이 다시 옛 동산을 지나가면서), 王沂孙

泛孤艇东皋过遍, 尚记当日,
绿阴门掩. 屐齿莓苔,
酒痕罗袖事何限? 欲寻前迹,
空惆怅成秋苑. 自约赏花人,
别后总风流云散.

水远,
怎知流水外, 却是乱山尤远.
天涯梦短, 想忘了绮疏雕槛.
望不尽冉冉斜阳, 抚乔木年华将晚.
但数点红英, 犹识西园凄婉.

외로운 배 띄워 동쪽의 늪 지나가며
그날 생각해 보니 녹음으로 문이 가려졌지
나막신 굽 신은 임은 이끼 밟았고
술 얼룩진 비단 소매에 일은 어이 가릴 수 있으리
옛 자취 찾고 싶은데 찾을 수가 없어
부질없이 슬퍼지는데 세월 흘러 이미 가을 동산 이루었네
스스로 꽃구경하는 사람으로 다짐했으나
이별 후 합쳐 보니 풍류는 구름처럼 흩어져 옛날과 같지 않네

물이 아득하니 흐르는 물 밖의 수많은 산이 오히려 아득함을 어찌
알겠는가?
하늘가에서의 꿈이 짧아 비단 성긴 옥난간 일 잊어야지

물든 석양 바라봐도 다하지 않아 교목을 어루만지는데
꽃다운 세월은 점차 저물어가네
그래도 몇 점의 붉은 꽃은 서원의 아쉬운 모습을 아는 듯하네

中庵: 刘敏中으로 원대 散曲家이며, 저서로는 ≪中庵乐府≫가 있다./东皋: 동산을 말함./屐齿: 나막신의 굽 위에는 두 개의 이빨이 있는데, 밟으면 더러워진다./绮疏: 창문 위의 허공에 꽃무늬가 교차되어 듬성듬성 새겨져 있다./乔木: 고향을 대신하여 가리킴.

307. 〈高阳台〉和周草窗寄越中诸友韵(주밀이 회계에 있는 여러 친구들에게 화운하여 붙이다), 王沂孙

残雪庭阴, 轻寒帘影,
霏霏玉管春葭. 小帖金泥,
不知春是谁家? 相思一夜窗前梦,
奈个人, 水隔天遮. 但凄然,
满树幽香, 满地横斜.

江南自是离愁苦, 况游骢古道,
归雁平沙. 怎得银笺,
殷勤说与年华. 如今处处生芳草,
纵凭高不见天涯. 更消他,
几度东风, 几度飞花.

残雪은 뜰에 남아 있고, 쌀쌀한 추위는 발에 어려 있는데
갈대의 재 율관 자욱이 봄이 온다네
금박 입힌 작은 柱联으로는
어느 집에 정말 봄이 왔는지 모른다네
어젯밤 창 옆에서 든 잠은 그대를 그리는 꿈으로
우리는 각기 모두 하늘 끝 멀어진 모습이었다
더욱 서글펐던 것은 무성한 나무의 향기 그윽한데
달빛 아래 비치는 비스듬한 그림자는 온 땅에 가득했던 일이라오

강남의 멋진 경치 중에 헤어짐은 더욱 괴로운데
하물며 青骢마로 옛길 달리면서
평사로 가볍게 날아드는 기러기를 대함에 있어서랴

어떻게 편지지를 얻어 은근하게 지나는 세월을 더불어 써내려 갈까
지금 곳곳에 향기로운 초목 옛날과 같이 자라는데
설사 높이 오른다 해도 하늘 끝 보이지 않는다네
더욱이 그것을 잊기에는 얼마나 많은 동풍이 불고
또 얼마나 많은 꽃이 져야 할는지

周草窗: 남송대 사론가 주밀을 말함. 호는 草窗이다./越中: 会稽(지금의 绍兴 일대)를 가리킴./春葭: 봄의 갈대./霏霏: 갈대가 바람에 흩날리는 것을 형용함./小帖金泥: 황금으로 층층이 종이 위에 칠했다. 앞 시대 사람들은 황금을 작은 종이에 칠하여 문 앞에 붙였는데, 이것은 새해를 표시했음./个人: 그 사람. 보통 친하거나 가까운 사람을 나타냄./满树幽香구: 매화나무 가의 그림자를 말한 것이다. 송나라 林逋의 〈山园小梅〉 시의 한 구절을 인용했음./骢: 털색이 푸르고 흰색이 섞인 얼룩말을 말함./银笺: 깨끗하고 흰 편지지를 말함./殷勤: 간절하게./年华: 세월./如今处处生芳草구: 소식의 〈蝶恋花〉 사에 "하늘가 어디에도 향기 나는 풀이 없다네.(天涯何处无芳草)"라는 구절이 있음./更消他구: 신기질의 〈摸鱼儿〉 사의 "더욱더 그것을 잊기에는 얼마나 많은 동풍이 불고 또 몇 번의 비바람이 불어야 할는지, 황급하게 봄은 가고 또다시 돌아온다네.(更能消·几番风雨, 匆匆春又归去)"라는 구절을 인용했음.

308. 〈蝶恋花〉送春(봄을 보내며), 朱淑真

楼外垂杨千万缕, 欲系青春,
少住春还去. 犹自风前飘柳絮,
随春且看归何处.

绿满山川闻杜宇,
便做无情, 莫也愁人意.
把酒送春春不语, 黄昏却下潇潇雨.

누각 밖의 수양버들 천만 실가지
청춘을 매어 놓으려는데
잠깐 머문 봄은 또다시 떠나가네
여전히 저절로 바람 앞에 버들개지 날리고
봄을 따라가 어디로 돌아가는지 보아라

녹음 가득한 산천에 두견새 소리 들리고
무정하다 해도
아서라 사람마음 근심에 차게 되니
술로 봄을 보내려 하나 봄은 말이 없고
황혼에 도리어 가랑비만 내린다

垂杨: 수양버들./缕: 실./飘: 바람에 나부끼다. 흩날리다./柳絮: 버들개지./杜宇: 두견새./
便做: 설사 ~일지라도./人意: 사람의 기분이나 생각./把: ~하게 시키다./黄昏: 황혼.
땅거미가 질 무렵. 해질 무렵./却: 도리어./潇潇雨: 보슬비. 가랑비를 말함.

309. 〈减字木兰花〉春怨(봄날의 원망), 朱淑真

独行独坐, 独唱独酬还独卧.
伫立伤神, 无奈轻寒著摸人.

此情谁见, 泪洗残妆无一半.
愁病相仍, 剔尽寒灯梦不成.

홀로 가다가 홀로 앉았다가
홀로 노래하다가 홀로 술 따르다가 다시 홀로 누웠네
우두커니 서 있으니 마음만 상하고
찬바람 불어와 어루만짐을 어찌할 수가 없네

이 같은 마음 누가 알랴
눈물이 남은 화장 씻어내어 반도 남지 않았네
마음의 병 여전히 남아
차가운 등불 심지 다 잘라도 꿈은 꾸이질 않네

独坐独唱: 그녀와 더불어 사를 주고받을 사람이 아무도 없다는 말임./酬: 시나 문장을 지어서 서로 주고받는다는 뜻임./著摸: 어루만지다. 더듬다./相仍: 서로 중복되다. 이 구는 근심과 병이 서로 교차되어 끝없다는 뜻임.

310. 〈清平乐〉夏日游湖(여름날 호숫가를 거닐다), 朱淑真

恼烟撩露,
留我须臾住.
携手藕花湖上路,
一霎黄梅细雨.

娇痴不怕人猜,
和衣睡倒人怀.
最是分携时候,
归来懒傍妆台.

짙은 안개와 어지러운 이슬
나를 잠시 머물게 하여
손잡고 연꽃 핀 호수가 거니는데
갑자기 보슬비 내리네

애교 부릴 때는 사람들에게 들킬 것도 두렵지 않고
옷 입은 채 그 사람 품에 잠이 드네
막 이별한 까닭으로
돌아와 힘없이 화장대에 기대었네

이 사는 여름날 호숫가를 노닐면서 썼는데, 실제로는 연인과 몰래 한번 만나는 것을 썼음./恼: 머무르다./撩: 불러서 손을 잡고 끌다./藕花: 연꽃을 말함./一霎: 잠시. 잠깐이라는 뜻이다. 당나라 孟郊의 〈春後雨〉 시에 "어젯밤 한차례 비 온 뒤 갰고, 하늘은 만물을 소생시키네.(昨夜一霎雨, 天意苏群物)"라고 되어 있음./分携: 헤어지다. 갈라지다.

311. 〈祝英台近〉, 戴复古妻

惜多才, 怜薄命, 无计可留汝.
揉碎花笺, 忍写断肠句.
道旁杨柳依依, 千丝万缕,
抵不住, 一分愁绪.

如何诉, 便教缘尽今生,
此身已轻许. 捉月盟言,
不是梦中语. 後回君若重来,
不相忘处, 把酒杯, 浇奴坟土.

다재다능함을 애석해하고 박명함을 가엽게 여겨도
그대를 머무르게 할 방법이 없네
꽃 편지 찢어버렸으나
창자가 끊길 것 같은 마음 쓰지 않을 수 없네
길가의 버드나무 한들거리고
천 갈래의 실 만 가지로 얽혀
슬픈 마음 놓아버릴 수가 없네

어떻게 다 하소연할 수 있을까
이 생의 연분 이대로 다함을
이 몸 이미 쉽게 허락하였음을
착월정에서의 맹세
꿈속의 말은 아니었거늘
나중에 그대 다시 돌아온다면

이 곳 잊지 마시고
술 한 잔 들어 소첩의 무덤 위에 뿌려주오

花箋: 꽃이 채색되어 있는 편지지를 말함./斷腸: 애간장이 끊어지다./依依: 예전그대로이다. 변함없다./捉月: 착월정을 가리킴./奴: 고대에 여자 자신을 부르는 말. 첩/坟土: 묘지. 무덤.

312. 〈减字木兰花〉 题雄州驿(웅주역에서 짓다.) 蒋氏女

朝云横度. 辘辘车声如水去.
白草黄沙. 月照孤村三两家.

飞鸿过也. 万结愁肠无昼夜.
渐近燕山. 回首乡关归路难.

아침나절 구름은 하늘을 가로지르고
삐걱삐걱 수레바퀴소리 물처럼 지나간다
허옇게 뜬 풀과 누런 모래 바람
달빛은 외로운 마을 집들을 비추네

기러기 날아가고
만 가지 근심 맺힘이 밤낮이 따로 없다
연산은 점차 가까워 오고
되돌아보니 고향 가는 길 다시는 어렵겠지

雄州: 송대 辖境은 지금의 하북성 북쪽 雄县이나 容县에 해당함./白草: 서북 지역에서
나는 풀로 말이나 소에게 먹이는 풀임./飞鸿过: 어떤 판본에는 '天天去'로 되어 있음./
燕山: 燕京으로, 지금의 北京이다.

313. 〈满江红〉, 王清惠

太液芙蓉, 浑不似,
旧时颜色. 曾记得,
春风雨露, 玉楼金阙.
名播兰馨妃后里, 晕潮莲脸君王侧.
忽一声鼙鼓揭天来, 繁华歇.

龙虎散, 风云灭. 千古恨,
凭谁说? 对山河百二, 泪盈襟血.
驿馆夜惊尘土梦, 宫车晓碾关山月.
问嫦娥, 于我肯从容, 同圆缺.

마치 양귀비를 읊는 듯
다르구나. 그 옛날 모습과는
기억하리라 봄바람과 비·이슬
화려한 누각과 금궐
이름 전해지고 난초 향기 뿜는 후비들 사이에서
홍조 띤 연꽃 같은 얼굴 군왕 곁을 지켰네
갑자기 소리 나더니 북소리 천지를 울리며
그 화려함 다 사라졌네

용과 호랑이 흩어지고
풍운도 사라지니
천고의 한을
누구에게 말할 것인가?

천하를 대하니
눈물이 가득하고 가슴에는 피가 끓네
객사에서의 밤은 악몽으로 놀라고
궁중의 수레는 새벽에 고향 산 달 아래 구르네
항아에게 물으니 나에게 마침 조용히 이른다
"달이 차면 이지러짐과 같은 것이네"라고

太液: '太液池'를 가리킨다. 한 무제가 章宮 가운데에 만든 연못 이름임./芙蓉: 해당화./玉楼金阙: 황제의 궁전./鼙鼓: 전쟁 때 공격을 알리는 것으로 북을 둥둥둥 치는 것을 말함./龙虎散: 망한 송나라의 임금과 신하들이 사방으로 뿔뿔이 흩어진 것을 가리킴./山河百二: 송나라 산과 강의 형세가 빼어남을 말함./嫦娥: 달의 여신./圓缺: 가득 찬 달(보름달)과 이지러진 달(초승달)을 가리킴.

风悲画角, 听单于,
三弄落谯门, 投宿骎骎征骑,
飞云满孤村. 酒市渐阑灯火,
正敲窗, 乱叶舞纷纷.
送数声惊雁, 乍离烟水,
嘹唳度寒云.

好在半胧溪月,
到如今. 无处不消魂,
故国梅花归梦. 愁损绿罗裙,
为问暗香闲艳, 也相思, 万点府啼痕.

바람결에 화각소리 구슬픈데
선우곡 들리다가
세 번이나 성망루에 불어 떨어지는구나
묵어가려 급히 말을 몰아가니
눈 날려 외로운 마을을 가득 덮는다
술 시장의 등불은 점점 가물거리고
마침 창을 두드리는 소리
우수수 어지러이 춤추는 나뭇잎이로구나
놀란 기러기는 몇 마디 소리 보내더니
언뜻 물안개 지나 떠나가고
끼룩끼룩 차가운 구름을 건너오네

마침 계곡을 반쯤 비추던 어슴푸레한 달빛이

이제도록 이르니

이별의 근심 사라질 곳이 없구나

고향의 '매화' 노래 들으니 꿈에라도 돌아가고파

근심이 푸른 치마에 떨어지는구나

향기롭고 어여쁜 이 물으니

또다시 그리워서

만점이나 눈물 자국이 붙었네

画角: 군대에서 쓰이는 호각. 채색되어 있어 화각이라고도 함./单于: 당나라 때 〈大角曲〉 중에 있는 〈大单于〉, 〈小单于〉 등의 악곡 이름임./弄: 희롱하다. 골목./谯门: 초루의 문./駸駸: 말이 빨리 달리는 모양을 말함./纷纷: 어지러운 모양. 뒤섞인 모양을 말함./烟水: 물가에 핀 아지랑이. 멀리 안개가 뿌옇게 보이는 물./消魂: 넋이 사라지다. 근심하다./梅花: 〈梅花乐〉으로 쉽게 고향을 생각하게 하는 곡조임./罗裙: 비단 치마를 말함./暗香: 어디서 나는지 알 수 없는 그윽한 향기를 말함./啼痕: 울어서 눈물이 흐른 자국을 말함.

315. 〈谒金门〉 怀故居(옛 고향집을 그리며), 李好古

花过雨, 又是一番红素.
燕子归来衔绣幕, 旧巢无觅处.

谁在玉楼歌舞? 谁在玉关辛苦?
若使胡尘吹得去, 东风侯万户.

비 맞은 꽃떨기는
또다시 한번 붉고 희게 눈부신데
제비는 재갈을 물고 수놓은 휘장막으로 돌아오는데
옛 둥지를 찾지 못하구나

그 누가 옥루에서 춤추고 노래할까?
그 누가 옥관에서 싸움에 고생하나?
만약 오랑캐의 먼지를 불어서 쓸어가게 한다면
만호의 땅을 가진 후작 벼슬을 동풍에게 주겠다

玉楼: 부자와 귀족들이 살고 있는 고대 광실을 말함./玉关: 옥문관. 현재의 감숙성 돈황현 서쪽에 있는데 고대에 서역으로 통하는 중요한 관문이었음./胡尘: 몽골족 통치자들이 남송에 의해 일으킨 부정의 전쟁을 말한다. 오랑캐란 고대의 한족 사람들이 북방 민족을 부를 때의 통칭임./侯万户: 많은 땅을 가지고 있어 만세대의 소작료를 받아들일 수 있는 후작의 높은 벼슬을 말함.

316. 〈浣溪沙〉, 李清照

淡荡春光寒食天,
玉炉沈水袅残烟.
梦回山枕隐花钿.

海燕未来人斗草,
江梅已过柳生绵.
黄昏疏雨湿秋千.

봄빛이 해맑은 어느 한식날
옥향로엔 꺼져가는 침향 연기 가물가물
꿈에서 깨어나니 높다란 베개에 꽃비녀가 숨었다

제비 아직 아니 오고 사람들은 斗草 놀이
강가 매화 벌써 지고 버들솜이 생겼는데
황혼녘의 가랑비가 그네를 적신다

淡荡: 따스한 빛과 부드럽게 살짝 부는 바람이 어우러진 봄날씨를 형용하는 말임./沈水: 향을 피우는 연료로서 沈香이라고도 한다. 검정빛을 띠고 있으며 지방분과 엉겨 붙으면 덩어리가 된다. 물에 가라앉기 때문에 沈水, 沈香이라는 이름이 붙은 것임./山枕: 양 끝이 산처럼 솟아오른 모양으로 생긴 베개를 말함./斗草: 고대 봄, 여름에 젊은 여자나 어린아이가 하던 놀이의 일종으로 사람마다 온갖 이름의 풀을 찾아와 승패를 겨루었다./疏雨: 성긴 비. 가는 비. 비가 듬성듬성 내리다./湿: 적시다. 축축하다./秋千: 그네.

317. 〈一剪梅〉, 李淸照

红藕香残玉簟秋, 轻解罗裳,
独上兰舟. 云中谁寄锦书来?
雁字回时, 月满西楼.

花自飘零水自流. 一种相思,
两处闲愁. 此情无计可消除,
才下眉头, 却上心头.

연꽃은 향기 잃고 대자리는 시원한 가을
비단 치마 살며시 늦추어 놓고
나 홀로 목란배에 오른다
구름 속에 누가 편지를 보내었나
글씨 쓰는 기러기들 돌아올 때
달빛은 누각에 가득 흐른다

꽃은 절로 떨어지고 물은 절로 흐르는데
한 가지 그리움으로
두 곳에서 애태우네
이 그리움 지워버릴 길이 없는지
이제 겨우 눈썹에서 내려갔나 싶더니
어느 사이 또다시 마음속에 올라앉네

红藕: 붉은 연꽃./**玉簟**: 앉고 누울 때 사용하는 대자리./**罗裳**: 비단치마./**锦书**: 비단에 새긴 회문체의 편지. 여기서는 연애편지를 가리킴./**雁字**: 기러기 무리가 날 때 '一'자 혹은 '人'자의 모양을 이루는 것을 가리킴./**飘零**: 나뭇잎 같은 것이 바람에 나부끼어 떨어진다.

318. 〈凤凰台上忆吹箫〉上忆吹箫(봉황대 위에서 퉁소 불던 때를 생각하며), 李清照

香冷金猊, 被翻红浪,
起来慵自梳头. 任宝奁尘满,
日上帘钩. 生怕离怀别苦,
多少事, 欲说还休.
新来瘦, 非干病酒,
不是悲秋.

休休,
者回去也, 千万遍阳关,
也则难留. 念武陵人远,
烟锁秦楼. 惟有楼前流水,
应念我, 终日凝眸. 凝眸处,
从今又添, 一段新愁.

향기 뿜는 초 식어버린 사자모양 금속화로
붉은 이불 젖히고
일어나지만 머리 빗기도 귀찮구나
먼지 낀 보석함과 화장대에 기대는데
해는 벌써 주렴 거는 고리만치 떠올랐다
가장 두려운 것은 이별의 괴로움
수많은 말들, 꺼내려다 그만둔다
조금 더 야윈 모습은
술병 나서도 아니요

가을을 서러워해서도 아니다

아아, 이렇게 떠나가시니
천만 번 <阳关曲>을 부른들
붙들 수 없겠지요
생각하니 武陵 떠나신 분 멀어질수록
안개는 이 몸 머무는 누각을 가로막겠지요
오직 누각 앞 흐르는 물줄기만이
온종일 물끄러미 먼 곳 바라보는 저를 알아줍니다
바라보는 저곳에
오늘부터 또 보태지겠지
한 조각 새로운 시름을

金猊: 사자모양 구리화로./梳头: 빗질하다./生怕: 가장 두려운 일. '生'은 '最'나 '甚'과
뜻이 같다./新来: 근래. 요즘. 최근./悲秋: 구슬픈 가을. 가을이 되어 비애를 느끼다./休
休: '休也', '休阿'와 같은 감탄사이다. '그만두자', '됐다' 정도의 의미임./阳关: 송별곡
으로 불리던 노래임./武陵人远: 먼 길 떠나는 남편. 陶渊明의 <桃花源记>에서 잘못하
여 桃花源에 들어갔던 어부가 武陵 사람이었다. 그로부터 '武陵人'은 먼 곳 떠나는 사
람을 가리키는 말이 되었음./秦楼: 봉대를 말한다. 전하는 말에 의하면 춘추시대 때 秦
穆公의 딸 弄玉과 그녀의 애인 萧史가 날아 올라가기 전에 있었던 곳이다. 여기서는
자기가 머물던 경대를 가리킴./凝眸: 응시하다. 주시하다.

319. 〈如梦令〉, 李清照

昨夜雨疏风骤.
浓睡不消残酒.
试问卷帘人,
却道海棠依旧.
知否?
知否?
应是绿肥红瘦.

어젯밤 비 살짝 내리고 바람은 세차게
깊은 잠도 남은 술기운 가시게 못 하는구나
발 걷는 아이에게 물어보았더니
외려 해당화는 그대로라 대답한다
알지 못하느냐?
분명 푸른빛 짙어지고 붉은 꽃기운 시들었을 터인데

绿肥红瘦: 해당화의 잎은 더욱 푸르러지고 대신 꽃의 붉은 빛은 조금 덜해진다. '해당
화는 그대로 변함없다'라는 시녀의 대답에 이청조가 그렇지 않다고 말해 주는 구절임.

320. 〈醉花阴〉九日(중양절), 李清照

薄雾浓云愁水昼, 瑞脑消金兽.
佳节又重阳, 玉枕纱厨,
半夜凉初透.

东篱把酒黄昏后,
有暗香盈袖. 莫道不消魂?
帘卷西风, 人比黄花瘦.

안개 엷고 구름 짙은, 시름 가득한 긴 오후
瑞脑香을 金兽 화로에 사른다
좋은 시절 다시 중양절 되었는데
옥 베개 비단 휘장 꾸민 방안
한밤중까지 냉기가 스며든다

동쪽 울타리에서 술 마시며 황혼녘 지내고 나니
암향 퍼져와 소매를 채운다
영혼 다 스러지지 않았다고 말하지 말라
주렴 걷고 서풍 맞는데
사람은 국화보다 야위어 있다

九日: 음력 9월 9일 중양절./水昼: 온종일. 긴긴 대낮/瑞脑: 瑞龙의 脑로 만들었다는 향료의 일종임./金兽: 동물 모양을 새긴 구리향로./佳节: 좋은 계절. 여기서는 명절을 가리킴./纱厨: 깁으로 만든 모기장. 여기서는 비단 모기장이라는 뜻임./半夜: 한밤중. 심야./东篱: 동쪽 울타리. 국화의 다른 이름./暗香: 흐릿한 향기. 그윽한 향기./消魂: 너무 슬퍼서 넋이 나가다./西风: 가을바람./黄花: 국화./瘦: 메마르다. 야위다. 수척하다.

321. 〈声声慢〉, 李清照

寻寻觅觅, 冷冷清清,
凄凄惨惨戚戚. 乍暖还寒时侯,
最难将息. 三杯两盏淡酒,
怎敌他, 晚来风急. 雁过也,
最伤心.

却是旧时相识.
满地黄花堆积, 惟悴损,
如今有谁堪摘. 守着窗儿,
独自怎生得黑? 梧桐更兼细雨,
到黄昏, 点点滴滴. 这次第,
怎一个愁字了得.

무엇을 찾고 또 찾나
이 차갑고 맑은 가을날
쓸쓸함과 비참함, 슬픔이 가득하여라
잠깐 따스하다가도 다시 추워지는 계절
쉬려고 해도 참으로 어렵구나
몇 잔 맑은 술 마시리라
어찌 사양하랴, 저녁때 세찬 바람 불어올 텐데
기러기 날아오르니
마음 아프다

예전에 알던 그 기러기구나

땅 가득히 노란 국화 쌓여

시들시들 초췌하게 상해 있으니

이제 무엇 딸 것이나 있겠는가?

창가 지키고 서니

홀로 이 어둠 어찌 견딜 것인가

오동잎 소리에 가는 빗소리도 함께 들린다

저녁까지 똑똑 방울지며 떨어진다

이 모든 것

어찌 '愁' 한 글자로 표현할 수 있으리

尋尋覓覓: 무언가를 잃어버린 듯 사방을 두리번거리는 모양. 당황하여 안절부절 못하는 심정임을 나타낸다./凄凄: 슬퍼하는 모양. 처량하다./慘慘: 몹시 슬퍼하는 모양./戚戚: 근심하는 모양. 걱정하다./雁过也구절: 기러기가 날아가니, 마침 편지를 가지고 전해 달라고 부탁하니 남편은 이미 죽었으므로 부질없이 마음만 상할 뿐이다. 또 이 기러기를 보니 원래 그녀를 대신해 편지를 가지고 갔던 '옛날에 서로 알던 사이'라서 이것이 바로 그녀로 하여금 더욱 견딜 수 없게 만든 것이다./堆积: 퇴적되다. 많이 쌓이다./憔悴: 고생이나 병에 시달려 파리하다. 볼품없다./怎生: 어떠하냐. 어떻게. 어떠하다./细雨: 가랑비. 이슬비./滴滴: 물이 떨어지는 모양을 말함./这次第: 이러한 상황. 모양.

322. 〈念奴娇〉, 李清照

萧条庭院, 有斜风细雨,
重门须闭. 宠柳骄花寒食近,
种种恼人天气. 险韵诗成,
扶头酒醒, 别是闲滋味.
征鸿过尽, 万千心事难寄.

楼上几日春寒, 帘垂四面,
玉阑干慵倚. 被冷香消新梦觉,
不许愁人不起. 清露晨流,
新桐初引, 多少游春意.
日高烟敛, 更看今日晴未.

쓸쓸한 정원
비껴 부는 바람에 가는 빗줄기
겹문은 굳게 닫힌 채
사랑스런 버들, 아름다운 꽃 피고 한식 곧 되리니
온갖 괴로움 주는 날씨로구나
险韵诗 다 지어도
독한 술 깨어도
유달리 허전한 마음
먼 곳 가는 기러기 떼 다 지나가도록
천만 갈래 생각은 써 부치기 어렵다

누대에 며칠 봄추위 찾아들어

휘장 드리운 네 벽
난간에 기대어 서기도 귀찮다
이불 싸늘히 식고 향 다 타버린 때 꿈마저 깨었으니
시름 많은 사람 일어날 수밖에
맑은 이슬 새벽에 굴러다니고
오동나무 막 새 가지 틔우니
어쩐지 봄놀이 가고 싶기도
해 높이 떠오르고 안개 사라지지만
더 두고 보아야겠다, 오늘 날이 갤지 흐릴지는

险韵诗: 글자 수가 적은 韵部로 지은 시, 또는 押韵하기 어려운 怪字나 僻字로만 한정하여 韵脚을 맞춘 시. 짓기 어려운 险韵诗를 완성하려 애씀으로써 마음의 시름을 잊고 괴로운 시간을 빨리 보내버리려는 것임./扶头酒: 쉽사리 취하게 하는 강한 술이다. 깊이 취해 어지러움을 느끼는 사람은 곧잘 머리를 받치고 일어선다는 데서 이러한 이름이 붙었음./引: 자라나다.

323. 〈永遇乐〉元宵(원소절), 李清照

落日溶金, 暮云合璧,
人在何处? 染柳烟浓,
吹梅笛怨, 春意知几许?
元宵佳期节, 融和天气,
次第岂无风雨. 来相召,
香车宝马, 谢他酒朋诗侣.

中州盛日, 闺门多暇,
记得偏重三五. 铺翠冠儿,
捻金雪柳, 簇带争济楚.
如今憔悴, 风鬟雾鬓,
怕见夜间出去.
不如向帘儿底下, 听人笑语.

지는 해는 마치 금덩이가 녹는 듯
저녁 구름은 곡 벽옥을 뭉쳐 놓은 듯
나 있는 곳 어디인가
버드나무를 물들인 안개, 짙기도 하여라
매화는 바람에 나부끼는데, 피리소리엔 원망이 실렸다
봄은 이런 내 마음 얼마나 알고 있을는지
즐거운 정월대보름날
따스한 날씨지만
이윽고 어찌 비바람 없겠는가

다들 부르러 와서
좋은 수레 귀한 말 타러 가자 하지만
술 동무 시 친구를 사양해 보낸다

중주땅 번성하던 시절
규중 생활 퍽 한가했지
원소절 요란했던 기억도 나는구나
푸른 깃 장식한 모자 쓰고
금빛 흰빛 버들가지 집어들고
한곳에 모여 누가 더 예쁜가 겨루었는데
지금이야 초라해져
머리칼은 제멋대로
밤에도 바깥 외출 두렵구나
차라리 주렴 아래 서서
사람들 웃고 이야기하는 것 가만히 듣는 편이 나으리

元宵: 음력 정월 십오일/中州: 오늘날의 河南省을 부르던 옛 이름이다. 李淸照가 여기
서 말하는 中州는 北宋의 수도 汴粱을 가리킴./三五: 원래 음력 매월 십오일을 가리키
지만, 宋词에서는 특별히 음력 정월 십오일, 즉 元宵节을 뜻함./济楚: 宋代의 방언. '정
돈된, 아름다운'의 뜻임.

324. 〈鷓鴣天〉, 李清照

暗淡轻黄体性柔,
情疏迹远只香留.
何须浅碧深红色,
自是花中第一流.

梅定妒, 菊应羞,
画栏开处冠中秋.
骚人可煞无情思,
何事当年不见收.

어둡고 옅고 담백한 황색에 성품까지 부드러운데
정 드문 하고 자취 멀어져도 오직 향기만은 남아 있네
옅푸른 빛, 짙붉은 빛이 뭐 필요하리오
원래부터 꽃 중에 제일인 걸

매화는 질투하고 국화는 수줍어하는데
화려한 난간에 피어 있는 계수나무 꽃 중추절의 으뜸이네
굴원은 아마 감정이 무디었나 보다
그렇지 않으면 어찌 그때에 계수나무 꽃을 싣지 않았을까?

暗淡轻黄体性柔: 이 작품의 제재인 桂花의 모습을 형용한 구절임./情疏: 구애받지 않고 자유롭다. 정감이 시원하다./自是: 당연히./中秋: 계화가 꽃 피우는 시기인 음력 팔월이다./骚人: 〈离骚〉의 작가 屈原을 가리킨다. 굴원은 〈离骚〉에서 수많은 초목의 이름을 거론하였지만 계화는 언급하지 않았다.

325. 〈渔家傲〉记梦(꿈을 기록하며), 李清照

天接云涛连晓雾, 星河欲渡千帆舞.
彷佛梦魂归帝所, 闻天语,
殷勤问我归何处?

我报路长嗟日暮,
学诗漫有惊人句. 九万里风鹏正举,
风休住, 蓬舟吹取三山去.

하늘은 구름의 파도와 맞닿아 새벽안개에 이어졌고
은하수는 천 척의 돛배인 듯 춤추며 돌아가려 한다
흡사 꿈속의 혼이 천제의 처소에 돌아오듯
하늘의 말이 들리는데
내가 어디로 돌아가는지 은근히 묻네

나는 아뢰기를 길은 먼데 해 저물어 탄식하며
시를 배워 부질없이 남을 놀라게 할 구 지었다 하였네
구만 리의 바람으로 붕새가 막 일어 올랐으니
바람아 그치지 마라
내가 탄 낡은 배, 삼신산에 도착할 수 있도록

帝所: 신화 속의 천제가 산다는 곳임./路长嗟日暮: 이 구절은 〈离骚〉 중의 "해는 빠르게도 곧 저물려 하네.(日忽忽其将暮)"나 "길 아득하니 아주 멀도다.(路漫漫其修远兮)" 등의 구절과 의미가 비슷하다./鹏: 크기가 수천 리에 달하며 한 번에 구만 리를 난다는 상상의 새./三山: 신선들이 산다고 알려져 있는 전설 속의 산.

송사 해제

1. 송사의 기원

무릇 사는 당대에 발생하여 송대에 성행하였던 시와는 다른 형식과 풍격을 지닌 운문이다. 사는 넓은 의미에서는 시라고도 할 수 있지만, 시가 음악과 완전히 분리된 뒤에 노래의 가사로서 새로 생겨난 것이 사이므로 曲子라고도 불렸다. 또 한대 악부나 같은 노래의 가사였다는 점에서 악부라고도 불렀고, 새로운 악곡의 가사라는 뜻에서 新声, 馀音, 別调 등으로도 불렀다. 다시 그 구형이 자유롭다는 점에서 長短句라고 불렀고, 시의 변형이라는 점에서 诗馀라고 부르기도 하였다.

사의 기원에 대하여는 《诗经》에 자유로운 구식의 시들이 있고 같은 노래의 가사라는 점에서 《诗经》에서부터 그 근원을 찾는 학자도 있었고, 汉代 古乐府로부터 발전한 것이라 주장한 이들도 있다. 또 당대의 근체시가 노래로 말미암아 五七言에 散声이 가해지던 것이 뒤에 실자를 보태게 되어 장단구가 생겨났다고 주장한 이도 있다. 그러나 중국에 있어서는 악부도 시이고 시도 노래의 가사였던 것을 생각하면 모든 설명의 출발은 달랐지 실상은 같은 내용의 이론이라 할 것이다. 그렇다면 시와 사는 근원이 같은 운문이지만, 어떻게 하여 사는 시와 다른 형식과 풍격을 지니게 되었는가에 대해 설명되어야 할 것이다. 노래의 가사로서의 시가 오·칠언 정형으로 변하고 다시 당대에는 한 자 한 자의 诗律이

엄격한 近体诗로 발전하면서 시는 노래의 성격을 벗어나 완전히 읽는 시로 변하였다. 당대에 들어와서는 문인들은 노래와 전혀 관계없이 시를 짓고 즐기었다. 그러나 한편 민간에는 옛날부터 변함없이 자유로운 형식의 노래들이 유행하고 있었다. 그리고 남북조시대부터 수입되어 수·당대를 거치는 동안 크게 유행한 西域계통의 음악들은 민간의 가요곡을 더욱 다양하게 발전시켰다. 한편 수·당대에는 이러한 민간가요와 胡乐이 燕乐으로서 궁중에까지 유행되어 이것들은 사대부들에게도 적지 않은 영향을 주게 되었다. 《旧唐书》음악지에는 "开元이래로 노래하는 사람들이 오랑캐와 민간의 악곡들을 뒤섞어 사용하였다"라고 되어 있는데, 이것은 상류상회에서의 새로운 상황을 설명하는 말이라고 생각된다.

당대로 들어오면서 황제들이 지었다는 민간가요 형식의 악곡들도 여러 가지가 전한다. 断案节의 《乐府杂录》에 의하면 唐 太宗은 악공으로 하여금 <黄骢叠>이란 노래를 작곡게 하였고, 崔令钦의 《教坊记》에 의하면 高宗은 악공 白明达로 하여금 꾀꼬리 울음을 본떠 <春莺传>을 작곡게 하였다. 南卓의 《褐鼓录》에 의하면 현종은 봄빛에 감동하여 <春光好>를 작곡게 하였고, 《乐府杂录》에 의하면 다시 西蜀에서 돌아오는 피난길에서 <雨霖铃>을 작곡하였다고 한다. 이토록 황제들 자신이 민간가요에 흥미를 가졌다는 것은 시인을 비롯한 사대부들 사이에도 그러한 가곡이 상당히 유행했다는 사실을 증명하고도 남음이 있다. 《旧唐书》음악지에는 "개원 이래로 노래하는 사람들이 오랑캐와 민간

악곡들을 뒤섞어 사용하였다."하였지만 이 무렵부터 시인들이 민간 가요에 흥미를 보이기 시작하였던 듯하다. 이 때는 엄격한 규식이 지닌 근체시가 발달이 극을 이루어 시인들은 음악뿐만 아니라 그 가사의 자유로운 형식에도 흥미를 느끼게 되었던 것 같다. 이에 李白, 张志和, 戴叔伦, 韦应物 같은 시인들이 가요곡을 빌려 새롭고 자유로운 형식의 시인 사의 창작을 시도하였다. 《全唐诗》와 《遵前集》에는 이백의 작품으로 <菩萨蛮>, <忆秦娥> 등 10 여 수를 비롯하여, 张志和의 <渔父词> 등 5수, 戴叔伦의 <调笑令>, 韦应物의 <三台>, <调笑令> 등이 실려 있다. 이들 이전에도 沈佺期 등의 <回波乐> 등이 전하지만, 모두가 六言诗여서 사의 출발로 보기는 어렵다. 崔令钦의 《教坊记》에는 성당시대에 유행한 300여종의 악곡명이 수록되어 있는데, 그 중에는 사조명과 같은 것이 상당수 있는 것으로 보아도 사는 개원 무렵에 시작된 것으로 보아야 할 것이다. 이백의 사는 이토록 완정하고 아름답기 때문에 그 작품을 의심한 학자들도 많았다. 그러나 <忆秦娥>와 같이 빨리 끊어지는 음절에 애틋한 님 그리는 정이 담긴 작품들은 이백이 아니면 지을 수가 없는 것일 듯하다. 간혹 사의 시험작도 별로 나오지 않았던 시대에 이백과 같은 빼어난 작품이 갑자기 나올 수는 없는 것이라 하면서, 중당시대 시인들의 사까지도 후인의 의탁이 아닌가 의심하는 학자들이 있다. 그러나 甘肃成 敦煌에서 발견된 문서 가운데에서 많은 양의 당대 노래가사들이 발견되었다. 그것은 王重民의 《敦煌曲子词集》과 任二北의 《敦煌曲校录》에 가장 잘 모아져 있다. 임이북의 연구에 의하면 이것들은 성당으로부터 이미 사가 퍽 유행하였고, 또 앞에서 지적한 황제들의 민간가요에 대한 관심과 아울러 생각할 때, 이백이 그러한 좋은 작품을 지울 수 있는 여건이 갖추어져 있었음을 증명할 수 있다.

이상을 종합할 때 사는 민간가요의 형식을 따라 성당 무렵에 생겨 난 것으로 보여진다. 다만 당대에는 노래를 떠난 시로서의 사작이 문인들 사이에 보편화되지 못하였다는 것뿐이다. 지금 전하는 작품으로는 민간인이 지은 것은 극소수이고 사의 대부분은 사대부들에 의하여 작곡된 것들이다. 이것은 한편의 사가 민간가요로부터 바로 문학작품으로 전신한 것이 아니라, 상당한 기간 사대부들의 손을 통하여 세련을 거친 다음 비로소 문학작품으로서의 사가 생겨난 것으로 보아야 할 것이다. 성당시대 사의 시작은 중당에 들어와서도 刘禹锡, 白居易와 같은 작가에 의하여 계승된다. 《遵前集》에만도 이들의 작품이 각각 37수와 26수가 들어 있는데 이들은 모두가 세련된 작품이다. 이 때의 사는 이미 유행하고 있는 가락에 맞추어 가사를 지은 것이어서, 사를 짓는 것을 填词라고 부르게 된 것은 바로 이 때문이다. 따라서 사의 문장 내용이 백거이의 경우처럼 <忆江南>이란 사조명 곧 사패와 딱 들어맞는 수도 있었지만, 유우석의 경우처럼 사패의 뜻과 사의 문장 내용이 별개의 것이 되는 수도 있었다. 이러한 전사의 기풍은 만당에 이르러 더욱 발전한다. 皇甫松, 词空图, 李晔 같은 사람들이 그 대표적인 작가이다. 이들 이외에 또 溫庭筠이라는 대가가 나와 사를 운문의 한 종류로 확정지우는 데 크게 공헌하였다. 온정균은 화려한 필치와 풍부한 암시적 수법을 동원하여 염정을 사에 담아 사의 수준을 가일층 높여 놓았다. 만당에 유행한 미문은 杜牧, 李商隐, 段成式 같은 작가들의 아름다운 시와 변문에 다 그의 화려한 염사가 가해짐으로써 성황을 이루게 되는 것이다. 그의 화려한 염사가 가해짐으로써 성황을 이루게 되는 것이다.   이러한 온정균의 사를 바탕으로 오대에는 더욱 본격적인 사의 창작이 행하여진다. 오대 後蜀의 造崇祚가 편찬한 《花间集》에는 온정균 이하 이 시대 18명의 사가들의 작품 500수가 수록되어 있는데, 前蜀의 韦庄과 南唐의 中主 李璟, 後主 李煜, 冯延巳 등이 완약하고 아름다운 서정을 사로써 노래하고 있다. 뒤에 이처럼 여리고 고운 서정을 담은 사를 짓는 이들을 <花间派>라 부르게 된 것은 그 때문이다. 이러한 당·오대의 사는 그대로 宋代로 전승된다. 寇准, 范仲俺, 宋祁, 晏殊, 欧阳修, 晏几道 등이 宋初를 장식한 대표적인 사작가들이다. 그 때까지 사가 완약한 서정을 테두리를 벗어나지 못했던 것은 민간가요가 지니고 있었던 서민적 감상의 습성 때문일 것이다. 송대 시와 산문의 개창자라고 할 만한 구양수만 보더라도 사에 있어서는 시와는 다른 여성적인 感伤이나 柔艳한 서정이 운문의 격조를 이루고 있다. 어떻든 송초의 이들 작가들로 말미암아 사는 송대문학을 대표하는 새로운 시의 일종으로 확정된 것이다. 다만 이들은 이전 花间派의 사풍과 형식을 그대로 계승 발전시키고 있다.

2. 송사의 발전

당·오대와 송대 초기에 유행한 사는 거의가 길이가 짧고 간단한 小词였다. 그러나 이들에 뒤이어 나온 張先과 柳永은 새로 편폭이 긴 慢词를 유행시킨다. 만사는 이미 당과 오대에도 존재하였으나 소사보다도 내용이 더욱 저속한 게 보통이어서 문인들이 거들떠보지 않았던 것 같다. 송대 초기의 사작가들이 모두 고급관료였던데 비하여, 만사를 유행시킨 張先은 낮은 벼슬밖에 못하였고, 유영은 벼슬자리에는 가까지 가 보지도 못하고 평생을 기생방근처에서 방탕하게 보낸 사람이었다. 이들의 신분이 그들로 하여금 저속한 만사에 손을 대게 만들었던 것 같다. 이전의 소사들이 완약한 서정을 노래한 귀족들의 오락문화의 성격이 짙은 데 비하여, 만사에서는 주로 도시남녀들의 음란한 정을 노래하고 있어서, 도시인들의 민중오락적인 성격을 많이 띠고 있다고 할 수 있다. 곧 만사는 소사보다 형식이 길어졌다는 차이뿐만이 아니라 내용에 있어서도 도시민들의 사랑과 그로 인한 애환을 더욱 섬세히 묘사하고 있고, 市井에서 쓰는 속어들도 거침없이 사어로서 사용하고 있는 것이다. 만사의 발달은 송대 남부를 중심으로 한 도시경제의 발달이란 여건을 배경으로 하고 있는 것이다. 장선과 유영의 두 사람 중에서도 특히 옛날부터 유영이 만사의 창시자로 유명하였다. 그의 사는 "우물물을 마시고 사는 사람들이 있는 곳이면 어디에서나 노래 불리어졌다."라고 할 만큼 전국에 크게 유행했다. 또 그가 죽은 뒤에는 기녀들이 돈을 거두어서 장사를 지내줄 만큼 기녀들 사이에는 절대적으로 인기가 있었던 것 같다. 어떻든 도시인의 淫乐과 感伤은 유영과 장선에 의하여 만사로서 본격적으로 노래 불리어진다. 그 때문에 이들의 사를 저속하다고 평한 사람들도 많았다. 그러나 개중에는 품격이 속되지 않은 아름답고 여린 서정이 담긴 만사들도 적지 않다. 이러한 높은 수준의 작품들 때문에 이후로 만사가 크게 유행하게 되었을 것이다. 유영의 이러한 만사는 송대 사의 풍격과 형식을 새롭게 하였다. 뒤의 秦观, 贺铸, 周邦彦 같은 작가들의 艳词는 모두 유영의 것을 본받은 것이고, 특히 黄庭坚의 초기의 사는 유영을 철저히 본받으려고 애쓰고 있다. 한편 북송 중기 苏轼에 이르러 송사의 풍격은 다시 한 단계의 발전을 이룬다. 앞에서 장선과 유영이 도시인의 생활에 밀착된 정서를 노래한 만사를 발전시켰다고 하였는데, 소식은 이러한 새로운 사의 형식을 계승하면서도 이전 사인들의 완약한 정서를 떨쳐버리고 豪放한 기풍에 거시적인 인생관을 담은 작품을 사실적인 수법으로 지어냈다. 사는 이제까지의 여성적이고 감상적인 여린 기풍을 벗어나 웅대하고 풍부한 내용의 시로 발전한 것이다. 이 때문에 사풍을 따져 이전의 여린 감정을 노래하던 사인들을 婉约派, 소식처럼 호쾌한 감정까지도 노래하던 시인들을 豪放派라고 불렀다. 장선과 유영이 사의 형식을 해방시켰다면 소식은 사의 내용을 해방시킨 작가라 할 것 이다. 이러한 소식에 의한 사의 풍격의 확대는 한편

사의 诗化 및 사작의 개성화라고도 말할 수 있을 것이다. 소식은 악곡에만 구애되지 않고 자신의 감정을 표출시켜 사의 음악과 분리 되어 읽는 시로써의 성격을 지니게 하는 한편 개성적인 내용을 담게 하였던 것이다. 이처럼 소식은 사를 완전히 새로운 시체로 발전시켰다. 그를 따라서 그의 제자인 黄庭坚, 晁补之 등을 비롯하여 王安石, 毛滂 등이 이처럼 새로운 풍격의 사를 지었다. 소식이 사의 풍격을 개량 발전시켰지만 그것은 음률에 맞지 않은 사 본래의 성격에 어긋나는 것이라 생각하는 작가들도 있었다. 따라서 그들은 사의 문장을 다져 씀으로써 완약한 서정을 위주로 하고 雅正한 품격을 유지하도록 힘쓰면서 음률에도 주의하였다. 그들은 花间派의 풍격을 지니면서도 여리거나 단조롭기만 하지 않았고, 유영과 같은 섬세한 염정을 담은 만사를 썼지만 거칠고 속되지 않았으며, 소식과 같이 거침없는 태도로 개성적인 시를 썼지만 그처럼 악곡에 대하여 방자하지 않았다. 이들은 대체로 古乐府와 같은 성격을 사로써 계승하려 한 것으로 볼 수 있기 때문에 여기서는 乐府词派라 부른 것이다. 秦观, 贺铸, 周邦彦과 북송에서 남송에 걸쳐 활약한 여류사인 李清照가 대표적인 작가이다. 이들 밖에도 万俊咏, 晁端礼, 田为, 晁冲之 등 많은 작가들이 이 유파에 속한다. 이들 중에서도 위에서 말한 乐府词는 이상은과 주방언에 의하여 완성되었다. 그 때문에 문학 사가들은 흔히 주방언을 두고 송사를 집대성한 사람이라 말한다. 그의 사는 아름다운 서정을 담으면서도 고아하고 섬세하면서도 속되지 아니하고, 개성적이면서도 음률이 살아 있다는 평을 받고 있다. 결국 유영이 개발한 만사는 소식을 거쳐 주방언에 이르러 완벽하고 훌륭한 형식을 갖추게 되는 것이다. 유영의 사를 보면 같은 조의 사 형식들이라 하더라도 장단이 일정치 않은 게 많지만 주방언에 이르러는 그런 것이 없어지고 완전한 형태로 정비된다. 그 때문에 이후 작가들은 그의 사를 음률의 전범으로 받아들이게 되었다. 곧 이후의 중국사는 주방언을 바탕으로 하여 발전하고 있다 하여도 과언이 아닐 것이다. 남송초기의 문인들에게는 조국의 태반을 외족 金나라에게 빼앗긴 충격이 그들의 작품 속에 깃들여져 있다. 따라서 이때의 사인들은 음률이나 사의 형식을 자세히 따질 겨를도 없이 자신의 격정을 사에 쏟아 놓았지 때문에 문장이 산문화 또는 백화화하는 경향도 있기는 하였다. 그러나 사의 내용은 애국적인 강개와 비통을 노래한 激情派를 있는 반면 소극적인 감상과 한적을 노래한 哀伤派가 있었다. 격정을 노래한 작가로는 辛弃疾과 陆游를 비롯하여 岳飞, 张元干, 张孝详, 阵亮, 刘过 같은 이들이 있고, 애상을 노래한 작가로는 朱敦儒를 비롯하여 叶梦得, 向子湮, 杨无咎, 苏庠 같은 이들이 있다. 그러나 훨씬 뒤에도 刘克庄 같은 사인은 신기질과 같은 격정을 사에 담고 있다. 남송시대에 小康을 누리면서 사의 형식을 중시하는 격률파가 유행했던 것을 생각할 때 유극장 같은 작가는 높이 평가받을 만한 사인이라고 생각된다. 남송이 10여 년의 혼란을 넘긴 뒤엔 금나라에 내분이 일어나 더 이상 송나라를 침략할 수가 없게 되었다. 이에 송인들은 금과 和议를 맺고 소강을 누리게 된다. 그 결과 남부지방의 도시들은 상업이 발달하고 경제가 번영하여 안락한 생활을 누리게 된다. 이에 송인들은 조국을 외족에게 빼앗긴 치욕은 잊고 하루하루의 향락을 추구하게 되어, 남송의 抗州는 북송의 汴京을 능가하는 번화와 사치를 즐기게 된다. 이에 사작가들도 나라 적정은 잊고 기생 곁으로 돌아가 노닐며, 사의 음률과 형식만을 중시하는 작품 활동을 하게 된다. 그 때문에 이들은 격률파라 부르기도 한다. 이들은 지나치게 음률 또는 격률을 따진 나머지 격률에 얽매이어 작가의 개성이나 창의는 발휘할 여지도 없게 만들었다. 옛 사람들이 보여준 규범에 따라 거기에 맞은 그 자를 찾아 넣기만 하면 사가 된다고 생각했던 것이다. 이러한 지나친 형식주의로 말미암아 송사는 쇠퇴하기 시작한다. 이 격률파를 대표하는 작가로는 姜夔, 史达祖, 吳文英을 비롯하여 蔣捷, 周密, 王汽孙, 张炎 같은 이들이 있다. 어떻든 중국사의 격률은 이들 손에 완비되어 우리에게 전해지고 있는 것이다. 다시 남송이 망해 갈 무렵에는 작가들이 현실에 뜻을 잃고 사의 형식만을 따져 영물을 한 작품들은 남기려고 하였다. 그러나 이것들은 더욱 모의의 수법을 응용한 것이어서 송사는 이에 더욱 생기를 잃었다. 송대에 북방의 金나라에서도 사의 창작이 제법 유행했었다. 元好问이 편찬한 《中州乐府》에는 吳激, 蔡松年 이하 36명의 사작품이 모아져 있는데 남쪽의 송인들과는 다른 풍취의 빼어난 작품들이 적지 않다. 중국문학사에서 금대전기는 송대문학에 가리우고, 후기는 원대문학에 가리워져 거의 무시당하고 있으나, 그

중에는 뛰어난 작가들도 있었다. 사에 있어서 赵秉文과 元好问 같은 대가는 그 시대 송인들에 비하여 조금도 손색이 없는 작품들을 남기고 있다. 원·명대는 사에 대신하여 새로 생겨나 曲이 발달했던 시대라 문인들이 馀技로 그 명맥을 유지했을 뿐이며, 별로 이렇다 할 작가를 발견할 수가 없다. 대체로 원대는 남송말엽의 사풍을 계승하였고, 명대는 의고풍이 크게 유행했던 시대라 힘겹게 유지된 사의 명맥은 더욱 생기를 잃었다. 명말의 陈子龙 정도가 감상적인 小令으로 꽤 높은 수준의 작품을 남기고 있을 따름이다.

청대문학은 이전 시대의 문학을 총정리 하고 복고를 하려는 기풍이 성행한 시대라서, 사의 있어서도 일시에 수많은 작가와 다양한 유파를 낳았다. 그리고 전대 사가들의 작품의 정리와 연구면에 있어서도 방대한 업적을 남기고 있다. 현재 우리에게 전해지고 있는 사에 관한 总集과 选集 및 평론서와 词谱, 韵书들의 대부분이 모두 청대에 편찬된 것들이다. 청대의 작가들이 词律과 修辞에 세심하면서도 사작의 성실성을 보여주고 있는 것은 청대가 지녔던 학구적 분위기 탓일 것이다. 청초부터 王士祯, 纳兰成德, 顾贞观 등 뛰어난 작가들이 나왔다. 특히 纳兰成德은 凄婉한 小令으로써 清词의 유행을 자극한 작가였다. 그보다도 曹溶에게 사를 배워 浙西派를 이룩한 朱彝尊이 더욱 중요하다. 그는 姜夔와 张炎의 사를 내세우며 清丽하고도 雅正한 사를 썼다. 같은 浙江지방에 李良年와 李符 같은 이들이 나와 그의 이론에 동조하며 사를 지어 사의 창작을 성행시켰다. 그리고 뒤이어 厉鹗과 项兴祚 등이 나오면서 절서파의 위세를 세상에 떨쳤다. 한편 江苏 宜兴의 陈维崧은 소식과 신기질의 사를 내세우며 창조적이고도 웅장한 사를 지어, 阳羡派의 개조가 되었다. 曹贞吉, 吴绮, 曹亮武 등이 그를 따라 호방한 기풍의 작품을 지었던 사람들이다. 그러나 날이 갈수록 절서파는 의고적인 경향으로 흘렀고 양선파는 곧 쇠미하였다. 이에 张惠言이 나와 <国风>과 <离骚>의 뜻을 사에 적용하여 함축성이 있고도 温柔敦厚한 사를 지을 것을 주장하였다. 북송 작가에서는 주방언의 深美하고 闳约한 사풍을 내세웠다. 이에 많은 작가들이 호응하여 常州词派를 이루었다. 그의 아우 张琦와 董士锡이 그와 동시에 활약하였지만 周济가 나옴으로써 상주사파의 세력이 크게 떨쳤다. 그리고 恽敬, 黄景仁, 李兆洛 등이 뒤이어 상주사파가 절사파의 세력에 대신하게 되었으나, 이들도 차츰 의고적 방향으로 흘러갔다. 만청으로 가면서는 周之琦, 张春霖, 王鹏运 등 상주사파 여류들이 계속 사단을 지배했다. 대체로 청대는 사의 창작보다는 사의 연구와 정리에 큰 업적을 남긴 시대였다.

3. 송사의 특징

词体는 诗로부터 진화되어 나와서 '诗馀'라고 일컫는다. 그러나 词는 또한 변해서 曲이 되었다. 그리하여 曲을 '词馀'라고 부르기도 한다. 사의 특징은 시의 庄重하고 典雅함과 다르고, 또한 曲의 분명하고 통속적인 적인 것과도 다르다. 그러나 각기 婉媚한 함축된 풍격을 지니고 있다. 이전사람들은 이미 诗・词・曲의 느낌이 서로 다름을 관찰하여 간략히 요약했다. 예를 들면 청나라의 李渔는 《窥词管见》에서 말하길 "作词之难, 难於上不似诗, 下不类曲, 不淄不 磷, 立於二者之中.(사를 짓는 어려움은 위로는 시와 같이 않아서 어렵고, 아래로는 곡의 부류와 같지 않아서 어렵다. 검지도 않고 엷지도 않다. 이 두가지 가운데 서 있다."라고 했다. 그는 다만 词를 모호하게 의식하여 诗와 曲의 중간이라고 했고, 아울러 그것의 차이가 어디에 있는지 정확히 지적하지는 못했다. 또한 어떤 사람들은 예를 들면서 诗와 词의 분야를 말하기도 했다. 예를 들면 刘体仁은 《七颂堂词绎》에서 말하길 "夜阑更秉烛, 相对如梦床(한밤중에 난간에서 다시 등불을 들고, 서로 마주보니 마치 침대에서 꿈꾸는 것 같네)"(杜甫＜羌村＞诗句), 晏几道가 말하길 "今宵賸把银釭照, 犹恐相逢是梦中(오늘 밤 은등잔을 보내어 비추니 마치 사로 꿈속에서 만날까 두렵구나!)"(＜鹧鸪天＞) 이것이 바로 诗와 词를 구분하는 경계이다. 또한 词와 曲의 다른 점에 대해서 王士禛은 《化草蒙拾》에서 "或问诗词曲分界, 子曰:「无可奈何花落去, 似曾相识燕归来」定非香奁诗. 「良辰美景奈何天, 赏心乐事谁家阮?(어떤 사람이 시와 사와 곡의 다른점에 대해 물었습니다. 내가 말하기를 「떨어지는 꽃이 떠나가는 것을 어찌할 수 없고, 마치 서로 알고 있는 제비가 돌아오는 것과 같다」 라고 했다.

향렴체 시가 전혀 아니다. 「좋은날 아름다운 풍경을 보는 날은 어떤 날인가? 감상하니 마음이 즐거운데, 그 누구의 집 정원인가?」 결코 草堂의 词가 아니다.”라고 했다.

이처럼 그들이 지적한 예문은 확실히 그 미묘한 것을 말하였지만, 우리들은 다만 회의적이다. 시·사·곡이 각각 어떠한 차이의 특징이 있는지에 대해서 구체적인 인상을 남기지는 못했다. 대체적으로 말하자면 시는 문학중의 정품이고, 정서와 생각이 정밀하고 미세하며, 문자가 정밀하게 다듬어져 있고 比兴의 필법을 사용하여 나왔다. 그러나 사람들은 더욱 세밀하며 아름답고 그윽하고 간결한 정서와 사상을 지니게 되었다. 诗는 曲으로써 그 奥妙를 다하기에는 부족했다. 그러므로 词体가 대를 이어서 흥성하게 되었던 것이다. 词와 诗의 다른 주요한 점은 바로 시적인 표현방식에 있다. 혹은 진실되고 솔직한 铺敍의 수법을 쓰거나 혹은 比兴수법을 사용하여 나오기도 한다. 그러나 词는 함축적이고 완약하다. 그러므로 두 가지 표현된 풍격 또한 자연히 다르다. 诗는 비교적 전아하고 무겁고 溫雅하다. 그러나 사는 비교적 유려하고 맑고 아름답다. 앞시대 사람들은 일찍이 비유를 예를 들어 분별했다. 거꾸로 또한 그 대략을 얻을 수 있는데, 예를 들면 田同之의 《西圃词话》에서 말하길 “词之为体如美人, 而诗则壮士也, 如春华, 而诗则秋实也, 如夭桃繁杏, 而诗则劲松贞柏也.(사의 문체는 미인과 같다. 그러나 시는 장사와 같다. 예를 들면 봄의 화사함이라면, 시는 가을의 가득함과 같다. 사가 어린 복숭아와 무성한 앵두와 같다면, 시는 굳센 소나무와 절개가 있는 측백나무와 같다.)"라고 했다. 王国维도 《人间词话》에서 "词之为体, 要眇宜修, 能言诗之所不能言, 而不能尽言诗之所能言, 诗之境阔, 词之言长.(사의 체재는 오묘해야하는데 응당 닦아야 하고, 시가 말하고자 하는 바를 능히 말하나, 시가 능히 말할 수 있는 바를 다 말하지는 못한다. 시의 경계는 넓고 광활하나, 사는 말이 길게 늘어진다.)"라고 했다. 왕국유가 이른바'诗의 경계는 광활하고, 词는 말이 길다'라고 한 말은 시와 사의 가장 큰 차이점을 말한 것이다. 왜냐하면 시가 나타낸 제재가 광대하기 때문에, 표현된 경계가 광활하다. 그러나 사의 주요한 특질은, 확실히 의미는 살찌고 길고, 감흥의 여운은 가늘고 길게 늘어지는 것이다. 词와 曲의 차이에 대해서 말하자면, 사는 서정 영물을 위주로 삼고, 서사를 마땅히 쓰지 않는다. 설사 서사를 쓴다고 하더라도 또한 사에 쓰는 사건에는 서정이 있다. 곡은 서정과 서사 모두 쓰는 것이 가능하다. 사는 비록 맑고 아름다워 사람의 마음을 움직이지만 마땅히 조화되고 화합되어야 하는 것은 아니다. 곡은 자주 장엄하게 조화롭게 섞여서 나왔다. 사는 기탁을 중시한다. 그러므로 풍격은 완곡한 반면, 곡은 비교적 자유분방하다. 그러므로 말에 속된 것이 많다. 사는 정이 그윽하고 顿挫를 토해내고, 곡의 문장은 유리하게 펼쳐 서술한다. 사는 서정과 영물 묘사에 있어 세밀하고 완곡한 수법을 사용했고, 풍격은 함축되고 온화함을 알 수 있다. 그러나 곡은 서정과 서사로 나아갔고, 수법은 상쾌하고 산뜻하게 떨어졌고, 풍격은 웅장하고 분방하며 명량하다. 사는 일종의 가장 세밀하고 정취가 있는 서정문학으로 몇 가지 특징을 살펴보면 다음과 같다.

첫째, 사의 요지는 진실하고, 부드러운 정취를 잘 쓴다. 사람의 마음속 깊은 곳에 자신의 경우에 대하여 혹은 인간의 정감과 모습은 일종의 극도로 미묘한 감성이 존재하여 자주 雅正한 诗文을 쓰는 것이 마땅히 불편했을 것이다. 그리하여 词体를 빌어서 그 진실된 감정을 펴서 나타내는데 부합했다. 혹은 부드럽고 고운 정취를 묘사하기도 했다.

둘째, 사의 뜻은 깊고 굽이쳐 흐르고, 완전한 정서를 잘 써야 한다. 张炎은 《词源》에서 말하길 "箕弄风月, 陶写性情, 词婉於诗 (바람과 달을 희롱하고, 도야하여 性情을 쓰기에, 사는 시보다 아름답다.)"라고 했다. 천천히 깊은 정이 매구마다 완약한 사의 필치로 나와서 완곡하고 곡절의 정감을 드러난다. 마음과 뼈 속 깊이까지 스며들었다.

셋째, 사의 경계는 혼융되고, 자연정경을 잘 묘사한다. 사작가들은 매번 민감한 심리적 울림을 가지고 있고, 그들은 빛나는 정경이 연이어 흐르고 만물의 상이 깊이 음송할 때, 항상 경에서 정이 융합하고, 경을 빌어 정을 펴내었다. 情景交融에 이르러 혼연되어 흔적이 없는 경계에 도달했다. 부드럽게 섞어서 뒤틀리지 않게 만들었고, 또한 뜻을 기탁하지도 않았다. 그러나 자연스럽게 흘러 나와서 틀이 천연적으로 완성되었다.

넷째, 사의 색체는 섬세미를 갖추고 유약한 정태를 잘 표현한다.

사작가들은 경물을 취하여 정감을 펼쳐낸다. 정태를 묘사함으로써 반드시 영감과 섬세하고 교묘한 경물을 취한다. 사방에 보이는 본색은 당연히 이와 같다.

4. 송사의 풍격

송대 胡寅은 《题酒边词》에서 이미 전통사풍과 현저한 차이가 있는 豪放词에 주시했다. 그러나 그는 명확히 '婉约'과 '豪放'과 같은 개념을 사용하지는 않았다. 가장 먼저 '완약', '호방'과 같은 개념을 사용하지는 않았다. 가장 먼저 '완약'과 '호방'으로써 사를 논한 사람은 명대의 학자 장연이다. 그는 《诗馀图谱·凡例》에서 "词体는 대략 두 가지가 있다. 그 하나가 완약이고 다른 하나가 호방이다. 완약은 그 词调가 함축적이고 호방은 그 기상이 웅대하다"라고 하였다. 그와 같은 시기의 徐社曾도 같은 논의를 했다. 그러나 그들이 제시한 것은 명백히 작품의 풍격이었지, 사작가들의 유파는 아니었다. 이로 인해 장연 또한 "그것은 또한 사람에게도 존재한다. 진관의 작품중 거의가 완약하고 소식의 작품 거의가 호방하다."라고 하였다. 명확하게 송사를 완약과 호방의 두 파로 나눈 사람은 清初의 王士祯이다. 그는 《花草蒙拾》에서 장연의 말을 빌렸는데 단지 儒梁의 柱를 바꾸어 '완약'과 '호방'으로 거쳐

유파를 지칭했다. 그는 "張南湖는 완약·호방 두파로 나누어 사를 논했다. 덧붙여 말한다면 완약은 이청조를 종으로 호방은 오직 신기질을 최고로 꼽는다."라고 하였다. 이후에 사학계는 완약과 호방 두파로 사를 논하는 추세를 막을 수 없었고 건국 뒤에도 이것이 정론이 되었다.

그렇다면 송대 사단은 이러한 완약과 호방의 두 파의 경계가 분명했는가? 만약 거시적으로 송사의 발전 과정을 조금만 관찰해 본다면 그렇지 않다는 것을 어렵지 않게 알 수 있다. 사는 민간에서부터 문인들의 손에 이르기까지 만당오대의 편협한 길을 따라 마치 강물이 구불구불한 협곡을 따라 흐르듯 송대에 이르러 마침내 서서히 독특한 광채를 드러냈다. 송초 사인의 사는 생활면을 반영하는데 매우 협소하였으며 내용은 자연과 사물의 아름다움과 남녀의 애정, 이별의 정한 등을 다룬 것이 많았다. 그러나 풍격은 이미 晚唐《花间集》의 농염함과 교태스러움이 변화하여 서서히 온유함을 함축하게 되었다. 또한 범중엄·안수 등 극소수의 사람들은 새로운 제재·내용·풍격 모두를 개척하기 시작했다. 유영에 이르러서는 만사가 발전하여 대량으로 도시생활을 묘사하였고 도시 사람들의 정취를 반영하여 사가 다시 폭넓은 내용을 포용할 수 있게 되었다. 수법에 있어서도 상세히 서술하여 길어졌으며 제재·내용·풍격 모두 생동감 있는 변화로 풍부해졌다. 북송 중기 苏轼은 송사를 새롭게 높은 경지로 끌어 올렸다. 그의 공헌은 대략 두 가지로 요약할 수 있다. 첫째, 그는 사를 "意가 없으면 들어갈 수 없고, 사건이 없으면 말할 수 없다고 하여 사의 경지를 넓혔다. 둘째, 사풍을 변화시켰다는 것인데 그는 만당오대의 사는 내용은 없고 문구만 번지러한 사의 기풍을 일소했을 뿐만 아니라 한 때를 풍미했던 유영의 사에 대항하는데 힘을 쏟았다. 그 후 진관과 하주 등의 풍격 특색이 있다. 秦观의 사는 부드럽고 온유하면서도 섬세하고 정교하다. 贺铸의 사는 "아름답기가 7대를 거쳐 귀관을 지낸 金日磾과 张安世의 집에서 노는 듯하고, 요염하기는 毛嫱과 西施의 화장한 뒤를 보는 것 같고, 비장하기는 苏武와 李陵과 같다. 北宋末 周邦彦이 출현하여 위로는 전대의 대가들을 계승하면서 아래로는 남송의 기풍을 열어 사의 경지가 폭넓게 혼연일체를 이루었다. 그의 사는 치밀하고 전아하며, 음률이 화려하면서도 또한 전대의 사구와 잘 융화되어 성률·언어·예술기교에 있어서 북송의 또 다른 길을 열었다. 남북의 교류 속에 여류사인 李清照는 그 시대에 그녀의 재주와 학식으로 여성특유의 자질을 발현, 전통 사풍에 충실하면서도 새로운 내용을 담아내었다. 그녀의 사는 섬세하고 정교할 뿐만 아니라 완전하고 구성져 독자적인 풍격을 이루었다. 또한 몇 편의 사들은 매우 강건한 필치로 당당한 기백과 드넓은 호방한 정신세계를 표현하고 있다.

남송초기에는 정치형세가 급격하고 복잡다단하게 변화하여 사단에도 새로운 양상을 가져왔다. 신기질은 치열한 애국정신과 고양된 전투정신을 사에 반영하여 사의 예술적인 역량을 또다시 넓혔다. 천리를 굽이쳐서 흐르는 강물과 같이 감개 격분한 정감은 그 수많은 작품에서 분출되고 있다. 그리고 잇따른 불행 속에서 겪은 순탄치 못했던 삶의 경험은 또 많은 사에서 침울하고 비장한 격조를 분출했다. 이밖에도 农村词・送別词・唱和调・祝寿词들은 청신하고 부드러우면서도 웅건・비장・호방함 등의 다양한 풍격을 보여준다. 신기질과 같은 시대의 강기 또한 空淡하고 騷雅한 풍격으로 송사에 새로운 경계와 격조를 가져왔다. 그는 천부적인 음악적 재능으로 사를 지어 스스로 곡에 맞추어 노래한 것도 많은데, 음절이 부드럽고 아름다우며 아울러 우미한 필치의 서문과 흩어졌다가 다시 하나로 집약되는 등 정감이 어우러져 있다. 남송 후기의 오문영의 사는 격률이 섬세하고 아름다우며 수사의 정교함이 뛰어나다. 장염의 사는 하늘을 떠도는 구름과 같이 맑고 그윽함을 유창하게 그려내 하나의 격조를 이루었다.

이상 간단히 살펴본 것처럼 우리는 송대 사단이 얼마나 다채롭고 화려했는지 그리고 다량의 기상을 지닌 예술이었는지를 알 수 있다. 문학 발전의 계승으로부터 작가 개개인의 재능・감정・기개 그리고 사회 정치에 이르는 당시 풍조 등 많은 요인들에 의해 후대 사작가들은 전대 사작가들과 예술기교, 풍격상에 있어서 거의 같은 맥락을 이루고 있다. 같은 시대의 사인들은 사를 서로 주고받아 내용・제재・표현수법, 심지어는 언어・풍격상에 있어서도 서로 비슷한데 이것은 중국문학사에 있어서 흔히 있는 일이다. 그런데 이렇게 서로 유사함을 한 방면에서 두드러지게 표현한 사람들은 안기도와 진관 등으로 구성지고 완전한 필치로 정감을 서술

했다. 주방언·강기·오문영 등은 모두 음률의 아름다움을 구했다. 그러나 그들의 사는 또한 많은 면에서 각자 특징을 보이기도 하는데, 따라서 이들은 송대사에 있어서 커다란 세계를 조성하였다. 이처럼 같은 문학주장이나 풍격·제재·수법이 간은 작가들은 문학유파를 형성하였는데 그렇다면 성질이 다른 것들은 어떻게 논할 수 있겠는가? 사실상 이러한 커다란 사의 세계에서 우리가 보게 되는 것은 사경의 광대함과 내용, 제재의 무궁무진함, 예술기교의 완전함 그리고 음률과 리듬의 정교한 아름다움 등이다. 또한 사상·감정·풍격·경계 등의 다양함은 오히려 '완약'과 '호방'과 가은 우뚝 선 양대 봉우리로는 이해하기가 어렵다. 의심할 여지없이 두 파에 대한 앞서의 설명은 송대 사단의 실제에 부합하지 않은 것이다. 일정기간 이러한 양분법은 거의 고정된 틀을 이루어 보이지 않게 사람들의 기교를 속박했으며 사람들의 시야를 제한했다. 많은 사람들의 기교를 속박했으며, 사람들의 시야를 제한했다. 많은 사람들이 이 궤적을 따라 어떤 사인을 연구할 때는 먼저 그가 완약파인지 호방파인지를 보고난 후 확정된 테두리 안에서 문장을 다루었고 천차만별의 문학형식에는 주의를 기울이지 않았다. 이것은 일종의 기계적이고 정체된 연구방식이다. 말하자면 중국문학사상 '派'의 개념이 지나치게 남용된 것이라고 할 수 있다. 비록 이와 같이 송사를 본다면 한 시대의 찬란했던 문학을 대체적으로 파의 정황으로 귀납하는 것이 된다. 여기에서 먼저 사인들은 '派'에 구속시키는 문제점에 부딪히게 된다. 송대는 호방파로 알려진 소수의 사람들을 제외하고 대부분 사인들이 모두 완약파에 속한다. 또한 그의 사작의 사상·제재·풍격·수법의 현저한 차이에 대해서도 논하지 않겠다. 3백 년간의 긴 시대적인 차이 동안의 사회적인 흥성과 쇠퇴의 변화는 필연적으로 문학의 생산에 큰 영향을 미쳤을 것이다. 그런데 우리가 어떻게 유영·구양수·진관·하주·주방언·이청조·강기·오문영·강기·오문영·장염 등 긴 연대 속에 쏟아져 나온 수많은 사인들 전부를 과연 '완약'이라는 하나의 파로 포용해 낼 수 있을까? 사실상 어떠한 걸출한 사인들을 막론하고 그 작품 자체에는 오색찬란한 예술세계라 할 수 있을 것이다. 이른바 '婉约词人'이 이와 같다면 '豪放词人' 또한 마찬가지이다. 호방파로 대표되는 인물로 소식·신기질·진기 등이 있는데 호방사의 작품으로 포함시키는 것은 몇 수, 몇 십 수에 지나지 않는다. 이러한 숫자는 그들의 전체 수백, 수천 수의 작품과 비교해 볼 때 비교적 적은 편이다. 수적으로 이와 같을 뿐 아니라 질적인 면에서도 호방사를 뛰어난 것으로 볼 수는 없다. 이러한 까닭으로 단지 완약과 호방으로써 소식과 신기질 그리고 이청조의 사풍을 개괄하는 것, 나아가 그들을 어느 한 유파의 대표 혹은 영수로 보는 것은 모두 편파적이라고 할 수 있다.

또한 다른 부류의 사작가들은 어느 유파에 구속하기가 어렵다. 예를 들어 유영이나 주방언, 강기나 오문영 등의 사람들이 그렇다. 전시대 사람들은 일찍이 이 점에 주의했는데 张端义는 《贵耳集》에서 유영의 사를 두보의 시와 비교하여 "시를 배우려면 마땅히 두보를 공부해야 하고, 사를 배우려면 마땅히 유영을 공부해야 한다.(学诗当学杜, 学词当学柳)"라 하였다. 况周颐의 《蕙风词话》에서도 유영의 《乐章集》을 사의 정체로 보았다. 청대 陈延焯은 《白雨霁词话》에서 주방언의 사를 극찬했으며, 또 "전대 소식과 진관의 뒤를 이어 다시 강기의 시대가 열렸다.(前收苏秦之终, 复开姜史之始)"라고 하였다. 장염은 "주방언은 한 시대의 사의 명성을 짊어졌다.(美成负一代词名)"라고 하였고, 심의부는 《乐府指迷》에서 "무릇 사를 짓는 데는 마땅히 주방언을 위주로 해야 한다.(凡作词当以清真为主)"라고 하였다. 송대 사람 尹焕은 주방언·오문영 등을 추앙하여 "송대에서 사를 구함에 전대에는 주방언이 있고, 후대에는 오문영이 있다."라고 하였다. 또한 청대 周济도 《宋词家词选》에서 오문영을 송대 사단의 영수로 보았다. 당연히 앞시대 사람들의 이러한 평가는 견해의 차이로 모두 편파적인 면이 있기는 하지만 공통적으로 그들은 유영, 주방언, 강기, 오문영 등을 송대 사단상 자신의 선명한 특색과 각기 방도를 찾은 독립된 문호로 보았다. 비록 그들의 작품이 전통을 답습하고 거울로 삼기는 하였지만, 어느 한 유파의 사인도 아니고 이청조를 종으로 삼는 '완약파'에 예속시키지도 않았다. '호방의 우두머리'인 신기질을 예로 들어보면, 보통 호방을 말할 때 모두 소식과 신기질을 아울러 칭하는데 정확히 말하자면 소식과 신기질의 사작은 정감·기백·풍격상에서 비슷한 점이 많이 있다. 이것은 바로 예술적 차용의 결과이다. 그러나 그들의 사풍은 오히려 같으면서도 다르고, 차이가 있으면서도 또한 같다. 신기질의 사에 드러나는 호방함은 소식의 사가 지닌 호방함과 결코 똑같지 않다. 또 다른 면에서 신기질의 사는 독특한 풍격을 형성하였는데 사인들과 더불어 광범위하게 각종 예술 풍격을 차용한 것과 관계가 깊다. 신기질의 사집중에서 우리는 淸丽·婉约하며 곡조가 깊게 감도는 많은 작품을 볼 수 있다. 그가 후대에 끼친 영향에서도 이른바 '辛派词人'에 한정되지 않는다. 신기질과 동시대에 교류했던 강기도 그 사풍이 두 파의 설에 의존한 것처럼 완약에 예속되지 않았다. 단지 강기와 신기질의 사는 서로 영향을 주고받은 명확한 흔적이 있다.

이어서 근대초기 중국의 사학계에서는 일찍이 '완약'파와 '호방'파에 대해 누구를 종으로 삼을 것인가 하는 문제의 토론을 전개했다. 정치 및 당시의 풍조 등으로 건국 후 사학계에서는 '豪'를 높이고, '婉'을 억누르는 선입관이 생겨났다. 마치 호방파가 사단을 형성 진보시키는 진보적인 경향을 지닌 것으로 보는 것이 주된 흐름이었고 완약파는 마음속의 공허와 무료함을 표현하는 보수 세력으로 보았다. 여기서 송사의 연구에 두 가지 편향이 나타났다. 하나는 호방사인을 높이 평가하면 신기질에 대해 이른바 '辛派爱国词人'이라 하여 긍정적인 것으로 구분하였다는 것이고, 다른 하나는 완약사 작가에 대한 연구가 많지 않고 평가도 낮다는 것이다. 당시 영향력 있는 몇 권의 《宋词选》에는 두 파의 작품이 수록되어 있는 것이 현저하게 불공평했다. 실제로 완약과 호방은 제재, 형식 그리고 풍격 등 여러 방면에서 서로 다른데 사는 일정의 문학형식으로 발전하여 성숙단계에 이르러서는 다양한 모습을 보이게 된다. 내용과 말이 비록 제각기 편중되어 있기는 하지만 작품의 애국성과 현실성과는 필연적인 관계가 없다. 송사를 고찰해보면 '爱国'은 호방의 전리품이 아니다. 완곡하고 함축적인 대다수의 작품들도 마찬가지로 사람을 감동케 하는 깊은 애국적인 정서로 충만해 있다. 왕안석의 <桂枝香>(金陵怀古)와 강기의 <扬州慢> 및 송조의 작품들은 곡조가 깊고 구성지며 도리어 애국적 사상과 정서가 그 속에 흐르고 있다. 완약사의 현실성도 바꾸어 생각할 수 있다. 유영의 대다수의 작품들은 하층사회의 생활을 묘사했다. 이청조의 사는 망국의 고통스러운 삶과 슬픔을 표현했다. 즉 주방언, 강기, 오문영, 사달조 등의 사들은 어느 정도 작자가 살았던 시대의 모습을 반영하고 있다. 호방사의 작품에는 애국성이 나타나 있는 한편 현실성 또한 매우 분명하다. 실제로 사회생활의 각 방면, 인간정신, 생활의 측면을 표현하는 것이 바로 문학예술이 본래 지닌 것이다. 크고 넓은 세계 안에서 각 개인은 모두 하나의 개체로서만 존재할 수는 없다. 평면적으로 그들은 제각기 자신의 환경, 경력, 기질, 재주, 사상, 정감 등을 지니고 있으며 이러한 개인들의 복잡하고 다양한 내면세계는 문학형식에 들어가 내면의 정감을 표현하는데, 이로부터 눈먼 사람의 눈이 되는 예술세계를 조성한다. 완약과 호방으로 송대의 词派를 구분하는 것은, 나아가 대부분의 완약사인들의 작품을 저급한 것이라고 보는 것으로 이것은 불합리한 것이다.

그렇다면 사단상 확실히 내용, 수법, 풍격에 있어서 현저한 차이가 두 파의 작품에 존재하는데 이러한 문학현상은 어떻게 보아야 하는가? 미학적인 관점에서 접근해 볼 필요가 있다. 미학의 범주에서는 자연미・사회미・예술미에 이른바 '웅장한 미'와 '부드러운 미'의 구별이 있음을 논하지 않는다. 고대 중국에서는 '阳刚美'와 '阴柔美'의 개념이 있다. 사실상, 중국문학 발전중에서 두 가지의 다른 미감이 병존해왔다. 이른바 완약과 호방 풍격은 바로 이 두 가지의 미학 특징이 사단에 반영되어 있는 것이다. 실제로 옛날 사람들이 최초로 이 두 사를 말한 것은 바로 이러한 미감의 특징을 말한 것이다. 일반적으로 완약은 대체로 완전하고 은밀하며 부드러운 아름다움을, 호방은 강건하고 웅장하며 기백이 웅대한 강렬한 아름다움을 지칭한다. 이것은 사의 생산과 발전 및 미학 특징과 무관하지 않다. 주지하다시피 사는 민간에서 생산되어 문인들의 손에 이르러 서서히 발전되어 당대 근체시에까지 이르게 되었다. 사는 생산된 때부터 시와 구별되는 특징이 있었는데 바로 사가 음악에 의지한 최초의 사회 효용이라는 것이다. 만당오대로부터 송초에 이르기까지 음악에 의지하여 사를 쓰는 문학형식은 모든 술집의 가기들의 입을 통해 전달되었다. 이것은 사의 이러한 형식 즉 선명한 미학적 특징을 발하는 향염과 유완 등 음유지미로 표현되는 형식을 결정하였다. 앞시대 사람들이 말한 "사는 艳情을 재료로 한다."라든지, '诗庄', '词眉' 등은 곧 이것을 가리킨다. 중국 문인들의 다수는 전통적인 길을 따라갔다. 즉 악보가 소식되어 전하지 않는 것을 후세 사람들이 사패에 의존하여 사를 지은 것이 이것이다. 이로 인해 천여 년의 词史에서 하나의 기본사실, 즉 전통적인 사작이 유완한 아름다움을 드러내지 않는 것이 없다는 사실을 조성하였다. 《花间》南唐에서 两宋에 이르는 완약사 작가들의 작품은 말할 것도 없이, 전형적인 호방사인조차 그들이 펴낸 사집에도 아름답고 유완한 미의 작품들이 넘쳐흐르고. 이러한 사실을 평론가들로 하여금 사의 미학적 특징을 탐구할 때 시와 구별되는 것으로 자주 보는 것이다. 작품의 고하를 평할 때에도 자주 시를 참조하는데 예를 들어 陈师道의 《後山诗话》에서 소시의 사를 평하여 "소식이 시로써 사를 지으니 이는 교방에서 크게 춤을 추는 蕾大师와 같다."라고 하였고, 또한 "소식의 사는 시와 같고 진관의 시는 사와 같다."라고 하였다. 이청조는 《词论》에서 "소식의 사는 모두 구를 읽어도 이어지지 않는 시일 뿐이다."라고 하였다. 이러한 평론은 사에 음악이 유입되어 불려질 수 있는 특징을 강조한 것인데, 굳이 말하지 않더라도 '本色', '当行'은 바로 미학상의 기본적인 표현이라는 '柔婉之美'를 포함하고 있는 것이다. 그렇지만 사가 마침내 발전 진보해가는 과정중에 소식사의 강렬한 기개와 문장은 사람들의 눈과 귀를 새롭게 하였다.

南渡이후 사회의 혼란, 국사의 쇠퇴로 많은 사인들이 국가를 구하고 안정을 찾는 호방한 정감을 표출했다. 신기질과 같은 사람은 군사가, 정치가, 문학가적인 기질을 한 몸에 갖고 있었기 때문에 원래 강대한 기개가 있었다. 그는 국가에 대한 격정과 호방한 기개가 충만한 작품들을 많이 창작하여 전통적인 사단에 강건하고 웅장하며 씩씩한 미를 창조했다. 이렇게 사화와 사학이 발전한 결과 사가 형식에 있어 유완지미 이외에 '阳刚美'의 웅장한 아름다움을 충만히 표현하고 있음을 증명하고 있다. 단지 이 시기에 이르러 평론가들은 사작 본체의 미학적 차이에 주의를 기울였는데 이로써 완약과 호방으로서의 구별이 제시되었으며 호사가들에 의해 두 파로 나눠지게 되었다. 이상에서 설명한 바를 결론지으면 완약과 호방의 실제는 사작이 표현해낸 두 가지의 미학 특징을 말하는 것이다. 만약 이 두 가지의 서로 다른 미감을 지닌 작품으로 송사를 두 부류로 나눈다고 해도 크게 비난할 수는 없다. 그러나 송대의 사인들은 반드시 완약과 호방의 두 파로 나누는데 동의하기 어렵다. 단호히 말해서 사라는 이러한 특수한 문학형식의 규율에 맞추어 볼 때 거의 모든 사인들이 완약사의 작자이며, '阳刚美'가 충만한 '豪放词'는 단지 일부 사람들에 의해 지어진 것이다. 이것은 시대와 사회와 관계가 있고 또한 사인들의 성품, 기질, 재주, 정감과 관계가 깊다고 할 것이다.

참고문헌

唐圭璋, ≪宋詞三百首淺注≫, 臺灣中華書局印行, 民國72.

汪中, ≪新譯宋詞三百首≫, 臺灣三民書局印行, 民國72.

中國社會科學院 文學研究所編, ≪唐宋詞選≫, 人民文學出版社, 1981.

李東鄕, ≪稼軒辛棄疾詞研究≫, 通文館, 1985.

賀新輝, ≪宋詞鑑賞辭典≫, 北京燕山出版社, 1987.

朱孝臧・汪中, ≪宋詞三百首精華詳析≫, 嶽麓書社, 1987.

弓保安, ≪宋詞三百首今譯≫, 陝西人民出版社, 1988.

劉斯奮, ≪辛棄疾詞選≫, 三聯書店, 1991.

李華 編著, ≪宋詞三百首詳註≫, 百花洲文藝出版社, 1994.

曹濟平・朱崇才, ≪新編宋詞三百首≫, 江蘇古籍出版社, 1994.

周鵬飛・王黎雅, ≪宋詞三百首注析≫, 三秦出版社, 1995.

顧易生・徐培均・袁震宇 主編, ≪宋詞精華≫, 巴蜀書社, 1995.

柳種睦・宋龍準 共譯, ≪唐宋詞史≫, 新雅社, 1995.

趙乃增, ≪宋詞三百首譯析≫, 佶林文史出版社, 1997.

胡雲翼 選註, ≪宋詞選≫, 上海古籍出版社, 1999.

郭彦全 編著, ≪歷代詞今譯≫, 中國書店, 2000.

權德周・黃秉國 譯註, ≪宋詞選註≫, 新雅社, 2001.

武玉成・顧叢龍, ≪宋詞三百首簡注≫, 人民文學出版社, 2001.

[淸]上疆村民選編・梁海明譯註, ≪宋詞三百首淺注≫, 山西古籍出版
    社, 2001.

李瑞安 編注, ≪千家詞≫, 嶽麓書社, 2005.

조규백 역주, ≪소동파사선≫, 문학과 지성사, 2007.

송용준 옮김, ≪유영사선≫, 민음사, 2007.

이태형

▌약력

올산대 중문과 졸업(2000)
서울대 중문과 석사졸업(2004)
한국외대 중문과 박사수료(2008)
전 연세대 교직원 근무(2003 ~ 2006)
현 한국외대 중국어과 강사(2007 ~ 현)

▌편저 및 역서

≪이태형의 TEXT 전공중국어≫(2006)
≪中國學術思想≫(2007)

▌학술논문

吳文英 妓女詞 研究(2004.2)
吳文英 妓女詞에 나타난 언어특징 및 표현기법 탐구(2007.2)
宋代壽詞的思想內容考察(2007.4)
南宋壽詞的創作背景及其類型(2007.5)
白居易 작품에 나타난 妓女형상(2007.6)
蘇軾的不平之鳴(黃州時期詞爲主)(2007.8)
韓國詞譯註1(2008.1)
李齊賢詞的內容風格及修辭技法(2008.4)
≪樂府指迷≫ 修辭論 考察(2008.8)
張戒의 ≪歲寒堂詩話≫ 譯註1(2008.8)
韓愈의 <送孟東野序>에 나타난 "不平則鳴"설의 논증전략 분석(2008.9)
張戒의 ≪歲寒堂詩話≫ 譯註2(2008.11)
淸代 ≪樂府補題≫ 受容攷(2008.12)
시대현실을 반영한 ≪碧鷄漫志≫ 初探(2009.1)
陸游 婉約詞 고찰(2009.3)

우리말로 읽는

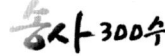 당시 300수

초판인쇄 | 2009년 3월 25일
초판발행 | 2009년 3월 25일

역주자 | 이태형
펴낸이 | 채종준
펴낸곳 | 한국학술정보㈜
주 소 | 경기도 파주시 교하읍 문발리 513-5 파주출판문화정보산업단지
전 화 | 031) 908-3181(대표)
팩 스 | 031) 908-3189
홈페이지 | http://www.kstudy.com
E-mail | 출판사업부 publish@kstudy.com

등 록 |
가 격 | 40,000원

ISBN   978-89-534-1137-1 93820 (Paper Book)
              978-89-534-1138-8 98820 (e-Book)

이담
Books 는 한국학술정보(주)의 지식실용서 브랜드입니다.